凤凰涅槃

李宏 著

陕西新华出版传媒集团

太白文艺出版社

图书在版编目（CIP）数据

凤凰涅槃 / 李宏著. —— 西安：太白文艺出版社，
2021.10（2022.1重印）

ISBN 978-7-5513-2051-1

Ⅰ.①凤… Ⅱ.①李… Ⅲ.①长篇小说—中国—当代
Ⅳ.①I247.5

中国版本图书馆CIP数据核字(2021)第188586号

凤凰涅槃
FENGHUANG NIEPAN

作　　者　李　宏
责任编辑　付　惠
封面设计　李　珂
排版设计　建明文化
出版发行　陕西新华出版传媒集团
　　　　　太 白 文 艺 出 版 社
经　　销　新华书店
印　　刷　涿州军迪印刷有限公司
开　　本　787mm×1092mm　1/16
字　　数　330千字
印　　张　22
版　　次　2021年10月第1版
印　　次　2022年1月第2次印刷
书　　号　ISBN 978-7-5513-2051-1
定　　价　75.00元

东方之国有神鸟，

活五百岁，

集香木自焚，

复从死灰中更生，

鲜美异常，

不再死。

一

火辣辣的太阳悬在空中，向大地散发着无穷的热量。

在关中平原北部，太阳像火龙一样熏烤着白蟒塬上的生灵万物。田里的庄稼苗耷拉着脑袋，有气无力地喘息着；路边的小草失去了勃勃生机，奄奄一息地匍匐着；慵懒的猪躺在棚圈中，从鼻孔中发出阵阵的鼾声；看家的狗也卧在屋檐下，不停地伸着舌头，好像要将身体中的热量全都吐出来似的。

整个世界似乎都在燥热中煎熬着。

曹越坐在门前的大树下，向村子里面望了望，连一个人影也看不见。出工前的这段时间，庄稼人都躲在家里，用睡眠打发难熬的时光。除了在树上嘶鸣的知了，整个村庄都沉浸在一片死寂中。

曹越的心情也像这死气沉沉的村庄一样百无聊赖。

20世纪70年代，这是一个充满激越与迷乱的时代。每一名高中毕业生都被剥夺了继续学习的权利，使那些充满活力的年轻人追求未来的希望彻底破灭了。一批又一批的城市青年相继来到农村，接受贫下中农再教育。而那些农家子弟，更别想走出这使人感到沮丧的广阔天地了。

在泾源县，能上到高中的农村青年很少。农民们一年到头拼命干活，连自己的肚子都填不饱，哪有能力再供养一个高中生？对于这一点，务实的农民有着自己的想法：为供一名高中生，全家人都要拼死累活很多年。可到头来有什么用？高中毕业后还不照样是面朝黄土背朝天的农民。再说，那些刚回到农村的青年，对干庄稼活还是个门外汉，必须从头学习和掌握一个农民所拥有的技能。那些从书本上学来的公式和定理，在贫瘠的黄土地上可没多大用处。这样，我们就不难理解为什么能上到高中的农村青年很少了。而在一些偏远的地方，高中生更是凤毛麟角。

曹越正是在这一年夏天，从泾塬县高级中学毕业后，回到了他的家乡东城村。

东城村位于白蟒塬的边缘地带，是泾塬县最贫穷的村子之一。在白蟒塬下面，是滔滔不息向东流的泾河水。河水两边是一片片沙滩地，只能种植一些红薯、花生之类的作物，遇到河水暴涨，农民的辛劳便会付诸东流。白蟒塬上倒是有大片的土地，却因为地势太高，只能依靠雨水浇灌。遇到旱一点的年份，白蟒塬上大片的庄稼便会颗粒无收。这种时候，东城村人只能忍饥挨饿地过苦日子。

几年前，一条大水渠贯穿了白蟒塬的中心腹地。它像一条大动脉一样，向干涸的黄土地输送着混浊的泾河水。可对于白蟒塬上大片待灌的土地来说，这些无异于杯水车薪，解不了农民的燃眉之急。大片的土地还像以前一样，裂开一道道嘴巴等水喝；饱含着农民们血汗的庄稼苗也像从前一样，在无望的挣扎中枯萎干死；东城村人还是和以前一样，过着最穷最苦的日子。

曹越想着自己即将面对的生活，一种苦楚夹杂着辛酸便袭上心头。父母不识字，一辈子都在黄土地里刨生计。他们含辛茹苦十几年，为的是让曹越把书读成，将来奔个好前程。在东城村，如果有哪家孩子能走出农村，端上国家的饭碗，会让全村人都感到羡慕的。从曹越记事时起，东城村就只走出去一个人，那便是他的堂哥曹功。按理说，曹越和他的家人应该为族人走出农村而高兴，可曹功的父亲曹天成总喜欢拿这件事在曹越家人面前炫耀，为此，曹越一家人都憋着一口气，再苦再累也要供曹越把书读成，让曹越也能像曹功一样走出黄土地。

曹越最理解家人的这种心情，他下决心要为自己和家人争一口气。从小学到高中，他一直都很努力。即使在那些停课罢课的日子里，他也一门心思扑在学习上。可这种付出又有什么用？高中毕业还不是和其他学生一样卷着铺盖回了家。

几年前，曹越便预见了这种结局，可他心中还抱着一线希望。他希望在自己毕业之前，高考制度能够恢复。后来，当他觉得这种希望变得越来越渺茫时，他恨不得抓住每一个走出农村的机会。那一年冬季，部队在应届的高中毕业生中征兵。他踊跃地报了名，可结果却令他很失望。当他看到那些被录取的同学身着军装，披红挂彩，在喧天的锣鼓声中被接走时，他跑到学校旁边的田野中大声地吼叫起来，发泄着内心的悲哀。参军的想法破灭后，他只能回到东城村。他倒不怕吃苦，也不怕流汗，关键是他感到这样的生活太不值。

他抬起头向远处望了望，刺眼的白光使他感到很不舒服。他闭上眼睛斜靠在树上，混乱的思绪不断在头脑中跳跃着。他记得奶奶临终前的最后一句话便是要他把书读完，让他走出他们家世世代代都没走出去的黄土地，父母含着泪水答应了奶奶。在以后的岁月里，即使在极端困难的情况下，父母都咬紧牙关供他上学。父母兑现了他们的诺言，可结果呢？又一阵酸楚涌上他的心头。为了供他上学，妹妹曹梅小学没上完便辍学回家了。一想到曹梅眼睛里流露出的那种对父母的不满和对他的羡慕，他的心又开始剧烈地颤抖……

一阵清脆的钟声将曹越扯回到现实中，出工的时间到了。曹越扭头望了望，看见曹梅和邻居家的姑娘小惠扛着锄头向田间走去，他心里越来越不安了。连女人们都下地干活了，他一个男人却待在家中。他感到自己不能再颓废下去了，他必须承担起一个男人的责任。

曹梅和小惠的身影消失在曹越的视线中时，曹越的思绪又飘到了小惠身上。小惠比曹越小三岁，他们是一起玩着长大的。曹越到现在还记得，他和小惠领着各自的弟妹在门前和尿泥、摔泥炮的情景。上学以后，小惠经常去曹越家，同曹梅一起写作业。遇到不懂的问题，便会向曹越请教，每次都能得到满意的答复。这种时候，小惠眼神中便会充满对曹越的钦佩。小惠上到小学四年级，因为要照看两个弟弟，只好辍学回到了家中。曹越上初中以后，开始在外住校，两个人见面的机会就很少了，偶尔碰见了，也只是淡淡地打个招呼。曹越感到他们之间那种两小无猜的亲密感消失了，取而代之的是男女之间的那种生疏的感觉。

毕业以前，曹越听家里人说，有很多人给小惠提亲，都被小惠拒绝了。小惠长得漂亮，看上小惠的男孩子很多，可小惠就是对他们不动心。曹越也对小惠有一种朦胧的感觉，他一直想找机会和小惠说几句话。可在农村那种保守的环境中，他的这种想法始终未能实现……

曹越从过去的时光中走出来时，西边的天空已经布满了橘红色的晚霞。曹越抬头向远处望了望，收工的人们三三两两地走在回家的路上，各家各户的烟囱也冒出了缕缕炊烟。不到一袋烟的工夫，整个村庄便弥漫在一片烟气中了。这就是农村人平凡而充实的生活，曹越感到自己也是其中的一员了。他决定调整自己的心态，暂时不去想那些烦心的事。

看见小惠和曹梅收工回来了，曹越便从树下站起来，同小惠打了个招呼，然后向家的方向走去了。

曹越回到家中，小饭桌上已经摆好了一盘油泼辣椒和一小碗腌制的咸菜。

父亲曹麦成蹲在桌旁吸着旱烟，曹梅打了一盆水在院中擦洗身体。不一会儿，母亲将一盆炒好的菜放到了桌上。曹麦成将旱烟锅子放到一边，拿起一个窝头，夹了一些油泼辣椒，默默咀嚼起来。其他人也围到桌旁，拿起筷子开始吃饭。

饭桌上的气氛很沉闷。这段时间，曹越心情不好，全家人都跟着高兴不起来。曹越一边啃着窝头，一边在心中想着：除了担负起一个男人的责任，还有什么能使父母高兴起来？他将咀嚼了很长时间的窝头咽下去，鼓起勇气对父母说："明天，我就下地干活。"

曹麦成咀嚼的嘴突然停下了，他担心曹越适应不了繁重的体力劳动。可从学校回到农村，除了参加劳动，没有别的出路，以后娶了媳妇成了家，也只有依靠劳动才能承担起养家糊口的责任。

曹越理解父母的担忧，他沉默了一会儿，说："你们放心，我也是农村长大的，又不是没有干过农活。"

母亲看了曹越一眼说："别硬撑，实在不行，就让你爸帮帮你。"

曹梅在一旁插嘴说："用不着我爸，我找人帮他。"看见父母用异样的目光看着自己，曹梅忽然感觉自己说漏嘴了，吓得一吐舌头不吭声了。

曹越和父母都知道，曹梅说的那个人是他们村的许红建。许红建不但精通各种农活，还有一手砌砖抹瓦的手艺。曹梅和许红建相好，已经不是什么秘密。曹麦成夫妇虽然没有反对过这件事，可他们也从未认可曹梅和许红建的关系。

看着曹梅忐忑不安的样子，曹越故意岔开了话题。他很不服气地对曹梅说："你别小看我！不出一年，我也会成为种庄稼的行家里手。"

曹梅见父母没在意自己刚才的话，这才壮着胆子对曹越说："别吹牛。骑驴看唱本——咱们走着瞧！"

曹越与曹梅一番插科打诨，让饭桌上的气氛渐渐地活跃起来。

半个时辰后，母亲将残羹剩饭收集起来，用盆盛着到屋外喂猪羊了；曹梅也收拾起碗筷，走进灶屋刷锅洗碗了；曹麦成则拿起那杆旱烟锅子，溜达着向门外走去。

屋子外面，月光将大地装扮成了银色的世界。

曹越站在屋前，向小惠家门前的空地望了望，那儿已经聚满了闲聊的人。晚饭后这段时间，是东城村最热闹的时候。劳累了一天的庄稼人从家中走出来，聚在一起舒展着困顿的筋骨；光着屁股的孩子们也来凑热闹，不时地在大人们之间穿梭嬉戏。人们就在这里海阔天空地聊一会儿，然后再听一段张长信讲的评书。

张长信算是东城村见识最广的人。听村里的老人说，张长信的祖太爷当过清朝的二品官。那时候，除了分布在县城的布店和当铺，东城村周围几十里土地都是张家的。随着时间的推移，张家开始衰落。这些祖业传到他父亲手中时，只剩下东城村周围一千多亩土地。民国末期，他父亲吸上了大烟，这些地很快被他父亲卖得一干二净。土地改革时，张长信被划成了贫农。由于他进过学堂，识几个字，被政府安排了工作，也算是走出了农村。

20世纪60年代初的困难时期，因为吃不饱肚子，他赌气回东城村当了农民。他在外闯荡了十几年，见的世面要比普通老百姓多得多。东城村人有不懂的事，总要向他请教一番。有那么一次，几个小孩要他讲讲孙悟空的故事。在这些好奇的孩子心中，孙悟空可是个无所不能的神奇人物。

《西游记》这本书张长信也看过，可由于时间太久，很多情节都记不起来了。他思索了片刻，便将孙悟空三打白骨精那一段讲给了孩子们。

从此以后，每当张长信来到这里，便会有小孩要他讲故事。他也不推辞，将读过的小说添油加醋地讲出来，博得了孩子们的笑声和掌声。这种状况持续了一段时间，他开始感到腹中空空，难以为继。为了不使乡亲们失望，他将珍藏的几本小说拿出来，每天中午歇晌时读上一段，晚上再将读过的内容讲给乡亲们。从那时起，东城村便形成了这样一个习惯：除了冬天和下雨天的夜晚，人们都会到这里听一段张长信的评书。如果哪一天张长信没来，人们便会感到非常失望。

曹越的思绪被一阵阵开怀的笑声打断了，他扭头向人们聚集的地方望了望。在空旷悠远的背景下，人们那蹲着的、坐着的、站着的身影，和那些高高低低的树木、凸起的粪堆、残缺的围墙共同构成了一幅幽远莫测而又充满乡土气息的优美画面；大人们的笑声和孩子们的嬉戏声掺和着蟋蟀的鸣叫声，共同奏成了一曲农村夜晚的交响乐。

曹越被这种美感深深地吸引住了，他不由自主地走进了这快乐的人群中间。他看着给乡亲们讲述《水浒》的张长信，忽然觉得张长信这一辈子活得有意义。张长信在给乡亲们带来欢乐的同时，也实现了自身的价值。

张长信的评书讲完了，聚着的人们开始散了。才半袋烟的工夫，偌大的场地只剩下了曹越一个人。曹越叹了一口气准备回家时，身后忽然传来小惠的声音："你毕业了？"

曹越看了小惠一眼，默默地点了点头。

小惠又对曹越说："听曹梅说，你学习挺好，只是运气不好，才上不了大学。"小惠喜欢曹越，可她却一直压抑着这份感情。一个月前，当她得知曹越要回到农村时，她心中便充满了希望，她能感觉到曹越也喜欢自己。

傍晚收工回来，看见曹越闷闷不乐的样子，小惠心中也不好受。晚上，当她发现曹越也在人群中听书时，她便坐在自家的门洞中等待机会。直到听书的人们散了，她才鼓起勇气向曹越走了过去。

二

初秋季节，连绵的细雨下个不停。东城村的土路已经变成了一片泥洼。没有雨靴的人们宁愿整天待在家中，也不愿在黄泥汤里蹚来蹚去。只有那些光着脚丫的孩子还像没事似的，在布满水坑的路上跑来跑去。

曹越的心情像这阴郁的天气一样沉闷。这段时间，他拼命地干活，可总赶不上那些一直待在农村的小伙子。为了驱赶心中的不快，他拿出高中课本，漫无目的地翻阅着。

中午时分，曹越一家人在堂屋吃饭，大伯曹天成踢踏着一双补着红色胶皮的黑色雨靴来到他们家。曹天成在门槛上刮了刮沾在靴底的泥巴，便默不作声地坐在饭桌旁边的凳子上。

曹麦成将剩下的饭扒拉到口中，拿起茶壶给曹天成倒了一杯茶，然后拿起烟锅装填着烟丝。其他人只顾埋头吃饭，并不理会曹天成的到来。

曹麦成装满一锅子旱烟，拿起打火机准备点烟时，曹天成从衣兜掏出一盒纸烟，取出一支递到曹麦成面前，对曹麦成说："你尝尝这烟咋样，是你侄子孝敬我的。"

那时的农村，大部分人都吸自家产的旱烟。家境好一点的人家，也只能吸九分钱一盒的"羊群"牌香烟。整个东城村，只有曹天成才吸得起一毛九分钱的"宝成"牌香烟。曹天成的儿子曹功在县上当干部，每个月都要给他买一条"宝成"牌香烟。有时候，他还会从口袋掏出一盒好烟，在众人面前炫耀一番。如果碰见哪个会来事儿的人，对他说上几句好听的话，他便会取出一支烟奖赏给那个恭维他的人。

曹麦成点燃了烟锅，摇着头对曹天成说："农村人吸不惯那种洋烟，还是自家的旱烟吸着带劲。"

曹天成拿起曹麦成放下的打火机，慢悠悠地点燃了叼在口中的香烟，然后对曹麦成说："你侄子又给我捎回几瓶汽油，回头我给你拿一瓶。"

曹麦成没有说话，只是闷着头吸烟。对一个在贫困线上挣扎的农民来说，能用上打火机这样的奢侈品，已经是一件很了不起的事情了。在这个物资匮乏的年代，有时连火柴这样的日用品也买不到，更何况一盒火柴还要两分钱。庄稼人为了节省这两分钱，宁可到锅灶下面取出半根燃烧的麦秆点烟，也不舍得浪费一根火柴。锅灶里面没火时，人们便把火纸卷成一个筒，点燃了，将火苗吹灭，让纸筒慢慢地引燃着。对那些能弄到一些汽油的人来说，用打火机替代火柴倒也方便省钱。

一年前，曹功给曹天成带回两瓶汽油，曹天成分了一瓶给曹麦成。曹麦成为此去了一趟供销社，花三毛五分钱买了一个打火机。一年下来，倒也省了不少钱。在这件事情上，他挺感激曹天成，可他只能将这种感激藏在心中。如果他敢对曹天成说一句感谢的话，曹天成的尾巴会立刻翘到天上去。

曹天成见曹麦成没接自己的话，换了一个话题对曹麦成说："你侄子调工作了……"当他看见曹越对这个话题感兴趣时，他立刻将说了一半的话停了下来。

曹越知道曹功是县造纸厂的干部，这工作已经非常让人羡慕了。他按捺不住心中的好奇，便接着曹天成的话说："我哥换什么工作了？"

曹天成喝了一口茶说："你哥调到县革委会当干事了。"

"干事是做什么工作的？"

曹天成瞪了曹越一眼说："这都不知道？还亏你上了那么多学。告诉你，这干事就是干大事情的。等你哥以后当了官，你大伯我也能在人面前风光风光。"曹天成和别人说话时，总爱炫耀自己。就因为这个，东城村没人愿意和他打交道。除了弟弟曹麦成家，他也没别的地方可去。每当他在曹麦成家唠叨各家各户的事情时，曹麦成都耐着性子听着。等曹天成说累了，感到乏味了，便会自己离开。如果有人敢接他几句话，他会没完没了地絮叨下去。

曹越又问曹天成："我哥咋调到革委会的？"

曹天成没有回答曹越，只是盯着茶杯。

曹越拿起茶壶，替曹天成添满了杯子。

曹天成呷了一口茶说："这可不是一件容易的事。县革委会是什么地方？别人削尖头都挤不进去。"他吸了一口烟，又对曹越说："你哥的岳父是咱们县卫生局的局长，你哥是通过他的关系才调进革委会的。"

听见曹天成又开始炫耀了，曹越便低着头不吭声了。

曹天成沉默了一会儿又说："等你哥当了官，我让他给你找一份临时工，体力上先不受累。"

这对处于困境的曹越来说，可真是天大的好事。他兴奋地问曹天成："现在行不行？"

曹天成只不过随口说说而已，没想到曹越却当真了。他瞪了曹越一眼说："这事不能急，得等机会。"

"要等多长时间？"

"那可说不准。少则一两年，多则三五年。"曹天成显出一副无可奈何的样子。

曹越感到自己被捉弄了，在心中骂了一句。

看着曹越一脸不高兴的样子，曹天成感到心里面虚虚的。他喝完剩下的半杯茶，踢踏着那双破雨靴回家去了。

曹天成离开后，曹越便在心中想着：对于他这样的人来说，找一份临时工倒是一条比较现实的出路。虽说曹功只是一个干事，可是能在县革委会工作，已经是很了不起的事情了。他在心中盘算着：要不要为这件事找一找曹功？在他们曹氏家族中，曹功与他的关系最要好。他上高中时，曹功还主动帮他交过好几次学费。他也经常去曹功那儿聊天，哥儿俩的关系处得挺好。后来，曹功结婚了，哥儿俩接触的机会少了，可这并不影响他们之间的关系。经过再三考虑，他决定找曹功说说这件事。

第二天，曹越借张长信的自行车抽空去了一趟泾塬县城。他先给自己买了一把铁锹，又骑车来到县自来水厂。

曹功一家住在自来水厂的一间平房中。曹功的妻子贾丽娟是自来水厂的职工，这间房子原来是贾丽娟的单身宿舍。曹功与贾丽娟结婚后，这间房子便成了他们的家。房间的陈设很简单，一张拼凑起来的双人床和一个立式的衣柜，外加一张吃饭的桌子和几把木头椅子，便是他们全部的家当。

曹功陪着贾丽娟在屋外的炉子上做饭，看见曹越推着自行车走来了，他便停下手中的活，将曹越让进屋中。哥儿俩聊了一会儿，曹功问曹越："对农村生活还适应吗？"

曹越沉默了一会儿说："我不想一辈子都待在农村。"

"你想干什么？"

"我想找个临时工干干，你看行吗？"

"这可不是一件容易的事。"看着曹越失望的样子，曹功又安慰曹越说，"我可以找人试试，但你不要抱太大的希望。"

曹越点了点头，又和曹功聊了一会儿。时间不长，贾丽娟从屋外走进来，对曹越说："饭做好了，一起吃饭吧。"

曹越推说自己吃过饭了，便向曹功夫妇告辞离开了。

三

曹功一直都是曹越羡慕的对象。他高中毕业去了部队，转业后又被安排了工作。在很多人眼中，曹功就是一个被命运恩宠的幸运儿。可曹功心中却有说不出的苦衷。他对自己的婚姻很不满意，他不喜欢他的妻子贾丽娟，他喜欢他的高中同学吕晴。

曹功和吕晴都在造纸厂工作。曹功的身份是干部，办公居住都在厂部院内；吕晴是普通工人，生活工作都在生产区。生产区居住的工人很多，作息时间大同小异。每到下班时间，水池边便挤满了洗漱的人。吕晴洗一次衣服，需要等很长时间。同生产区的拥挤相比，厂部的水池却很少有人。吕晴凭着和曹功的同学关系，经常将衣服拿到厂部去洗。为了感谢曹功的关照，她会将曹功脱下来的脏衣服带到水池边一并洗了。

经过一段时间的接触，曹功和吕晴建立了恋爱关系。可由于贾丽娟的出现，他们最终没能走到一起。

贾丽娟是曹功和吕晴的同班同学。上高中时，贾丽娟热恋的对象是他们班的张朝阳。高中毕业前，张朝阳随父母离开了泾塬县，他们之间的关系也随之结束。高中毕业后，贾丽娟见过很多给她介绍的男人，可始终没找到一个满意的结婚对象。

一个偶然的机会，贾丽娟在电影院门前碰见了曹功和吕晴。老同学见面，自然会多聊一会儿。得知曹功已经是造纸厂的一名干部时，她立刻对这个来自农村的同学刮目相看了。贾丽娟的父亲是卫生局局长，可她也只能在自来水厂当一名普通工人。在聊天的过程中，贾丽娟意识到曹功和吕晴正在谈恋爱，她心中便燃起了一团忌妒之火。她觉得吕晴配不上曹功，她想将曹功从吕晴的身边夺过来。他们聊了一会儿，贾丽娟便提议搞一个同学聚会，并且自告奋勇地当了这次聚会的联络人。

随后一段时间，贾丽娟以联络人的身份找过曹功几次，她想利用这个机会拉近与曹功的距离。可让她感到失望的是，每次去找曹功都会碰见吕晴，她没有机会实现自己的想法。

几个星期之后的一天晚上，这场同学聚会如期举行。同学们一边叙着旧情，一边开怀畅饮。酒过三巡之后，曹功感到不胜酒力，便站起来向大伙儿告辞。贾丽娟见曹功要离开，便端着酒杯对曹功说："这次聚会你出了不少力，我代表大家敬你三杯酒。"

曹功摇着头说："我不能喝了，再喝就醉了。"

贾丽娟吆喝着对大家说："要不要曹功喝了这三杯酒？"

"要喝，一定要喝！"在大伙儿的起哄声中，吕晴站起来对大家说："我替他喝了这三杯酒。"

看着大伙儿不吭声了，贾丽娟质问吕晴："你凭什么替他喝酒？你们俩是什么关系？"

"我们没什么关系，反正他不能再喝了。"

"既然你们没什么关系，你凭什么不让他喝酒？"

吕晴不想和贾丽娟争辩，便将头扭向了一边。

贾丽娟又开始吆喝着要曹功喝酒。在众人的附和声中，曹功只好喝了三杯酒。

看见曹功不听劝说，吕晴生气地离开了。

曹功想拦住吕晴，却被贾丽娟阻止了。

吕晴离开以后，在贾丽娟和众人的围攻之下，曹功很快被灌得烂醉如泥。

聚会结束后，贾丽娟与几位同学将曹功送到宿舍。看着躺在床上不省人事的曹功，贾丽娟拿着洗脸盆打水去了。她返回宿舍时，房间里只剩下曹功。她将毛巾在水中浸湿，慢慢在曹功脸上擦拭着。曹功闭着眼睛，迷迷糊糊地说："晴，你不要生气，我以后不喝那么多酒了。"

听见曹功喊吕晴的名字，贾丽娟感到很不舒服。她沉默了一会儿，手开始在曹功身体上移动着……一种战栗的感觉传到曹功头脑中，曹功那麻木的躯体一下子被激活了……

第二天早晨，曹功从睡梦中醒来时，发现自己光着身体和贾丽娟躺在一起。他赶紧穿好衣服，叫醒了贾丽娟，疑惑地问："我昨晚喝醉了？"

贾丽娟点了点头，然后对曹功说："我送你回宿舍，没想到你却趁这个机会……"

"我怎么了？"

"你强行与我发生了关系！"

曹功惊异地看了贾丽娟一眼，然后抱歉地对贾丽娟说："对不起，我不是故意的。"

贾丽娟沉默地低着头。

曹功沉思了一会儿问："事情已经发生了，你打算怎么办？"

"还能怎么办？我已经被你睡过了，只能和你结婚了。"

"可是我已经有自己心爱的人了。"

"我管不了这些。我只知道你必须对你做过的事情负责！"

曹功沉默了一会儿说："你给我几天时间，让我考虑考虑。"

贾丽娟瞥了曹功一眼，便开始穿自己的衣服。

曹功送走了贾丽娟，正考虑怎么处理这件事，贾丽娟的父亲突然来到曹功宿舍。他狠狠地教训了曹功几句，然后向曹功提出要求：一周之内，必须和贾丽娟结婚。他警告曹功，如果想逃避责任，他会告发曹功强暴贾丽娟。

贾丽娟的父亲离开以后，曹功骑车回到了东城村。他将这件事告诉了曹天成，没想到曹天成却对他说："这可是天上掉馅饼的好事。过了这个村，可就没这个店了。"

曹功摇着头说："我和她没感情。"

曹天成瞪了曹功一眼说："感情算什么？她爸可是堂堂的局长，冲这一点，你打着灯笼也难找。再说，感情也是可以培养的。在一起时间长了，感情自然就有了。"

看见曹功犹豫的样子，曹天成又对曹功说："你现在就去向你未来的岳父回个话，说你愿意和她女儿结婚。"

曹功没有别的办法，只好向曹天成点了点头。

第二天下班后，曹功找到吕晴，对吕晴说："我想和你说一件事。"

吕晴点了点头，跟着曹功走了。

曹功对吕晴说："那天晚上我喝多了。"

吕晴没有吭声。

曹功又说："我将贾丽娟当成你，和她上床了。"

吕晴惊异地看着曹功。

曹功沉默了一会儿又说："我没有别的选择，只能答应和她结婚。"

吕晴盯着曹功问："你就是来告诉我这件事情的？"

曹功低着头说："我对不住你。"

吕晴摇了摇头说："你没什么对不住我的地方，我们之间也没有任何关系。"

曹功还想对吕晴说点什么，吕晴却一转身走开了。

一个星期后，在曹功和贾丽娟的婚礼上，一位同学喝多了，将曹功拉到一边，悄悄对曹功说："我怀疑你娶了一个二手货。我听别人说，她早被张朝阳睡过了。"

"你别胡说！"

"有没有这回事，你验一验不就知道了。"

"怎么验？"

"看她有没有血。"

"什么血？"

"女人和男人第一次同房都会流血的。"

曹功心中像吃了苍蝇一样恶心。那天晚上发生关系后，他并没有发现什么血迹。他感觉这位同学的话可能是真的。可事情到了这种地步还能怎么样？他总不能刚结婚又开始闹离婚，他只能打掉牙往肚子里面咽。后来，他和贾丽娟有了一个儿子，才将这件事慢慢地淡忘了。

四

寒露过后，天气变得越来越冷。人们已经脱掉单衣单裤，换上夹衣夹袄之类的冬装；屋外的树木也卸掉了外套，只剩下光秃秃的枝丫伸向空中。

曹越站在门前，望着远处的景象，心中充满了无奈。从曹功家回来后，他一直盼着曹功的消息。一个多月过去了，曹功那边没一点音讯。他长长地叹了一口气，将目光转向了邻居门前的空地。看见曹勇和孙根旺蹲在那儿下棋，他感到非常意外。这两人都是东城村出了名的二流子，难得见到他们能静下心来下一盘棋。

曹勇是曹天成的小儿子，十岁的时候，才被曹天成逼着进了学校。可他对学习没有兴趣，还经常与其他孩子打架。被打孩子的家长来找曹天成，曹天成拉住曹勇便是一顿狠打。从此以后，曹勇与人打架的次数变少了，可旷课的天数却越来越多。有一次，曹天成被老师堵在家门口，老师告诉曹天成：曹勇一个星期都没去学校了。

曹天成送走老师，便坐在家中生气。

放学时间到了，曹勇背着书包回到家中。看见曹天成阴沉着脸，曹勇放下书包便向外跑去。

曹天成大喊了一声。

　　曹勇便停住脚步，用胆怯的目光望着曹天成。

　　曹天成问："放学了？"

　　曹勇心虚地点了点头。

　　曹天成又说："把书包拿过来，我检查检查你的作业。"

　　曹勇将书包放在曹天成面前的小桌上，然后不声不响地向门外溜。

　　曹天成又喊了一声。

　　曹勇只好挪回到曹天成跟前。在曹天成的注视下，曹勇在书包里面摸了很久，也没摸出什么东西。

　　曹天成拿起书包向下抖了抖，一大堆东西便掉到了桌上：打麻雀的弹弓、装蛐蛐的瓶子、废纸叠成的摔包……却没有一件上学的东西。

　　曹天成沉着脸问："你的笔呢？"

　　曹勇小声地说："丢了。"

　　曹天成狠狠地骂了一句："你怎么没把自己丢了？"

　　曹勇低着头不敢吭声。

　　曹天成又问："你的书本呢？"

　　曹勇瞅了一眼桌上的东西，然后对曹天成说："叠摔包了。"

　　曹天成强压住心中的怒火，让曹勇将曹功的书包拿过来。他从曹功书包中取出笔和纸，放在小桌上，对曹勇说："把你学到的东西写出来。"

　　从上学的那一天开始，曹勇就没用心学过一个字。在曹天成的逼迫下，他只好在纸上乱画一通。

　　看着曹勇画出来的东西，曹天成心里面直犯嘀咕。他没学过拼音字母，也不认识这些像蚯蚓一样的东西。他思索了一会儿，便将曹勇手中的笔夺过来，在纸上写了一个数字"1"，然后问曹勇："这个字怎么念？"

　　曹勇不认识这个字，可他心中快速地反应着：老师肯定教过这个字，要不然怎么会这么熟悉？这字很像一根棍子，也像盖房用的椽和檩。从外观上看，这三样东西都是直直的，唯一的区别是粗细不同。他又看了看那个"1"字，感觉最像一根竖着的棍子。他也知道曹天成小时候读过几天学堂，可大字却识不了几个。因为有了刚才蒙混过关的侥幸心理，他试探着对曹天成说："这字好像是个'棍'字。"看见曹天成的脸沉下来了，他马上改口说："应该是'椽'字。"当他看见曹天成举起巴掌时，他还想做最后的努力，他大声地向曹天成喊着："那是'檩'字！"

曹勇刚喊完这句话，"啪"的一声，被打了一耳光。他的脸热乎乎的，却没有一点痛的感觉。他紧张的心情立刻放松下来，一股热热的液体便沿着大腿流淌下来。

母亲从灶屋走出来，对曹天成嘟囔了几句，便拉着曹勇进屋换裤子去了。

从此以后，曹勇不敢再旷课了。本来，他也可以和其他孩子一样，在学校中度过他的童年时光。可后来发生的一件事，使他永远离开了学校。

吃完早饭，曹勇与孙根旺在上学的路上逮蚂蚱，一条小青蛇从他们脚下窜出来。孙根旺吓得躲到了一边，曹勇却一把捉住了小青蛇。

曹勇不怕蛇是出了名的。有那么一次，他逮了一条一米多长的青蛇，当着很多孩子的面，将蛇皮扯下来勒在自己腰间，然后将扭动的蛇身踢到草丛中。围观的孩子都吓得目瞪口呆，他却若无其事地走开了。

看着曹勇手中的小青蛇，孙根旺思索了一会儿说："咱们用这条蛇吓唬吓唬那些女生。"

曹勇看了孙根旺一眼，朝他点了点头。每次考试成绩出来时，曹勇和孙根旺都会成为女生们嘲笑的对象。

孙根旺又说："张菊花是女生的头，你将蛇悄悄放进她的文具盒。将她整怕了，别的女生就不敢小瞧咱们了。"

曹勇对孙根旺说了一声"行"，便将小青蛇藏在了衣兜之中。曹勇走进教室，看见张菊花与几个女生在教室后面聊天，他趁机将小青蛇放进张菊花的文具盒，便开始等着张菊花打开文具盒。可意外的是，张菊花一直与那几个女生说个没完。直到上课的铃声响了，张菊花才回到座位上。

看着站在讲台上的老师，曹勇开始为自己的恶作剧感到后悔了。他不断地在心中祈祷着，祈祷着张菊花不要打开文具盒。只要等到下课的铃声响了，他立刻将那条讨厌的蛇扔到学校外面去。曹勇为这件事感到心神不安时，老师却出了一道算术题。张菊花打开文具盒，看见文具盒中的小青蛇，便发出一声刺耳的尖叫……

时间不长，曹勇和孙根旺便被老师拎着耳朵揪了出来。老师狠狠地扇了他们几个耳光，然后宣布他们被开除了。

曹勇和孙根旺离开学校后，整天领着一群不上学的孩子疯玩。遇到不听他们使唤的小伙伴，只要孙根旺一声令下，曹勇便会冲上去，将小伙伴压倒在地，用拳头教训一番，然后呼喊着跑开了。被打的小伙伴看着他们离开的身影，急忙从地上爬起来，掸一掸身上的土，又追他们去了……

当这些孩子都长大时，他们不再需要孙根旺这样的统治者和领导者了。只有曹勇还在孙根旺身边，跟着孙根旺做一些偷鸡摸狗的事。曹勇的力气比孙根旺大，心眼却比孙根旺少得多。除了干力气活，曹勇没一样能比过孙根旺。两人下了好几盘棋，每盘都是孙根旺获胜。曹勇一气之下，便不与孙根旺玩了。

孙根旺看了看旁边观棋的人，见曹越也在其中，便开始向曹越挑战。

曹越不想与孙根旺这种人下棋，可他又看不惯孙根旺嚣张的样子。他一句话也不说，蹲在棋摊旁边，开始与孙根旺对弈。曹越与孙根旺连下三盘，都以孙根旺败北而结束。孙根旺叹了一口气，沮丧地对曹越说："不下了，我们不是一个水平的人。"

曹越将手中的棋放在棋摊上，拍拍手站了起来。

孙根旺看了曹越一眼，又对曹越说："像你这样有点文化的人，待在农村也没什么意思。我要是你，早到外面闯去了。"

曹越心中泛起了一股酸楚。他也不想待在农村，可他又无法改变自己的命运。他长长地叹了一口气，然后向家的方向走去。

五

曹越回到家时，全家人正准备吃饭。

曹天成坐在曹麦成旁边，看见曹越从门外走进来，便咳嗽了一声。

曹越看了曹天成一眼，在小饭桌旁边坐下了。

曹天成喝了一口茶，然后对曹越说："你功哥让我给你捎个话。"

曹越兴奋地问："我功哥说什么了？"

"他给你找了一份临时工，在县面粉厂扛包。他说那活又苦又累，让你考虑考虑。"

"累一点不怕，我想锻炼锻炼自己。"

曹天成点了点头说："你功哥替你办这件事，可是费了大力气的。如果不是我催着他，这件事还不知要拖到什么时候。"曹天成吸了一口烟，又对曹越说："你大伯也不图你什么。等你挣钱了，给大伯买几条好烟、几斤好茶叶就行了。"

曹越不情愿地点了点头。

曹天成见自己的目的达到了，便喝完剩下的一口茶回家了。

母亲担忧地对曹越说："这种扛包的活你干不了。"

曹越摇着头说："好不容易有了这么一个机会，我不会放弃的。"

母亲将目光投向曹麦成。曹麦成吃完最后几口饭，将碗放在饭桌上说："儿子大了，他的事让他自己做主吧。"

看见曹麦成起身离开了，母亲又问曹越："你打算什么时候去？"

曹越沉默了一会儿说："我明天就去。"

曹越准备好去面粉厂的行李，便来到小惠家门口的空地。他一边与乡亲们聊天，一边等着小惠出现。在农村那种封闭的环境中，他们只能利用这种方式传递信息。曹越想与小惠单独相处时，便会从小惠的身边走过，然后向村外废弃的砖窑走去。时间不长，小惠便会来到砖窑与曹越相会。可今天晚上，曹越等了很久也没看见小惠。

　　小惠已经知道曹越要去当临时工，那是快嘴的曹梅告诉她的。心爱的人要离开了，她想送点什么东西。她思索了半天，便想起给曹越做的一双布鞋。这双鞋是她为曹越生日准备的，面料也是她精心挑选的。两尺灯芯绒的布料，花掉了她所有的积蓄。这些钱都是她从买发卡的钱里面一点一点节省出来的。她取出这双鞋，觉得还缺少一双鞋垫，便找了一些碎布头，用针线将它们缀起来，剪成鞋底的形状，一针一针缝了起来。

　　煤油灯的光亮照着小惠，将她的脸映得通红。闪烁的灯光在她的眼睛中跳跃着，仿佛她胸中那颗火热的心……

　　天刚蒙蒙亮，小惠便在自家门口等着。看见曹越带着行李出门了，她便走到曹越跟前说："这么早就离开？"

　　曹越"嗯"了一声。

　　"我听曹梅说，你那活挺累。"

　　"没她说的那么严重。"

　　小惠将手中的鞋和鞋垫递给曹越，然后对曹越说："你小心点，别累坏了身体。"

　　曹越感动得一句话也说不出来。过了很长时间，他才对小惠说："我会常回来看你的。"

　　小惠点了点头，转身回家去了。

　　曹越来到泾塬县，先找到曹功，又带着曹功的一封信来到面粉厂，将信交给一位姓郭的厂长。

　　郭厂长看完信，领着曹越走进车间，向一个人交代了几句，然后对曹越说："他叫祁刚，是你们的班长。从现在开始，你听他的安排。"

　　郭厂长离开后，祁刚对曹越说："你要干的活很简单。只要将麦子扛到台阶上，倒进磨面机的入口就可以了。我告诉你，如果你想偷懒耍滑，就趁早卷起铺盖回家去。"看见曹越点了点头，祁刚又对旁边的一个小伙子说："张峰，你们宿舍是不是有个空铺？"

　　张峰"嗯"了一声。

祁刚指着曹越对张峰说："让他睡在那个空铺上。你现在就领他去放行李。"

曹越跟着张峰向车间外走去，祁刚又向曹越喊了一声："你今天先将住的地方安顿好。明天早上八点钟，准时来这里上班。"

曹越应了一声，跟着张峰来到一排土房前面。张峰打开一间房门对曹越说："里面有张空床，你自己收拾吧。"张峰转身离开时，将手中的钥匙递给曹越说："你自己到街上配一把。"

曹越接过钥匙，向宿舍里面望了望。潮湿的地面上扔满了烟头和揉成团的香烟盒，四周的土墙上横七竖八地贴着一些从画报上撕下来的画页。屋子里面有四张床，三张床上的被子都拥成一团，剩下的一张床上堆放着一堆脏衣服和几双破鞋脏袜子。床和床之间摆着一张褪了漆的三斗桌，桌面上扔着一些被揉得皱皱巴巴的扑克牌。一个搪瓷缸子放在桌子的一角，里面还有半缸子未喝完的茶水。

曹越站在屋中犹豫了一会儿，便开始打扫房间的卫生。半个小时之后，房间变得干净多了。他又将空床上的脏衣服和鞋袜抱到水池边洗干净，搭在门前的铁丝上，然后去街上配钥匙。

在县城读书时，曹越已经走遍了泾塬县的大街小巷。如今的泾塬县城还是老样子，一点变化都没有。狭窄的街道破破烂烂，一幢幢阁楼式的旧房矗立两边。曹越走在街上，不时会碰见一些住户端着一盆污水，泼洒到被浸蚀得坑坑洼洼的马路上。曹越的心情变得很不愉快，他转身拐到了另一条街上。这是泾塬县最宽敞的一条街，几个国营工厂便坐落在这条街上。街道旁边有一条两米多深的污水渠，一年四季流淌着从工厂中排出来的废水。

泾塬县最干净整洁的街道位于革委会门前。也只有在这条街上，才能看见几幢砖式的楼房，这都是政府机关的所在地。走过这条街，便到了全县最大的百货商店。曹越在商店门前的摊位上配好钥匙，又在泾塬县城溜达了很长时间。

下午五六点钟，曹越回到宿舍，将钥匙交给张峰时，张峰问曹越："那些脏衣服都是你洗的？"

曹越点了点头。

　　张峰又指着旁边的一个小伙子说："他叫雷天牛，那些衣服都是他的。他这人邋遢到家了，整个宿舍都让他搞得一团糟。"

　　曹越打量着这个叫雷天牛的小伙子。雷天牛个头不高，身体很壮实，憨厚的脸上透着一股勇猛之气。看着雷天牛不好意思地低下了头，曹越调侃地对雷天牛说："如果天牛兄弟不喜欢洗衣服，以后我洗衣服时，捎带着把你的衣服也洗了。"

　　雷天牛瞪大眼睛问曹越："你说的是真的？"

　　"当然是真的。"

　　"那我可要谢谢你这个好兄弟！"雷天牛拿起自己的碗筷，拉着曹越的胳膊说："走，我领你打饭去。"

　　曹越和雷天牛买好了饭，蹲在食堂门口边吃边聊。曹越了解到雷天牛的家在农村，是接父亲的班进了面粉厂。雷天牛属于厂里的正式工人，不用干曹越那样繁重的扛包工作。

　　曹越从雷天牛口中得知，他们的班长祁刚在朝鲜战场上打过仗，负过伤。因为有这些光荣的历史，郭厂长也要让他几分。祁刚的脾气挺大，可心眼不坏，他最大的特点是好胜心特别强，在每个月的评比中，他所在的班组都要争第一。正因为如此，他对工人特别是扛包的临时工管得很严。很多扛包工人因为吃不了这种苦，干一段时间便扛着铺盖卷回家了。

　　曹越一边与雷天牛聊天，一边在心中想着：不管扛包的工作有多累，自己都要坚持下来。熬过了这道关，他才会有希望。

六

　　第二天，雷天牛陪曹越吃完早饭，便一起来到车间，换下了疲惫不堪的夜班工人。

　　班长祁刚在车间转了一圈，便向扛包的地方走去。每天上班，他的主要精力都集中在扛包人身上。班组的产量能否上去，关键在于这些扛包的人。机器是死的，喂它多少麦子，它便吐出多少面粉；而人却是活的，一个人连续扛七八个包，便要坐下来歇息歇息。人多的时候，这些扛包人还能轮换着休息一会儿；人少的时候，他们就很难有喘息的机会。体力消耗太大时，他们也会偷会儿懒。

祁刚走到扛包的地方，发现今天上班的扛包人比平时少了很多。扛包人不是厂里的正式工人，对他们的管理比较宽松。扛包人有个什么事，不用请假便可以离开。只要上班的扛包人能保持在十到十五人，便可以保证机器的运转和班组的产量。可今天上班的扛包人包括曹越在内也只有七个，祁刚心里面便充满了担忧与不安。

为了使扛包人多扛几包麦子，祁刚主动帮扛包人卸包拆包。扛包人见班长也来帮忙，便使出浑身的力气，将张着大嘴的磨面机喂得饱饱的。看着扛包人干劲十足的样子，祁刚紧绷的脸舒展开了。

几个小时过去了，没一点喘息机会的扛包人已经累得气喘吁吁。

曹越背着一个麻线包，艰难地行走在楼梯上。他的体力已经到了极限，两条腿不住地打着哆嗦。一阵战栗之后，他的身体不由自主地向后倒去。他迅速放弃背上的包，抓住旁边的铁栏杆，胳膊一用力，后仰的身体立刻向前倾斜。因为用力过猛，他跪倒在楼梯上。那装满麦子的麻线包在楼梯上翻了一个跟头，便势不可当地向楼梯下面滚去。

曹越跪在楼梯上，见麻线包没砸着人，心中松了一口气。他想站起来，可身体感到软绵绵的。雷天牛见状，便跑到他身边，扶着他走下楼梯，让他坐在一旁休息。

大伙儿这才从惊异中回过神来。他们安慰了曹越几句，又回到自己岗位上去了。只有那些扛包人还坐在那儿喘气，他们也想借这个机会歇息一会儿。

磨面机里面的麦子已经空了，马达带动着机器高速运转着。这种状况持续的时间太长，便会导致机器出现大故障。

祁刚听着磨面机嘶鸣的声音，又看了看那些喘息的扛包人，他的脸色变得越来越难看。一阵沉默之后，他向他们大声地吼着："你们没看见机器在空转吗？

谁要不想干了，马上给我卷起铺盖回家去！"

扛包人很不情愿地站了起来，可他们却一动不动地看着曹越。

曹越不想让祁刚为难，也挣扎着站了起来。

雷天牛见状，便对曹越说："你歇着，我来替你扛包。"

看见雷天牛扛起一个包向楼上走去了，祁刚大声地向那些扛包人喊着："如果你们找不到替你们干活的人，就给我手脚放利索点。告诉你们，今天的产量上不去，明天你们就背上铺盖卷回家去！"

扛包人见祁刚发脾气了，便很不情愿地干活去了。

看着替自己扛包的雷天牛，曹越心中充满了感激之情。在他最困难的时候，是雷天牛给了他最真诚的帮助。他休息了一会儿，感觉体力恢复了许多，便对累得满头大汗的雷天牛说："你歇一会儿，我自己来。"

雷天牛看了曹越一眼，悄悄对曹越说："你悠着点干，班长不会说你的。"

曹越点点头，扛起一个包，飞快地向楼上走去。

随着时间的推移，曹越的体力又一点一点地流失着，可在一种精神力量的支撑下，他咬紧牙关坚持到了下班。

曹越离开车间时，祁刚对曹越说："今天表现不错，是个有出息的小伙子。"

听着祁刚鼓励的话语，曹越感动得一句话也说不出来。

吃过晚饭，曹越感到浑身像散了架似的。他躺在床上准备睡觉时，雷天牛不理解地问他："你是为了挣钱才出来扛包吗？"

曹越摇了摇头说："不是。"

"那是为什么？"

曹越沉默了一会儿说："我想出来闯一闯。"

"像你这样能闯出个什么结果？"

"我也不知道。"

雷天牛又问曹越："你今年多大？"

曹越闭着眼睛回了一句："二十。"

雷天牛兴奋地说："我小你一岁，以后我就叫你曹哥。"

已经有些迷糊的曹越应了一声，便呼呼地睡着了。

几个月后，曹越已经完全适应了扛包的工作。他的心情刚刚平静下来，又碰上了一件烦人的事情。

曹越的烦恼来自他们班组的女工薛小莉。薛小莉年龄不大，因为她是唯一一个未婚的住厂女工，所以她一个人住了一间宿舍。时间长了，有些男人便主动去她房间聊天。刚开始时，这些人还比较守规矩，聊到晚上十点钟，他们便会主动离开。一段时间后，有些人的胆子变得越来越大，竟然敢关上门拉灭灯和薛小莉"聊"一个晚上。郭厂长知道了这件事，便将薛小莉叫到办公室臭骂了一顿。随后，这件事便在面粉厂传开了。本来，薛小莉还有那么一点廉耻之心，可当她发现人们并不原谅她时，她便开始破罐子破摔。她会主动迎着那些骂她的人走过去，故意说一些与她的年龄不相符的风骚话。

在他们班组，也有一些不正经的男人拿薛小莉取笑："小莉，我也想到你房间聊聊天，不知道你欢迎不欢迎？"

薛小莉瞥了对方一眼，然后回击说："你也不撒泡尿照照自己，都一把年纪的人了，也不看看自己还有没有那个能力。"

大伙儿全笑了，那人顿时羞得满脸通红。又有一个小伙对薛小莉说："你看我咋样？本人年轻力壮，还是个童子鸡。"

薛小莉吐了一口唾沫说："你也不看看你那尖嘴猴腮的样子，怪不得到现在还没娶上媳妇。尝不到女人味，就想到我这里占便宜，你做梦去吧！"

大伙儿又是一阵哄笑。全车间只有三个人不笑。第一个人是张峰。张峰和薛小莉有那种关系，这种时候是笑不出来的。第二个不笑的人是祁刚。这种玩笑往往能冲淡车间沉闷的气氛，只要不是太过分，他不会干涉人们说话的权利。最后一个不笑的人是曹越。曹越对这些事情不感兴趣，可薛小莉却有意无意地逗他。

小伙子碰了一鼻子灰，又逗着薛小莉说："我长得尖嘴猴腮，你看不上，那你觉得咱们班谁最有男人味？"

薛小莉一边用眼睛搜寻着，一边对大伙儿说："要我说嘛，咱们班最有男人味的是……"

"是谁?"小伙子问。

薛小莉的目光落在了曹越身上,她用欣赏的目光看了曹越一眼,然后对他们说:"我喜欢有内涵不张扬的人。要是有这样的男人来我房间聊天,我倒是很欢迎。"

在大伙儿的注视下,薛小莉走到曹越跟前,用挑逗的目光看着曹越说:"你说是吗?"

曹越的脸立刻红到了脖子根,他不想被卷入到这种无聊的事情中。他从休息的地方站起来,扛起一包麦子向台阶上走去。

薛小莉讨了个没趣,用怨恨的目光看了曹越一眼,然后向曹越喊着:"我说大兄弟,你可悠着点干。要是累坏了身体,一辈子都享用不了女人了!"

大伙儿又是一阵哄笑。

薛小莉被大伙儿的笑声惹恼了,气急败坏地喊着:"笑什么?有什么可笑的?"她阻止不了大伙儿的哄笑,便赌气地对张峰说:"今天下班后,我们去看电影,看他们还笑不笑!"

大家听见这句话,立刻收住笑声,车间开始变得沉默起来。

这件事情发生后,车间的人也常拿曹越开玩笑,有人甚至问曹越,薛小莉被男人压在身下时,是不是还那样骚?曹越真想将这些无聊的人臭骂一顿,可他又不能不顾及这样做的后果。如果他还想继续在这个地方干下去,他只能对这些人保持一种宽容的态度。

雷天牛倒是常常替曹越打抱不平。他当着曹越的面,骂薛小莉不要脸,好像没见过男人似的;他也骂张峰的良心让狗吃了,抛下老婆孩子与薛小莉鬼混。张峰刚到面粉厂上班时,每个星期都要回家看看老婆孩子。自从与薛小莉勾搭上以后,几个月都不回家。媳妇还以为他出了什么事,抱着孩子来面粉厂看他。他对媳妇说了几句工作忙要加班的话,媳妇也不懂这些事,半信半疑地被他打发走了。从此以后,他回家的次数更少了,往薛小莉那儿却跑得更勤了。以前,他还顾及颜面,晚上还回自己宿舍睡觉,后来,他干脆睡到了薛小莉的房间……

雷天牛越说越气，到最后便沉默了。对于这样的人和事，除了用嘴说说以外，他雷天牛还能做什么？

曹越尽量让自己不去想这些烦人的事，可只要他一出现在车间，马上便会成为人们取笑的对象。后来，因为一件意想不到的事情，曹越离开了那些无聊的人。

曹越的车间竟然闹起鬼了，那是一个叫马桂花的女人引起的。马桂花的工作是在二楼看管机器。大概是因为一个人待的时间太长，她常常产生一些奇怪的幻觉。一次上晚班时，已经是后半夜了。大伙儿都在楼下干活，马桂花突然从楼上跌跌撞撞地跑下来，脸色煞白地对大伙儿说，她看见四个穿着黑衣服的人，将一个穿白衣服的人往棺材里面放。

看着马桂花惊魂未定的样子，几个胆大的人拿着棍棒之类的东西，蹑手蹑脚向楼上走去。过了好半天，那几个人下来对大伙儿说，他们什么也没看见。

马桂花不相信，在众人的陪同下，在二楼转了好几圈，也没发现有什么可疑的地方，她这才怀疑是自己看花了眼。

这件事过去没多长时间，又是一个晚上，马桂花又急急忙忙地从楼上往下跑。因为跑得太急，她摔倒在楼梯上，又从楼梯上滚落下来。她被大伙儿扶起来时，便向大伙儿描述自己的遭遇：她看见一个白色的人影倒悬在空中，那人没有头，脖子上还往下滴着血。她吓得魂飞魄散，转身向楼下跑去……

第二天，马桂花没来上班，听别人说，马桂花跌断了胳膊。郭厂长到医院看望马桂花时，马桂花一把鼻涕一把泪地要求调换岗位。郭厂长从医院回来后，让祁刚找一个人暂时顶替马桂花。

晚上上班时，祁刚问在场的正式工人："你们谁愿意顶替马桂花的班？"

祁刚一连问了好几遍，都没有人应声。这种事要放在以前，人人都会抢着去。可现在马桂花跌断了胳膊，大伙儿都在想：是不是楼上真的有鬼？要不然马桂花怎么好几次都看见了鬼？这事可不是闹着玩的，没人愿意拿自己的性命去冒险。

祁刚沉默了一会儿，又转向了扛包的临时工。

曹越不相信这世间有鬼，可一连发生了好几次闹鬼事件，他心中也变得不是很踏实。他犹豫了一会儿对祁刚说："我去顶替马桂花吧。"对于曹越来说，这是一次难得的机会。他想借此机会离开这个环境，离开那些拿他和薛小莉开玩笑的人。

祁刚点了点头说："好样的！我就喜欢不怕鬼的人。"

曹越看了看祁刚，转身向楼上走去。他站在楼梯口观察了一会儿，见没什么异常，这才到各个地方查看了一遍。随后，他便坐在控制台前，警惕地注视着周围。直到下班的时候，一切都很正常，人们担心的鬼始终没有出现。

此后，曹越便开始在二楼上班了。过了一段时间，在祁刚的努力争取下，曹越从一个临时工转成了合同工。为了表示对祁刚的感谢，曹越买了一些东西，送到了祁刚家。祁刚也留他吃了一顿饭，鼓励他继续努力，争取早日转为正式工人。

从祁刚家回来的路上，曹越便向曹功家走去。他想将这个好消息告诉曹功，想让曹功分享自己的喜悦。曹越来到曹功家时，才发现曹功不在家。曹功回东城村了，他们家出事了。

七

曹天成的儿子曹勇，一怒之下将刘汉民的儿子摔得半死。

刘汉民是曹天成的邻居，也是东城村最老实的人。民国时期，刘汉民从外地逃荒来到东城村，在一户人家里当长工。东家见他干活肯出力气，便替他娶了一房媳妇安了家。如今，他的两个儿子已经长大成人。可让他发愁的是，因为家里太穷，两个儿子一直娶不上媳妇。一个月前，有人给大儿子刘建国提了一门亲事，女方叫桐花，守寡了好几年。刘建国见桐花长得漂亮，年纪又轻，便一口答应了这桩婚事。

为了给儿子打结婚的家具，刘汉民领着两个儿子砍伐宅基地中的一棵梧桐树。

曹天成坐在家中，看着伐树的刘汉民父子，心中感到很不舒服。他犹豫了很长时间，终于走到刘汉民跟前说："这棵树你不能伐。要伐也得我同意。"

刘汉民思忖着：我伐我自己的树，怎么还要你同意？可他没将这句话说出来，他不想得罪曹天成这样的邻居。他笑着对曹天成说："老兄，有话你就直说。"

曹天成看了刘汉民一眼说："这棵树有一半在我的宅基地里，所以这木头也应该有我一半。"

刘汉民心想：树是自己亲手栽的，怎么会跑到曹天成的宅基地？他扭头向树的根部望了望，这才恍然大悟。小树刚栽的时候，确实在自己宅基地里。可几年时间过去了，小树变成了二尺粗的大树，有一部分便越过宅基地的分界线，延伸到曹天成的宅基地中去了。刘汉民赔着笑脸向曹天成说："儿子结婚要打家具，这棵树我先用了。明年春季，我再给你栽上一棵。"

曹天成说了一句"我现在就要你分我一半的木头"，便走到伐树的刘建国跟前，蹲在被伐的梧桐树下。刘建国手中的斧子落不下去了，就拉住曹天成的胳膊向一边拖着。

曹勇从孙根旺家串门回来，见刘建国和曹天成扭在一起，便大喊一声向刘建国冲了过去。

看见曹勇一脸的怒气，刘建国松开了曹天成。曹天成失去平衡，一屁股坐倒在地上。曹勇见状，抡起拳头便向刘建国砸了过去。刘建国挨了几拳，便想捡起扔在旁边的斧子。曹勇一个箭步冲上去，一只手抓着刘建国的后颈，另一只手抓住刘建国的腰带，将刘建国举起来，用力地向前抛出去。刘建国在空中划了一个弧线，身体便重重地摔在了地上。

看见刘建国躺着不动了，刘汉民用手放在刘建国鼻孔下探了探，感觉刘建国已经没有了呼吸，便趴在刘建国身上哭喊起来。刘汉民的小儿子刘建平见状，便拿起一把铁锹冲向曹勇。

曹勇转身跑回自己家，拿了一把铁叉冲出来。

刘建平手中的铁锹已经被劝架的人们拉住。看见曹勇举着铁叉向自己冲过来，刘建平放弃手中的铁锨便跑开了。

曹勇却不罢休，拿着铁叉继续追赶刘建平。看见曹勇拼命的样子，没一个人敢上前阻拦。人们正担心要出人命时，忽然听见有人大喊一声："你小子给我站住！"

看见曹麦成出现在自己面前，曹勇便站在那儿不动了。

曹麦成骂了曹勇几句，然后一边派人去请医生，一边让人把刘建国抬回家。他安慰了刘汉民几句，又让曹勇将曹天成扶回家。安排好这些事情之后，他又派人到县城去找曹功。

曹天成刚回到家中，刘汉民的妻子便坐在曹天成的家门口，不断地向曹天成叫骂着："曹天成，你来打我吧！不把我打死，你就是个龟孙子……"

曹麦成看见医生从村口赶来了，便陪着医生去刘汉民家。

刘汉民坐在家中，心中充满了担忧。虽说儿子已经苏醒过来，可从那么高的地方摔下来，跌断了骨头，落下个残疾怎么办？看见医生走进来了，他指着躺在炕上的刘建国说："大夫，你快看看他哪儿摔断了没有？"

医生点了点头，用听诊器在刘建国胸前听了听，又用手在刘建国身上按压了一会儿，然后对刘汉民说："没什么大问题，休息休息就没事了。"

曹麦成安慰了刘汉民几句，又陪着医生走出刘汉民家。他将医生送到村口，见曹功骑车回来了，便迎住曹功，将事情的经过说了一遍，又陪着曹功来到刘汉民家。

曹功向刘汉民说了很多道歉的话，又提出给刘汉民五十块钱作为补偿。

刘汉民心中想着：儿子没受什么大伤，人家又给自己赔了这么多不是，得饶人处且饶人。刘汉民从曹功手中接过五十块钱，便让刘建平将妻子叫回家了。

曹功回到家中，将曹勇狠狠训斥了一顿。他本想说说自己的父亲曹天成，可当他看见曹天成低着头不吭声时，他便将到嘴边的话又咽了回去。不管怎么说，曹天成也是他的父亲，他需要给曹天成留一点做父亲的尊严。

曹功返回县城后，曹勇溜溜达达去孙根旺家串门了。曹天成则坐在堂屋之中，不耐烦地听着老伴唠叨。他忍不下去了，便对老伴说："你有完没完？今天发生了这件事，都是因为有你这个扫帚星！"

　　老伴看了曹天成一眼说："我让你抢人家的树了？我让你去占人家的便宜了？你偷鸡不成反蚀一把米，现在倒想赖到我身上……"

　　曹天成被老伴的话激怒了，他大声地向老伴喊着："我今天就把你这个扫帚星赶出去，省得你以后再祸害我们曹家！"

　　老伴瞪着眼睛说："你敢！"

　　曹天成抓住老伴的胳膊，使劲地向门外拉着。

　　这一幕刚好被路过的一群小孩看见了，孩子们便聚在曹天成家门口，不断地向曹天成叫喊着。

　　曹天成扭头向孩子们吼着："滚开！回家冲你们的爹娘喊叫去。"

　　孩子们依旧向曹天成喊着，曹天成转身去追这些孩子，孩子们叫了一声，迅速跑开了。曹天成往回走时，孩子们又跟在他身后喊叫着。无奈之下，曹天成脱下一只鞋，向孩子们扔过去。孩子们跑了几步，又返回来，从地上捡起那只鞋，扔到了曹天成家的房顶上。

　　曹天成恼羞成怒，光着一只脚去追孩子们，孩子们这才一哄而散。

八

　　春节前夕，东城村洋溢着一片节日的气氛。家家户户都在清扫屋舍，张贴年画。讲究一点的人家，还在门旁贴上一副春联。人们在购买年货的同时，也合计着给家人置办新衣。小惠父母给小惠买了一身布料，小惠将布料拿到曹梅家中，让曹梅看布料的颜色与质地。

　　曹越也回到家中，准备与家人过年。经过小惠与曹梅身边时，看见曹梅不住地赞叹着那块布料，他心中便感到很难过。爱美之心，人皆有之，更何况一个正值青春的女孩子。农村人缺钱，身上的衣服大都是粗布做的。男人们一生中，大概只有结婚那一天才能穿上一身买来的新衣服。喜欢打扮的女人们，也要等上三五年，才能扯一块布料做衣裳。小孩子却不一样，每逢过年，父母都会给他们添置一身新衣裳。如果哪家孩子过年没有新衣服，便会遭到其他孩子的讥笑。不懂事的孩子便会跑回家，哭着鼻子和父母吵闹。

曹越上学时，父母每年都会给他做一身新衣服。可曹梅却没有这种待遇，从小到大没穿过几件新衣裳。今年曹越暂时不需要新衣了，父母也该照顾照顾曹梅的情绪了。离过年只剩下几天时间，可家里一点动静都没有。曹越便在心中想：家里再穷，也穷不到连一身衣服都买不起的程度。

曹越并不了解父母的苦衷，父母要考虑的事情很多。曹越已经是二十出头的人了，按说也该娶个媳妇成个家了。东城村与曹越同龄的人大都结婚了，他们能不为这件事情着急吗？好在他们知道曹越和小惠有那么一点意思，只要有一方提出来，婚事很快便会定下来。在这种情况下，他们不积攒一点结婚的钱怎么行？他们掂量来掂量去，只好再委屈曹梅一次。

为了弥补对曹梅的亏欠，曹越决定用自己挣来的钱给曹梅买一身新衣服。

小惠从曹越家出来时，看见曹越站在门口，便放慢脚步问曹越："有事吗？"

曹越犹豫了一会儿，说："我想给梅子扯一身新衣服，你能帮我挑选合适的布料吗？"

"你让她自己选，不是更好吗？"

曹越支支吾吾说不出话来。

小惠抿着嘴笑了笑，然后对曹越说："明天早饭后，你在村外等我。"没走几步，又回头对曹越说："别忘了带布票。"

曹越回到家中，见母亲头顶一块纱巾，用扫把扫着墙上的灰尘。他犹豫了一会儿对母亲说："妈，明天我想去一趟集镇。"

母亲"嗯"了一声。

曹越又说："我想要一些布票。"

母亲疑惑地问："要布票干什么？"

"我想给梅子扯一块做衣服的布料。"

母亲停住手中的扫把，用异样的目光看着曹越。她忽然感到儿子长大了，能替大人分忧了。她向曹越点了点头，又转过身继续扫墙了。

第二天吃过早饭，曹越和小惠在村口会合之后，便向集镇走去。

初春的太阳挂在空中，积雪的田野一片白色。小路上没有别人，只有曹越和小惠。他们无拘无束地奔跑着、追逐着，尽情享受着这种轻松的时刻。小惠跑了一阵，又停住脚步，抓起一把雪，捏成一个团，向曹越扔过去。白色的雪团砸在曹越身上，立刻化成了无数的雪末子。小惠开心地笑了笑，又转身向前奔跑着。曹越在身后追小惠时，小惠脚下一滑，跌倒在雪地上。曹越扶着小惠站起来，关切地问："摔疼了没有？"

小惠看了曹越一眼说："都怪你追人家追得太急。"

看着小惠冻得通红的手，曹越抓住小惠的手说："我替你暖暖手吧。"

小惠闭上眼睛，静静地感受着。

片刻的静谧之后，曹越小声问小惠："这些天想我吗？"

小惠"嗯"了一声，便依偎在曹越怀中。这段时间，又有很多提亲的人被小惠拒绝了。小惠父母也知道小惠的心思，可他们又怕曹越那边靠不住。他们给小惠做了许多工作，却没能改变小惠的心。无奈之下，他们要小惠告诉曹越：如果曹越真心想娶小惠，过了年便找个人提亲。小惠答应了父母的要求，可要她亲口向曹越说这件事，她又觉得自己难以开口。

曹越拥抱着小惠说："你猜我现在想什么？"

小惠摇了摇头。

"我想再挣一些钱。等攒够了钱，我们就结婚。"

小惠点了点头，将曹越抱得更紧了。

曹越低头看了小惠一眼，又对小惠说："过完年，我就让父母托人去你家提亲。"

小惠又默默地点了点头，她现在的感觉除了幸福还是幸福。她忽然想起媒婆口若悬河地向她介绍某公社主任的儿子，说她要是做了主任家的媳妇，那可是吃香的喝辣的，什么活都不用干，简直是少奶奶一个。可在她的心目中，这些东西再好，也比不上曹越。她不稀罕做什么少奶奶，她只想靠在曹越怀中。只要能与曹越在一起，她愿意吃任何苦，受任何罪，哪怕跟着曹越去要饭，她也心甘情愿……

也不知过了多长时间，小惠突然从曹越怀中挣脱出来，转过身向前奔跑。曹越回过神来，又追赶上去……

曹越与小惠在集镇扯好了衣料，又给小惠买了一面小镜子，然后返回了东城村。

曹越走进家门，便将买来的布料拿给曹梅看。

曹梅摸着布料说："这布料质地不错，颜色也好看……"

曹越得意地说："我买的布料能不好吗！"

曹梅看了曹越一眼说："这布料是你选的吗？"

"当然是。"

"那我问你，这是什么布料？"

曹越挠了挠头说："我不太清楚，这是卖布的女售货员向我推荐的。"

曹梅抿着嘴笑了笑，说："小惠姐什么时候当上售货员了？"

曹越对曹梅说了一声："去你的，不和你说了。"便转身走进了母亲房间。

母亲正坐在炕边与曹麦成说话，看见曹越走进来了，便对曹越说："你回来了。"

曹越点了点头。

"给梅子的布料买了吗？"

"已经给她了。"

母亲又说："你坐下，妈想和你说件事。"

曹越看了母亲一眼，就坐在旁边的椅子上。

母亲叹了一口气说："过完年你就二十一了，你的婚事也该考虑了。我们知道你不想待在农村，可出去是需要机会的。如果有一天你在外面混不下去了，回到东城村连媳妇也不好找了。"

曹越本想找机会给父母说这件事，没想到父母先向他提出来了。他思索了一会儿对父母说："你们觉得小惠怎么样？她人长得不错，手脚也勤快，我们又是一起长大的，脾气也合得来。"

母亲犹豫了一会儿说："按常理说，娶媳妇还是外村的好。这隔壁两邻的做亲家，弄不好会成仇家的。不过，小惠这孩子心眼挺好，也不多事，只要你们两个愿意，我们也没什么意见。"

"那你们请个媒人去提亲，明年过年前我们就结婚。"

母亲看了曹麦成一眼，见曹麦成没有反对，就向曹越点了点头。

九

夏收时节，曹梅吃过晚饭，站在家门口看着夜幕下的白蟒塬。

柔和的月光将白蟒塬装扮成银色的世界。

曹梅扭头向麦场望了望，今晚是许红建一个人看守麦场。曹梅心中犹豫着，要不要趁这个机会，与许红建说一会儿话？

曹梅和许红建的关系是在一起劳动中建立的。曹梅刚下地时，身子很单薄。许红建见曹梅干活很吃力，便经常帮她干一些体力活。这种状况持续了好几年，曹梅也从小丫头长成了大姑娘。为了避开那些无聊的闲话，曹梅不好意思再接受许红建的帮助。不过，这并不影响他们已经建立起来的亲密关系。

曹梅在家门口站了很久，最后下定决心向麦场的方向走去。

麦场中央放着一张竹床，许红建光着膀子躺在床上。他望着天空中的星星，头脑中便浮现出曹梅的面孔。他喜欢曹梅，喜欢与曹梅在一起的感觉。生产队开会时，他会坐到曹梅对面，眼睛一眨不眨地盯着曹梅出神；收工回家时，他会跟在曹梅身后，注视着曹梅的一举一动。他经常为爱上曹梅这样的女人而兴奋，可这种兴奋过后，他心中便会泛出一丝忧虑。他从小死了爹，走了娘，只剩下年迈的奶奶与他相依为命，他长到八九岁时，身上的衣服还不能遮羞。后来，他长大了，能干活了，困顿的家境才有所改善：饭能吃饱了，衣能遮体了。可除了这些，他一无所有，他连最基本的居住条件都不具备，到现在还和奶奶挤在一间破草屋中。对于他这样的人来说，要想找个媳妇实在太难了。可让他感到欣慰的是，曹梅不嫌他穷。曹梅对他说："贫穷又不是天生的，也不是一成不变的。只要我们一心一意过日子，以后的生活会一天比一天好。"

听了曹梅这句话，许红建感动了好几天。他不想让曹梅跟着自己受委屈，他打算凭自己的手艺出去挣点钱。他考虑了很长时间，却没有机会对曹梅说。

曹梅走到麦场边，见许红建躺在床上发呆，便走近许红建，捡起一根麦秸，在许红建的一只耳朵上划了划。

许红建举起手挠了挠耳朵。

曹梅又在许红建另一只耳朵上轻拂了几下。

许红建一边挠着耳朵，一边自言自语地说："这该死的蚊子，干吗光咬耳朵？"

看着许红建滑稽的样子，曹梅忍不住笑出了声。

许红建听见笑声，忙坐了起来，对曹梅说："你怎么来了？"

曹梅说："你嫌我来了？那我现在就走。"

许红建笑着对曹梅说："我怎么会嫌你？你能来，我高兴都来不及。"

曹梅感到心里面暖暖的，便挨着许红建坐下了。许红建沉默了一会儿说："我想和你商量一件事。"

"什么事？"

"我听人家说，像我这样有手艺的人，在工地一天能挣好几块钱。"

"你想去工地？"

许红建点了点头说："我想挣些钱把房子盖起来，我不想让你结婚后住在那间破草屋中。"

曹梅感到心中热乎乎的，她看了许红建一眼，便倒在了许红建怀中……正当他们沉浸在热烈缠绵的拥抱中时，一群小孩突然来到他们旁边，大声地向他们乱吼乱叫。

曹梅听见喊声，猛地从许红建怀中挣脱出来，赶紧向麦场外面跑去了。可孩子们却跟在她身后，不断地向她叫喊着。许红建见状，便向孩子们冲过去，孩子们这才在一片嬉笑声中跑开了。

看着孩子们从眼前一个个跑光了，曹梅这才意识到事情的严重性。过不了多久，这件事便会通过孩子们那没有遮拦的嘴传遍整个东城村。曹梅倒不怕人们说什么，她主要是为父母担忧。父母一生都没让人戳过脊梁骨，可这件事会使他们处于非常尴尬的境地。

曹梅回到家后，感到心烦意乱。她躺在炕上翻来覆去了很长时间，也没想出一个补救的办法。凌晨两三点钟，她才在烦躁中睡着了。

早晨，曹梅从梦中醒来时，听见屋外有人说话。她透过窗户看见曹麦成蹲在院中，一声不吭地吸着旱烟。曹天成站在曹麦成旁边，沉着脸对曹麦成说："你也不好好管教管教自己的丫头。这下可好，弄出这么一件丢人的事。你到外面打听打听，全东城村人都说咱们曹家羞先人哩！"

曹天成是他们曹氏家族的掌门人，让曹天成苦恼的是：曹家门户太小，除了他就这么一个弟弟。弟弟家的人又不多事，也没什么事情要他来管。发生在曹梅身上的这件事，给他提供了一次难得的机会，他终于可以在弟弟面前摆一摆曹氏家长的威风了。早晨一起床，他便来到曹麦成家，将曹麦成狠狠数落了一顿，这才志得意满地离开了。

看着曹麦成蹲在院中生气，曹梅躲在屋里不敢出来。直到母亲喊她吃饭，她才走出房间，拿起盆子洗漱去了。

母亲将饭菜放到桌上，扭头喊着曹麦成吃饭。

曹麦成看了老伴一眼，扭头继续吸着旱烟。

看见曹麦成沉着脸，母亲便向曹麦成大喊："一大清早的，你这是和谁怄气呢？"

曹麦成沉默了一会儿说："你去问问你的宝贝女儿！昨天晚上，她和那小子在一起被人逮住了。"

母亲刚想问问曹梅怎么回事，却看见曹梅脸上挂着泪水。她又看了生闷气的曹麦成，便忍不住陪着曹梅一起掉眼泪了。

曹梅心里难受极了。她知道父母已经被这件事击垮了，她必须带领全家人闯过这道关。她思索了一会儿，便擦干眼泪对母亲说："妈，你别哭了，让那些爱嚼舌头的人说去吧，我才不会在乎这些闲言碎语。"

母亲点了点头，就去热已经放凉的饭菜了。

吃过早饭，曹梅像什么事都没发生似的出工去了。整整一个上午，她都能感到有异样的目光盯着自己。收工回来的路上，走在她身后的几个女人不断地议论着她。她不想理会这些无聊的人，可她也不想这么灰溜溜地走开。她向身后的路上望了望，见许红建就在不远的地方，她便停下脚步，大声地朝许红建喊着："你打算什么时候娶我？时间长了，我怕有些人的舌头都嚼烂了。"她站在路边，等着许红建走过来，便挽着他的胳膊离开了。

正当那几个咬舌头的女人呆若木鸡地看着曹梅时，旁边却传来了几个小伙的赞叹声："什么时候咱也找一个像曹梅这样的女人，在众人面前挽着咱的胳膊走一回，那滋味才叫美哩。"

听着小伙们的议论，女人们满脸通红地走开了。

第二天，在曹梅的带动下，母亲也开始出工了。可曹麦成死活都不肯出门，一个人躲在家中生闷气。

上午八九点钟，曹越刚上完夜班，有人给他捎话，说曹麦成病了，让他回去一趟。他赶回家，听母亲讲了事情的经过，便开始劝曹麦成。曹麦成一直听着儿子说话，可他始终没说一句话。

吃过午饭，在曹越的陪伴下，曹麦成开始下地干活。整整一个下午，一切都很正常，曹麦成所担心的事情一直没有发生。

收工回来后，曹越见曹麦成心情好多了，便赶回面粉厂上班去了。

十

早晨上班前，曹越在门房翻阅报纸时，一个醒目的标题映入他的眼睛——

"大学教育中断十年，高考制度即将恢复"。他浏览完这篇报道，又去了一趟文教局，问清了高考的报名条件。令他感到欣慰的是，社会并没有遗弃他们这些不幸的人，大学的门依然向他们敞开着。

下午下班后，曹越回到东城村，找村支书开好了证明，回到家中找了几张照片，又返回了泾塬县城。

第二天，曹越请了半天假办完高考报名的手续，便躺在宿舍中思索。近年来，复杂多变的国内局势导致了相关政策的不确定，虽然报纸上说了，高考制度将坚定不移地贯彻下去，可谁知道以后会不会再变？他必须抓住眼前的机会，实现自己的大学梦。他想将所有的功课都复习一遍，可离高考只剩下两个月的时间，他每天要上八个小时的班，没有更多的时间准备考试。他想辞掉面粉厂的工作，将精力都投入到复习中，可他又舍不得放弃这来之不易的工作。只要在这个岗位上再坚持几年，他就可以转成面粉厂的正式工人。当工人当然不如上大学有出息，可能不能考上大学还是未知数。鱼和熊掌不能兼得，他只能选择其中一条路走下去。经过激烈的思想斗争，他决定集中精力备战高考。

曹越找郭厂长办完离职的手续，便回到宿舍，将自己的东西打包好，然后来到车间，走到祁刚身后喊了一声："班长。"

祁刚看见曹越，疑惑地问："你不是回家去了吗？怎么还没走？"

曹越摇了摇头说："我是来向你们告别的。"

祁刚看了曹越一眼说："告什么别？赶快把事情办完，早点回来。"

曹越沉默了一会儿说："班长，我已经辞掉了面粉厂的工作，我要回家准备高考了。"

祁刚望了曹越一会儿，说："好啊！等你考上大学的那一天，全车间的人都喝你的喜酒去！"祁刚说完这句话，便将脸转向一边，他心里面难受。再过几年，他就要退休了。他本打算让曹越接替他当班长，可现在他只能将这种想法埋在心中。

曹越向祁刚说了几句保重的话，又和其他工人一一道别，最后他走到雷天牛面前说："兄弟，我要回家了，你多保重。"

雷天牛点了点头说："你走吧，我知道你一直在等这一天。"

曹越重重地握了握雷天牛的手，便转身向车间外面走去。

祁刚看着曹越的背影，大声地向曹越喊着："如果考不上大学，我祁刚还在面粉厂等着你！"

曹越停住脚步回过身，郑重地向祁刚点了点头，快步走出了车间。

曹越背着行李走出宿舍时，看见雷天牛默默地站在门外。

雷天牛接过曹越的行李，陪着曹越走出面粉厂大门，这才停下脚步对曹越说："我早料到会有这么一天，只是没想到会来得这么快。本想送你一件像样的东西，可没来得及准备。等你考上大学的那一天，我一定带一瓶好酒去看你。"

曹越点了点头，背着行李离开了。

曹越回到家，立刻投入到紧张的复习中。母亲见他整天待在屋里，便赶着他到外面放松放松。他放下手中的书，走出家门，站在门前向远处眺望。

秋季的天空，天高云淡，五彩的夕阳将大地装扮成一片橘色。门前的柿子树已经换上了一身红装，红中透黄的果实压弯了柿子树的枝丫。在这个成熟和收获的季节，果树结出果子，庄稼长出粮食，农民们收获着希望。可曹越不知道自己付出的辛勤和汗水，是否也能像眼前的柿子树一样，结出丰硕的果实。

曹越将目光收回来，转向了小惠家门口，他希望能看见小惠。再过几个月，便是他和小惠大喜的日子。这段时间，他将精力都用到了复习功课上，无暇顾及他和小惠的婚事。他感觉自己冷落了小惠，他想找机会向小惠解释解释。

此时此刻，小惠躲在家里，面对着墙壁发呆。为了不影响曹越复习，小惠常常将自己关在屋中。她对自己的未来充满了不确定，她不知道会有什么命运等着自己。如果曹越考上了大学，她便会解除和曹越的婚约，她不想成为曹越的累赘，她希望曹越飞得更高更远。可她又不希望出现这样的结果，因为她不想失去自己心爱的人。

在长时间的苦思冥想中，她变得恍惚起来。她看见自己躲在一个角落哭泣，忽然听见曹越对她说："惠，我落榜了。"

她抬起头问："你说什么？"

曹越沮丧地说："我没考上大学。"

她脸上立刻掠过一丝轻松。可当她看见曹越那失落的目光时，她又难过地对曹越说："明年还可以再考。"

曹越摇着头说："我不考大学了，我要好好与你过日子。"

她含羞地看了曹越一眼，小声地对曹越说："我要为你生一个大胖儿子，我要让我们的儿子上大学。"

曹越点了点头，将她搂在怀里。

她闭上眼睛享受这种温馨时，突然感觉身体急速地坠落着。她睁开眼睛，发现自己依偎的曹越消失了。她想喊曹越回来，可她的嘴怎么也张不开……

她从睡梦中惊醒时，感到身下一片潮湿。她已经是一个成熟的姑娘了，村里与她同龄的姑娘都出嫁了，唯独她还在苦苦地等待着命运的安排。

农历腊月，全家人都在为曹越的婚事做着最后的准备。曹越居住的房间，除了铺的和盖的以外，所有的东西都换成了新的。只等举行婚礼时，换上新做的被褥，便是名副其实的新房了。

曹越站在新房之中，看着贴在墙上的"喜"字，却没有多少喜悦的感觉。一个月前，他参加完高考，便一直等着结果，可到现在一点消息都没有。为了驱赶心中的烦闷，他走出家门，站在白蟒塬上，向远处眺望。冬季的白蟒塬到处都呈现着死寂与荒凉。只有那流淌的泾河之水，给这个冰冻的世界增添了几分生机。寒冷的冬季使万物凋零，却奈何不了流淌不息的泾河水，那是因为河水具有一种内在的动力，一种不到大海不罢休的坚强决心。

看着天色暗淡下来了，曹越便转身向家走去。他走到家门口时，碰见了匆匆走来的村支书。村支书喊了他一声，将一个信封交给他。他打开信封，看见里面装着一张西京师范大学的录取通知书。他欣喜地看了村支书一眼，道了一声谢谢，然后快步向家中走去。他想尽快将这个消息告诉家人，他想让全家人分享自己的喜悦。他刚走了几步，想起给他送信的村支书，又走到村支书旁边，邀请村支书去他家坐坐。

曹麦成正坐在堂屋喝茶，看见村支书走进了家门，赶紧站起来迎接。村支书看着曹麦成，说："恭喜老兄！"

曹麦成疑惑地问："不知老兄说的是哪件事？"

"你儿子考上了大学，我是特意来给他送录取通知书的。"

曹麦成扭头看了看曹越，见曹越点了点头，他这才兴奋地对村支书说："这是好事，咱们哥儿俩喝几杯吧！"

曹麦成让村支书在堂屋中坐下后，让曹梅帮母亲做几个下酒菜。他取出一瓶珍藏多年的西凤酒，打开瓶盖，斟了两杯，刚想和村支书干杯，却看见曹天成从外面走进来了。他放下手中的杯子，又给曹天成斟了一杯酒。

曹天成喝了一口酒，放下酒杯问曹麦成："听说越儿考上大学了？"

曹麦成点了点头。

曹天成喝完剩下的半杯酒，对曹麦成说："这可是咱们曹家先人积的德。要不然，这全村上下，别人家的孩子怎么就考不上大学？"

听着曹天成的这句话，村支书感觉很不舒服。他将杯中的酒喝完，便推说有事离开了。

曹麦成送走了村支书，开始陪着曹天成喝酒。半个时辰后，曹梅见父亲喝多了，便扶着他进屋睡了。曹越一家人送走了曹天成，收拾收拾便回房休息了。

曹越躺在炕上，思绪像升起的青烟一样，漫无边际地飘散着。他想着自己的未来，也想着自己的家人。为了供他上学，他们全家人吃了那么多苦，受了那么多罪，他感到自己有责任让他们的生活变得更美好。他的思绪又飘到了小惠身上，他想到了和小惠的婚事。再过半个月，便是他和小惠大喜的日子。他看了看自己的房间，旧的顶棚换上了新席子，窗户上遮风的塑料纸已经被透明的玻璃所替代，四周的土墙也被带着图案的墙纸装饰起来。结婚的家具虽说不是很多，但也挺时髦，橘红色的大衣柜和五斗橱已经让村里的年轻人羡慕不已。他对自己新房的布置挺满意，唯一感到美中不足的是贴在墙上的"喜"字还不够大。

第二天早晨，曹越告诉母亲，想换一个更大的"喜"字。母亲按他的要求剪"喜"字时，看见媒人匆匆走进了他们家。结婚前要商量的事情很多，这些事都由媒人从中协调。看见母亲和媒人商量事情去了，曹越又在新房中搜寻了一会儿，感觉一切都布置得非常到位。曹越从房间走出来时，刚好碰见母亲送走了媒人。看见母亲脸色有些异样，他便问母亲："又有什么事？"

母亲看了曹越一眼说："小惠要悔婚。"

曹越惊异地问："你说什么？！"

母亲把刚才的话重复了一遍。

曹越愣愣了一会儿，便转身向门外走去。

母亲拉住曹越说："你想干什么？"

"我要找小惠问个明白。"

母亲摇着头说："你不要再逼小惠，她是不想拖累你才这样做的。"看着曹越生气的样子，母亲又劝曹越说："你想和小惠说这件事，也要找个合适的机会。看你现在的样子，去了也会将事情搞僵的。"

听了母亲这番话，曹越只好暂时作罢。此后一段时间，他经常徘徊在自家门前。他想找个机会与小惠沟通，他希望能说服小惠改变想法。可直到春节来临，他的愿望都没能实现，他和小惠的婚礼也被迫取消了。

春节过后，曹越便要去省城上学了。离开东城村的前一天晚上，曹越鼓起勇气来到了小惠家。小惠母亲很客气地对他说："你找小惠？"

曹越点了点头。

小惠母亲说："小惠去她姑妈家了。"

曹越问："她什么时候回来？"

小惠母亲摇着头说："不知道。"

第二天早晨，曹越坐着牛车离开时，忽然看见小惠站在塬畔上，向他离开的方向眺望着。他多想跑到小惠身边，将他的心里话说出来。可他不能这么做，他不能让赶车的父亲觉察到他内心的焦虑与不安。

曹越到达学校后，立刻给小惠写信。他刚写了一句"亲爱的小惠"，便感到不合适。他知道这封信有可能先经过小惠的父母，才能到达小惠手中。小惠父母不识字，如果找人读一读，信的内容就会公开。他觉得这封信不宜写得太长，也不能用过于热烈的词句，只要将自己的意思表达清楚就行了。他想了一会儿，重新写道：

　　小惠：

　　　　这段时间以来，我很想和你说说自己的心里话，可你一直不给我机会。我们从小一起长大，彼此之间都很了解。我现在是上了大学，可我的根还在泾塬县。十年"文革"，教育受到的冲击最大，各地的教师队伍严重匮乏。为了支持家乡的教育事业，我打算大学毕业后回白蟒塬中学当一名老师。这样，我就可以每天回到东城村，回到我们的家中，过我们的小日子。我还有很多心里话想对你说，我要你等着我，等我回来！

　　曹越将信寄走后，心中还是感到不踏实，便抽空回了一趟东城村。全家人见到曹越都很高兴。曹越与他们聊了一会儿，便询问小惠的情况。母亲沉默了一会儿对曹越说："小惠她……她已经结婚了。"

　　曹越惊异地问："她没收到我的信吗？"

　　曹梅看了曹越一眼，然后走进屋中，拿出曹越写给小惠的信。

　　看见信封还没有拆开，曹越疑惑地问曹梅："小惠没看这封信？"

　　曹梅点了点头说："你离开之后，小惠便答应了一桩婚事。小惠父母收到这封信，将信交给了小惠。小惠哭了好几天，可始终没打开信。直到结婚的前一天，她才将信拿出来，让我交给你。她让我告诉你，要你忘掉她。"

十一

　　曹越回到学校，整天都被失去小惠的痛苦包围着。为了缓解这种折磨，他利用休息时间走出学校，开始熟悉这座陌生的城市。

　　省城西京，古称长安，是一座有着五千年历史的古都。这里，演绎过西周王朝的兴盛与衰败，遗留着秦始皇的雄才与气魄，承载着汉武帝的治功与霸业，荡漾着大唐帝国的强盛。

　　长安的美丽使无数文人墨客竞折腰。在他们笔下，长安既是一座繁华而浪漫的都市，也是一个荒淫堕落、遍布血腥的地方。

　　西京的古老和西京的文化是西京的灵魂，也是西京的魅力所在。

　　西京的文物可谓多也。你随便走上一圈，便能发现很多古建筑。可别小看了这些破烂古董，它们既是西京的象征，也是西京人最引以为豪的东西。说起这些建筑，西京人会像数家珍一样，对游人介绍这些建筑的用途和历史："钟楼昔悬铁钟，用以报时……和钟楼对应的是鼓楼，晨钟暮鼓，交相辉映……"

　　看着西京人脸上洋溢着自豪，有人不服气地说："钟鼓楼好多地方都有，也不算什么稀罕物。"

　　西京人会瞪着眼睛对他们说："我们西京的钟鼓楼可是明朝建造的。你算算，六百多年过去了，这些建筑依然矗立不倒，别的地方它有吗？"

　　面对西京人的这种心态，很多外地人也能理解。自从唐代以后，全国的政治、经济和文化重心东迁南移，西京便像一个老掉牙的老太婆一样被冷落下来，如今的西京人只能从昔日的辉煌中找到那种自豪的感觉。从另一方面讲，西京也确实有让西京人感到自豪的理由，因为西京有一座世界上规模最大、历史最悠久、保存最完整的古城墙。

　　提起西京的城墙，西京人会让你猜一个谜语："墙上拉架子车"，打一国名。如果你回答"南斯（难死）拉夫"，他们会笑你太孤陋寡闻，他们会告诉你：西京城墙上可以并排行驶四辆小汽车。听了他们的讲述，你当然很想去看一看这座古城墙。可当你见到这座用青砖垒成的城墙时，却发现在经历了历史的沧桑和风雨之后，城墙早已失去了昔日的雄伟与壮阔，就像一条重病缠身、元气尽失的巨龙。

　　这座现存的古城墙建于明代，距今已有六百多年的历史。城墙有四门，东曰长乐，西曰安定，北曰安远，南曰永宁。每个城门都建有城楼，城楼全都用青砖砌成。由于年代久远，砖的颜色已经变成了青黑色，不时有麻雀从残缺的孔洞中飞出来。城楼上竖着一排粗大的木柱，因为风雨的侵蚀，柱面上的油漆已经剥落，只留下一些斑驳的图案。城楼上的窗户，大部分只剩下窗框。遇到了刮风天气，残存的窗框便在风中不停地开合着，好像在向人们诉说着它们苦难的经历。

从城墙上向南眺望，便会看见两座古塔。其中一座是小雁塔，因年久失修，塔尖已坍塌了半边；另一座是大雁塔，据说是三藏藏经的地方。大雁塔、钟鼓楼和古城墙共同构成了西京的标志性建筑。

曹越浏览这些古建筑时，常常被触动。他感慨着这些建筑的历史与渊源，也赞叹着古人的勤劳与智慧。此后一段时间，只要有机会，他便会穿梭于西京的大街小巷之中，他想用这种方式认识和了解这座古老的城市。

大学二年级开始后，曹越一头扎进了学校的图书馆。在图书馆，他第一次接触到了哲学。他像发现新大陆似的，沉溺于这个全新的领域。

春节过后，不知为什么，曹越心中总有一种淡淡的忧伤。没事的时候，他常常到校园外的田野散心。

初春季节，天气依然很冷，到处都遗留着冬季的痕迹。田里的麦苗在寒冷中蛰伏着，远处的树木也在风中瑟瑟发抖。曹越望着天空中飘动的云团，头脑中便出现了小惠的身影。他感到小惠像那飘向天边的云一样，离他越来越遥远了。他无力改变这种状况，只能在心中祝福小惠。

曹越叹了一口气，又将目光转向路边的小树。树枝上已经长出了许多"小毛毛虫"，那些都是树叶的嫩芽。过不了多久，这些"小毛毛虫"便会变成一只只张开翅膀的"蝴蝶"，给这个缺少生机的世界注入希望与活力。曹越望着这些萌发嫩芽的小树，顿时感到心情轻松了许多——寒冷的冬季结束了，明媚的春天就要来临了。

曹越回到学校，路过图书馆门前的小树林时，看见一对对男女坐在一起互诉衷肠。大学二年级，随着同学之间了解的增多，男女之间的交往也变得越来越频繁，曹越的心也被一个叫桑翠萍的女孩牵扰着。

桑翠萍来自汉南地区，是曹越的同班同学。桑翠萍长得漂亮，追她的人很多，其中便有曹越的同班同学赵振波。赵振波和曹越同住一个宿舍，他们的关系相处得挺好。赵振波的父亲是市公安局的局长，母亲是商业局的干部。赵振波喜欢向曹越讲自己的罗曼史，也经常拉着曹越去找桑翠萍聊天。随着与桑翠萍的交往，曹越那颗受伤的心也在慢慢地痊愈着。他被压抑的情感世界开始向桑翠萍敞开，可他不敢轻易将这种想法表现出来。

清明过后，天气暖和起来。人们那颗休眠的心也随着万物的生发变得活跃起来，曹越他们班自发地组织了一次春游活动。星期天中午，同学们骑着自行车到达秦岭后，将自行车寄存在农户家中，便沿着一条弯曲的小路向山中走去。

山路两边长满了绿色的小草，一条小溪在小路一边流淌着。随着海拔的升高，山路变得越来越陡峭，小溪也变得越来越湍急。

桑翠萍看着流水，心中便产生了一些恐惧。看见桑翠萍犹豫的样子，曹越便伸出手，拉着桑翠萍越过了小溪。

桑翠萍感激地看了曹越一眼。她感觉自己的心在怦怦跳动着，她喜欢那种被曹越牵着手的感觉。

他们爬到半山腰，坐着休息了一会儿，便分成几路活动。赵振波与桑翠萍和曹越组成一路，他们向一面小山坡飞奔而去。曹越跟在他们身后，忽然想起水壶忘在休息的地方。曹越向他们喊了一声，便转身向山下走去。

桑翠萍跑了一会儿，便停下脚步。她正采着山坡上的野花时，身体突然被赵振波抱住了。她不顾一切地反抗着赵振波这种野蛮的行为，可她的反抗却招来了赵振波更加疯狂的举动。赵振波将她压在身下，粗暴地扒下她的裤子，便像野兽一样进入她的身体。她痛苦地闭上了眼睛，屈辱的泪水不断从眼睛里涌出来……

曹越返回山坡时，看见赵振波和桑翠萍在草丛中扭动着，顿时感到头脑一片空白。他站在那儿愣了一会儿，便转身向山下走去。

十二

桑翠萍被赵振波夺去了贞操，便将自己的一生都交给了赵振波。她希望赵振波会是一个负责任的男人，可随着时间的推移，她的这种想法便被无可争辩的事实否定了。

暑假来临了，桑翠萍没有急于回家。她和赵振波去公园玩了一天，晚上又看了一场电影。在返回学校的路上，赵振波看见路边有一片小树林，便拉着桑翠萍向树林中走去。

小树林里面一片漆黑，桑翠萍充满了恐惧。她不想再往树林深处走，便与赵振波在树林的边缘坐了下来。

路灯的光亮从树木的空隙照进来，斑斑驳驳地落在周围的黑暗中。桑翠萍在惶恐和不安中，被动地接受着赵振波的拥抱。时间不长，她便听见一阵稀里哗啦的声音。她睁开眼睛，看见两个男人在树林外撒尿。她尖叫了一声，便推开了赵振波。

两个男人听见叫声，向树林里面望了望，发现是一对男女。他们便走到桑翠萍和赵振波跟前，阴阳怪气地说："我还以为是个什么东西，原来是一对狗男女。走，跟我们去派出所！"

两个男人相互看了一眼，便抓着赵振波向外拖。赵振波挣脱了他们，头也不回地向树林外面跑去。

两个男人又回到桑翠萍身边，架起桑翠萍往树林深处拖去。桑翠萍大声地喊救命，两个男人便放开桑翠萍，一边用手捂住桑翠萍的嘴巴，一边向下扯着桑翠萍的裤子。

正当桑翠萍感到绝望的时候，忽然听见有人喊着："狗日的，在干什么？"

两个男人看见有人走过来了，便放开桑翠萍，向那个人扑了过去。

桑翠萍坐在小树林的地上，呆呆地看着三个人打斗。时间不长，两个歹徒被赶跑了，她才从慌乱中清醒过来。她想离开这个恐怖的地方，可她的两只鞋却不知去向。她用手在草丛中摸索着，好半天才找到了一只鞋子，另一只却怎么也找不着。无奈之下，她坐在地上沮丧地哭起来。赶走歹徒的男人看了她一眼，蹲下身子在周围寻找了一会儿，将另一只鞋递到她手中。她慌乱地穿上鞋，跑出了小树林。

大街上已经没有行人了，桑翠萍心中充满了恐惧。她担心那两个歹徒会从什么地方再冒出来，只好停下脚步，扭头看着那个救了她的小伙子。

小伙子推着停在路边的一辆自行车准备离开，看见桑翠萍心事重重地站在那里，便走到桑翠萍跟前说："你是大学生吗？"

桑翠萍点了点头。

小伙子又问："哪个学校的？"

桑翠萍说："师大。"

小伙子看了桑翠萍一眼，便推着车子向师范大学的方向走去。

桑翠萍跟着小伙子走到学校门口，停下脚步对小伙子说："你叫什么名字？"

小伙子没有吭声，推着自行车准备离开。

桑翠萍拉着自行车说："你不告诉我，我就不放你走。"

小伙子犹豫了一会儿说："我叫周海民。"

"你在什么单位工作？"

"你问这些干啥？我又不想当雷锋。"

看见周海民车上挂着一块东风机械厂的牌子，桑翠萍便松开手让周海民离开了。

桑翠萍回到学校，等了赵振波好几天，始终没看见赵振波，她只好失望地回家去了。

开学前一天，桑翠萍回到学校，买了几样东西，来到东风机械厂。她向看门的老头打听周海民，老头摇着头说："不认识你说的这个人。"

桑翠萍只好拿着东西在大门外等着，希望能在下班的人当中找到周海民。

傍晚六点多，周海民从工厂里面走出来时，看见了站在门外的桑翠萍，便停下脚步，对同行的几个工友说："我有点事，你们先走。"

工友们冲着桑翠萍怪叫了几声，嘻嘻哈哈地起哄，在周海民的一再推赶下才离开。

周海民看了桑翠萍一眼，不知该向她说些什么。桑翠萍举了举手里的东西，对周海民说："你不会一直让我站在这里吧？"

周海民犹豫地说："那去我们宿舍坐坐，可以吗？"

桑翠萍点了点头，便跟着周海民离开了。

几个工友正在宿舍议论着桑翠萍，看见周海民领着桑翠萍走进来了，他们向桑翠萍打了声招呼便离开了。

周海民倒了一杯水递给桑翠萍。

桑翠萍接过水杯，感激地对周海民说："谢谢你那天晚上救了我。"

周海民看了桑翠萍一眼说："我当时也是路过那地方。听见你的喊声，才壮着胆子走进去的。"

"不管怎么说，我都应该谢谢你。"

桑翠萍又说了很多感谢的话语，便向周海民告辞离开了。

第二天，在去教室的路上，桑翠萍碰见了赵振波。她刚想对赵振波说点什么，赵振波却一转身走开了。桑翠萍感到非常生气，可赵振波已经占有了她的身体，她没有别的选择，只能委曲求全。为了与赵振波重归于好，她给赵振波写了一封充满温情的信，趁着课间休息，她将信夹在了赵振波的课本中。

上课的时间到了，桑翠萍回到自己的座位上，忐忑不安地看着坐在前面的赵振波。她希望赵振波能看到这封信，她希望这封信能打动赵振波。可直到下课的铃声响了，赵振波一点反应也没有。

桑翠萍准备离开时，赵振波扭头看了看她，便从书中取出那封信，用手揉成一团，扔到了地面，然后大摇大摆地走出了教室。

值日生正在扫地，忽然看见一个纸团滚到脚下。他打开纸团，见是一封情书，便大声宣读着信的内容。值日生读完信，看见桑翠萍呆呆地坐在那儿，便将信还给桑翠萍，抱歉地对桑翠萍说："对不起，我只是想开个玩笑……"

桑翠萍拿着信走出教室，走出学校。她将信撕成碎片，扔向空中，然后一边哭一边在大街上漫无目的地游荡。

夜幕降临时，一座楼房挡住了她的去路。她抬头看了看，是周海民的宿舍楼。她刚想离开这个地方，却碰见了下班回来的周海民。

周海民将桑翠萍拉进宿舍，倒了一杯水递给桑翠萍，然后关心地问："你怎么了？"

桑翠萍委屈的泪水禁不住流了下来。

周海民又问："发生了什么事？能告诉我吗？"

桑翠萍心中的痛苦像奔腾的河水一样急涌而出。她向周海民诉说完自己的委屈，顿时感觉心里面轻松多了。

桑翠萍离开周海民宿舍时，周海民将桑翠萍送到学校门口，然后看着桑翠萍说："我可以来学校找你吗？"

桑翠萍犹豫了一会儿，便向周海民说了自己所在的院系和班级。

看着桑翠萍离去的背影，周海民心中很不平静。他不希望桑翠萍受到伤害，他不想看到桑翠萍受委屈。只要能抹平桑翠萍心中的悲伤，他愿意为桑翠萍做任何事。

赵振波可没桑翠萍那么凄惨，他本来就是抱着玩玩的态度与桑翠萍交往的。他骨子里有一种追求刺激的本性，他不想守着一个女人活到老，他想尝试更多更漂亮的女人。如果没有小树林发生的那件事，他一时还下不了同桑翠萍分手的决心。桑翠萍的那封信也使他非常感动，可这并不能改变他骨子里的东西，他需要新鲜与刺激。为了彻底断绝与桑翠萍的关系，他故意将那封信扔在了地上。后来，他得知这件事对桑翠萍造成伤害时，心中也有一丝的愧疚，可那只是一种淡淡的感觉。时间不长，他便将这件事忘得一干二净了。

下午上完课，赵振波第一个冲出了教室，他已经和一个女孩约好了一起看电影。他急急忙忙向学校门口跑去时，一位站在教室门口的陌生人向他打听："请问，哪一位是赵振波同学？"

赵振波看了那人一眼说："我就是。找我有什么事？"

那人一句话也不说，抡起拳头便向赵振波砸了过去。

赵振波被打蒙了，抱着头向前跑着，可没跑几步，又被追上了……

桑翠萍走出教室，看见赵振波被周海民追打着。她便跑到他们身边，拉着周海民的手，跑到学校外面，对周海民说："你为什么要打他？"

"因为他欺侮你。"

"可你知不知道打人是违法的？"

"只要能替你出一口气，我什么都不怕。"

听着周海民的这句话，桑翠萍很感动。从此以后，她将周海民当成了自己的亲人。有空的时候，她便去周海民宿舍，替周海民洗洗衣服，打扫打扫宿舍。

十三

寒假前夕，曹越收到家里的来信。信中说曹梅要结婚了，婚期定在春节前。曹越看完信，便在心中想着：曹梅才二十岁，年龄也不算大，为什么非要急着结婚？其实，曹梅这样做有她的道理，只是曹越不理解罢了。

自从曹越考上大学后，曹麦成夫妇便开始为钱发愁。曹越在面粉厂上班期间，每个月都能拿回一些钱补贴家用。现在没有了这些收入，经济上明显不如以前。庄稼人穷惯了，有钱没钱都能过得去。曹越在外上学，不贴补曹越一点怎么行？可让老两口犯愁的是：这钱从哪里来？老两口辛辛苦苦积攒的钱，都花在了给曹越结婚的事情上，他们根本没有多余的钱来供养一个大学生。

曹梅也理解父母的难处，她也想为父母分忧解难。可在农村这种贫穷的环境中，她一个女人又能做什么呢？她忽然想起许红建说过要去工地挣钱，可不知为什么，许红建不再提这件事了。

曹梅找到许红建，质问他为什么不去工地了。

许红建支吾了半天，才说出了真实原因：他不放心与他相依为命的奶奶。如果他去了工地，奶奶的吃水便成了问题。东城村人的吃喝用水，可都是从白蟒塬下面挑上来的。

曹梅沉默了一会儿说："我来替你奶奶挑水。"

许红建瞪大眼睛说："你能挑水？我还没见过东城村有女人挑水的。"从白蟒塬下面挑一担水，不但要走很长的路，还要上一个大土坡。年轻的小伙子都累得直喘气，更别说体质柔弱的女人了。

曹梅对许红建说："这不用你管。你只管放心去工地。"

"我不去。"许红建不想让曹梅受那份罪。

"你不去？那咱们的关系就一刀两断！"

许红建沉默了一会儿说："你别生气，我去就是了。人家还不是心疼你。"

"你要真心疼我，就多挣几个钱回来。等将来结婚了，也让我过几天好日子。"

许红建挠了挠头，嘿嘿地笑了。

许红建去工地后，曹梅怕许红建的奶奶孤单，便想和她住一起。可奶奶嫌自己家太破，怕曹梅受委屈，便拒绝了。为了照顾好奶奶，曹梅每天都要去许红建家。她先将水缸的水挑满了，再陪奶奶说一会儿话。

许红建两趟便能挑满的水缸，曹梅至少要跑四五趟。每次挑完水回来，她便躲进屋中，脱下身上的衣服，揉搓着疼痛的地方。

母亲看见曹梅肿胀的肩膀，便走出屋子向曹麦成诉说，她希望曹麦成能帮帮女儿。可曹麦成怕别人说闲话，一直对这件事保持沉默。

转眼之间，许红建去工地已经半个月了，曹梅企盼许红建能回来一趟。因为月经，她好几天都没给奶奶挑水了。她拖着虚弱的身体走进许红建家，看见水缸的水已经见底，心中充满了愧疚与不安。

曹梅挑着水桶走到井边，使出浑身力气绞上一桶水，又将水分到两个桶里，便挑着水桶离开了。她走到通往白蟒塬的土坡中间时，便感觉一股液体从身体中向外涌着。

母亲站在门前，看见曹梅从坡下走上来，便迎着她走了过去。当她发现曹梅的裤子已经被染成了红色，她便将水担夺过来，放在路边，拉着曹梅回家去了。

母亲走进家门，便不断地向曹麦成哭诉。

曹梅进屋换好裤子，又转身向屋外走去。

母亲拉住曹梅，哭着对曹梅说："你不要命了？"

曹梅摇着头对母亲说："许红建的奶奶已经断水两天了。再不将这点水给她挑回去，她就要被渴死了。"

母亲又将头转向曹麦成，不断地向曹麦成叫喊着。

曹麦成的脸变得越来越难看。当他看见曹梅从母亲手中挣脱，头也不回地向屋外走去时，他便让老伴拉住了曹梅，然后向放在路上的水桶走去……

从此以后，曹麦成便承担起了给许红建家挑水的任务。有一天早晨起床后，曹麦成挑着水桶来到许红建家门口，却发现大门关着。他向屋里喊了几声，见没人回应，便跑回家，要曹梅去看看怎么回事。

时间不长，许红建家门口便聚了很多人。人们喊破了嗓子，屋里却没人应声。等到门被撬开后，人们才发现许红建的奶奶已经去世了。

许红建从工地赶回来，抱着奶奶的遗体痛不欲生。在这个世界上，只有奶奶和他最亲，可奶奶去世时，他却没能见上奶奶最后一面。

看着哭得死去活来的许红建，曹麦成便在心中思量着：老人的后事要有人安排才行。在东城村，许红建也没什么亲戚，只有他和许红建有那么一层说不清的关系。他是最不愿意管这种事的人，可现在这件事只能落到他头上。最让他感到作难的是，老太太连一合棺木也没有。大伙儿便给他出主意：让他先借一合棺木，将老太太葬埋了再说。

曹麦成掐着指头算了算，全村有三口做好的棺木。其他两户和他没什么关系，最有可能借到的便是曹天成的那口棺木。他找到曹天成商量这件事时，曹天成瞪着眼睛对他说："我那棺木可是松木做的，许家老太太能用得起吗？"

"人家将来还你一个松木的棺木不就行了。"

"那也不行，我这曹家的棺木不能睡许家的人。"

曹麦成见话不投机，转身便要离开。

曹天成又说："不过既然许红建托你来了，我得给你一个面子。我可事先说了，我这棺木不能白用。"

"你要怎样？"

"总得给我点补偿吧？"

"你想要多少钱？"

曹天成思索了一会儿说："就给十块钱，算便宜那小子了。"

曹麦成点了点头说："行，就按你的意思办。"

在曹梅一家人的鼎力协助下，许红建的奶奶总算是入土为安了。

老人的丧事办完后，许红建将从工地上带回来的钱交给曹麦成。曹麦成付完办丧事的费用，又将剩下的钱还给许红建。许红建对曹麦成说："过一段时间，我还要去工地。这些钱带在身上不方便，放在我那个破家也不放心。"

曹麦成想了想，便将这些钱暂时交给曹梅的母亲保管了。

奶奶去世后，许红建只能自己凑合着做饭。菜炒咸了，玉米粥熬煳了，蒸的馒头比砖块还硬。曹梅看在眼里，痛在心上。她抽空会去给许红建做一顿饭，可这样下去总不是长久之计。她思来想去，觉得最好的办法便是与许红建结婚。结婚以后，许红建便可以住到曹梅家。有了曹梅一家人的照应，许红建吃喝上不用再发愁。另一方面，许红建从工地挣点钱回来，也能缓解曹梅家紧张的状况。

曹梅将自己的想法给父母说了，曹麦成觉得可行，便决定年前给他们完婚。

许红建得知这个消息，心里面既高兴又发愁。高兴的是要同自己心爱的人结婚了，发愁的是结婚的钱还没有着落。奶奶的"三七"刚过，他便背上铺盖卷到工地去了。

春节前夕，许红建从工地回到东城村。他将挣来的钱全交给曹梅，曹梅又把这些钱给了母亲。除了结婚要花掉一部分，还能剩下不少贴补家用。看见父母脸上有了笑容，曹梅感到非常欣慰。

曹越回到家时，全家人都在为曹梅和许红建的婚事做着最后的准备。母亲趴在堂屋缝制结婚的被褥，一床印着黄花的大红被子平铺在席子上，席子一角放着几个核桃和硬币之类的东西。这些东西是要被缝进被子里的，寄托着对一对新人的祝福。

曹梅仔细打扫着新房的每个角落，这间房原来是给曹越结婚准备的。曹越上大学后，这间房便一直闲着，到现在已经落了厚厚的灰尘。

举行婚礼的日子很快便到了。曹梅坐在炕上，脸上泛着红晕。正当她回味着在麦场上被许红建拥抱的感觉时，外面忽然变得热闹起来。迎亲的队伍到了，许红建抱着曹梅走出家门，将曹梅放到一辆自行车上，在人们的簇拥下，推着车慢慢向前走着。一路上，人们打趣他们俩，许红建也不说话，只是嘿嘿地笑着。绕村一周后，迎亲的队伍回到曹家大门口，挂在树上的鞭炮便噼噼啪啪地响起来。不知哪个喜欢恶作剧的人，将一只点燃的鞭炮扔到许红建身上。许红建还没反应过来，鞭炮便在他胸前炸开了。许红建向人们笑了笑，便抱起曹梅走进屋里，在人们的欢呼声中开始拜天地……

十四

赵振波挨了周海民一顿打，萎靡了很长时间，才恢复了以前的状态。

星期天下午，曹越在宿舍看书，赵振波跑进来说："今晚历史系举办舞会，我们跳舞去吧。"

曹越不喜欢跳舞，便推托说："我不去。历史系的女孩，我一个都不认识。"

赵振波瞥了曹越一眼说："历史系的女孩，要多难看有多难看，鬼才愿意和她们跳舞。我今晚邀请了省卫校的两个女生，她们一个是我的高中同学王亚兰，另一个是王亚兰卫校的同学夏青。"

曹越不想凑什么热闹，却被赵振波拉出了宿舍。他们领着两个女生来到了舞场，赵振波首先邀请夏青跳舞，曹越则陪着王亚兰坐在一边聊天。一曲结束之后，赵振波又邀请王亚兰走进了舞池。

夏青坐在曹越旁边，看了曹越一眼说："你怎么不跳舞？"

曹越摇摇头说："我不会跳。"

夏青又说："我教你吧。"

曹越犹豫了一会儿，同夏青走进舞池。跳舞的过程中，曹越始终与夏青保持着很远的距离。夏青感到很难协调起来，便对曹越说："你是怕踩我的脚，才离我这么远吧？"

曹越点了点头。

夏青又说："你不觉得这样很费劲吗？"

曹越刚想将他们之间的距离拉近一些，舞曲却在不知不觉中结束了。

当音乐再次响起来时，夏青便被其他男生邀请走了。夏青长得漂亮，邀请夏青的男生很多。舞会结束后，夏青与王亚兰去赵振波宿舍休息，赵振波便对她们说："下个星期天，我们去爬城墙？"

夏青摇了摇头说："我们早爬过了。"

"那我们去公园？"

"市内的那几个公园，我们都去过好几次了。"

赵振波思索了一会儿说："我领你们去一个地方，你们肯定没去过。"

"什么地方？"

"秦岭。你们爬过秦岭吗？"

夏青和王亚兰摇了摇头。

"那你们想去吗？"

夏青疑惑地问："秦岭那么远，怎么去？"

"坐班车。我们先坐车到一个村子，爬五六个小时的山，再坐车返回西京。"

"这样行吗？"

"当然行。我都去过好几次了。"

夏青与王亚兰商量了一会儿，便与赵振波约好了见面的时间。

星期天上午，赵振波和曹越来到客运站，与王亚兰和夏青会合后，便坐上了班车。中午时分，他们在目的地下车后，便沿着村子后面的一条小路向山上攀爬。下午两三点钟，他们在山顶休息了一会儿，又沿着原路向山下走去。

下山的时候，王亚兰摔了一跤，脚腕变得红肿起来。夏青看了看王亚兰的脚，便对赵振波和曹越说："她可能骨折了，不能再走路了。"

赵振波点了点头，又看了看曹越。

曹越看了他们一眼，说："我来背她。"

曹越背着王亚兰走了一段山路，便累得气喘吁吁。赵振波换下曹越，刚走了十几米，便感到两腿发软，一屁股坐在了地上。曹越又换下赵振波，背着王亚兰走一会儿歇一会儿。看着太阳快要落山了，曹越对赵振波和夏青说："照这样的速度走下去，今晚我们是走不出大山了。我们必须派一个人赶到山下面，让山下的村民帮我们才行。"

赵振波看了曹越一眼说："我去山下找人。"

曹越点了点头说："你快去快回。"

赵振波转身走了几步，曹越又喊住赵振波，将赵振波身上的打火机要了过来，然后又叮嘱赵振波说："你一定要沿着这条路走，千万不能离开旁边的小溪。"

赵振波应了一声，便匆忙向山下去了。

看着天色已经暗淡下来，曹越便搜集一些落叶，铺在一块平整的地方。他将外衣盖在树叶上，让王亚兰躺在上面休息；又捡了一些干枯的树枝，放在王亚兰旁边的地面上。

夏青疑惑地问曹越："你捡这些枯树枝干什么？"

"为过夜做准备。夜晚的气温很低，没有火是很难熬过去的。"

"赵振波不是去找人了吗？"

曹越沉默了一会儿说："即使一切都很顺利，他们赶过来也需要好几个小时。如果出点意外，我们今天晚上只能在这里度过了。"

夏青看了曹越一眼，便低着头不吭声了。

天色很快便黑下来了，夏青心中充满了恐惧，她不安地对曹越说："你能不能将火点起来？我怕黑。"

曹越点燃了放在旁边的树枝。

看着燃烧的火焰，夏青的恐惧减轻了许多。她听见几声动物的叫声，便不安地问曹越："这么晚了，怎么还有狗叫？"

曹越摇了摇头说："这不是狗叫声。"

"那是什么动物？"

曹越沉默地看着夏青时，吼叫声又从旁边传过来。曹越看了夏青一眼，警觉地对夏青说："不好，这是熊叫声！"

夏青立刻紧张起来，她惊恐地问曹越："我们怎么办？"

曹越看了看周围的环境，然后抓着夏青的手说："你先到树上躲一躲。"他扶着夏青爬到树上，又走到王亚兰身边说："别怕，不会有事的。"

王亚兰点了点头。

曹越走到火堆旁边，取出一根燃烧的树枝，持着树枝向熊叫的方向注视着。熊又向他们吼叫了几声，便向树林深处走去了。曹越感觉熊已经走远了，将手中的树枝丢进火堆中。他扶着夏青回到了地面，与夏青一起在王亚兰旁边坐下。

夏青不安地问曹越："你看见那只熊了吗？"

曹越摇了摇头说："没有。可从它发出的声音判断，它当时就在不远的地方。"

"它为什么离开了？"

"可能是因为火。所有的动物都怕火。"

"它还会再回来吗？"

曹越沉默了一会儿说："不知道。"

夏青的心又紧张起来。又过了一会儿，旁边树林中又传出了异常的声音，夏青惊叫了一声，便紧紧地抓住了曹越的手。

曹越安慰夏青："不用怕，那是小动物经过和逃窜的声音。"

夏青看了曹越一眼，又扭头看着前方的火堆，她那只抓着曹越的手始终没有松开。

当赵振波领着救援的村民赶到时，他们才从那种恐惧的状态中解脱出来。用自制的担架将王亚兰抬下山，又找了一辆车将王亚兰他们送到西京。经过医生的检查，王亚兰只是肌肉扭伤。赵振波骑自行车将王亚兰和夏青送到了宿舍，便与曹越返回了学校。

十五

　　一段时间后，王亚兰康复了。为了感谢赵振波和曹越，在一个周末上午，王亚兰买了一些水果，与夏青来到赵振波宿舍。赵振波刚好有事回家了，曹越很客气地接待了她们。王亚兰向曹越说了几句感谢的话，便同曹越聊起了那天发生的事。夏青坐在一边，拿起曹越床头的一本《红与黑》，翻阅了一会儿对曹越说："这本书能不能借我看看？"

　　"可以。"曹越将书放进一个洗得发白的书包，又将书包放在了夏青旁边。

　　王亚兰和夏青又与曹越聊了一会儿，便起身告辞了。

　　曹越将她们送到学校门口，夏青想起那本书还放在宿舍。曹越返回宿舍，拿着书包走到校门外时，却看见只有夏青一个人站在那里。他疑惑地问夏青："王亚兰呢？"

　　"她回家去了。"

　　曹越将书包交给夏青，对她说："我送你到公交车站吧。"

　　夏青点了点头，默默地向前走着。从秦岭回来之后，她一直想找机会与曹越单独聊一聊。她边走边对曹越说："没想到你那天晚上表现得那么勇敢。"

　　曹越笑着说："在那种情况下，每个男人都会那么做的。"

　　"你不知道，你拿着燃烧的树枝站在火堆旁边时，我感觉你简直就是顶天立地的大英雄。"

　　曹越摇了摇头笑着说："没你说得那么夸张。"

　　"你当时不害怕吗？"

　　"当然怕，但是已经顾不上害怕了。当时只想着怎么对付那只力大无比的熊。"

　　"你怎么知道那是一只熊？"

　　"我是根据它的声音判断的。它的叫声雄壮有力，秦岭山中只有熊才会发出这种吼声。"

　　"你怎么知道得那么多？"

"这些都是从书上看到的。"

看见公交车开过来了，夏青便停下脚步对曹越说："下个星期天，你来我们宿舍取书吧。"

曹越点了点头。

夏青向曹越说了一声再见，便转身走上了公交车。

又是一个周末，宿舍的人都外出游玩了。只有夏青还躺在床上，拿着那本《红与黑》，漫不经心地翻阅着。

夏青来自西京的郊县，父母都是县上的干部。她是家中的独生女，一直都在父母的严格约束下生活。到西京上学后，她感到自己像出了笼的小鸟一样自由自在。她可以无所顾忌地干自己想干的事：外出游玩，和同学聊天，与男生跳舞……她快活极了。她最要好的朋友便是与她住同一个宿舍的王亚兰。王亚兰比她大一岁，经常以大姐的身份管教她。她穿了一件新衣服，王亚兰劝她不要穿得太暴露；看见夏青有许多追求者，王亚兰便劝她少与他们来往。对王亚兰的这些劝告，夏青从来没反驳过，也从未认真听取过。她照样穿着时髦的衣服，照样与男孩子交往。在这些追求她的男孩里面，始终没有人能闯进她的心。可是从秦岭回来以后，她感到自己变了，变得有点魂不守舍了。她手中拿着那本《红与黑》，头脑中却出现了曹越的影子。她正为自己的状态感到不可思议时，忽然传来了敲门的声音。她打开门，果然是曹越，她将曹越迎进宿舍，拿起那本书对曹越说："这本书我才看了一多半。"她不想这么快便把书还给曹越，她希望这本书还能给他们创造一次交流的机会。

曹越看了夏青一眼说："没关系，下个星期我再来取。"

夏青又说："这本书你读完了吗？"

曹越点了点头。

"你认为这本书的主人公于连是一个怎样的人？"

曹越思索了一会儿说："首先，于连是个爱慕虚荣的人。他一心想进入上层社会，可最终的结局却很悲惨。从另一方面讲，于连也算是一名优秀的法国青年。他聪明、有才智，可惜他没有选择一条正确的道路。十九世纪的大革命后，法国贵族已经到了腐朽没落的极点，他们的崩溃是迟早的事情。如果于连能看到这一点，就不会去追求那些贵族的虚荣。他可以像伏尔泰和卢梭那样，拿起思想的武器，去推翻贵族制度。在推动社会向前发展的过程中，他便能实现自身的价值，让自己变得伟大起来。"

"那你认为自己应该选择一条什么样的人生道路？"

"每个人都应该将自己融入社会之中，融入不断的奋斗和追求之中。我很欣赏柏拉图的理想主义，我赞同他将社会分成管理者、生产者和保卫者的观点。我想做一个管理者，我想让这个世界只有和平，没有战争；只有正义，没有邪恶；只有公平，没有歧视……"

曹越对着夏青侃侃而谈时，几个外出的女生回到了宿舍。曹越便停下来对夏青说："时间不早了，我得回去了。"

夏青将曹越送出学校，又陪着曹越走了一会儿。路过学校旁边的田野，他们便沿着田间的小路向前走着。夏青边走边对曹越说："没想到你会有那么多新奇的想法。我喜欢听你讲这些东西，也喜欢和你在一起的感觉。"

听着夏青这番表白的话语，曹越的心情变得微妙起来。夏青长得漂亮，是许多男孩追逐的对象。

他指着脚下的几棵野草对夏青说："你知道这是什么菜吗？"

夏青茫然地摇了摇头。

曹越看了夏青一眼说："这是马蹄菜，那是荠荠菜……你不知道这些野菜的名字，这也不奇怪。可这些东西对我来说太熟悉了，我就是吃这些野菜长大的。我是农民的儿子，而你却是许多男孩眼中的白雪公主。我们之间存在着很大的差距，我不想做那种没有结果的事情。"曹越说完这句话，便向前走了几步，捡起一个小土块，奋力地扔向了远方。

夏青沉默了一会儿说："我是有很多追求者，他们的条件都比你好。可我并不看重这些，我想找一个值得我爱的男人。自从从秦岭回来之后，我一直想找机会和你聊一聊，可你却像个木头人，一点都不主动……"她看了曹越一眼，便举起拳头向曹越肩上砸过去。

夏青那重重举起、轻轻落下来的小拳头，驱散了曹越心中的顾虑。他抱歉地对夏青说：“对不起，我不是故意的。”

夏青噘着小嘴说：“你不能只用一句道歉的话来应付我。你要用你的实际行动来表达你的歉意，比如说请我吃饭。”

曹越与夏青来到一家小饭馆，吃了两碗素面。夏青感到很不尽兴，又打开一瓶啤酒。两杯啤酒下肚后，夏青便感到异常兴奋。她还想给自己倒第三杯酒时，却看见自己的手被曹越抓住了。她感受着从手上传来的奇妙感觉，这种感觉像过电一样使她战栗……

夜幕降临后，曹越扶着夏青向学校走去。一阵风吹来，夏青便感到身体发冷。她靠在曹越身上，不断地向曹越喊着：“冷，抱抱我。”

曹越犹豫了一会儿，便将夏青搂进怀中……直到一辆汽车的灯光照在他们身上，他们才从拥抱中分开。夏青很清楚自己做了什么，可她一点也不后悔，她只是感到有些突然。

夏青回到宿舍，那种兴奋的感觉还萦绕在她头脑中。她想使自己平静下来，可她的思绪像风中的蒲公英一样四处飘飞。她无力将它们收拢起来，只好任其飘向很远很远的地方。

十六

这段时间，曹越与夏青之间的恋情迅速地发展着。

周六下午没课，曹越待在宿舍，心却飞到了夏青身边。才一个星期没见，便有如隔三秋的感觉。当他沉浸在对夏青的思念中时，赵振波走进来对他说：“走，我请你看电影。”

曹越摇了摇头说：“我没时间，你自己去吧。”

赵振波又神秘地说：“今天的电影可是一部外国影片，听说还有女人的裸体镜头。”

曹越不想去，可最终还是被赵振波拉去了。

电影中确实有一个女人的裸体镜头，但只是一闪而过，赵振波便感到非常失望。在回学校的公交车上，赵振波一边向曹越抱怨，一边扫视着车上的乘客。不一会儿，他的目光便落在一个女孩身上。女孩年龄不大，充满了青春的气息。女孩见赵振波不怀好意地看着自己，便转过身去，背对着赵振波。赵振波的目光又落到了女孩的屁股上。女孩穿着一条刚刚时兴起来的牛仔裤，赵振波立刻被女孩丰满的臀部吸引住了。公交车到站时，他跟在女孩身后，趁着下车的机会，在女孩屁股上摸了一把。

女孩尖叫了一声。

赵振波跳下车，趁着混乱跑开了。可没过多长时间，他便被愤怒的人们追上了。看见曹越向他这边赶来了，他便指着曹越对人们说："你们搞错了。不是我干的，是他。"

人们抡起拳头便向曹越砸了过去，赵振波则像兔子一样跑开了。

曹越正努力躲着人们的拳头时，突然一只脚狠狠地踹到他身上。他向后退了几步，便跌倒在地面上。愤怒的人们还是不肯放过他，不断地用脚踢着他的身体……

又过了很长时间，曹越被扭送到派出所。一名警察严肃地问他："职业？"

曹越回答："学生。"

"哪个学校的？"

"师范大学。"

"将来要为人师表的人，怎么能干这种缺德的事？"

"我没干缺德事。"

"当众对一个小姑娘耍流氓，还不缺德？"

"我没有耍流氓。"

"众目睽睽之下，你还敢抵赖。"

"你要不相信，让那个女孩自己来辨认。"

警察说了一句"不见棺材不落泪"，便将受辱的女孩叫进审讯室。

　　女孩看了看曹越，然后对警察说："他不是那个耍流氓的人，可他们是一伙的。"

　　警察声色俱厉地向曹越吼着："老实交代，那个人是谁？"

　　曹越很痛恨赵振波侮辱女孩的行为，可他又不忍心赵振波被学校开除。他违心地对警察说："我不认识那个人。"这时，他便看见女孩那愤怒和蔑视的目光。他不由自主地低下了头，他感觉自己对不住这个女孩，他感到自己已经变成了一名罪犯，正在接受良心与正义的审判。他的内心不断地经受着折磨，可他始终没有供出赵振波。警察没问出什么，只好放他离开了。

　　曹越挨打的时候，赵振波并没有跑远。看见曹越被扭送到了派出所，他这才意识到事情的严重性。如果曹越供出了他，后果肯定不堪设想。他不敢将自己的行为告诉父亲，只能找母亲处理这件事。他去母亲单位，母亲已经下班。他又赶回家中，母亲也不在家。焦急之中，他忽然想起派出所的王所长是父亲的一位老部下。他犹豫了一会儿，便打电话对王所长说："是王叔叔吗？我是赵振波。我想向你打听个事，你们派出所是不是接了一起耍流氓的案子……什么？人已经放了，他没说出那个耍流氓的人……要是这样，我就没什么事了……"

　　赵振波放下电话，便瘫在了沙发上。过了很长时间，他的头脑才从混沌变得清晰起来。这件事发生以前，他从来都不知道什么叫害怕。除了杀人放火，没有他不敢做的事情。可现在想着这件事，他还感到心有余悸。如果曹越供出了他，即使疏通关系走后门，那个女孩和女孩的家人能答应吗？社会舆论会放过他吗？他很感激曹越，他想请求曹越的原谅，可曹越并没有给他这个机会。

　　曹越能理解人们将对赵振波的愤怒转移到他身上，可他却不能原谅赵振波侮辱女孩的龌龊行为。有好几次，赵振波都想向他道歉，他却躲开了赵振波。他甚至用调换宿舍的方式，疏远了与他朝夕相处的赵振波。

　　这件事发生后不久，曹越的主要精力便集中到了毕业分配的事上。再过一段时间，他便要离开学校，走向新的工作岗位。他不想从事教师工作，也不想回泾塬县工作，他认为自己留在省城会更好。可这只是他一厢情愿的想法，在现实中是很难实现的。他们是恢复高考后的第一届毕业生，各个地方都急需他们这样的人才。按照"从什么地方来，回什么地方去"的分配原则，他只能回泾塬县当一名老师。他改变不了这种现状，只能等待着命运的安排。

　　毕业分配的名单张贴出来了。一位看过名单的同学回到宿舍，看见曹越坐在床上发呆，便对曹越说："你还没看分配的名单？"

　　曹越点了点头。

　　同学看了曹越一眼说："你托什么关系了？"

　　曹越苦笑着说："我哪有什么关系？"

　　"那你怎么留到了西京，而且还进了让很多人都羡慕的公安局？"

　　曹越摇了摇头说："你别拿我开涮了。"

　　同学纳闷地说："我没骗你，不信你自己去看看。"

　　曹越来到张贴名单的地方，仔细地看完分配的名单，这才相信了那位同学的话。他感到很诧异，他不知道自己为什么会有这么好的运气。他又仔细看了看名单，发现他们班没有当教师的只有两个人：一个是他，另一个是赵振波。赵振波被分到了银行工作。他忽然想明白了，他开始在人群中搜寻赵振波，他看见赵振波向他投来了祝贺的目光。他抑制不住内心的激动，快步走到赵振波跟前，紧紧地握住了赵振波的手……

　　一个月后，曹越身穿警服走进公安局大院时，他的心情激动不已。他感觉自己已经变成了一位柏拉图式的管理者，他幻想着自己如何将这个乱糟糟的社会变成一个不再有犯罪的大同社会。可是没过多长时间，他便感到自己的想法，或者说柏拉图的想法，只是一种理想化的东西。他被分配到宣传处工作，除了写一些文章，没多少事情可做。他无力改变这种状况，只能迫使自己适应这种缺少活力的工作环境。

十七

　　桑翠萍可没曹越那么幸运，她被分配回了汉南地区。

　　分配名单出来后，桑翠萍心情很不好，她一直考虑着与周海民的关系。几年时间的相处，她已经与周海民建立了深厚的感情。假如她能留在省城工作，他们会自然而然地走进婚姻的殿堂。可命运之神并不眷顾他们，她只能做出与周海民分手的决定。

　　当天晚上，她必须将她的决定告诉周海民。第二天早晨，她就要离开西京回汉南了。

　　吃过晚饭，她来到周海民宿舍，周海民高兴地对她说："我预感到你今天要来，就给宿舍的人买了几张电影票，让他们看电影去了。"

　　桑翠萍沉默了一会儿说："我今天是来向你告别的。"

　　周海民脸上的兴奋一扫而光，他沮丧地问桑翠萍："分配结果出来了？"

　　桑翠萍点了点头说："明天早晨，我就要回汉南了。"

　　周海民没想到分手的时刻来得这么快。他一直抱着一种幻想，幻想着桑翠萍会留在西京。当分配结果摆在他面前时，他无法接受这样的现实。

　　桑翠萍看了周海民一眼说："我们没有缘分，我想让一切都成为过去。"

　　周海民摇着头说："我不要你走，我不想离开你。"

　　"别说傻话了。你已经是成年人了，怎么还像个小孩？我希望你冷静地考虑考虑，现在分手对我们俩都有好处，否则的话……"

　　"你不要再说了。如果你去汉南，我就跟你一起走。"

　　"你想得太简单了。你走了，你的父母怎么办？谁来照顾他们？"

　　周海民既不能让桑翠萍留在西京，也不能与桑翠萍一起去汉南。他抱着头沉默了一会儿，便拿起桌上的半瓶白酒灌了下去。

　　桑翠萍夺过酒瓶时，瓶中的酒已经空了。桑翠萍生气地说："你再这样，我现在就离开。"

　　周海民拉着桑翠萍的手说："你别走，我不能没有你。"

　　桑翠萍叹了一口气，扶着周海民躺在床上。她想给周海民倒一杯水，可周海民却抓着她的手说："我不要你走，我不要你离开。"

　　桑翠萍用另一只手抚摸着周海民的头说："乖，好好睡觉。我不走，我不离开你。"

女人的手温柔而有魔力，周海民很快便在桑翠萍的抚摸中睡着了。看着时间已经很晚了，桑翠萍挪开周海民的手，给周海民盖好了被子，便拉上房门回学校去了。

第二天早晨，桑翠萍赶到汽车站时，周海民已经在等着桑翠萍了。桑翠萍有很多话想对周海民说，可离别的伤感又使她难以开口。她默默地看了周海民一会儿，便转身向上车的地方走去。周海民追上她，边走边对她说："昨晚我考虑了一夜。我不能失去你，我一定要将你调回西京。"

桑翠萍向周海民苦笑了一下，便上了发往汉南的班车。

汽车缓缓地开出了车站，桑翠萍的眼睛渐渐湿润了，四年的大学生活像梦魇一样。周海民和赵振波的影子，像过电影一样在她眼前闪过。她一辈子都不能忘记他们，她对他们有着刻骨铭心的爱和恨……

汽车驶出了城区，便像一匹脱缰的野马，向南奔驰而去。翻过了秦岭山区，已经是黄昏时分。看着路旁稀稀疏疏地散布着几间草屋，桑翠萍忽然意识到：汽车已经开到了汉南地界。刚才还占据她头脑的面孔忽然变得陌生起来，她心中那种爱恨的感觉也变得模糊起来。她感到过去的时光像做梦一样，她现在要努力地忘却这些人和事。

桑翠萍离开后，周海民的心像冬天里的山丘一样缺少生机。他常常在梦中梦见桑翠萍，可他却不能与桑翠萍在一起。周末回到家中，晚饭才吃了一半，他便放下碗筷，默默地离开了。父亲跟着他走进房间，沉默地看了他一眼，然后问他："遇到什么难事了？"

周海民摇着头说："没……没什么事。"

"别骗我了。有什么事你就说出来，别闷在心里面。"

看着父亲关切的目光，周海民心中的痛苦便像开闸的河水一样奔涌而出。

父亲听完周海民的诉说，便默默地走出了房间。他也想帮儿子一把，可他没有这种权力。他在东风机械厂工作了几十年，到现在还只是一名普通工人。他也有过当官的机会，可他都自愿放弃了。他认为自己的劳模荣誉，比当官更受人们的尊敬。可现在碰见儿子的事情，那些荣誉一点用处都没有。他忽然想起自己以前的徒弟，现在已经是东风机械厂的厂长。如果徒弟肯帮这个忙，这件事也许还有希望。他考虑了很长时间，决定去找徒弟帮忙。

桑翠萍回到了汉南地区，便被分到洛康县当了一名老师。

洛康县城坐落在一个山坳之中，一条狭长的街道沿着山坳而建。街道两边是陡峭的坡地，坡地上布满了高低错落的土窑，洛康县大部分人便居住在这些土窑之中。土窑前面都有一块平地，堆放着一些柴草垛子。柴草垛子的旁边，分布着厕所和猪圈。厕所不分男女，一般都与猪圈相邻。大便的坑直接用青石板通到喂猪的石槽中，拉下来的粪便通过石板滑到石槽里，便会被猪圈中的猪抢食一空。对于这些住在山上的人来说，将粪便当肥料用也着实不方便。挑着粪桶走在山路上，一不小心摔上一跤，自己拉出来的屎尿便会浇到自己头上。用粪便喂猪倒是一件既方便又不浪费的事情，他们滑稽地将这种方式称为废物的再利用。

桑翠萍所在的县高中便坐落在这条街上。因为是沿着山坳而建，学校便呈现为弯曲的蛇形。一间间用土坯垒起来的教室，零散地排列在狭长的蛇身上。在教室的尽头，是一间用土墙围起来的厕所。厕所里面很脏，让人难以落脚。每逢夏季，便会有无数的苍蝇围着上厕所的人轮番轰炸。最让桑翠萍感到不自在的是：人在厕所中的一举一动，都会被对面山坡上的人看得清清楚楚。桑翠萍每次上厕所，都是硬着头皮进去，匆匆忙忙出来。厕所的东面是一个操场，因受地形的限制，操场呈狭窄的长方形，除了一条铺满煤渣的跑道，其他地方都长着一人多高的野草。人走在操场上，不时会有野兔从身边跑过，钻进旁边高而密的草丛中。教室的对面，是老师和学生共用的食堂。食堂西面是一排教师宿舍，几个单身教师便住在这里，桑翠萍也是其中一个。

桑翠萍对这里的一切都感到难以适应，苦闷和郁郁寡欢一直伴随着她。尽管周海民一封接一封给她写信，却丝毫激不起她内心的半点波澜。也有几个年轻老师追求她，可她对他们一点兴趣都没有。她在麻木中度过了半年时间，学校便开始放暑假。大部分老师都回家去了，只剩下几个单身教师还留在学校。由于心情不好，桑翠萍没有回家。除了给自己做两顿饭，其他时间，她不是在学校后面的山坡上散步，便是将自己关在宿舍里面沉睡。

吃完午饭，桑翠萍躺在床上准备休息，忽然听见一阵敲门的声音。她不想搭理那些纠缠她的男教师，便默不作声地等着敲门的人离开。可门外的人一点都不知趣，不断地敲打着她的房门。她忍无可忍，一脸怒气地打开门，却看见周海民站在门外。

看着桑翠萍一脸的惊异，周海民便对桑翠萍说："我想你了，就过来看看你。"

桑翠萍呆呆地看着周海民，泪水禁不住从眼中涌了出来。

周海民替桑翠萍擦了一把眼泪，对她说："告诉你一个好消息，你调回西京的事情办好了。"看着桑翠萍疑惑的目光，他又向桑翠萍解释说："我们厂长答应调你去我们厂工作。调函已经发出，过一段时间就到。"

桑翠萍看了周海民一眼，便扑到了周海民怀里。这天晚上，她没让周海民住招待所，她将周海民留在了宿舍中。

一个月后，桑翠萍便到东风机械厂上班了。当她坐在明亮宽敞的办公室里时，她感到心情特别舒畅。最使她感到满意的是办公楼的厕所，木板做成的隔档，陶瓷做成的便盆，既安全隐蔽，又清洁卫生。同洛康县高中的土厕所相比，简直是一个在天上，一个在地下。

桑翠萍上完厕所，看见旁边的纸篓中有一团带血的卫生纸。她忽然想起自己好长时间都没来那东西了，是不是那天晚上和周海民……

第二天，周海民陪着桑翠萍来到医院。当大夫将怀孕的消息告诉桑翠萍时，桑翠萍便要求大夫帮她打掉肚子里的孩子。大夫好心地劝桑翠萍："既然怀上了，就别折腾了。做女人迟早都要过这一关。"看着桑翠萍不吭声了，大夫又对周海民说："回去后好好照顾她，女人这时候最需要你的关心了。"

周海民点了点头，便扶着桑翠萍离开了。

在返回的路上，周海民对桑翠萍说："对不起。都是我不好，我不该……"

桑翠萍叹了一口气说："这件事不怪你，那天晚上是我让你留下来的。"

周海民沉默了一会儿说："如果你不想要这个孩子，我找个熟人打掉算了。"

桑翠萍摇了摇头说："我不想让任何人知道这件事，我不想看见他们异样的目光。"

"那总不能不结婚就生孩子吧？"

"我们结婚吧。结了婚就不怕别人说什么了。"

"你真这么想？"

桑翠萍默默地点了点头。

十八

改革开放以后，土地分到了农民手中，农民有了自主的权利，种田的积极性空前高涨，粮食产量也大幅度提高。解决了农民的吃饭问题，中央又出台了许多政策，帮助农民脱贫致富。为了检查这些政策的落实情况，省委刘书记来到泾塬县实地考察。

在泾塬县的县委会议室，县委书记向刘书记汇报了有关情况。泾塬县已经有三百多户农民依靠饲养奶牛走上了致富路。刘书记对泾源县的工作汇报很满意，他兴致勃勃地来到一家养牛户家中了解情况。在同养牛户的交谈中，刘书记听到泾源县的养牛户还不到三十家时，他的表情立刻变得沉重起来。他中断了对养牛户的考察，开始走访当地的普通农户。当他看到泾塬县的农民还处于非常贫穷的状态时，他惭愧地对农户说："这是我们的工作没做好，是我们没有把中央的政策落实好。我在这里向你们检讨了！"

刘书记回到泾塬县委，立刻召开了一次会议。他对与会的泾塬县领导干部说："为什么要开这个会，开这个会的目的是什么，我想我不说，你们都应该知道。首先，我要对你们这种弄虚作假欺上瞒下的工作作风提出严厉的批评。你们不是说泾塬县有三百多户养牛户吗？可在养牛户家，他随口说出泾源县的养牛户不足三十户。两组数字相差甚大，哪个是真的，哪个是假的，你们比我更清楚。

我想一个养牛户没必要说这种假话，况且又是无意之中说出来的。而你们呢？你们是刻意准备了一番，准备了一个夸大了十几倍的虚假数字。你们摸着良心想一想，这是一种什么样的工作作风？"

看见大家都沉默地低着头，刘书记又说："我还要对你们工作中的人浮于事和不负责任提出严厉的批评。你们拿着国家的工资，占着做事的位子，却饱食终日，无所事事。对自己的事看得比什么都重要，对关系广大农民切身利益的事情则敷衍了事，得过且过。中央的政策已经实施了好几年，可泾塬县的农民还过着和以前一样的贫困生活。你们这些做父母官的能安心吗？古人说：为官一任，造福一方，我把这句话送给在座的各位，希望你们能以这句话自省、自勉。"

刘书记环顾了一下会场，继续说："这件事先到此为止。会后你们要进行严肃的自我批评，主要领导要带头做检查。剩下的时间，我想听听你们的想法。如何将中央的政策落到实处？怎样引导和帮助农民走上致富之路？这些都是我们当前必须考虑和解决的重要问题。"

刘书记讲完这番话，便点名让干部发言。很多领导干部并没有认真地思考过这些问题，只好硬着头皮说一些空泛的套话大话。听着那些没有实质内容的发言，刘书记的脸色变得越来越沉重了。

曹功当时是县委办公室的主任，也是泾塬县的常委之一。刘书记点到他时，他试探地说了一句："综合泾塬县各方面的情况，我认为发展笼养鸡是一条能让农民脱贫致富的有效途径。"

刘书记看了曹功一眼说："继续说下去。"

曹功点了点头继续说："在泾塬县发展笼养鸡有几个优势：第一，笼养鸡的投资少，绝大部分农民都能负担得起。第二，笼养鸡收效快，饲养半年便可以产蛋。第三，笼养鸡产蛋率高，收益好，能激起农民投资的热情。第四，泾塬县邻近西京，运输方便，销售方面不用发愁。第五，笼养鸡没有很高的条件限制，只要有一块地，家家户户都能饲养。"

曹功说完这番话，便不安地等待着。

刘书记看了看在座的各位，然后接着曹功的话说："曹功同志这个想法很好。你们要对这件事进行深入的调查和研究，然后拿出个意见来。"他又看了曹功一眼，严肃地对大家说："中央的政策能不能落实，关键问题是干部问题，而干部问题中最重要的便是要有一位能干事会干事的领头人。刚才，我还真以为泾塬县没有这样的干部了。听了曹功同志的发言，我认为曹功同志是一位有头脑会思考的干部，泾塬县就需要这样的干部带领全县人民走上致富路。"

此后不久，曹功便被任命为泾塬县的县委书记。

曹功上任之后，带人考察了几个发展笼养鸡的县市，又制定了泾塬县发展笼养鸡的规划。他一面派人学习孵化技术，一面抓紧时间建造孵化厂。孵化厂建成不久，第一批孵化的小鸡便出壳了。可让曹功感到意外的是，孵化出来的小鸡没人买。为了减少损失，他们只能降价处理这些小鸡。这些鸡被群众买回家，并没有按笼养鸡的要求去饲养。笼养鸡的优势没有发挥出来，产蛋率和家养的土鸡没什么区别。

这件事发生以后，曹功开了一次常委扩大会总结经验教训。为什么农民养鸡的积极性不高？经过分析，他们认为主要原因是宣传和配套工作没有跟上。针对这种情况，他们确定了下一步的工作：第一，组成笼养鸡宣传队，将笼养鸡的优势宣传到每个村庄。第二，聘请有关专家举办培训班，让农民掌握笼养鸡的饲养技术。第三，在每个乡镇设立销售点，方便群众购买养鸡所需的饲料和药品。第四，搞好鸡蛋收购和销售的一条龙服务。第五，笼养鸡孵化工作暂停。至于什么时候开始，视其他各项工作的进展再做决定。

初冬时节，一场大雪在白蟒塬上空飘舞起来。在一片冰天雪地之中，两辆吉普车在积雪的道路上艰难地行驶着。

曹功坐在车中，感到压力很大。由于前期的工作没有做到位，导致笼养鸡工作陷入了停顿。各乡镇的饲料销售点建成后，曹功便带着有关领导逐个检查，唯恐什么地方再出纰漏。

吉普车行驶到一面陡坡下面时，由于车轮打滑，无法再向前行驶，曹功便走下车，问白蟒乡的党委书记："离销售点还有多远？"

"大概两里路。"

　　曹功点了点头，迈开脚步向坡上走去。他刚走了几步，脚下一滑便摔倒在了雪地上。

　　秘书扶着他站起来，看了他一眼说："今天这路太难走了，要不要改天再来？"

　　他摇了摇头，又向坡上走去……

　　下午五点多，曹功检查完这些销售点，便开始不停地打喷嚏。秘书让司机将车开到医院，医生诊断曹功是风寒感冒。看见医生要给自己打吊针，曹功摇着头对医生说："没时间了，我还要参加一个宴会。"

　　"让别人替你参加不行吗？"

　　"不行，我必须去。"

　　医生又问："是接待市上的领导吗？"

　　"不是。是我们请来的专家，笼养鸡方面的专家。"

　　医生看了曹功一眼说："那我等着你，等你参加完宴会再来打针。"

　　曹功来到招待客人的大厅，与客人一一握手之后，便走到餐桌旁边，举起斟满酒的杯子，向客人们说："我代表泾塬县的父老乡亲，对你们表示热烈的欢迎和衷心的感谢，感谢你们给我们带来了宝贵的知识和技术。"

　　曹功一口喝完杯中的酒，又端起一杯酒对客人们说："泾塬县是个穷县。很多年来，乡亲们吃不饱、穿不暖，甚至还出现过饿死冻死的现象。发生了这样的事情，我这个县委书记能好受吗？我也是农民的儿子，我也不想让父老乡亲这样穷下去。为了让泾塬县的农民走上致富路，全县的干部都加班加点任劳任怨。可由于缺少这方面的经验，我们走了不少弯路。现在有你们这些专家来帮忙，我们就有了希望和信心。在此，我代表全县人民向你们说一句：谢谢你们！"

　　在热烈的掌声中，一位客人端着酒杯来到曹功身边，说："曹书记，我是搞鸡病防治的。为了你刚才的那番话，我敬你三杯酒。"

　　曹功点了点头，也端起了酒杯。

　　客人又对曹功说："我掌握的知识全都在酒中。你喝了这三杯酒，这些知识就留在了泾塬县。"

曹功笑着对客人说："这样的酒，我一定要喝。"他与客人干了三杯酒，客人便满意地离开了。他刚想坐下来，另一位客人端着酒杯对他说："曹书记，我也敬你三杯酒。我是传授养鸡技术的，我本来只想待一个星期。可是听了你的一番话，我改变主意了。我要在泾塬县多待一段时间，我要将我全部的技术都留下来。为了这个改变，你要不要喝了这三杯酒？"

曹功点了点头说："不但要喝，而且还要多喝。"

客人高兴地说："没想到曹书记是这么爽快的人。与你这样的人喝酒，我很高兴。"

曹功与客人碰了碰杯，端起酒杯准备喝酒时，秘书站出来对客人说："我替曹书记喝几杯，他今天不太舒服。"

曹功看了秘书一眼，然后对客人说："一点小感冒，不碍事的。"他又扭头对秘书说："谁敬的酒都可以不喝，可我们请来的客人的酒不能不喝。我不是替自己喝，我是替全县的父老乡亲喝的这杯酒。"

曹功陪客人们喝完酒，想找个地方休息一会儿。他刚走出大厅，便感到一阵眩晕。秘书见他不断地摇晃，便扶他上车，送他去了医院。

十九

这些年，曹梅家的日子也不宽裕。尽管许红建成年累月在工地挣钱，可一年下来也积攒不了多少钱。家里的老土房经常漏雨，许红建修补了好多次，这儿堵上了，那儿又漏了。曹梅想建一座新房，可建房的钱从哪里来？在农村那种贫穷落后的环境中，要想寻一条挣钱的路子实在太难了。泾塬县政府鼓励农民发展笼养鸡时，曹梅便感到这是一条致富之路。

许红建从工地回家时，曹梅便同许红建商量养鸡的事。许红建考虑自己大部分时间都在工地，不想让曹梅一个人承担这种累人的活。曹梅不甘心，便不断地劝说着许红建。许红建拗不过曹梅，只好同意了曹梅的想法。他们拿出这些年的积蓄，加上一些东挪西借的钱，向孵化厂预交了买鸡的钱。

　　为了把鸡养好，曹梅参加了县科委举办的笼养鸡培训班。每天早晨，她都骑车去县上学习笼养鸡的知识。学习班结束后，她又买了几本养鸡的书在家自学。半个月下来，那几本书已经被她读了好几遍，很多知识都印在了她的头脑中。

　　曹梅预订的鸡出壳后，孵化厂通知曹梅取鸡。

　　上午九点多，曹梅拉着架子车赶到孵化厂。她将小鸡分装在几个纸箱中，便匆匆往回赶。每走一段路，她都要停下来，将聚集的小鸡分开。刚孵化出来的小鸡怕冷，喜欢聚在一起相互取暖，但这种状况持续得太久，小鸡便会因为窒息而死亡。

　　曹梅一路上走走停停，回到家已是傍晚时分。她将小鸡放到烧热的土炕上，又给小鸡添加了饲料和水。看着这些鸡围在一起争食抢水，她这才感到又饿又渴，她已经一天没吃没喝了。

　　在曹梅的悉心照料下，五百只鸡健康地成长着。随着小鸡逐渐长大，曹梅心中充满了焦虑。眼看这些鸡快到笼养的时间了，可购买鸡笼的钱还没有着落。东城村能借钱给她的人，买鸡时已经向他们借过了，她不可能再向他们开口了。

　　母亲见曹梅为鸡笼的事坐卧不安，便从箱底取出一千块钱交给曹梅。看着曹梅一脸的惊异，母亲向曹梅解释说，这些钱是曹越给他们老两口的零花钱，他们没舍得用，全都攒起来了。

　　曹梅拿着这些钱，不知说什么才好。她默默地在心中想：只有把鸡养好了，尽快让父母过上好日子，才是对他们最好的报答。

　　鸡笼的事情解决了，可新的问题又来了。小鸡变成了成年鸡，食量也与日俱增。曹梅无力再承担饲料的开销，可她也不能眼看着这些鸡断食。无奈之下，她只好来到经常购买饲料的商店。

　　店主看了曹梅一眼说："刚买的饲料又用完了？"

　　曹梅点了点头。

　　店主又问："今天要买多少袋？"

　　曹梅不好意思地说："我想赊一些饲料可以吗？"

店主为难地说："我这店本小利薄，不赊账。"

曹梅又对店主说："我的鸡再有二十多天就产蛋了。如果你肯赊饲料给我，最多一个月，我一定将欠你的饲料钱如数奉还。"

店主向曹梅摇了摇头。

曹梅绝望地说："好吧，我再去别的地方试一试。"

店主不想失去曹梅这个客户，便对曹梅说："我先看看你的鸡再做决定可以吗？"

曹梅点了点头。

店主来到曹梅家中，见曹梅的鸡毛色光亮，活泼健壮。他觉得把饲料赊给曹梅的风险不大，便答应了曹梅的请求。

饲料的问题刚刚解决，曹梅便在鸡笼下发现了一个小小的鸡蛋。虽说这只蛋比鹌鹑蛋也大不了多少，可毕竟预示着收获的季节就要来到了。曹梅心中充满了希望，她也更加用心了。每次给鸡喂食时，她都要给那只下蛋的鸡多添一些饲料。这只鸡没有辜负她的厚爱，产的蛋也变得越来越大。

这天吃过午饭，曹梅发现那只产蛋的鸡有些萎靡不振。傍晚时分，她给鸡添水时，发现那只鸡已经没有了生命体征。她掀开那只鸡的鸡毛，发现有很多水泡。她便在心中想着：会不会是传染病？她将笼中的鸡全部检查了一遍，发现很多鸡都有这种水泡。她马上意识到事情的严重性：鸡群一旦染上传染病，疫情的发展便会一发不可收拾。她不是兽医，她救不了她的鸡。她一刻也不敢耽搁，带着那只死掉的鸡，骑上车便向泾塬县城奔去。

曹梅到达兽医站时，兽医已经下班回家。她从看门的老头口中打听到兽医的住址，又骑着车赶到了兽医家。

兽医正在吃饭，听见有人敲门，他打开房门，看见曹梅拿着一只死鸡站在门外，感到很晦气，随手便要关上房门。

曹梅用手推着门，不断地恳求兽医："求求你，求求你救救我的鸡。"

兽医对曹梅说："已经下班了，明天早上去兽医站吧。"

曹梅又苦苦哀求着兽医："如果等到明天早上，我的五百只鸡都会死掉。为了养这些鸡，我欠了很多债。如果这些鸡死了，我所有的希望都会化为泡影。"

兽医被曹梅的这番话感动了。他接过曹梅手中的鸡看了看，确定这只鸡患上了"水痘"。这种病传染性强，发病速度快。如果得不到及时有效的治疗，染病的鸡很快便会死掉。兽医领着曹梅来到兽医站，给曹梅拿了十几盒针剂，要曹梅抓紧时间给鸡注射。他告诉曹梅：如果注射晚了，就不管用了。

曹梅说了几句感激的话，便骑车离开了曾医站。

月亮已经升起来了，田野笼罩在淡淡的银色月光中。曹梅心急如焚，将车蹬得飞快。经过一个小土坑时，她来不及躲开，连人带车摔倒在了地上。她从地上爬起来，打开装着针剂的盒子，看见这些针剂都完好无损，她才长长地舒了一口气。她将针剂放回包中，骑上车又向家奔去。

曹梅回到家，按照要求给鸡注射完毕，已经是凌晨两点多了。她拖着疲惫的身体走进房间准备休息时，才发现膝盖处擦掉了一块皮，伤口已经凝固结痂，与裤子粘连在一起。她忍着疼痛将裤子扒下来，被揭掉痂的伤口便不断地向外渗血。她拿棉签蘸着碘酒擦拭伤口，每擦一下，都能感到钻心的疼……

收获的季节到了，曹梅变得更加忙碌了。四百九十九只鸡，一天能收四百多个鸡蛋。每天一大早，她都要将一大筐鸡蛋送到收购点。有一次雨天路滑，她连人带车摔倒在地，满筐的鸡蛋都碎了。她心疼了好长时间，拎起筐倒掉这些碎鸡蛋，便骑上自行车回家了。她知道，明天，她还有新的希望。

二十

周六下午，曹越坐在办公室，心却飘到了夏青身上。

再过一段时间，夏青就要从卫校毕业了。如果夏青不能留在西京，等待他们的将是很大的不确定性。即使他们的感情能经受住考验，他们也不可能长期待在两个地方。除非夏青等来调回西京的机会，可他知道这样的调动是很难很难的……

曹越熬到下班时间，便匆匆向博物馆的方向走去。每天傍晚，他都会与夏青在博物馆门前会合。

曹越站在博物馆门前，看见一棵树上挂着一块木牌。他阅读着木牌上的文字，才知道这棵树已经在这里生长了八百多年。因为没别的树木与它争夺养分，这棵树长得高耸挺拔，枝繁叶茂。

曹越看着这棵树，便在心中感叹着：人们都羡慕这棵树的葱郁与长寿，可又有谁能想到它背后的孤独与寂寞？在漫长的岁月中，它孤单地站在这里，连个说话的伴都没有。也许它更愿意扎根于荒郊野岭之中，和其他的树根连着根，心连着心。哪怕被风吹折了，被人砍断了……可它活着的时候是快乐的，充实的，不孤单的。

曹越又想到了他和夏青。如果没有夏青的陪伴，他也会像这棵没伴的树一样，尽管身处闹市，却要孤独一生，这不是他想要的结果。如果夏青不能留在西京，他便调到夏青工作的地方。尽管他很留恋大城市的生活，可他更需要一个相知相依偎的人生伴侣……

曹越正沉浸在对未来的思索中，忽然被一双手从背后捂住了眼睛。他拿开捂在眼睛上的一双手，看见夏青笑嘻嘻地站在旁边。他看了夏青一眼，便问夏青："分配结果出来了吗？"

夏青脸上的喜悦一扫而光。在曹越的追问下，她才小声地说："我没能留到西京。"

曹越感到浑身的血都涌向了头部。这是他最不愿意听到的结果，可命运之神却偏偏同他过不去。

夏青小声地问曹越："你还要我吗？"

曹越拉着夏青的手说："你想到哪儿去了，我怎么会不要你？你没来的时候，我已经想好了，如果你留不到西京，我就和你一起走。"

夏青笑着对曹越说："还行，你过关了。"

"过什么关了？"

"我刚才是考验你。我被分到了第一人民医院，这可是西京最好的医院之一。"

曹越兴奋地问："这是真的？"

夏青点了点头说："是真的，这次我没骗你。"

曹越看着夏青说："怪不得你今天打扮得这么漂亮。我刚看见你的时候，就感到有什么高兴的事情，可没想到还是被你的假话蒙骗了。现在仔细想想，你这种骗人的伎俩是瞒不了人的。哪有人在不开心的时候，还穿这么漂亮的衣服？"

夏青笑着对曹越说："我的骗术是不怎么高明，但却骗过了你这个大傻瓜。"

曹越摸了摸头，看着夏青笑了。

他们在一家小饭馆举行了一个小小的庆祝仪式，又来到饭馆旁边的小树林中散步。夜幕降临后，便有零星的小雨开始往下落。他们往回走时，雨点变得越来越大，他们便跑进一间井屋躲雨。

井屋中一片漆黑，曹越点燃一根火柴，借着光亮看了看。地上铺着一层麦秸，是看井人睡觉用的。曹越将燃尽的火柴扔向屋外，一道弧线在黑暗中划过，很快便消失在夜幕之中。

黑暗中，曹越挨着夏青坐在麦秸上。夏青的衣服已经湿透，曹越能感觉到夏青的身体微微发抖。他握着夏青的手问："冷吗？"

"有一点。"

曹越抱住夏青的身体又问："还冷吗？"

"我……我有点怕。"

"怕什么？"

"我怕黑。"

曹越点燃一把麦秸，红色的火焰从地面蹿上来，屋子里面顿时亮堂了许多。随着麦秸燃尽，火苗慢慢瘫向地面，化成一堆灰烬。曹越又向火堆里添了一把麦秸，快要熄灭的火苗又开始燃烧起来。

夏青坐在一边，双手抱着肩膀。她的脸被火光映得通红，燃烧的火焰不断地在她的瞳孔中跳跃着。她两腿并在一起，湿漉漉的长裙裹在膝盖上，一双雪白的小腿露在外面，显得分外刺眼。她感觉到曹越注视的目光，便蜷缩着身体对曹越说："我还是有点冷，你抱抱我好吗？"

曹越点了点头，用手搂住了夏青。

夏青闭上眼睛，将头依偎在曹越肩上，对曹越说："吻我。"

火堆里的麦秸已经燃尽，只剩下一堆灰烬。屋外的雨依然下着，可这一切都从他们意识中消失了……

一个月后，夏青便到第一人民医院上班了。刚走上社会的夏青，总是被一群追求的男人包围着。为了摆脱这些烦人的追求者，夏青与曹越租了一间民房，买了一些简单的家具便结婚了。

婚后的生活并没有夏青想象的那样好。夏青长得漂亮，也喜欢穿漂亮的衣服，可她与曹越的工资都很低，除了交房租和维持生活，一个月剩不了多少钱。对于他们这些刚参加工作的人来说，想靠工资买一身好衣服也确实不易。夏青觉得自己很委屈，她是她们医院最漂亮的护士，可她却不能穿漂亮的衣服。上学的时候，面对那些家里穷的学生，她打扮得比她们都漂亮。可她现在面对的是比她工资高许多的同事，她明显感到自己在穿着上不如她们，特别是不如她们的护士长。

早晨刚上班，护士长便穿着一件新裙子在同事面前炫耀。夏青走进办公室时，护士长故意问夏青："你看我这件裙子怎么样？"

夏青看了护士长一眼，便在心中嘀咕着：都四十多岁的人了，还像个狐狸精。不就是丈夫下海挣了点钱嘛，有什么了不起的？她淡淡地对护士长说了一句"挺好的"，便推着治疗车到病房去了。她紧张地忙了一个多小时，才长长地松了一口气。只剩下最后一间病房了，那是一个单人病房，住着一个叫张荣的男人。

夏青听护士们说过，张荣是个生意人，也没什么大病。手上长了一颗痣，他认为不吉利，便让医生取掉了。他听说不住院伤口愈合得慢，便主动要求住院治疗，而且要住单间。医生满足了他的要求，但治疗的方案非常简单：每天换一次药，打一支消炎针。护士们谈论张荣，是因为张荣每天都要为此支付高昂的住院费。

夏青也觉得好笑，她对大伙儿说："大概是因为钱太多了，什么事情都经历过了，就是没尝过住院的滋味。"

大伙儿顿时被夏青的这番话逗得捧腹大笑……

夏青推着车走进张荣的病房时，张荣躺在床上看着一本画报。夏青向张荣喊了一声："打针了。"

张荣扭过头，用色眯眯的目光看着夏青。

夏青皱着皱眉头问："你还想不想打针？"

张荣盯着夏青说："想，怎么能不想？"

夏青冲着张荣说："既然想打针，为什么不脱裤子？"

张荣这才翻过身去，扒下了裤子。

夏青见张荣将裤子褪到了大腿处，她忽然感到一阵不适，便将头扭向一边，凭着感觉，使劲将注射器扎向了张荣臀部。

张荣痛得"哎呀"了一声。

夏青回头看了看，一寸长的针头全扎进了张荣屁股中。她又将头扭向一边，快速地推注着药液。她感到推不动了，便拔出注射器，放到治疗车上。她推着车准备离开时，忽然听见张荣喊了一声："哎呀！这是怎么回事？"

夏青向张荣屁股上看了看，发现针头还留在屁股上。她赶紧将针头拔出来，不断地向张荣道歉。

张荣对夏青说："你放心，我不会将这件事反映到你们医院的。"

夏青感激地点了点头，才推着车离开病房。

第二天，夏青再次给张荣打针时，张荣的行为收敛了许多。夏青见张荣只露出了腰部，便将张荣的裤子向下拽了拽，然后将针头轻轻扎进张荣的臀部。她一边推注着药液，一边用棉签在针头周围的皮肤上轻轻地擦拭。

夏青给张荣注射完毕，张荣穿好裤子对夏青说："你今天打针一点都不疼。"

夏青红着脸准备离开时，张荣又说："可以陪我聊一会儿吗？"

夏青不想和张荣多待一分钟，可愧疚的心理又使她难以拒绝。她犹豫了一会儿，便在旁边的凳子上坐下了。

张荣和夏青聊了几句，便开始向夏青讲他的经历。张荣是西京本地人，高中毕业当了几年知青，返城后一直没找到工作，为了糊口，便做起了服装生意。他给夏青讲了很多他在外边的见闻。提到广州的时候，他更是滔滔不绝，说广州人多么开放，广州的服装更是引领中国服装的新潮流，现在流行的喇叭裤和高跟鞋，哪一个不是从广州流传过来的……

夏青像听天方夜谭一样，沉浸在张荣所描绘的新奇之中，听见护士长喊她，她才推着车离开了。从此以后，她每次给张荣打完针，都会听张荣天南地北地侃上一会儿。

一个星期后，张荣发现给自己打针的人换成了另外一个护士，才知道夏青的班已经值完。医生早就让他办理出院手续，可他为了每天与夏青说几句话，寻找各种借口拖延出院的时间。现在没有了与夏青说话的机会，他便失去了再待下去的意义。他办完出院手续，去珠宝店买了一条金项链，找到夏青说："夏护士，我出院了。"

夏青说了一声"再见"，便转身离开了。

张荣拿着装项链的盒子，跟在夏青身后说："这是我送你的礼物。"

夏青摇着头说："医院有规定，我们不能收受病人的财物。"

张荣趁夏青不备，将盒子塞到了夏青的衣兜中。

夏青喊了张荣几声，张荣却像没听见似的离开了。

夏青打开礼品盒，发现是一条金项链。她马上意识到，张荣不会平白无故送她这么贵重的礼物。她想了想，便将项链放在衣柜中，她想等张荣来找她时，再将项链还给张荣。

二十一

曹越现在最大的愿望便是给夏青买几件漂亮的衣服。

夏青看上了一套裙装，可那套衣服的价格实在太贵。每次上街，她都会站在商场的橱窗前，欣赏着穿在模特身上的连衣裙。她知道这条裙子穿在自己身上，会比橱窗里面的模特漂亮很多。可她知道，他们的经济状况不允许她有这样的非分之想。

每次看到夏青失望地离开橱窗，曹越心中就很不是滋味。为了满足夏青的愿望，曹越省吃俭用好几个月，终于给夏青买下了那套裙装。

第二天早晨，夏青便穿着新裙子上班去了。她骑着自行车行驶在大街上，感觉自己像开屏的孔雀一样吸引着人们的目光，那消失很长时间的自信又回来了。她到达办公室，看见办公室空无一人，便感到很失望。她想尽快让同事们看到她的新裙子，她想看见同事们那羡慕的目光。她等着同事们到来时，忽然想起今天的妆化得很匆忙，也不知道有没有不合适的地方。她走到衣柜前，看着镜子中的自己，化过妆的脸显得很红润，眼睛和嘴唇也无可挑剔。她将目光移到脖子上，感觉好像缺少点什么，她忽然想起张荣送她的那条项链就放在柜子中。这段时间，她一直等着张荣的到来，可张荣始终都没有出现。她用手触摸着脖子上的肌肤，一个念头便在她头脑中萌发着：她想看看自己戴上那条项链会有多漂亮。

夏青犹豫了一会儿，从柜子中取出项链，小心地戴到脖子上。她看见一道耀眼的金光从镜子中射出来，她感觉这些光芒好像是从自己身上发出来的。正当她沉醉于这种感觉中时，几个同事走进办公室。看见夏青穿了一条新裙子，她们围着夏青不停地问："你这身裙子真漂亮，什么时候买的？""你这条项链是不是纯金的？有多少克？"

听着同事们的赞叹，夏青感到非常满足。

下午下班后，夏青想等同事们离开了，再将项链放回柜子。她等了很长时间，护士站都有人闲聊，她只好戴着项链离开了。

她刚走出门诊大楼，便看见张荣向她走来。她的心剧烈地跳动起来：为什么张荣早不来晚不来，她刚戴上这条倒霉的项链，张荣就突然出现了？张荣走到她跟前，看了看她脖子上的项链，说："你下班了？"

　　夏青点了点头。她不想接受张荣的馈赠，也不愿意让张荣误解自己。可此时此刻，她的嘴像被胶带封住了，再也说不出归还项链的话了。

　　看着夏青一脸的尴尬，张荣对夏青说："我没别的事情，就是想请你吃一顿饭。"

　　夏青无法拒绝张荣，只好跟着张荣离开了。吃饭的过程中，夏青很少说话。她害怕张荣会利用那条项链威胁自己。她不断地告诫自己：只要张荣有一点过分的要求和举动，她立刻将那条项链还给张荣。直到吃饭结束，她担心的事都没有发生，她紧张的心情才有所放松。

　　张荣与夏青离开饭馆，路过一个露天舞场时，张荣对夏青说："可以请你跳一会儿舞吗？"

　　夏青很长时间都没跳过舞了。她犹豫了一下，便答应了张荣。她将时间设定在一个小时之内，可到了舞池之中，她便忘记了时间，直到舞场要关闭了，她才从那种兴奋的感觉中走出来。

　　在回家的路上，夏青将项链摘下来放进包中。她走进家门时，看见曹越还在等她吃饭，便对曹越说："我吃过了，你一个人吃吧。"

　　曹越用疑惑的目光看了她一眼。

　　她又说："快下班的时候，一个出了车祸的病人被送进医院。护士长见病情危重，让我们留下来帮着抢救。抢救完毕，病人家属请我们吃了一顿饭。"

　　曹越点了点头，便盛了一碗饭独自吃了。

　　夏青洗漱完毕，躺在曹越身边，晚上发生的事像电影一样从她眼前晃过。黑暗中，她睁大眼睛思索着。她很喜欢那条项链，戴在脖子上会给她增添无穷的魅力。可她也知道，一旦惹上张荣这样的男人，便可以毁掉她的家，毁掉她的幸福。为了她的家庭，她必须将那条会给她带来厄运的项链还给张荣。

　　第二天上班后，夏青便将项链放回到柜子中。一个星期过去了，张荣始终没有露面。中午吃完饭，夏青在办公室休息，同事走进来告诉她，外面有人找她。她走出办公室，看见张荣站在门外。

　　张荣举起手中的纸袋对夏青说："这是我从广州刚进回来的裙子，你穿上一定很漂亮。"

夏青摇了摇头说:"我不需要你的东西。你等一会儿,那条项链也还给你。"

夏青拿着项链走出护士站时,却发现张荣已经离开了。她叹了一口气,又将那条项链放回衣柜中。

夏天的天气异常闷热。每天回到家中,夏青都要将那条新裙子洗干净,第二天早晨又穿着晾干的裙子去上班。因为洗得过于频繁,这条裙子很快便失去了亮丽的色彩。

早晨上班后,护士长又穿了一条新裙子。看见大伙儿围在护士长身边赞叹着,夏青心中很不是滋味。中午休息时,她便来到卖服装的街上闲逛。时间不长,她便被一套裙装吸引住了。

卖服装的小姑娘对夏青说:"这是今年最流行的款式,你可以穿上试一试。"

夏青点了点头,便从小姑娘手中接过裙子,走进用布帘围起来的试衣间。她从布帘里面走出来时,小姑娘看着她身上的裙子说:"这条裙子简直就是为你设计的,穿在你身上实在太漂亮了!"

夏青一边照着镜子,一边问小姑娘:"这裙子多少钱?"

"四百八。"

夏青摇着头说:"太贵了。"

"你要诚心买,还可以优惠。"

"能优惠到多少?"

"你肯出三百五,这条裙子就归你了。"

夏青还是觉得太贵,这些钱可是她半年的工资。她走进布帘里面换衣服时,听见有人走进服装店。那人在旁边待了一会儿,便问卖衣服的小姑娘:"今天卖了多少钱?"

小姑娘说:"今天人不多,没卖出几件。"

那人沉默了一会儿,便向布帘的方向走过来。

小姑娘向那人喊着:"你别进去,里面有个女顾客在换衣服。她想买那条真丝裙，我已经给她降到了最低价，可她还是嫌贵。看她的穿着打扮，还像个有钱的人，没想到这么吝啬。"

夏青感到很生气，她觉得小姑娘的话是故意说给自己听的。她从布帘中走出来时，突然发现站在外面的人是张荣。

张荣惊异地问夏青："怎么是你？"

夏青冷冷地说："你店外又没挂着'吝啬女人不得入内'的牌子，我怎么就不能进来？"

张荣搬了一张凳子放在夏青面前说："你先坐下，消消气再说。"

夏青说了一句："我没资格坐在这里。"便转身走出了服装店。

张荣拿着那条裙子，追上夏青说："这条裙子送给你。"

夏青生气地说："我凭什么接受你的东西？"

张荣看了夏青一眼说："等你有钱了，再付钱给我。"

夏青犹豫了一会儿，便跟着张荣来到服装店，换上了那条真丝裙。她回到医院时，已经是上班时间。她穿上护士服，对着镜子照了照，发现裙子的光彩被护士服遮住了。她思索了一会儿，又脱下护士服。她将护士服放进衣柜时，又看见了那只装着项链的盒子。一阵犹豫后，她取出项链，戴到脖子上，然后向病房走去。

整整一个下午，她都享受着病人及病人家属的赞美之词，最使她感到心跳加速的便是那些在她裸露的肩背上扫来扫去的男人的目光了。这样的目光越多，她的满足感越强烈。

下午下班时，张荣邀请夏青吃饭。夏青犹豫了一下便答应了。今晚曹越在单位值班，夏青回家也是一个人待着。

吃饭的时候，张荣对夏青说："我真羡慕你的丈夫，羡慕他有你这么漂亮的妻子。如果你是我的妻子，我会给你买最漂亮的衣服。"

夏青沉默地用吸管吸着瓶子里的饮料。

张荣又问夏青："你幸福吗？"

夏青点了点头。

张荣摇着头说："你在骗我。你的眼睛已经告诉我，你对自己的生活很不满意。一个漂亮的女人不能穿漂亮的衣服，这无疑是人世间最不幸的事情。我不想看见一个漂亮的女人因为没有漂亮的衣服而不开心，我就是要将你打扮得漂漂亮亮，我要让你像盛开的花儿一样，为这个世界增添光彩。"

夏青被张荣的这番话打动了。可当她看见张荣色眯眯的目光时，她激动的心情又不由自主地冷静了许多。

天色黑下来时，他们走出了饭馆。夏青站在路边向张荣告别，张荣突然抱住了夏青。夏青惊恐地推开张荣，匆匆离开了。

夏青回到家中，一个人躺在床上，今天发生的事不断地在她头脑中回旋着。她知道张荣送她东西是有目的的，可她对张荣一点也恨不起来。她忽然想起了她们的护士长，护士长与她们医院的几个男医生打得火热。听到同事们议论这件事，护士长根本不当一回事，甚至还对她们说，被男人拉拉手、摸摸胸，这都不算什么。只要不和他们上床，就算对丈夫的忠诚了。当时听着护士长这番话，夏青在心中想，简直是屁话！既想当婊子，又想立牌坊。可现在她感到护士长的话有一定的道理。

夏青觉得自己只是被张荣抱了一下，这不能算失身。既然不是失身，当然也就没有对不住丈夫这一说了。这样想着的时候，她心里面感到轻松多了。

从此以后，夏青便经常与张荣见面。除了一起吃吃饭，她也接受了张荣送她的礼物。

下午上班时，她接到张荣打来的电话。张荣在电话中说："下午下班后，我想让你看看我的新家。"

"我可不敢去。让你妻子看见了，不把我吃了才怪。"

"别那么紧张。我刚买了一套新房，她不知道。"

"那也不行，我丈夫今天在家。"

张荣还想说什么，夏青挂上了电话。

下午下班时，看见张荣站在医院门口，夏青便走到张荣身边说："不是告诉你了吗？我丈夫今晚在家。"

　　张荣对夏青说："我给你买了一件礼物，就放在我的新房里面。"

　　"什么礼物？"

　　"你看了就知道了。"

　　夏青很想看看张荣给她的礼物，也想见识见识张荣的新房子，可她又怕张荣对她做过分的事情。这段时间，张荣对她越来越大方，凡是她喜欢的东西，张荣都会满足她。更让她感到不安的是，张荣也变得越来越放肆，只要有机会，张荣便会在她身上乱摸一通。她犹豫地对张荣说："你保证不对我做过分的事，我就跟你去。"

　　张荣点了点头说："我向你保证。"

　　夏青跟着张荣走进新房子，感觉房间的装饰极尽奢华：贴着壁纸的墙，带着装饰的灯，枣红色的地板给人一种庄重的感觉。客厅一边摆着一排长条柜，柜子上放着一台彩色电视机。看着这些对普通人来讲十分昂贵的东西，夏青心中赞叹不已。张荣陪着夏青参观完客厅，又领着她走进了卧室。卧室中铺着红绒地毯，挂着波浪式的窗帘，一张席梦思床摆在屋子中央，带着镜子的梳妆台放在屋子的一角。

　　张荣走到梳妆台前，拿起一个精致的小盒子，从中取出一枚钻戒，对夏青说："你喜欢吗？"

　　夏青欣赏着这枚戒指，张荣忽然抱住了她。他在夏青身上摸了几把，便开始解夏青的扣子。

　　夏青立刻由兴奋变成了恐惧，她紧紧地抓着衣服扣子不放。

　　张荣想用蛮力扯下夏青的衣服，可在夏青的强烈反抗下，他无法实现企图。他停下这种粗暴的行为，气喘吁吁地对夏青说："我第一次见到你，便被你的漂亮征服了。可你始终都像天上的太阳一样，让我可望而不可即……"

　　听了张荣的这番话，夏青的心立刻瘫软下来。她无力再抵御张荣的侵犯，她那抓着纽扣的手也慢慢松开了……

　　她闭着眼睛等张荣发泄完了，便摘下项链和钻戒扔到床上，用轻蔑的目光看着张荣说："你已经得到了你想要的东西。从现在开始，我们互不相欠了。"

二十二

　　夏青回到家时，已经是晚上九点多。看见夏青疲惫的样子，曹越打了一盆水放在夏青面前说："又加班了？"

　　夏青沉默了一会儿，便扑到曹越怀里，哭着对曹越说："我没有加班，我对不住你。我不该接受他的东西，我不该用那些谎话骗你。那条项链不是假的，那些衣服也不是我买的。"

　　曹越平静地对夏青说："你不用说了，我都知道。"这段时间，曹越能感觉到夏青的变化。夏青晚上常常加班，可曹越不相信会有那么多的危重病人。夏青给自己买了很多衣服，每次都说找熟人买的处理货。曹越怀疑夏青在搪塞自己，好几次都想问问夏青，可话到嘴边又咽回去了。他不想逼迫夏青，他希望夏青能主动说出这件事。现在夏青已经认识到错了，他也不想在这件事情上纠缠下去。夏青嫁给他受了不少委屈，他心中也很愧疚。他想满足夏青的愿望，可他却没有这种能力。他忽然想起一件事：几个月前，夏青想开一间服装店。因为缺少资金，他一直没答应，现在他倒想碰一碰运气。如果开服装店赚到了钱，便可以满足夏青的很多愿望。他思索了一会儿对夏青说："别哭了，过去的事就让它过去吧。"

　　夏青点了点头。

　　曹越又说："我觉得开服装店的事可以试一试。"

　　夏青眼睛一亮："你答应了？"

　　曹越问夏青："开一间服装店需要多少钱？"

　　"三万块钱。"

　　"这么多钱，如果赔了怎么办？"

　　看着曹越一脸的担忧，夏青便将从张荣那儿听来的生意经向曹越兜售："只要做好这几件事，服装生意只会赚不会赔。首先要选一个好地方。所谓好地方，一要交通便利，二要处于商业中心。比如卖服装的口子街就满足这两个条件；其次还要有一个好的进货渠道。服装的潮流变化很快，只有跟得上潮流，才能卖出好价钱……"

　　夏青一口气给曹越讲了很多做服装生意的窍门与方法。曹越虽然不是很懂这些，可他心中的担忧却缓解了许多。为了凑够开店所需的本钱，曹越决定向赵振波借一笔钱。

　　赵振波现在已经是生意人了。他参加工作不久，便办理了停薪留职。他做生意的本钱便是他的父亲赵永年。赵永年已经升任市委副书记，主管组织和商贸方面的工作。赵振波利用赵永年的影响力，不用花一分钱，便能将一些紧缺的物资搞到手，然后再以较高的价格卖出去。经过几年的运作，他已经掘到了人生的第一桶金，而且还成立了自己的贸易公司。

　　中午下班后，曹越去赵振波的公司找赵振波。赵振波打趣地说："请了你好几次，你都不肯赏光，是不是看不起我这个做生意的朋友了？"

　　"你说到哪儿去了，我是没时间。"

　　"没时间？鬼才相信！有夏青陪着你，我当然得靠边站了。"

　　"你别调侃我行不行？"

　　赵振波笑了笑又说："走，我请你吃一顿大餐。"

　　曹越拒绝不了赵振波，只好跟着赵振波走了。

　　赵振波领着曹越走进一家饭店，饭店老板娘看见赵振波，便热情地说："赵先生，您来了，快楼上请。"

　　老板娘陪着赵振波和曹越在一个包间坐下后，便对站在一边的服务员说："赵先生是我们的贵客，你可要好好伺候。"

　　服务员点了点头。

　　老板娘又笑着对赵振波说："我先走了。有什么事，您尽管吩咐。"

　　服务员见老板娘离开了，便拿着菜单对赵振波说："赵先生，请点菜。"

　　赵振波也不看菜单，直接对服务员说："来一只王八、一斤虾……"

　　服务员拿着点好的菜单离开后，赵振波便问曹越："你和夏青过得怎么样？"

　　曹越沉默了一会儿说："没你想象的那么好。"

　　"为什么？"

　　曹越叹了一口气说："她喜欢打扮自己。"

"女人嘛，都是这样。"

"她看上的衣服价格都很贵，我满足不了她这方面的要求。"

"你也不要太委屈人家。实在不行，就从我这儿拿点钱先用。"

曹越犹豫了一会儿说："她想开一间服装店。"

"有什么困难吗？"

"我们没有本钱。"

"需要多少？"

"三万。"

"你明天到我公司来拿。这件事就这么定了。"

曹越点了点头。

赵振波又说："别活得太累，我今天给你找个小姐轻松轻松。"

曹越摇了摇头。

"又不是让你和小姐'打炮'，你紧张什么？"赵振波让服务员将老板娘叫进来，在老板娘耳朵边嘀咕了几句，老板娘点了点头又离开了。不一会儿，老板娘便领着两位漂亮的小姐走进了包间。

两位小姐围到赵振波旁边，拉着赵振波的手说："赵先生，您今天是请我们吃饭，还是请我们唱歌？"

赵振波看着两位小姐说："我今天要你们替这位先生解解闷。"

两位小姐点点头，便围到曹越身边，搂着曹越的脖子，抱着曹越的胳膊，娇滴滴地对曹越说："先生，你是想玩新鲜的，还是想玩刺激的？"

曹越手忙脚乱地抵挡着两位小姐。

看着曹越滑稽的样子，赵振波对两位小姐说："他不适应你们这种玩法。你们和他玩玩小蜜蜂吧。"

两位小姐便放开曹越，将伸着食指的拳头举起来，有节奏地在头顶上方摆动着。

看着小姐怪异的动作，曹越对赵振波说："你们玩吧，我不会。"

"那我先来，你学着点。"赵振波坐到两位小姐旁边，同小姐一起做着那种奇怪的动作。他们看着对方的脸，来回摆动着手指，嘴中不断地念叨着："两只小蜜蜂，来到花丛中，飞啊，飞啊……"这时，他们便停下摆动的手，伸出一只手，比画着锤子、剪刀和布的形状。看见三个人都没有赢，他们便迅速将手收回去，从口中发出"吧……吧……"的咂嘴声。他们重复着这样的动作，直到有一位小姐输了，赵振波便在空中做了一个扇耳光的动作。小姐配合着赵振波，好像真挨了两个耳光似的，闭着眼睛摆动着头，发出"啊……啊……"的尖叫声。

赵振波不满意小姐的叫声，他告诉小姐："做这种游戏，一定要全身心地投入。你要想象自己正在与一个男人做爱，你喊出的声音才会有那种刺激的感觉。"

小姐又闭着眼睛尖叫了几声，赵振波感到满意了，便要了一瓶XO酒，给每人倒了一杯，然后对两位小姐说："从现在开始，输了可是要喝酒的。"

两位小姐点了点头，又同赵振波玩起了游戏。

曹越坐了一会儿，借故去洗手间，便离开了饭店。

一个月后，夏青的服装店在口子街开张了。

夏青考虑到自己的本钱不多，便选择经营中低档的服装。可这些中低档服装摆在卖高档服装的口子街，便成了无人问津的东西。为了改变这种局面，她又从批发商那儿赊了一批高档服装。可事情并不像她想象的那样好，那些赊来的服装也不好卖。几个月下来，赊来的服装卖得差不多了，可卖服装的收入全付了房租和雇员的工资。批发商拿不到货款，便追着夏青讨债。夏青实在拖不下去，便开始躲着批发商。直到有一天，批发商追到他们家，曹越才知道了真实情况。

曹越没有责怪夏青，他觉得夏青也很辛苦。这段时间，夏青既要上班又要进货，下班以后还要替换照看生意的小姑娘。曹越想替夏青分担一些事，可夏青不让曹越干涉服装店的经营，她想向曹越证明自己有能力赚钱。

曹越处理掉剩下的服装，还清了欠批发商的债务，可借赵振波的三万块钱却赔得一干二净。

夏青一下子陷入了痛苦的深渊。为了还赵振波的钱，她必须勒紧裤腰带，准备过五年甚至十年的苦日子。她感到胸中憋着一股火，又找不到发泄的地方。刚好张荣又来找她，她便将一肚子怨气撒在了张荣身上。

　　张荣听完夏青的哭诉，沉默了一会儿对夏青说："我们出去走走吧。"

　　夏青点了点头，跟着张荣走出医院。夜幕降临时，他们走进一家饭馆。夏青倒了一杯啤酒，看着张荣默默地喝着。

　　张荣对夏青说："我离婚了。"

　　夏青吃惊地问："为什么？"

　　"因为我不爱她。"张荣一口气喝完了杯中的酒。

　　夏青没有说话，只是沉默地看着手中的啤酒杯。

　　张荣又对夏青说："我买了一套别墅，是准备结婚用的。"

　　夏青看了张荣一眼，将目光转向了窗外。

　　张荣又拿出一张存折，放到夏青面前说："如果你愿意和我结婚，这就是我送你的彩礼。"

　　夏青看了看存折，存单中有二十万元。她的心开始沸腾起来：有了这么多钱，她便可以将自己打扮成世界上最漂亮的女人。可她又不忍心离开曹越，她心中还爱着曹越。一边是金钱的诱惑，一边是情感的纠葛，她感到自己难以抉择。她一杯一杯地喝着啤酒，想用酒精麻醉自己。也不知过了多长时间，她的思维开始变得迟钝起来，眼前的一切也变得模糊起来……

　　第二天早晨，夏青醒来时，看见自己光着身子躺在张荣旁边，她立刻意识到自己昨晚喝醉了……她想悄悄离开这个地方，可张荣的一只手搭在她胸前。她想挪开张荣的那只手，不想却惊醒了张荣。

　　张荣不让夏青离开。他拉着夏青的手，不断地向夏青保证：只要夏青与他结婚，他会爱夏青一辈子，他会让夏青成为世界上最幸福的女人……

　　夏青感到心力交瘁，她又一次任张荣发泄了欲望。张荣从她身上爬起来时，她脸上没有一丝的表情。

　　为了让夏青高兴起来，张荣领着夏青去了一趟商场。他给夏青买了很多漂亮的衣服，可夏青脸上还是没有一点笑容。

　　晚上，夏青又想起了曹越。她想回到曹越的身边，可她始终都挣脱不了张荣的控制。几天之后，她开始变得麻木起来。她不再抵御，也不再反抗，她感觉自己已经变成了张荣的女人。尽管她还爱着曹越，可她又无法挣脱那张用金钱编织起来的网，她只能选择与曹越离婚。

夏青没回家的第一个晚上，曹越便有一种不祥的预感。这种情况以前也有，有时加班加得太晚，夏青便会住在医院。第二天晚上，夏青依然没有回家，曹越开始变得焦虑起来。第三天上午，曹越去医院找夏青。夏青的同事告诉曹越：前天下午，夏青同一个男人离开后，到现在一直没来上过班。

曹越的担心被证实了。他默默地离开医院，一个人在大街上走着。他希望能碰见夏青，他想让夏青跟他回家。

夜幕降临的时候，他的幻想彻底破灭了。他走进一家饭馆，喝完了一瓶白酒，便摇摇晃晃地离开饭馆。也不知过了多长时间，一棵树挡住了他的去路。他抬起头看了看，是博物馆门前的那棵大树。他心中很难过，抱着大树痛哭起来。几年前，在这棵大树下，他决定与夏青不离不弃，白头到老。可今天，还是在这棵大树下，他却为失去夏青而痛哭。

他感到自己的泪水哭干时，心情便开始变得平静起来。夏青有选择的权利，他必须尊重夏青的选择。他在默默地等待着，等待着那个时刻的到来。

一个星期后，夏青打电话约曹越见面。曹越到达见面的地方时，夏青已经在等着曹越了。

曹越在夏青对面坐下后，夏青低着头对曹越说："我对不住你。我这样的女人不值得你爱……"她擦了擦泪水，又对曹越说："离婚协议书我已经写好了。如果你同意，就签个字。赵振波的钱我已经还过了，你不要再有什么心理负担。"

曹越沉默了一会儿，便拿起笔在协议书签上了自己的名字。

夏青的心在猛烈地颤抖着，她突然想要阻止曹越签字，可等她回过神来就发现曹越已经放下笔离开了。

她想喊曹越回来，她的嘴不断地嚅动着，却发不出一点点声音；她想去追曹越，腿却软绵绵的，连站起来的力气都没有。她只感觉自己的泪水像泉水一样涌出眼睛，流过脸庞，滴到了裙子上……

二十三

　　曹越的心情像已经到来的冬季一样冰冷。从爱上夏青的那一天起，他便将生命的意义赋予了爱情这个神圣的东西，可夏青对他们感情的背弃，将他为爱而活的想法和理念彻底否定了，他立刻陷入到了一种茫然的状态中。

　　下午一觉醒来，他感到晕乎乎的。这段时间，他记不清自己有多少回喝醉的经历了。每次喝完酒，所有的烦恼都烟消云散。可从睡梦中醒来，消失的痛苦又来纠缠他。他习惯性地看了看表，又是一个下午没上班。几天前，他接到调往刑侦处工作的通知时，便有一种被踢出宣传处的感觉。他长长地叹了一口气，在心中想着：难道自己一辈子都要这样颓废下去吗？想当初他奋力走出农村，不就是为了实现自身的价值吗？现在碰到了一点挫折，便堕落成这副样子。这不是他想要的结果，他必须振作起来。刑侦处虽然很累，可那儿也是出成绩的地方。他想在新的工作岗位上开创出一片属于自己的新天地。

　　曹越到刑侦处报到后，被分到了一科一组工作，他们的组长叫刘斌。刘斌见到了曹越，交代几句便离开了。曹越上班的第二天，刘斌带人去抓罪犯，曹越便积极要求参加。他们在罪犯家门口守到后半夜，也没发现罪犯的影子。返回的路上，他们在夜市停下来，要了一些烤肉，围在一起吃着。刘斌边吃边讲着黄色的小段子，逗得大伙儿发出阵阵的笑声。

　　曹越对这些东西不感兴趣，便一声不吭地低着头吃饭。这时，一个拄着拐棍的老太太走到他们旁边，唯唯诺诺地对副科长段青林说："大兄弟，行行好。"

　　曹越听见老太太的声音，便抬头打量着老太太。老太太的脸像油炸的豆腐一样干巴而蜡黄，一双凹下去的眼睛闪着胆怯的光；老太太穿着一件破旧的灰色夹衫，领口处有好几层衣领叠加在一起；黑色的粗布裤子鼓鼓囊囊，不知里面塞着什么东西，裤脚处用一根麻绳扎紧了。老太太的身子躬得很低，好像要将身体缩到最小，以抵御那刺骨的风寒。

　　段青林专心地听着小段子，不想被老太太的话打断了。他十分扫兴，生气地对老太太说："快走开！"

老太太还在哀求着段青林，坐在一旁的刘斌便吓唬老太太说："再不走开，小心我打你！"

老太太露出了恐慌的神色，拄着拐棍一颠一颠地走开了。

看着老太太颤颤巍巍的背影，曹越便想起了自己的奶奶。奶奶在世时，遇见那些讨饭的人，都会不遗余力地帮助他们。有一次，一位老大娘领着一个小女孩来他们家讨饭。他们刚刚吃完饭，只有奶奶还剩下半碗饭。奶奶端着半碗饭对老大娘说："如果你们不嫌弃，用这点剩饭充充饥吧。"

老大娘接过饭碗，递到小女孩手中。小女孩拿起筷子便狼吞虎咽地吃起来。

看见小女孩将碗中的剩饭吃完了，讨饭的老大娘感激地对奶奶说："谢谢，谢谢老嫂子的救命之恩！"

奶奶对老大娘说："我知道你还饿着肚子，孩子也没吃饱。你们等一会儿，我去给你们做饭，你们吃饱了再走。"

老大娘摇着头对奶奶说："不用了。这就够了，真的够了。"

老大娘领着小女孩离开时，奶奶目送着她们的背影，用袖子擦了擦眼睛，自言自语："人有脸，树有皮。人要是能活下去，谁还会去讨饭！"她看了曹越和曹梅一眼，对他们说："别看不起那些讨饭的人，我和你爷爷也是讨饭过来的。那一年遭旱灾，庄稼颗粒无收，我和你爷爷带着你们的大伯和不满一岁的父亲逃荒来到东城村，一路上多亏了那些好心的人。如果没有他们的帮助，我们都会饿死的。以后碰见了这些可怜人，你们一定要帮他们一把。"

曹越想起奶奶的这番话，心中便涌起深深的不安。他默默地站起来，跑到老太太身旁，掏出身上所有的钱，递到了老太太手中。

老人放下拐棍，便要给曹越跪下。

曹越一把扶住老人，哽咽地说："别这样。走吧，吃点东西去吧。"

看着老人拄着拐棍离开了，曹越便转身回局里去了。

因为这件事，曹越得罪了刘斌和段青林。在刘斌和段青林眼中，曹越也太不给他们面子了。从此以后，刘斌便将曹越视为眼中钉，肉中刺。为了压制曹越，刘斌在工作中故意冷落他，不让他参与重要案件的侦破。

　　曹越默默地承受着这种排挤。他知道自己在业务上还是个新手，还没有资本与刘斌和段青林争高低。只有掌握一定的业务知识，具备一定的业务能力之后，才能在工作中争取主动。他静静地坐在办公室看书时，他们组的老郝突然东摇西晃地走进来了。

　　老郝已经五十多岁了，几年前，从仓库保管员的位置上调到了刑侦处。他本想在刑侦处捞个一官半职，可他的愿望没有实现，便被分到一组当了一名普通干部。老郝没什么文化，让他取犯罪嫌疑人遗留下来的指纹，结果指纹没取下来，反而被他破坏掉了；让他蹲守抓罪犯，罪犯从他的眼皮底下溜掉了，他还不知道。刘斌怕他把事情办砸，轻易不让他干什么。老郝因为无事可干，每天都喝得醉醺醺的。

　　曹越刚来刑侦处，对这些情况还不了解。他闻着老郝一身的酒气，便搬了一把椅子放在老郝跟前。老郝坐在椅子上，嘟囔着对曹越说：“不要客气，我们同是天涯沦……沦什么？沦落人，对吗？”老郝见曹越点了点头，便用手在衣服下摆处插了几下，都没能找到衣兜的入口。他低下头，盯着衣兜，将手伸进去，摸索了半天，取出一支烟。他将烟叼在嘴中，用另一只手从衣兜里摸出一盒火柴，点燃口中的烟，吸了一口，然后慢慢地对曹越说：“我知道刘斌和段青林他们这样对你不公平，可现在的社会都是这样。没钱没关系，你什么也别想。拿咱们科最红的几个人来说，科长张志杰是处长卢俊海的老部下。想当年，卢俊海在‘文革’时受到了冲击，张志杰对卢俊海很照顾。后来，卢俊海翻了身，没忘张志杰的好处，走到哪里就把张志杰带到哪里。”

　　老郝吸了一口烟，然后惋惜地说：“那时我真傻，怎么没想到卢俊海也有翻身的时候，要不然……”老郝觉得自己说漏了，便接着前面的话说：“别看张志杰没多大本事，可大权在握，谁敢不听他的！”

　　老郝看了曹越一眼，又继续对曹越说：“再说那些有钱的。刘斌来这儿才一年多，论资历，论能力，怎么也轮不上他当组长。可人家有钱，逢年过节总往领导家里跑，平时出手也大方，常请大伙儿喝个小酒，拉拢拉拢人心。到现在，整个科里，除了张志杰，没人敢说他什么，就连副科长段青林也要让他几分。”

　　曹越不解地问："为什么？"

　　"这你就不知道了。段青林是部队转业回来的，根子不深，没多少头脑，平时又爱贪刘斌那点酒肉，虽说当了个副科长，却常常跟在刘斌屁股后面跑。"

　　老郝看了看快要燃尽的烟，拿起来猛吸几口，又从衣兜里摸出一支烟，对上火，接着说："你说说，现在这世道还有什么道理可讲？就拿二组的蔡红利来说，小伙子技术精、业务强，调查取证、照相开车，样样都行。可他不会来事儿，到这儿已经七八年了，连个组长都当不上。"老郝用奇怪的目光看了看曹越，然后问曹越："你在刑侦处有关系？"

　　曹越摇了摇头。

　　老郝又问："那你家有钱？"

　　曹越又摇了摇头。

　　"那你不在宣传处好好待着，跑到这儿来干什么？怪不得人家给你冷板凳坐。"老郝瞅了曹越一眼，便站起来向外走了。

　　看着老郝离开的背影，曹越便在心中想着：社会上确实存在着老郝说的那种现象，可那也不是绝对的，有些事还在人为。只要自己不断去努力，就一定会有出人头地的机会。

　　寒冷的冬季刚刚过去，春风便轻拂着大地。田野里、大街上、小巷中……到处都是一片春意盎然，可刑侦处却感觉不到一点春的气息。

　　一个月前，西京发生了一起杀人碎尸案。此案影响很大，省市领导批示要尽快破案。刑侦处经过半个月的侦察，原有的线索都断了，新的线索又未能找到，侦察工作一时陷入了僵局。

　　处长卢俊海急得像热锅上的蚂蚁一样。他十几岁参加工作，干了一辈子刑侦，也破获过不少的大案要案，可从来没像现在这样感到挫败过。每天，他都能接到有关领导的电话，询问案件的进展情况。这种时候，他便感到自己窝囊透了，他也想尽快将可恶的杀人犯绳之以法，可他是老虎吃天，无处下口。他气得在办公室拍着桌子喊爹骂娘，干警们也躲在办公室不敢露面。他一通火发完，叫来一科科长张志杰商量了一会儿，便挑选了刘斌和蔡红利等几个业务骨干，重新对犯罪现场进行勘查。

刘斌和蔡红利走出办公大楼时，曹越跟在他们身后，犹豫地对刘斌说："我想跟你们去现场看看。"

刘斌瞥了曹越一眼说："今天去现场的人，可都是卢处长挑选的业务骨干。你算什么？也不撒泡尿照照自己。"

蔡红利听着刘斌的话很刺耳，便对刘斌说："你不能这样对待一个积极要求工作的同志。"蔡红利原来也是一组的成员，因为看不惯刘斌的很多做法，便主动要求调到二组工作了。

刘斌看了蔡红利一眼说："这是我们一组的事，你没资格说三道四。"

蔡红利愤愤地说："我今天就是要管管这件事！你要不服气，咱们到卢处长面前评评这个理。"

刘斌感到有些心虚。这件事要真闹到卢俊海那里，他可得吃不了兜着走。他在心中盘算着：为什么不将曹越推到卢俊海那里？卢俊海的性情他是知道的，工作不顺心时脾气最大。这种时候，不管谁去招惹他，都会招来一顿臭骂。他看了曹越一眼，然后阴阴地说："你去问问卢处长。他要同意了，别人也没什么可说的了。"

曹越看见卢俊海和张志杰站在楼前，便走到卢俊海旁边说："卢处长，我想跟你们去现场看看。"

卢俊海扭过头，发现这人不认识，便用询问的目光看了张志杰一眼。

张志杰说："他叫曹越，刚从宣传处调过来。"

卢俊海瞅了曹越一眼，便坐上了开过来的一辆吉普车。

张志杰跟着卢俊海上车时，看见曹越不知所措地站在那里，便对曹越说："还愣着干什么？赶快上车。"

曹越点了点头，转身走进后面的一辆面包车。随后，两辆车便开到了发生碎尸案的工厂。工厂保卫人员领着他们来到一间职工宿舍，打开宿舍的门对卢俊海说："上一次勘查完毕，我们就将现场封存起来了。"

卢俊海点了点头，便站在门口向保卫人员询问有关情况。

刘斌和蔡红利几个人走进房间，打开工具箱，戴上白手套，开始查看房间的每个角落。蔡红利翻阅了一会儿受害人的信件和日记，摇了摇头，又到别的地方去了。这些信件和日记已经被翻看过好几遍了，从中锁定的几个嫌疑人要么被否定，要么无从查起。这起案子初步断定为情杀，受害人为女性，是光着身子被掐死的。据工厂的保卫人员反映，受害人与很多男性都有不正当的男女关系。通过调查，他们找到了一些同受害人有关系的男性，可最后都被排除了。值得注意的是，在受害人的指缝中发现了一根头发，很可能是犯罪嫌疑人遗留下来的。如果能将犯罪嫌疑人纳入侦察的视线中，通过对这根头发进行技术处理，很快便能确定犯罪嫌疑人。可遗憾的是，因为缺少线索，犯罪嫌疑人始终都没有进入侦察的范围。

蔡红利离开后，曹越便开始翻阅这些信件，他发现这些信和信封都是分开的。有些信看过后，被揉成了一团。他拿起一封被揉得皱皱巴巴的信看了一遍，信中有很多暧昧的话语，最后的落款是"爱你的军"。他隐隐感到这个"军"很可能就是犯罪嫌疑人，可光凭名字中有一个"军"字是无法找到罪犯的。

曹越叹了一口气，继续翻阅剩下的信件。时间不长，他发现一个空信封上的字迹，同那封署名为"军"的信件字体非常相似，很可能出自同一个人之手。信封上面没有写寄信人的地址，他看了看信封上的邮戳，确定这封信是从三阳县寄出的。他又看了看邮戳的日期，比写信的时间晚了一天。综合这些情况，他几乎可以确定那个叫"军"的人在三阳县。可在三阳县，名字中有"军"字的人成千上万。要想在这么多人中找出犯罪嫌疑人，无异于大海捞针。

曹越摇了摇头，放下手中的信件，又开始翻阅受害人的日记。受害人在日记中记述了她与很多男人之间的情感纠葛，这些男人的名字全用"他"来代替。从日记上看，受害人一会儿和这个"他"好上了，一会儿又和那个"他"断绝了关系。"他"到底有几个？都是些什么人？只有受害人自己清楚。

曹越注意到受害人在一篇日记中提到，"他"又来纠缠受害人了，而且还带来了他家乡的特产蓼花糖。蓼花糖是三阳县的特产，曹越马上将日记中的"他"同写信的"军"联系起来。受害人还在日记中提到"他"经常到西京出差，曹越据此推断那个叫"军"的人应该是一名搞推销或者采购的人员，只有这样的人员才会经常出差。

卢俊海向保卫人员了解完情况后，便与张志杰走进了房间。看见曹越翻阅着受害人的日记，他便问曹越："小伙子，有什么新发现吗？"

曹越将自己的发现向卢俊海汇报了。

卢俊海拿起受害人的日记仔细看了一遍，又将那个署名为"军"的信件与信封上的字迹比对了一番。他兴奋地对张志杰说了一句："踏破铁鞋无觅处，得来全不费工夫！"便拿着受害人的日记和信件，与张志杰匆匆离开了现场。

二十四

几天以后，卢俊海带着手下在三阳县齿轮厂找到一位名叫朱军的采购员。经检验，朱军的DNA与遗留在现场的头发DNA完全相同，这极大地鼓舞了卢俊海和他的手下。卢俊海亲自出马，连夜对朱军进行审讯。天快亮的时候，罪犯终于在卢俊海强大的攻势下认罪了。

看到罪犯开始交代自己的罪行，卢俊海长长地出了一口气。他知道后面的事不需要他管了，他的手下会把一切都办得妥妥当当。他现在最需要的是到外面呼吸几口新鲜的空气，伸展伸展酸困的腰身。

卢俊海走出审讯室，看见曹越站在门外，便用疑惑的目光看着曹越说："傻小子，站在这儿干什么？"

曹越哼唧了半天才说："我想看看你们怎样审罪犯。"

卢俊海问："站在外面能看得见吗？"

曹越小声说："我怕会打扰你们审讯。"

卢俊海沉着脸说："怕？怕你就回宣传处去。刑侦队伍可不要那些没有出息的胆小鬼。"

看着卢俊海走到一棵树下打起了太极拳，曹越能感到卢俊海在鼓励自己，只不过这种鼓励的方式带着些许严厉。

一个星期后，这起杀人碎尸案的侦破工作结束了。在案件总结会上，卢俊海当众表扬了曹越："这起案件能够侦破，多亏了曹越这小子。别看他刚来刑侦处，可人家会动脑子，会思考，从日记和信件中找到了破案的线索，立了大功。"

此后不久，曹越便被任命为一科二组组长。曹越感到自己的努力得到了回报，他已经从一个不被人重视的小人物变成了能与刘斌平起平坐的组长，这使他胸中那颗自尊而好强的心得到了强烈的满足。

光阴如梭，转眼便到了年底，刑侦处也开始了一年一度的党员发展工作。卢俊海要求张志杰利用这个机会，将曹越的入党问题解决了，为以后的提拔做好准备。张志杰征求了一科所有党员的意见，没有听到反对的声音，便向卢俊海做了汇报。

张志杰征求刘斌的意见时，刘斌心里是一百个不同意。他们科还空缺一个副科长，他不想给自己增加一个竞争对手。可他又找不到合适的理由，只好勉强同意曹越入党。张志杰离开以后，刘斌便一个人生闷气。时间不长，老郝走进了刘斌的办公室。

刘斌不想搭理老郝，从桌上拿起一份报纸，遮住脸装模作样地看了起来。

老郝站了一会儿，见刘斌没反应，便笑着说："刘组长，听说又要评选先进了。这一次能不能照顾照顾我？"

刘斌没有接老郝的话，继续看着手中的报纸。

老郝在心中骂了刘斌一句，准备离开时，忽然想起一件事，便停下脚步又说："听说要讨论曹越的入党问题了。我向你汇报个情况，那小子想当副科长。"

刘斌在心中想着：你这快退休的人都想当先进，别人为什么就不能有当副科长的想法？

老郝见刘斌无动于衷，便神秘地对刘斌说："每个人都想当官，那是藏在心里面的。如果说出来了，就变成政治野心了。如果将这个问题同曹越的入党联系起来，那可就……"

刘斌放下手中的报纸问："他是怎么说的？"

老郝看了刘斌一眼说："那是很久以前的事了，当时他还在我们一组。有一次他向我抱怨你对他不公，我对他说，只有当上副科长，才能不受你的气。他又问我怎样才能当上副科长。我对他说，要先解决入党的问题，才能有资格竞争副科长。"

刘斌又问："还有别的吗？"

老郝想了一会儿又说："他还说要和你斗到底。"

刘斌的脸马上沉了下来。

老郝对刘斌干笑了一声说："刘组长，这些年来，我一次先进也没当上。你看今年是不是……"

刘斌思索了一会儿说："你将曹越入党是为了想当副科长的事在咱们科传开来，你就是咱们组今年的先进了。"

"你这话当真？"

"当然当真。"

老郝笑着对刘斌说："我一定照你的意思办。"

看见老郝要离开了，刘斌又问老郝："曹越是不是也说过要和段科长斗到底的话？"

老郝先是一愣，然后会意地说："你的意思我明白了。你放心，我要说他说过，那他就一定说过。"

中午休息时，刘斌邀请段青林一起吃饭。酒过三巡之后，刘斌对段青林说："今天上午，张志杰找我谈曹越的入党问题了……"

段青林没有接刘斌的话，曹越入不入党和他没多大关系。

刘斌叹了一口气，又对段青林说："那小子说了，他不但要当副科长，还要和你段科长斗到底。"

"他真敢这样说？"

"不信你自己打听打听，这件事让老郝传得全科人都知道了。"

段青林将手中的筷子往桌上一摔，对刘斌说："他奶奶的，欺侮到老子头上了。看我以后怎么收拾他！"

刘斌摇着头说："你也不看看当前的形势，他现在可是张志杰和卢俊海面前的红人。如果他这次能顺利入党，过不了多久，他就会当上副科长。你也不过是一个副科长，你又能将他怎么样？"

段青林看了刘斌一眼，开始沉默地喝着酒。

刘斌陪着段青林喝了一杯酒，放下酒杯又说："我就不信，我们两个人联合起来还能输给他？"

"你有什么好办法？"

"现在倒是有一个机会。曹越想当副科长这件事已经在全科传开了，我们可以利用这件事做文章。你是科里的二把手，如果你提出反对的意见，那些想同意曹越入党的人，也不敢明着和你唱对台戏。只要同意曹越入党的人达不到规定的人数，我们就算成功了。"

段青林摇了摇头说："恐怕没那么容易吧？"

刘斌盯着段青林说："现在只有这一条路可走。行与不行，就看你了。"

段青林的脸一会儿由青变红，一会儿又由红变青。他知道，只要自己出了这个头，不管最后的结果如何，他都会得罪卢俊海和张志杰。可一想到曹越那些气人的话，一股怒火便冲上他的心头。他拍着桌子对刘斌说："就按你说的办。"

刘斌点了点头，端起酒杯与段青林一饮而尽。

讨论曹越入党的支部大会召开后，段青林首先发言："曹越同志工作上表现不错。可我听下面的同志反映，曹越是为了当官才入党的。我认为应该帮他正确认识这个问题之后，再讨论他的入党问题。"

刘斌也跳出来支持段青林："我也赞成段科长的意见。曹越到刑侦处工作时间不长，不想着好好干工作，却整天想着当官。我认为，让曹越这种有政治野心的人进入到我们党内是十分危险的。"

段青林和刘斌的发言结束后，会场便陷入了一片沉默。

张志杰没想到会出现这样的变故，他沉着脸问段青林："这是怎么回事？"

刘斌见段青林不吭声，便阴阴地对张志杰说："这些都是老郝说的，你问老郝。"

　　张志杰巡视了一下会场，发现了躲在后面的老郝。他质问老郝："曹越说过那样的话吗？"

　　老郝看了看张志杰，又瞅了瞅刘斌，他的额头便开始冒汗。当张志杰再次质问他时，他低着头说："曹越是说过那样的话。"

　　张志杰瞪了老郝一眼，然后宣布休会。随后，他便将开会的情况向卢俊海作了汇报。

　　卢俊海感到很生气。他没有想到，这些鸡毛蒜皮的事也被拿到会上整人了，还扣上了一个有政治野心的帽子。他告诉张志杰："你安排一下，下次支部会我也参加。我倒要看一看，凭他们几个还能把天翻了不成？"

　　第二次支部大会召开时，卢俊海出人意料地来到了会场。看着大伙儿眼睛中闪着惊异的光，他严肃地对大伙儿说："我今天是特意来和大家讨论曹越的入党问题的。听说在上一次支部会上，有人说他想当官，有政治野心，不同意他入党，我看这种想法不对。拿破仑不是说过不想当元帅的士兵不是好士兵吗？依我看，不想当科长的警察就不是好警察。一个人有了当官的欲望，你可以将这种欲望理解为野心，也可以将这种欲望理解成实现人生价值的愿望。不管怎么去理解，这种欲望始终都是支撑社会向前发展的最原始的动力。古今中外，成大事者哪一个没有野心？秦始皇没有野心，能统一中国吗？共产党人没有野心，能推翻'三座大山'，建立新中国吗？依我看，这种想当官的野心，不但不能压制，而且还应该提倡。我就怕你们没有野心，我这一生最瞧不起的就是这种人。我的话讲完了，下面该大家发言了。"

　　听了卢俊海的这番话，刘斌和段青林的脸立刻变成了猪肝色。他俩见大势已去，只好放弃了他们的想法。

二十五

一场大雪过后，西京城区被厚厚的积雪覆盖着。曹越趴在一堆废弃的砖块后面，监视着罪犯藏身的防空洞。

罪犯用保管的枪打死了人，便躲进防空洞负隅顽抗。防空洞是备战时挖掘的，已经废弃了很多年。因为对洞内的地形不熟悉，犯罪嫌疑人又持枪躲在暗处，为了避免造成人员伤亡，曹越和刘斌各带一组侦察员守着防空洞的两个出口。时间已经过去了两天两夜，犯罪嫌疑人即使不渴死饿死，也该被冻死了。曹越心里面这样想着，可眼睛却不敢眨一下。

漆黑的夜晚，视线很差，曹越只能凭借雪光照亮。他已经坚守了好几个小时，身下的积雪已经融化，融化的雪水向大衣里面渗透着。他看了看已经发亮的天空，将手中的枪放到一边，褪下手上的棉手套，不停地揉搓着双手。他听见身后有踩雪的声音，回头见蔡红利来换他了，便从地上爬起来，向蔡红利交代了几句后离开了。

曹越走进临时休息的屋子，看了看铺在地上的毯子，毯子上挤满了熟睡的同事，已经没有能容纳他的地方。他脱掉被雪水浸透的大衣，坐在火炉旁边，向炉膛中添加了几块钢炭，又将炉门开到了最大。不一会儿，火苗便从炉膛里面蹿上来，一股暖和的气息扑面而来。他靠在椅子上，困顿地闭上眼睛，忽然听见一阵打呼噜的声音。他扭头看了看，呼噜声是从段青林那儿发出来的。段青林在现场负责协调和指挥，可一到晚上，他便呼呼大睡。屋里的两张床，他睡一张，刘斌睡一张，剩下的人只能在地上凑合。

曹越叹了一口气，然后闭上了眼睛。不一会儿，他便靠着椅子睡着了。

上午九点钟，张志杰来到现场。他将段青林、曹越和刘斌召集起来，严肃地对他们说："今天已经是罪犯进入防空洞的第三天，局长要求我们派人到洞中查看情况。卢处长要我和你们商量商量，选一个合适的人去执行这项任务。"

段青林当过侦察兵，在这方面有着丰富的经验。以前碰见这种事，他总是主动请战，每次都能圆满完成任务。他刚想向张志杰要求执行这项任务，站在一边的刘斌却对他说："你这个老党员也该给新党员留一点表现的机会，要不然新党员可怎么表现自己，接受党的考验？"

段青林看了刘斌一眼，将已经到嘴边的话咽了回去。

曹越明显感觉到刘斌是冲着自己来的。他本想当场质问刘斌，可想着抓捕工作处于关键时期，他便忍住了。

时间不长，卢俊海来到了现场。他见到张志杰，第一句话便问："进洞的人选好了吗？"

张志杰摇着头说："还没有。"

卢俊海用责备的语气说："怎么搞的？让他们都过来。"

曹越、段青林和刘斌赶到卢俊海跟前时，卢俊海严肃地对他们说："情况你们都知道，不用我多说。这生与死的事，需要一个有经验的人才能完成。"卢俊海说完这句话，便将目光投向了段青林。

段青林看了刘斌一眼，见刘斌看着别的地方，便沉默地将头扭向了一边。

曹越见刘斌和段青林故意为难卢俊海，便站出来对卢俊海说："卢处长，我去执行这项任务。"

卢俊海疑惑地问："你行吗？"

"请处长放心，我一定完成任务。"

卢俊海考虑了一会儿说："进洞后一定要小心，千万不能大意。"

曹越点了点头。

卢俊海又对张志杰说："剩下的事，你来安排。我在指挥部等着你们的好消息。"

卢俊海离开后，张志杰便开始安排曹越进洞前的准备工作。曹越穿好防弹背心，将警用手电筒和对讲机别在腰间，拿起微型冲锋枪，拉了拉枪栓，走到防空洞的入口处。

张志杰嘱咐曹越说："你在明处，罪犯在暗处，千万要小心。"

曹越点了点头，向前一跃跳进了防空洞。他趴在洞口处等了很长时间，见没什么动静，这才向洞中爬去。周围的空间一片黑暗，他只能用手摸索着前进。他爬了几十米，被一面墙壁挡住了去路。他用手在四周摸了摸，发现一边是空的，他判断这应该是一个转弯的地方。他回头向洞口的方向望了望，感到微弱的光亮像天上的星星一样遥远。他转过那道弯，周围变得更暗了。在一片沉寂之中，偶尔会听到几声令人毛骨悚然的叫声，那是洞中的蝙蝠发出来的尖叫。

为了驱赶心中的恐惧，他将手中的枪握得更紧了。他感到心跳变得越来越快，越来越剧烈。黑暗中，他仿佛看见自己的身体被子弹击穿了。他感觉自己快要死了，他似乎听见了死亡前的呻吟声……他的头脑一片空白，他分不清这是幻觉还是现实。这时，一道红光在他眼前一闪，他听见子弹从头上飞过的声音。他一个翻滚，便贴着洞壁，屏息静气地注视着前方。

曹越躲过了一颗子弹，也惊出了一身冷汗。罪犯不但活着，而且就在离他不远的地方。他刚才听到的呻吟声，便是从罪犯口中发出的。他紧张地等待着，等待着最后的结果。他们当中只能有一个人活下来，可那个人会是谁？他不知道。他必须准确判断出对方的位置，然后利用手中的枪将对方击毙。在这个过程中，他必须保持绝对静止，否则就会给对方创造先机。这是一场持久的对峙，耐心和心理素质将是决定胜负的关键因素。

一个多小时过去了，曹越一直没有出手的机会。在漫长的等待中，他的精力已经消耗殆尽。当他感到自己快要崩溃时，他听见对方发出了微弱的声音："我不想死……"忽然，前方火光一闪，一声枪响之后，一切都归于平静。

过了很长时间，曹越打开手电筒，向前方照了照，看见对方的头浸在血泊之中。犯罪嫌疑人用枪结束了自己的生命。

曹越爬起来，走到尸体旁，将犯罪嫌疑人的脸翻过来。这是一张沾满了鲜血的脸，面部的表情极其痛苦。曹越立刻产生了恐惧的感觉，他不放心地用脚踢了踢尸体，看见没什么反应，便从身上取下对讲机，向张志杰汇报。

曹越刚下去不久，卢俊海便从指挥部来到洞口处，和张志杰一起焦急地等待着。听到了第一声枪响，卢俊海便将张志杰手中的对讲机夺过来，全神贯注地倾听着。半个小时过去了，对讲机里面一点声音都没有。第二声枪响之后，对讲机响了几声，然后又没有了声音。

张志杰不安地对卢俊海说："都这么长时间了，是不是……"

卢俊海沉默地看了张志杰一眼，他心中比张志杰还要紧张。如果曹越出了什么事，他卢俊海怎么能安心？曹越没有这方面的经验，于情于理，他都不应该让曹越去冒险。可他当时只想着这是一次证明和锻炼曹越的机会，他想让曹越尽快成长起来。他在心中默默地为曹越祈祷时，对讲机里传来了曹越的声音："我是曹越，任务完成，请派人接应。"

卢俊海严肃的脸立刻舒展开来。他拿起对讲机向曹越喊着："我是卢俊海，祝贺你成功！"听见曹越回应的声音，他用嘲讽的目光看了段青林和刘斌一眼，然后大踏步离开了现场。

二十六

这段时间，刘斌特别烦躁。

听说刑侦处要进行人事调整，刘斌便开始四处活动，一心想将他们科空缺的副科长争到手。时间不长，人事变动的结果出来了：张志杰升任刑侦处副处长，曹越接替张志杰任一科科长。刘斌也如愿以偿地当上了一科副科长，可他还是觉得自己输给了曹越。他对曹越变成自己的上级很不服气，可他又不想正面与曹越对抗，便极力挑唆段青林与曹越之间的矛盾。

段青林已经当了好几年副科长，本指望这次也能升个科长当当，没想到被曹越捷足先登了。他心中感到很不舒服，便在很多问题上与曹越唱反调。曹越提出要蔡红利担任一组组长，他和刘斌都不同意。双方僵持了一段时间，最终还是他们做出了让步。他心中的怨气更大了，决意要找机会与曹越争一争。

曹越也感到了来自段青林和刘斌的阻力。以前，段青林是他的上级，刘斌是他的对手。现在两人都变成了他的下级，他们心中肯定不舒服。曹越也理解这一点，有事总和他们商量。可他们却得寸进尺，不断给曹越制造障碍。曹越安排的事情，经常落实不下去。曹越追问原因，不是段青林不让办，就是刘斌让等一等。曹越感到再这样下去，便会被他们两个架空。

　　曹越所在的科有三个组。一组组长蔡红利是曹越新提上来的，对曹越的工作非常支持；二组组长比较圆滑，既不得罪曹越，也不得罪段青林和刘斌；最使曹越头痛的是三组组长王云峰，他年龄偏大，作风拖沓，工作方法简单粗暴。曹越不同意王云峰继续担任组长，可为了换取段青林和刘斌对蔡红利的认可，他便在王云峰的问题上做了让步。王云峰却因此记恨曹越，在许多事情上同段青林刘斌搅在一起。

　　下午快要下班时，曹越得到一个消息：一名潜逃多年的案犯悄悄回家了。这是一名走私案中的从犯，主犯已经被判刑。此案本来是由一组完成的，一组也因此荣获了集体功。一般情况下，这桩案子的后续工作也应该由一组来完成。可一组的人员正在外地办案，曹越便将抓捕逃犯的任务交给了段青林分管的三组。

　　段青林将这项任务布置给王云峰时，王云峰对段青林说："荣誉和好处都让一组得了，凭什么让三组替他们擦屁股？"

　　段青林看了王云峰一眼说："我也不想接手这件事。可一组的人都不在，逃犯又不能不抓，你说我还能怎么办？"

　　"怎么办？等一组的人回来后，让他们去抓人。"

　　"万一案犯跑了呢？"

　　"案犯跑了关我们什么事？你也是堂堂一个副科长，怎么连这事都顶不回去？再这样下去，你以后还怎么在大家面前树威信？"

　　段青林沉默了一会儿，手往桌上一拍，对王云峰说："老子不去了，看他能怎么样！"

　　"对，我们不去了，我们喝酒去！"

　　晚上九点多，段青林和王云峰醉醺醺地回到了刑侦处，曹越立刻打电话将这件事告诉了卢俊海。

　　卢俊海赶到单位，指着段青林和王云峰的鼻子骂了几句，然后让他们赶紧带人去抓逃犯。他们赶到案犯家时，案犯已经逃之夭夭。

　　卢俊海得知案犯逃走的消息，便坐在办公室不断地叹息着。当初提曹越当科长时，他也考虑过段青林。段青林也是他一手提拔上来的，当了这么多年的副科长，也该扶正了。可当时只有这么一个科长的位子，他在段青林和曹越之间犹豫了很久，最终还是选择了曹越。很多年前，他也当过一科科长。那时的一科红红火火，称得上是全局第一科。他离开一科之后，一科的工作开始走下坡路。他想让一科重现他当年的辉煌，便将这份希望寄托在了曹越身上。唯一让他感到不放心的是，段青林有可能成为曹越工作上的阻力。不过他又想，再过一年时间，二科科长就要退休了，那时再让段青林到二科当科长，也算是对得起段青林了。可让他没想到的是，才几个月的时间，段青林同曹越便闹到了这种地步，而且直接影响了工作。如果不处理段青林，他很难向刑侦处的干警交代；但如果撤了段青林的职，段青林这辈子都不会有翻身的机会了，这样对段青林是不是太残酷……

在卢俊海的印象中，段青林可是个不怕死的人。在与歹徒的搏斗中，段青林被砍三刀，血流如注，却毫不退缩，最终将歹徒制服。可段青林有一个致命的缺点，那就是头脑简单，常常被刘斌牵着鼻子当枪使。刘斌的父亲是市委秘书长，母亲是组织部主管党政机关的处长。他们和局里领导的关系盘根错节，他卢俊海对刘斌也是无可奈何。可段青林的父母都是农民，背后没有可以依靠的大树。为了段青林的前途着想，卢俊海找段青林谈过多次。段青林当面答应得挺好，过后便将卢俊海的话忘得一干二净。现在又闹出这么一件无法挽回的事情，卢俊海想为他开脱也是心有余而力不足。

半个月后，这件事的处理结果出来了：三组组长王云峰被撤职，段青林调离刑侦处当了一名普通干部，蔡红利接替段青林任一科副科长。

刘斌没有想到卢俊海会撤了段青林的职，他感觉卢俊海这样做是为了杀鸡给他看。他感到自己待在刑侦处也没什么前途，便通过父母的关系调到别的处室去了。

段青林和刘斌走后，曹越将所有的精力都投入到工作中。他没有辜负卢俊海的期望，将一科的工作搞得红红火火。年终总结时，全局破获的九起大案要案中，他们科就负责了六起。正当曹越在工作上如鱼得水时，一件事在曹越心中投下了阴影。

早晨刚上班，曹越便被叫到卢俊海的办公室。卢俊海看了曹越一眼说："我今天找你来，是想和你聊聊天。"

曹越心中直犯嘀咕：这可不是卢俊海的作风。每次见到卢俊海，不是研究案情，就是布置工作，还从未见过卢俊海有聊天的时候。

看着曹越忐忑的样子，卢俊海淡淡地说："再过一个月，我就要退休了。"

曹越心中咯噔了一下，然后茫然地看着卢俊海。在曹越的心目中，卢俊海始终都是刑侦处一面不倒的旗帜，怎么突然就要退休了？

卢俊海沉默了一会儿，又对曹越说："人老了，身体不灵了，脑子也不好使了，总不能占着茅坑不拉屎吧？星云更替，日月常新。让我感到欣慰的是，你们这些年轻人都成长起来了，我从你们身上看到了希望。"

卢俊海点燃一支烟，吸了一口对曹越说："我走以后，张志杰会接替我的工作。我想让你做他的帮手，协助他将刑侦处的工作搞好。"卢俊海用关切的目光看了曹越一眼，又继续对曹越说："你这人什么都好，就是不会来事儿。我不是教你学坏，我本身就恨这些东西。我这一生，没送过一次礼，也没收过别人一分钱，可落了个什么下场？我这处长一当就是十几年……"

卢俊海掐灭手中的烟头，用饱含希冀的目光看着曹越说："我从你身上看到了我的影子。我觉得让你成长起来，发挥作用，就是我的延续。过几天，政治部要来考察你任副处长的事，你准备一下。我能帮你的就这些了，以后的路就要靠你自己了。"看着曹越的眼睛湿润了，卢俊海哽咽地对曹越说："走吧。把工作干好，别让我失望。"

在卢俊海的催促下，曹越向门外走了几步，又回头望着卢俊海。

卢俊海向曹越挥了挥手说："走吧。什么都别说了。"

一个月后，卢俊海便离开了公安局大院，曹越也升任刑侦处的副处长。可曹越心中不但没有高兴的感觉，反而被一种郁闷的情绪包围着。

过年前，曹越刚从一起盗窃案的现场回到单位，一位同事告诉他，刚接到他亲戚打来的电话，说他的父亲曹麦成出事了。

二十七

　　早晨一觉醒来，曹麦成便从被窝中爬了起来。

　　家里养了几百只鸡，用水量增加了好几倍，这些水都要从白蟒塬下面挑上来。女婿许红建不在家，挑水的事只能落在他和曹梅身上。曹梅嫌他年纪大了，不让他干挑水的活。可他有自己的想法：家里有男人，就不能让女人干这种体力活。

　　曹麦成起床之后，发现地面上覆盖着一层厚厚的雪。一般人遇到这种情况，都会放弃挑水的打算。可他们家养了几百只鸡，每天都需要大量的水。人可以凑合，鸡没水不行。他叹了一口气，便挑起水桶，踩着积雪向白蟒塬下面走去。

　　这几年，曹麦成家的日子是蒸蒸日上，他心里也像吃了蜜糖一样甜。儿子在西京工作，他操不上什么心。在他的心中，当干部总比当农民要好。唯一让他感到不满意的是，儿子的婚姻遇到了挫折。他现在最大的愿望就是想让儿子再成一个家，可在这件事情上他却帮不了儿子什么忙。他倒是常常为曹梅担心，长期的劳累使曹梅消瘦了很多。他看在眼里，疼在心上，可他也从曹梅身上看到了希望。这些年，他们家的生活发生了天翻地覆的变化，吃的喝的不愁，还住上了楼房，看上了电视，这些都是他以前想都不敢想的。

　　曹麦成下了一个土坡，又走了几百米土路，便来到了水井旁边。这是一口老井，据说成于明朝末年。那时，东城村还是一片荒野。有几户人逃难至此，便在此建起了家园。为了解决吃水问题，他们在白蟒塬下面挖了这口井。又过了几代人，东城村人嫌这口井离居住的地方太远，便试着在白蟒塬上面挖井开源。可由于白蟒塬地势太高，人工挖掘的井都不出水。直到现在，东城村人还走着这么远的路，吃着这口井里的水。

　　曹麦成放下水担，提着水桶走到井边。他拴好水桶，将水桶放进井中，用手扶着辘轳慢慢放松着。水桶在重力的作用下迅速下沉，转动的辘轳上下左右地晃动着。辘轳不停地撞击着木轴，发出"咣嘟咣嘟"的声响。水桶到达水面时，辘轳停止了转动。曹麦成用手晃了晃钢丝绳，看到钢丝绳拉直了，便开始向上绞着辘轳。不一会儿，钢丝绳便从辘轳的一端缠绕到了另一端。他用手扳了扳钢丝绳，钢丝绳又向相反的方向缠绕了。

曹麦成绞上来两桶水，便挑着水桶往回走。每走一步，他都要先迈出一只脚，在积雪的路面上踩实了，再抬起另一只脚，向前迈出一小步。他走到白蟒塬的土坡下面时，已经累得气喘吁吁。他放下水担歇息了一会儿，便担起水桶开始爬坡。每向上挪动一步，他都要付出很大的力气。他在心中感叹着自己老了，不中用了。年轻的时候，他也遇到过这种情况，可那时的感觉没这么艰难。他爬到土坡中间的时候，便感到双腿微微地颤抖着。他知道这是体力不支的表现，可他又不能在坡中间停下来。他抬起一只脚，刚准备向前迈，另一只脚忽然向身后滑去，他还没来得及反应过来，身体便重重地摔倒在了地上。

一阵疼痛的感觉从腹部传到他的大脑，好像有什么东西挤压着他的五脏六腑。他想站起来，可两条腿已经不听使唤。他忍着剧烈的疼痛，手脚并用向坡顶攀爬着。每爬一步，他都要付出巨大的气力。汗像断了线的珠子一样从他头上滚落下来。快要爬到坡顶时，一阵眩晕的感觉向他袭来。他的意识变得模糊起来，随后眼前一片黑暗……

曹梅起床后，发现放在堂屋的水桶不在了，便知道曹麦成又去挑水了。她已经给曹麦成说过很多次，不让曹麦成再干挑水的活，可他就是不听。无奈之下，她只好与曹麦成打起了争夺战。为了行使挑水的"权力"，每天天不亮曹梅便起床了。曹麦成被曹梅抢占了先机，连最喜欢的电视也不看了。天刚黑下来，曹麦成便上炕睡觉了。可曹梅每天都要忙到很晚才能休息，连续几天早起已经使她疲惫不堪，她没有精力再与曹麦成争夺下去了。她叹了一口气，在心中想着：马上要过年了，等许红建从工地回来了，她和父亲就都能从这件事情中解脱了。

曹梅看着积雪的路面，担心父亲会出什么意外，便去白蟒塬下接应。她走到半路上，突然看见父亲一动不动地趴在地上，便急跑过去摇着他的身体，大声地呼喊着父亲，可父亲再也听不见她的声音了……

曹麦成是因为摔破脾脏引起大出血不幸去世的。

曹越回到家中，趴在曹麦成的灵柩上哭了很久，才在众人劝慰下止住了哭泣。看见曹梅跪在灵柩旁边流泪，曹越劝曹梅说："你不要太伤心了。"

曹梅委屈地说："我不让他挑水，可他就是不听……"

曹越点了点头说："我都知道了，你别说了。"

曹梅摇了摇头，哭得更伤心了。

曹越安慰了曹梅一会儿，对她说："这儿有我，你去陪陪咱妈吧。"

曹梅从草垫上站起来，便向母亲房间走去。

曹梅离开后，曹越便一直守着父亲的灵柩。明天早晨，父亲便要入土为安了。曹越也想多陪陪父亲，可是时间不允许。春节就要到了，乡亲们都要过年，丧事不能拖得太久……

夜幕降临后，帮忙的乡亲们陆陆续续离开了。堂屋中只剩下曹越一个人，他用手扶着父亲的灵柩思索着：父亲为儿女操劳了一生，还没等到儿女回报他的时候，他便离开了他们……整整一个夜晚，曹越都沉浸在失去父亲的哀痛之中。

天刚蒙蒙亮，曹越听见一阵嘈杂的声音。他走出门外，看见乡亲们拿着铁锨，聚在门前的空地上，等着送葬时刻的来临。

东城村有这么一种风俗，每个人去世后，乡亲们便会在埋葬他时添上几锨土，这是对死去的人表示尊敬的一种做法。在东城村，每个去世的人都要经受这样一种考验，那就是在埋他的时候，会有多少人给他的坟上添土，这就体现出他受人尊敬的程度。

看着眼前黑压压的人群，曹越非常激动。在东城村还没人能像父亲这样，赢得这么多人的尊重。他为父亲感到自豪的同时，更多的是对乡亲们的感激。乡亲们一大早便来到这里，站在凛冽的寒风中等待。他们为了什么？他们什么都不为，那是他们对人的正直和善良的一种肯定。

起灵的时候到了，送葬的队伍浩浩荡荡地走出村外，缓缓地行进在乡间的小路上。

阴沉沉的天底下，大地被一片苍凉的白色覆盖着，使人感到无限悲凄，凛冽的寒风吹在脸上，又给人增添了一份痛楚的感觉。圆形的纸钱从撒钱人手中飞出来，在空中飞舞着，翻卷着，飘向了很远很远的地方；沉闷的乐曲声从唢呐里面淌出来，传进人们的耳朵，回荡在送葬的路上。灵幡的飘带在风中不停地飘荡着，似乎在向送别的人们挥着手；花圈的纸花在风中哗哗地响着，好像在向这个世界做最后的告别。

曹越缓缓地走在送葬的路上，心却回到了过去的岁月。曹越去西京上大学时，父亲赶着牛车送他到县城。路过一家食堂门前，看着冒着热气的杂碎汤，父亲停下车对他说："要出远门了，吃饱肚子再上路。"伙计将一碗热气腾腾的杂碎汤端上来，父亲接过来，放到曹越面前，然后对伙计说："一碗就够了。"看着曹越疑惑的目光，父亲又对曹越说："你吃吧，我不饿。"曹越吃完杂碎汤，父亲又不放心地问："吃饱了吗？要不要再来一碗？"

……

这些事在曹越的脑海中一一闪过，悲痛便涌上心头。他感激他的父亲，他爱他的父亲。他的父亲就要长眠于地下，这浓浓的骨肉情怎么能割舍得下？他感到自己的心都碎了……这时，天空下起了鹅毛大雪，飘飞的雪花落在曹越脸上，顷刻化成了悲伤的泪水……

送葬的人们离开后，曹越久久不愿离去。他站在父亲的坟前思索着：父亲的一生很平凡，可在平凡之中闪现着一种做人的精神，一种庄稼人的正直与善良。父亲用自己的人格赢得了东城村人的尊重，也给儿女们留下了非常珍贵的精神财富，使他们这些做儿女的一生都难以忘怀……

曹越从父亲坟前离开时，看见曹功的车开出了东城村。曹功从泾塬县赶回来参加完曹麦成的葬礼，便赶回去开一个重要的会议了。

二十八

曹功从东城村回到县委，便直接向会议室走去。

这些年，泾塬县的农民通过养鸡走上了致富路，可泾塬县还是一个穷县。为了增加泾塬县的财政收入，曹功提出了在泾河北岸建立工业开发区的设想。经过充分的准备工作，他召开了这次有各部门和乡镇领导参加的常委扩大会。

　　曹功走进会场，看了看在座的各位，便开始对大家说："同志们，今天这个会的主要议题是讨论工业开发区的建设。大家都知道，我们是一个以农业为基础的县，财政收入主要以农业税为主。可每年的农业税也就那么几十万，连我们县正常的开销都难以维持。我们每年都要向市上申请救济，可市上的救济款也就那么一点点，能使各单位正常运转就很不错了。我们不能永远都靠乞讨过日子，看别人脸色的日子不好过。只有我们自己手里有钱了，才能干几件对全县干部和老百姓有好处的大事实事。可怎样才能增加我们的财政收入？经过考察，我们提出在泾河北岸建立工业开发区的设想。按照规划，开发区建成以后，如果能引进十家大型企业落户，便能使我们的财政收入翻一番。当然，这只是我们美好的愿望，能不能实现这样的目标，就要看我们是不是能着眼未来，开拓创新。下面，我希望大家对开发区的建设提出自己的意见和建议。"

　　在讨论的过程中，有人对开发区的建设提出了质疑："这会不会只是我们一厢情愿的想法？现在很多地方都在招商引资，企业为什么要选择我们县？"

　　看大家对这个问题很困惑，曹功便向大家解释说："如果开发区建成了，我们有三大优势是别的地方不具备的：一是有高速公路通过，交通方便；二是毗邻西京，有发展前景；三是靠近泾河，水资源丰富。再加上我们以优惠的价格出售土地，根据投资规模的大小设定免税的年限。有了这些优势和优惠的政策，就不怕没有企业来投资。"

　　大家就这个问题讨论了一会儿，又有人问："开发区的建设要征用很多土地，搬迁大量的老百姓，老百姓愿意吗？"

　　曹功点了点头说："要解决好这个问题，一方面要加强宣传和动员工作；另一方面也要给老百姓适当的补贴，我们不能亏了老百姓。"

　　曹功的话音刚落，又有人提出："开发区建设需要大量的资金，这些钱从哪里来？"

　　曹功环顾了一下会场说："这个问题我也考虑过。我们可以从开发区出售土地的收入中支出这笔钱。如果这部分资金不够，我们还可以通过银行贷款的方式解决。"

　　曹功这番话打消了大家的疑虑，也燃起了大家心中的希望。

　　看见大家热烈地讨论着泾塬县美好的未来，曹功心中便对开发区的建设充满了信心。他等大家都安静下来了，便开始做总结性的发言："同志们，路是人走出来的。我们要靠我们的智慧和决心走出一条独特的路，一条发展的路。开发区建设是有风险，也有很多困难，但只要我们全县干部群众齐心协力，同舟共济，就一定能把开发区建设起来，而且还将越建越好。"

　　曹功的这番话刚讲完，会场上便响起了热烈的掌声。

　　曹功结束了会议，刚回到办公室，工作人员便走进来说："曹书记，有个叫吕晴的人找你，要不要见她？"

　　曹功结婚以后，就没见过吕晴。他只听说吕晴和造纸厂的一个工人结婚了，其他的事情都不知道。他思索了一会儿，对工作人员说："你领她到我办公室。"

　　曹功看见吕晴的第一眼，便有一种陌生的感觉。可这种感觉只持续了很短时间，便被头脑中留存的亲切感取代了。他倒了一杯水递到吕晴手中，然后对吕晴说："这么多年没见，你一点都没变。"

　　吕晴摇了摇头说："怎么会呢？我变老了，变成了一个为生活忙碌的女人。"

　　曹功叹了一口气说："我们都变了，变得和年轻时不一样了。"

　　吕晴客气了几句，然后对曹功说："我想求你帮我一件事。"

　　"什么事？"

　　"商业街有一批门面房要出租，你知道吗？"

　　曹功点了点头。

　　吕晴又说："我已经递交了租房申请。可我听别人说，租房的人很多，不找关系很难租到手。我也没什么当官的亲戚和朋友，只好来找你帮忙了。"

　　曹功关切地问："你想做什么生意？"

　　吕晴看了曹功一眼说："造纸厂倒闭后，我和我丈夫便摆了一个服装摊维持生活。这种摆摊的生意很辛苦。夏天顶着烈日，冬天冒着严寒；遇到了下雨天，便只能待在家中。现在刚好有这种机会，我就想改善一下经营的环境，不想再风里来雨里去地奔忙了。"

　　曹功没想到吕晴会过得这么艰难。他沉默了一会儿对吕晴说："回头我给商业局长打个电话，让他照顾照顾你下岗失业的状况。"

　　吕晴点了点头，便告辞离开了。

　　看着吕晴的背影，曹功坐在沙发上思索着，如果没有那次同学聚会，他现在的妻子应该是吕晴而不是贾丽娟。因为缺少感情的基础，他和贾丽娟一直过着没有激情的生活。贾丽娟喜欢炫耀，也喜欢与泾塬县的有钱人交往。半年前，贾丽娟父亲要翻修农村的老房，贾丽娟想将这件事交给杨双成。杨双成是贾丽娟的初中同学，也是泾塬县最有钱的工头。曹功对杨双成这种暴发户很反感，劝贾丽娟不要和杨双成打交道。可贾丽娟不听，最终还是将翻修房子的事交给了杨双成。这件事发生后不久，泾塬县政府决定对全县的危旧校舍进行改造。杨双成便托贾丽娟帮忙，想通过曹功将这项工程揽到手。贾丽娟向曹功说这件事情时，曹功一口便回绝了。贾丽娟不死心，又多次向曹功提及此事，每次都遭到了曹功的拒绝。

　　中午回家吃饭时，贾丽娟又问曹功："杨双成的事情你到底办不办？"

　　曹功不耐烦地说："谁能办你找谁去，反正我办不了。"

　　贾丽娟气急败坏地说："这件事你办也得办，不办也得办！"

　　曹功一气之下摔门而去。

　　贾丽娟气得脸色发青。她思索了一会儿，便找了一根绳子，在绳子一端打了一个结，踩在凳子上，将绳子在房间上方的暖气管道上比画了几下，然后又将绳子收好了。

　　晚上，贾丽娟躺在床上，等曹功睡着了，便穿着睡衣，从床上爬起来。她在黑暗中取出准备好的绳子，站在凳子上，将绳子一端系在暖气管道上。她又躺在地上，将打好结的绳子套在自己脖子上，然后用手推倒了旁边的凳子。一阵声响之后，她闭上眼睛等待着。可除了曹功的鼾声，房间没有一点动静。无奈之下，她又拿了一个洗脸盆放在凳子上，再一次推倒了凳子。

　　听见洗脸盆发出的响声，曹功打开床头柜上的台灯。朦胧的灯光下，他看见暖气管道上吊着一根绳子。他疑惑地打开吊灯，这才发现贾丽娟闭着眼睛躺在地上。他用手在贾丽娟鼻子下探了探，似乎没有了呼吸。他刚想打电话求救，贾丽娟却睁开眼睛，向曹功哭喊着："我不活了，你让我死……"

曹功看了看贾丽娟，又看了看贾丽娟脖子上的绳子。绳子从管道上面垂下来，在地面绕了几圈后，才延伸到贾丽娟的脖子上。曹功识破了贾丽娟这种假上吊的伎俩后，生气地对贾丽娟说："你烦不烦？深更半夜的，用这种方式折腾人。"

贾丽娟哭着对曹功说："还不都是因为你。"

"我怎么了？"

"我已经答应杨双成了，你让我怎么面对人家？"

"谁让你答应他？自己揽下的事自己去处理。"

看见曹功无动于衷的样子，贾丽娟又向曹功哭喊着："碰见你这种没有良心的男人，我活着还有什么意思？我不活了，你让我死……"她哭叫了几声，将凳子扶起来，站在凳子上，向曹功喊着："你说我是假上吊，那我现在就来一次真的给你看。"

曹功叹了一口气说："你别折腾了，我答应你还不行吗？"

贾丽娟问曹功："你真答应了？"

曹功沉默了一会儿说："这是第一次，也是最后一次。"

贾丽娟点了点头，从凳子上下来了。

二十九

曹麦成的丧事办完后，曹越要曹勇帮着归还借来的桌椅板凳。

吃过早饭，曹越等了很长时间也没看见曹勇的影子。他去曹勇家时，曹勇还在被窝里睡觉。

这些年，曹勇还是以前的老样子，一点长进都没有。几年前，他迷上了打麻将，又跟着孙根旺学会了"掷骰子""飘三叶"。庄稼人那点微薄的收入，全被他扔进了赌场之中。多亏有曹功的接济，他家的日子才勉强维持着。眼看着家里的老房子不能住人了，漏雨不说，还裂开了一道缝隙，吓得曹天成整天提心吊胆。每逢下雨天，曹天成便整夜不敢睡觉，唯恐房子会塌下来，将他这把老骨头埋了。可曹勇却不操这份心，他只管打他的麻将，掷他的骰子。曹天成没办法，只好对曹功说："你帮帮你弟，让他挣点钱把房子建起来，也好让我和你妈过几天安生的日子。"

看着曹天成一脸的愁容，曹功心中很不是滋味。他想自己掏钱替曹勇将房子建了，可他家的钱都掌握在贾丽娟手中。无奈之下，他想起了一件事。去年化肥生产过剩，很多化肥厂都因故停产了。国家通过对化肥市场的调查，发现今年的化肥供应非常紧缺，便要求各地政府做好化肥的采购。化肥可是农民的命根子，现在的农民已经抛弃了施农家肥的传统方式，自从用上了化学肥料，庄稼的产量便成倍地增长着，农民再也不像过去那样吃不饱肚子了。如果庄稼不施化肥，产量便会降低很多；田里没有了收成，农民便会挨饿。这么大的事情，他这个县委书记可不能不管。他拿起电话向生产资料公司的王经理询问情况，王经理汇报说："去年化肥滞销，还有十几吨没卖掉的化肥存放在仓库中。"

曹功又问："今年的采购工作怎么样？"

王经理说："施肥的时间还早，准备过一段时间再派人出去采购。"

曹功当即指示："马上外出，组织货源。"

一个月后，王经理哭丧着脸对曹功说："全国都缺化肥，派出去的十几个人都空手而归。"

曹功叹了一口气，便让王经理离开了。

曹天成在曹功面前诉苦时，曹功想起积压在仓库中的化肥。如果将这些化肥以进价卖给曹勇，再让曹勇以较高的价格出售，这中间的差价建一幢房子应该没问题。曹功思索了一会儿，便将自己的想法向曹天成说了。

曹天成对曹功说："那你赶紧办，省得夜长梦多。"

曹功回到泾塬县，给王经理打好了招呼，便给曹勇捎话，要曹勇去生产资料公司拉化肥。

半个月后，王经理打电话对曹功说："那些化肥还放在仓库中。如果到了施肥的季节，人们买不到化肥，那些化肥就不好往外拉了。"

曹功又让人给曹勇捎话，可曹勇一点也不着急。他知道，只要沉得住气，要不了多久，这些化肥便会送到自己家中。果然不出曹勇所料，曹功等不及了，只好找人将化肥给曹勇送回来了。

装着化肥的卡车开到了曹勇家门口，曹勇还在别人家打麻将。曹勇媳妇去找曹勇，曹勇不耐烦地说："你让他们搬下来不就行了嘛。"

媳妇不满地瞥了曹勇一眼说："你自己对他们说，我可没这个本事。"

曹勇这才放下手中的麻将，不情愿地跟着媳妇离开了。

曹勇回到家门口，看着装满化肥的卡车，心中便开始犯愁。要他将这些化肥一袋一袋扛回家，不把他累死也得让他脱一层皮。他看了看围观的乡亲们，便对刘建国和刘建平说："你们想不想要不掏钱的化肥？"

刘建国和刘建平点了点头。

曹勇又对他们说："你们替我将这些化肥搬到我家，我就送你们一袋化肥作为报酬。"

刘建国和刘建平应了一声，便开始往曹勇家搬化肥。半个小时之后，车上剩下最后一袋化肥，曹勇让他们搬回到自己家去了。

曹勇送走了司机，站在门前对大伙儿说："怎么样？我这人可是说话算话。你们刚才也看见了，我没让他们掏一分钱，就送了他们一袋化肥。"

有人对曹勇说："人家出了那么大的力气，一袋化肥算什么？"

曹勇白了那人一眼说："你可能还不知道，我这一袋化肥要卖五十块钱。"

"别吹了。你那袋子里装的是化肥还是金子？"人们大声地哄笑着。

曹勇见大伙儿不相信自己，便瞪着眼睛对他们说："老实告诉你们，今年的化肥特别紧缺，只怕到时候五十块钱还买不到。"

大伙儿哗的一下散了，他们不想听曹勇吹牛了。

转眼之间便到了施肥的季节，东城村人买不到急需的化肥，只好硬着头皮向曹勇家走去。五十块钱是贵了点，可庄稼不等人。错过了这个时节，一年的收成就没了。可他们怎么也没想到：曹勇家的化肥涨到了六十块钱，他们便站在曹勇家门前议论着。

听着人们数落自己的话语，曹勇感到耳根子有些发烧。他犹豫了一会儿对大伙儿说："看在咱们都是乡里乡亲的份上，我今天就照顾照顾大家。五十块钱一袋，想买的就赶紧买。过了这个时间，可就没这个价了。"

心动的人掏出钱来，扛着化肥回家了；犹豫的人还在等待，谁知道后面的价格还会不会再降？曹天成从外面串门回来，见曹勇降低了化肥的价格，便责骂了曹勇几句，然后向大伙儿宣布：从现在开始，一袋化肥涨到七十块钱。

人们瞪大眼睛议论着："他曹天成的心也太黑了！真是八辈子没见过钱，吃肉连骨头都不吐……"

曹天成蹲在自家门口，掏出一支烟，自个儿吸着。他心中想着：你们爱怎么说就怎么说，我就卖这个价。我管不住你们的嘴，可我能管住自家的化肥。我想卖多少钱就卖多少钱，这是我的权利；你们想买就买，不想买就拉倒，这是你们的自由。

有人说："我们都不买他的化肥。等他卖不出去了，肯定会降价出售。"大伙觉得有道理，便转身回家去了。

听说曹天成家有化肥，方圆几十里的人都拥到曹天成家。人们问过价格之后，有人垂头丧气地离开了，有人一咬牙便买下了。随着一批批外村人的到来，曹天成家的化肥越来越少。才几天时间，十几吨化肥只剩下最后几十袋。东城村人再也等不住了，他们来到曹天成家，拿着钱往曹天成手中送。

看见这些骂过自己的人，曹天成心中的怒气未消。他推开他们拿着钱的手，板着脸说："从现在开始，一袋化肥涨到八十元。你们不是说我心黑吗？那我就黑到底让你们看一看。"

东城村人又开始犹豫了。但当他们看见化肥不断地被外村人搬走时，他们只能无奈地接受了曹天成这报复性的涨价。

半个时辰后，当最后一袋化肥被人扛走时，曹天成便背着双手，迈着八字步串门去了。

曹勇点了点钱，又算了一笔账，总共赚了两万块钱。有了这么多钱，他心中乐开了花。他想了想，便去找孙根旺商量建房的事。孙根旺对他说："要建就建一座楼房。你看看人家曹梅，建起了全村第一座楼房，哪个人不高看她一眼？"

曹勇摇了摇头说："我没那么多钱。"

孙根旺思索了一会儿说："今晚李村有个'飘三叶'的大场子，你敢不敢赌一把？如果赌赢了，就能建一幢比曹梅家还气派的房子。"

曹勇问孙根旺："我带多少钱？"

孙根旺说："两万。"

曹勇犹豫地说："如果输了，我就什么都没有了。"

孙根旺拍了拍曹勇的肩膀说："只要你听我的，保证你不会输。"

曹勇点了点头，便与孙根旺约好了去李村的时间。

三十

夜幕降临时，曹勇和孙根旺来到了赌场之中。

赌场中央摆着一张桌子，赌钱的人坐在桌子周围。他们嘴中叼着烟，眼睛盯着桌上的钞票，大声地叫喊着赌注。一轮赌博结束的时候，赢钱的人眉开眼笑，输钱的人便会骂上几句脏话。

曹勇站在赌钱人的背后观看，发现有一个人和其他人不一样：赢了钱，不喜形于色；输了钱，也不像其他人那样满嘴喷粪。他疑惑地问孙根旺："那人是谁？"

孙根旺小声对曹勇说："他叫张文化，是咱们县有名的工头。每次赌钱，他都带着保镖和一个装满钱的密码箱。"

曹勇看了一眼张文化身后的保镖，又看了看保镖手中的密码箱，便在心中想着：如果将箱子里的钱都赢了，他可以建更好更大的房子，还可以干很多其他的事情……

一轮赌局结束后，新的一轮又开始了，曹勇便迫不及待地坐到了赌桌上。

　　曹勇的运气一直不好，身上的两万块钱很快输光了。他气得乱骂一通，想借钱翻本。可没人愿意借钱给他，他便赖着不下赌场。

　　看见这种僵持的状况，张文化对曹勇说："没钱走人，这是赌场的规矩。输了一点钱就耍赖，你小子还是不是男人？"

　　曹勇不好意思地低下了头。

　　张文化又说："我送你一个人情，替你下一把锅底。你要赢了，就继续赌下去；如果输了，干干脆脆走人。"

　　曹勇点了点头。

　　新一轮赌局开始后，曹勇拿起牌看了看，又是一手烂牌。他将牌往锅里一扔，便起身离开了。

　　在回家的路上，曹勇越想越气。建房的钱都输光了，他无法向家里人交代。他想起给生产资料公司的那笔钱还放在他家的柜子中，他想用这笔钱做本钱将输掉的钱赢回来。

　　曹勇再次坐到赌桌上时，手中的牌比刚才好多了。可他一拿到好牌，便迫不及待地升高赌注。那些赌钱的人见状，全都匆匆溜掉了。

　　曹勇没赢到钱，感到很失望。看着庄家正在洗牌，他趁机到屋外撒尿去了。这泡尿已经在他膀胱里憋了很长时间。因为手中的牌好，他一直不敢离开，怕失去赢钱的机会。可这泡尿已经使他感到坐立不安，强烈的不适像火一样灼烧着他的下身。再不将这泡尿排出去，他真要尿到裤子上了。他三步并作两步跑出屋子，站在一个角落方便起来。由于憋得时间太久，这泡尿延续了很长时间也没排干净。他担心自己的牌被人偷看了，便匆匆提起裤子向屋里走去。他刚走了几步，感觉一股液体沿着大腿向下流淌着。他已经顾不上这些，迈开脚步向屋中跑去。

　　曹勇坐到位子上，拿起牌看了看，是三张"Q"，他心中一阵狂喜。他吸取了前面几次的教训，不想将那些赌钱的人都吓走。他拿出一沓一千块钱的钞票，犹豫了一会儿扔进锅里。在今天的赌博中，一千块钱可是赌注的最小单位了。

　　也许是因为手中的牌太小，也许是怕中了曹勇的诱敌之计，几个赌钱的人摇了摇头，将手中的牌扔到了锅中。看着还在犹豫的张文化，曹勇默默地想着：如果张文化也像前面几个人一样溜掉了，那就可惜他这一手好牌了。

张文化思考了一会儿，将赌注升到了五千块。

曹勇惊异地看着张文化，希望能从张文化脸上看出点什么。可张文化的脸平静得像一潭死水一样，一点表情都没有。曹勇猜测张文化可能是"诈"牌。所谓"诈"牌，就是手中的牌不大，为了赢钱，便铤而走险，大幅度提高赌注。"诈"牌的结局只有两种：一是将其他人吓走，锅里的钱都归自己；二是被对方吃掉，扔进锅里的钱全归对方。曹勇犹豫了一会儿，从钱堆里取出五沓钱，往锅里面一扔，对张文化说："我跟五千。"

张文化数了数自己钱堆里面的钱，一共是十一沓。他取出一沓放到一边，将剩下的钱往锅中一推，对曹勇说："我升到一万。"

曹勇现在可以肯定张文化不是"诈"牌了，他也猜到张文化手中的牌不会太小。可是能比他三张"Q"还大的牌，只有三张"A"和三张"K"的组合了。他不相信张文化会有这样的牌，他又跟着张文化赌了一万块钱。

屋子里面变得安静极了，围观的人都屏住了呼吸。他们知道：曹勇和张文化总有一个人要输，而且会输得很惨。可到底会鹿死谁手？他们都心情紧张地等待着。

张文化看了看桌子上剩下的一千块钱，点了一支烟，吸了几口，从保镖手中接过装钱的箱子，取出两沓百元钞票扔到锅中，对曹勇说："我升到两万。"

曹勇已经没有再赌下去的资本，他只能选择和张文化开牌。按照赌场的规矩，他必须拿出两倍的赌注，才能拥有开牌的资格。他数了数自己剩下的钱，用商量的口气对张文化说："我只剩下两万三千块钱了。我把这些钱都扔到锅里去，我们开牌吧。"

张文化不停地吸着烟，思考着要不要答应曹勇的请求。

孙根旺劝张文化："这么多钱都扔进去了，你也不能将人往死角里逼。"

张文化掐灭了手中的烟，对曹勇说："我再送你一个人情，你开牌吧。"

曹勇将剩余的钱放到了锅里面，然后将自己的三张牌翻开来。围观的人看见曹勇的牌，都对曹勇投去了羡慕的目光。在他们眼中，这么大的牌，肯定是赢定了。

张文化瞥了曹勇一眼，将自己的牌亮了出来。当曹勇看见张文化的牌是三张"K"时，他的大脑嗡的一声，一片空白。

张文化将桌上的钱塞进箱子准备离开，曹勇便向张文化冲了过去，他想夺回自己输掉的钱。保镖从旁边冲出来，拦住了曹勇，和曹勇撕打起来。曹勇见张文化提着箱子离开了，便举起拳头，使出浑身的力气向保镖脸上砸了过去。保镖挨了曹勇一拳，捂着脸倒在了地上。曹勇丢下保镖，一个箭步冲出门外。除了一片漆黑之外，哪还有张文化的影子。他感到一肚子火没处发泄，想进屋教训教训那碍事的保镖，却被跑出来的孙根旺拦住了。孙根旺对他说："我们赶快走吧。保镖的眼睛被你打流血了，流得满地都是。"

曹勇犹豫了一下，便和孙根旺离开了。

第二天早晨，曹天成得知曹勇将卖化肥的钱全输光了，他狠狠地骂了曹勇一顿，又跑到了孙根旺家，要孙根旺赔曹勇输掉的钱。他的理由很简单：曹勇是在孙根旺的教唆下去的赌场，孙根旺就应该对这件事负责任。曹天成见孙根旺不答应，每天都跑到孙根旺家闹腾。孙根旺躲不开曹天成的纠缠，一气之下便到外面打工去了。

半年之后，孙根旺回到了东城村。好奇的人们拥到他家，询问他在外面的经历。他告诉他们："我先在工地干了一段时间，发现不挣钱，后来又去煤矿挖煤了。"

有人问孙根旺："你这一趟挣了多少钱？"

孙根旺取出两沓百元钞票，拿在手里向他们炫耀说："也不多，就两万块钱。"

"挖煤也能挣这么多钱？"大伙儿吃惊地问。

孙根旺瞪着眼睛说："这你们就不懂了。挖煤可是又苦又累的活，危险性也特别大。如果碰上了塌方，连命都要搭上。正因为这样，挖煤的工钱也特别高。"

看着孙根旺手中的钱，几个人羡慕地说："你下次挖煤时，带上我们一起去吧？"

孙根旺白了他们一眼说："要去你们自己去，我可不想再冒险了。"

人们叹息了一声，沮丧地离开了。

曹天成听说孙根旺挣了很多钱，又跑到孙根旺家纠缠。无奈之下，孙根旺与曹天成达成了一个协议：下次挖煤时带上曹勇，让曹勇将输掉的钱挣回来。

孙根旺解决了这件事，心里面感到轻松多了，连走路都变得神气起来。经过刘建国家门口时，刚好碰见刘建国的媳妇桐花，他瞅了桐花一眼，便将头扭向了一边。桐花迎着他走来，满脸堆笑地说："大兄弟，好久不见，还怪想你的。"

桐花是东城村最风流的女人。当年，桐花嫁给第一任丈夫才一年时间，丈夫便因为车祸离开了人世。她一个人守寡了好几年，因为耐不住寂寞，便与很多男人上床偷欢。后来她在丈夫的村子待不下去了，才嫁给了穷得叮当响的刘建国。桐花到东城村后，风流的习性依旧不改，只要她看上的男人，便会主动去勾引。孙根旺见桐花与很多人都有关系，也想到桐花家占点便宜，却被桐花一顿臭骂赶了出来。这都是好几年前的事情了。现在的桐花也变得现实起来，她只和那些愿意付钱给她的男人上床。

刘建国对这件事也是睁一只眼闭一只眼。他和桐花结婚后，便与他爹分开过了。因为没能力挣钱养家，他挨了桐花很多骂。这几年，桐花将挣来的钱贴补到家里，他们的生活也比以前好多了。桐花的心情变好了，他挨骂的次数也少了。为了腾出地方给桐花，他不打麻将，却经常蹲在麻将桌旁围观，直到打麻将的人散了，他才离开麻将摊回家。他走到家门口，先要看看作为标记的砖块在不在。桐花接客时，会在家门口放一块砖；客人离开后，桐花便会将砖块移走。有一次，几个小孩将一块砖丢在他家门口，害得他一整天都没敢回家。

桐花看见孙根旺犹犹豫豫的样子，便堆着笑将孙根旺拉到家中。她伏在孙根旺的肩膀上，贴着孙根旺的耳朵说："大兄弟，你别生气了。人家今天好好侍候你一回，就算是向你赔罪了。"

　　看着孙根旺眼睛中还闪现着怨恨的光，桐花便把手伸向孙根旺的裤裆去了……

　　桐花经历了很多男人，也非常了解男人。为了将孙根旺兜里的钱哄出来，她像伺候一个至高无上的皇帝一样，使孙根旺得到了从未有过的满足。孙根旺离开时，掏出一百块钱作为回报，塞进了桐花的裤头中。桐花在孙根旺脸上亲了一口，用销魂的眼神看着孙根旺说："等你下次来，我会让你更舒服。"

　　对于孙根旺来说，桐花就像让人上瘾的毒品一样，尝试了第一次，不由得他不想第二次、第三次……每次见到桐花，他什么都不用说，什么也不用做，便能享受那种飘飘欲仙的感觉。为了报答桐花的付出，他变得越来越大方了。每次完事之后，他都要付给桐花很多钱。这样的日子持续了一段时间，他的口袋开始变得羞涩起来。他好几次都没给桐花付钱了，桐花对他也越来越冷淡。几天前，他从桐花家离开时，桐花冷冷地对他说："再不给钱，下次就别来了。"

　　听见桐花冷冰冰的话语，孙根旺好几天没去桐花家。可一想到那种飘飘然的感觉，他就像丢了魂似的又去找桐花了。

　　桐花正在堂屋扫地，看见孙根旺走了进来，沉着脸问："你今天带钱了吗？"

　　孙根旺沉默了一会儿说："几天没见你，可把我想死了。"

　　桐花白了孙根旺一眼说："我可没工夫侍候你这种吃白食的人。"

　　孙根旺向桐花笑了笑，便向桐花扑了过去。

　　桐花躲开了孙根旺，声色俱厉地说："孙根旺，你听着，姑奶奶我可不是白让人玩的。你要知趣，就赶快走人。"

　　"老子今天就是要玩你，你能把老子怎么样？"

　　"你敢！"桐花瞪着眼睛说。

　　孙根旺扑过去抱住了桐花。

　　桐花气急败坏地向门外喊着："快来人啊，孙根旺要强奸我……"

　　孙根旺赶紧松开桐花，转身跑回了自己家中。他正坐在堂屋生气时，曹勇从门外走了进来。自从他答应带曹勇出去挖煤后，曹勇便将挣钱的希望寄托在了他身上。可半年过去了，孙根旺却没一点要走的迹象，曹勇便不住地催促着孙根旺。

孙根旺也不是不想挣钱，他是不想用生命去冒险。可事情到了现在，也由不得他了。他家的老房子已经破旧不堪，遇到下雨天到处都漏雨。他本来想用那笔钱建一座新房，可没想到这么快便被他糟蹋完了。听着曹勇抱怨的话语，他不耐烦地对曹勇说："你别催了。等我准备好了，咱们就走。"

三十一

曹麦成去世一个星期后，春节便到了。

大年三十晚上，曹越一家人围在一起吃饭时，曹梅的两个孩子在旁边追逐嬉戏着。曹梅呵斥了他们几句，他们便乖乖地趴到桌上听着大人们聊天。

这天晚上，母亲不断地叙说着东城村发生的事情。她絮叨了很长时间，然后叹息地说："人这一辈子，有福，跑不了；有祸，也躲不过。要说你爸，也算是辛苦了一辈子。可家里的日子刚刚好起来，他就……"

看见母亲擦着眼泪，曹越心中也不好受。父亲的去世对母亲打击最大，母亲一时半会儿难以从这种痛苦中解脱出来。他安慰了母亲几句，然后对母亲说："过一段时间，我带你去海边转转。你不是一直想看大海吗？"

曹梅看了曹越一眼说："哥，我也赞成这件事。要不是这些鸡缠着我，我早就陪妈出去了。你领妈多转几个地方，路上的花销我全包了。"

"妈都一把老骨头了，还浪费那些钱干啥？"母亲看了看两个外孙，对曹梅说，"如今这上学娶媳妇都要花钱，这些钱就留给他们吧。"

曹梅看着母亲说："你不用替他们操心，给他们的钱早准备好了。这次带你出去散散心，也算是报答你的养育之恩。"

母亲笑着对他们说："你们有这份心就够了。要说我也算是享福的人了，吃的喝的都不用发愁，比起那些命苦的人要强多了。"

曹越被母亲的话感动了，他的眼睛变得湿润起来。母亲一生都在为儿女们付出，从来都没想过向儿女索取什么。

第二天上午，曹越陪母亲去了一趟集市。集市上人很多，也很热闹。他本想给母亲买点什么，可母亲什么都不要。母亲路过集市的戏台时，被台上的秦腔戏吸引住了。曹越便租了两把椅子，陪着母亲看完戏才回家。

看母亲心情好多了，曹越便一个人走出了家门。他想看看家乡的变化，看看东城村的父老乡亲。无论他走到什么地方，他的根永远都在东城村。

这些年，东城村人的生活发生了很大变化。自从实行土地承包责任制后，田地分到了农民手中，原来都一般穷的庄稼人，生活现在也慢慢拉开了距离。勤快的人，仓满粒实，一年打的粮食几年都吃不完；会干的人，发家致富，满足物质需要的同时，也买一台电视机丰富精神生活；而那些游手好闲不务正业的懒汉，却比过去强不了多少。

如今，在张长信当年说书的地方，每天都聚着一群打麻将的人。夜幕降临后，这个地方连一个人影也看不见，人们都去有电视的人家中看电视了。东城村第一个拥有电视机的人是张长信。改革开放刚开始，他便贷款买了一辆小拖拉机跑运输。半年之后，他用赚来的钱买了东城村第一台电视机；又过了一年，曹梅也通过养鸡走上了致富路。为了活跃东城村人的文化生活，她买了一台二十五英寸的彩色电视机。那简直就是个小电影放映机，可把东城村人羡慕死了。第三家拥有电视机的是孙根旺家。孙根旺挖煤挣了钱，便买了一台二十五英寸的黑白电视机。半年以后，桐花见电视机降价了，也买了一台电视机，成为东城村第四家拥有电视机的人家。东城村爱看电视的人，除一部分年轻人常到孙根旺家，大部分人都聚在曹梅和张长信家。

曹越走到麻将桌旁边，和乡亲们寒暄了几句。看见坐在一旁沉默不语的刘汉民，曹越便对刘汉民说："刘大伯，你身体还好吗？"

刘汉民挣扎着站了起来，嘴巴嗫动了很长时间，却说不出一句话。

看见刘汉民的腿不住地抖动着，曹越关切地问刘汉民："刘大伯，你这是……"

刘汉民哆嗦着说："我比你爸幸运，还捡回了一条老命……"

　　看见曹越脸上布满了疑惑，有人便向曹越解释说："他也是到白蟒塬下面挑水时，一不小心摔断了腿，就落下了这样的残疾。"

　　曹越没有想到，因为吃水问题，东城村发生了这么多不幸的事。他安慰了刘汉民几句，心情沉重地回家去了。

　　吃过晚饭，曹梅见曹越一个人站在门外，便走到曹越跟前，说："哥，有一件事，我想征求你的意见。"

　　曹越点了点头。

　　曹梅又说："我想建一座水塔，解决全村人的吃水问题，你看行吗？"

　　这些年，曹梅通过养鸡，不但建起了东城村第一座楼房，还攒了几万元的存款。有了这些钱，她打心眼里想为东城村人做点事，可她又不知道自己应该做些什么。曹麦成的去世深深地震撼了她，她从内心深处感到这种落后的吃水方式非改变不可了。过去，靠着人力在白蟒塬上挖不出有水的井，可现在不同了，只要你出钱，要不了几天，地质队便会在白蟒塬上打出一眼深井。这件事曹梅考虑了很久，却一直下不了决心。

　　曹越沉默了一会儿说："这件事你决定了吗？"

　　曹梅摇了摇头说："还没有。"

　　曹越看了曹梅一眼说："我赞成你的想法，也支持你这样做。但是你要量力而行，不能因为这件事而背上沉重的负担。"

　　"这个我知道。"

　　"你先和红建商量商量再做决定。"

　　曹梅点了点头。

　　曹越又对曹梅说："如果你们决定做这件事，我也不会袖手旁观。虽然我拿不出多少钱，可我会尽全力帮你们。"

　　晚上睡觉前，曹梅将自己的想法告诉了许红建。

　　许红建瞪着眼睛对曹梅说："你以为这件事那么简单吗？打一眼井，建一座水塔，再加上抽水的设备，没有十万块钱是拿不下来的。"

　　曹梅叹了一口气对许红建说："你说得没错，我们一下子拿出这么多钱也不容易。可你怎么不想一想，东城村这种落后的吃水方式一天不改变，悲剧就会随时在我们每个人身上重演。"

许红建摇着头说："你想怎么做我不管，反正给孩子的钱不能动。你又不是不知道，没有钱什么事都干不成。"

曹梅听着许红建的这番话，想起几年前借钱养鸡的艰难，那种无奈的感觉现在还记忆犹新。可那些都是陈年往事了，她不想停留在这些事情中止步不前。她考虑了一会儿，又对许红建说："你知道吗？我不想再让你去白蟒塬下面挑水了。万一你有个什么意外，我和孩子可怎么办？"

许红建叹了一口气说："即使我们有这个心，也没有这个力。你就是将给孩子准备的钱拿出来，水塔还是建不起来的。"

"那我们再贷一部分款。"

许红建开始沉默了。他的心中有顾虑：现在养鸡的人越来越多，鸡蛋的价格也一降再降。养鸡已经没什么利润可赚了。这种时候贷那么多钱，以后可怎么还这些贷款？

曹梅也理解许红建的担忧，她已经为此做好了充分的准备。两年前，她从电视上看到，有一个县的农民靠种植果树富裕起来了。她当时便在心中想着：泾源县离省城近，交通方便，土质又好，特别适宜栽种酥梨。为了开辟一条致富的新路，她在自家田里栽了两亩梨树，再有半年时间，这些树就该挂果了，她心中对此充满了希望。正因为有希望，她对许红建说："只要我们努力，钱还是能挣来的。你没看见咱们那两亩梨树长势喜人吗？"

许红建看了曹梅一眼，便不再吭声了。

三十二

初二上午，曹越站在家门口，看见小惠领着孩子回娘家了，他本想走过去跟小惠打个招呼，可当他看见小惠丈夫也在时，便放弃了这种想法。

　　小惠也看见了曹越。曹越的出现，使她已经愈合的伤口又隐隐作痛起来。她永远都不能忘记曹越考上大学的那段时间，那是她一生中最难熬的日子。每当她看见曹越在她家门口徘徊时，她多想扑到曹越怀里大哭一场。可她不能这么做，她害怕自己的决心会被曹越改变。

　　为了躲开曹越，小惠去了姑妈家。在姑妈家，她时刻都经受着内心的折磨。为了缓解这种痛苦，她想在曹越离开时见曹越一面。她赶回东城村后，发现曹越已经离开了。她站在塬畔处，望着坐在牛车上的曹越，两行热泪便从眼睛里奔涌而出……她不后悔自己的选择，既然不能同心爱的人比翼双飞，就应该放开对方，让对方自由地翱翔。她希望曹越能抛开所有的羁绊，在自己的天地中成就一番事业。

　　曹越离开时间不长，有人给小惠提亲。为了缓解心中的痛苦，小惠便带着淡淡的哀愁出嫁了。

　　小惠的丈夫是个包工头，经济上非常宽裕。每当小惠提着大包小包回娘家时，东城村人都羡慕她嫁了个好男人。可小惠却高兴不起来，她不爱自己的丈夫，在她的心目中，丈夫始终都是一个粗鲁的男人。

　　新婚之夜，丈夫喝醉酒，强行与她发生了关系。从此以后，她便对这事产生了恐惧。丈夫大部分时间都在工地，一个月在家待不了几天。丈夫回家与她亲热时，她拒绝了丈夫的要求。丈夫一气之下，将她踹到了床下。她看了丈夫一眼，穿好自己的衣服，连夜赶回娘家去了。

　　小惠妈听见敲门声，披着衣服打开屋门，见小惠站在门外，便疑惑地问小惠："黑天半夜的，你怎么跑回来了？"

　　小惠向母亲解释说："他打我，我……我就回来了。"

　　小惠妈拉着小惠走进一间空屋子，一边替小惠铺着被褥，一边问小惠："他为啥打你？"

　　小惠低着头沉默着。

　　小惠妈看了小惠一眼，对小惠说："到底发生了什么事？"

　　小惠被母亲逼急了，吞吞吐吐地说："我……我不让他……"后面的话，小惠没能说出来。

小惠妈看着小惠说："真是急死人了，你不让他干什么了？"

"我……我不让他碰我……"小惠的声音变得越来越小。

小惠妈睁大眼睛看了小惠一眼，然后问小惠："他在外面有女人了？"

小惠摇了摇头。

小惠妈又疑惑地问："他是不是有什么病？"

小惠还是摇头。

这也不是，那也不是，小惠妈也被搞糊涂了。

小惠有一肚子委屈，可她却说不出来。她不爱自己的丈夫，她不喜欢与丈夫同房。可这些话，她能对母亲讲吗？她不能，她只能用委屈的泪水来回答母亲的疑问。

小惠妈叹了一口气，又对小惠说："这是做妻子的义务，你怎么能不让他……快别哭了，好好睡一觉。明天回去认个错，什么事都没了。"

小惠哭得更伤心了。挨了丈夫的打，却还要向丈夫认错，为什么？难道就因为自己是女人吗？

小惠妈又安慰小惠："别哭了。听妈的话，明天就回去。妈知道你心里是怎么想的，可做女人都这样，我和你爸一辈子不就这么过来了？人一生也就那么回事，有些事不要太认真。"

小惠妈离开后，小惠又哭了很久。她感到泪水哭干时，她不再怨恨丈夫了。她认为是自己的命不好，注定要遇上丈夫这样的人。

第二天上午，小惠丈夫来到小惠家，不断地向小惠说着道歉的话。在家人的劝说之下，小惠便跟着丈夫回家了。

这天晚上，丈夫拥抱小惠时，小惠没有一丝反抗。她像木头人似的接受着丈夫，这使她产生了一种被强奸的感觉。为此，她也动过离婚的念头。可这种念头刚一出现，便立刻被她否定了。丈夫没有什么过错，不就是干那种事有些粗鲁吗？农村的男人大都是这样的，光凭这一点与丈夫离婚是没有道理的。女人嘛，就应该嫁鸡随鸡，嫁狗随狗。况且她和丈夫已经有了孩子，就是为了孩子，她也不能拆散这个家。离婚的想法在她头脑中闪了一下，马上便消失得无影无踪了。

离婚的念头是没有了，可那种屈辱的感觉却一直折磨着小惠。为了麻痹自己，小惠把所有的精力都放在了抚养孩子上。

小惠喜欢回娘家。每次回东城村，她都要住上一段时间。她喜欢去曹梅家，与曹梅一起聊天。得知曹越离婚后，她感到非常难过。她希望曹越幸福，也希望曹越快乐。可在这件事情上，她帮不了曹越，她只能在心中默默地祝福曹越。

不知为什么，小惠这一次没在娘家多待，当天下午，她便和丈夫带着孩子回家了。

看见小惠离开的背影，曹越心中很不平静。夜深人静的时候，他一个人走出家门，望着挂在空中的月亮，便想起了有关月亮的传说。这些传说之所以能流传下来，是因为它们寄托着人们的某种希望，也包含了现实社会的不完美。小时候，曹越也听过月亮的传说，可这些故事就像没有热度的月光一样，始终给人一种凄冷的感觉。曹越不明白，为什么这些美丽的传说总是那样不尽如人意？

在曹越的记忆里，一轮圆月悬在空中，母亲便会在门前铺一张席子，拿出自家产的枣子。曹越、曹梅和小惠坐在席子上，一边吃着枣子，一边听母亲讲故事。

幼小的曹梅听完"嫦娥奔月"的故事，睁大眼睛问母亲："嫦娥一个人在月亮上孤单吗？"

母亲笑着对曹梅说："傻孩子，那只是人们的传说。"

曹梅不解地问母亲："什么是传说？"

曹越对曹梅说："传说就是神话。"

曹梅看了曹越一眼又问："那神话又是什么？"

曹越答不上来，便对曹梅说："我知道，我不告诉你。"

"别骗人了，你也不知道。"

曹越见自己的谎言被揭穿了，便拿着一个刚吐出来的枣核向曹梅掷了过去。曹梅将头一偏，枣核正好落在小惠脸上。曹越想给小惠揉揉脸，曹梅便向他们喊着："羞！羞！羞个渠渠种豌豆，人家的豌豆打一担，咱家的豌豆没见面……"

小惠看了曹越一眼，害羞地低下了头。

曹越被曹梅的话惹恼了，伸手要吓唬她。曹梅吐了吐舌头，躲到母亲背后去了。

母亲拉住曹越，对曹越说："我再给你们讲一个月亮的故事。"

看见孩子们都坐下了，母亲又对他们说："月亮上还住着一个叫吴刚的男人。因为犯了错，被玉帝罚到月亮上砍桂花树。他砍啊，砍啊，却总是砍不倒……"

母亲的故事讲完了，曹梅也在母亲怀里睡着了。母亲抱着曹梅回家时，小惠对曹越说："月亮上有了吴刚，嫦娥就不会孤单了。"

曹越看了小惠一眼说："也许是吧。"

小惠又问曹越："你说他们俩会结婚吗？"

曹越摇了摇头。

小惠不解地问："为什么？"

曹越想了想说："大概是玉帝不允许吧。"

小惠又问："他们为什么不反抗玉帝？"

曹越说："玉帝是统管三界的神，是不能反抗的，反抗也是没用的。"

小惠看了曹越一眼，便不再吭声了。

是啊，连天上美丽的神话都不完美。在人世间，那些令人遗憾的事情就更是太多太多了！

三十三

春节过后，曹越回到单位，便将全部精力都投入到工作之中。

经过一段时间的侦察，他带领手下破获了一起贩毒案。一位记者准备写一篇文章，报道这起案件中涌现出来的英雄事迹。局政治部已经和他打好招呼，要他配合记者做好这方面的工作。

下午上班后，宣传干事领着一位女记者走进曹越的办公室，向曹越介绍说："这位是西京日报社的记者。"

曹越伸出手对记者说："欢迎你的到来。"

女记者同曹越握了握手说："我叫叶静雅，是专门来采访你和你的同事们的。"

宣传干事又向曹越介绍了几句便离开了。

叶静雅看了看曹越，便对曹越说："去年夏天，你是不是在公交车上抓过一个小偷？"

曹越点了点头。

叶静雅又说："怪不得我一看见你，就觉得在什么地方见过你。"

曹越疑惑地问："你当时也在车上？"

叶静雅说："我不但在车上，我还正好是那个被偷了钱包的人。"

曹越惊异地看了叶静雅一眼，然后回想着抓小偷的过程。那是一个黄昏，曹越乘公交车回家。小偷在公交车靠站时，偷了一位女士的钱包。曹越发现了，便抓住小偷，将钱包还给了那位女士。小偷却趁这个机会，从曹越手中挣脱后，慌忙跑下了公交车。曹越跟在小偷身后追了很长时间，才在路边群众的协助下，将小偷送到了派出所。这件事已经过去一年多了，曹越已经将这件事忘记了，没想到，今天会在自己的办公室碰到这位被偷了钱包的女士。

叶静雅又说："你追小偷时，我也在追你。我当时只有一个念头，就想对你说几句感谢的话。可那天我穿着高跟鞋，没跑几步便扭伤了脚。后来，我还去派出所打听过你，可始终没得到你的消息。"

曹越抱歉地说："不好意思，为这件事还让你受伤了。"

"你帮我追回了钱包，我应该感谢你才对。"

"你太客气了，抓小偷本身就是我们的职责。"

叶静雅看了曹越一眼说："这件事以后再说，我们开始今天的采访。"

曹越点了点头。

叶静雅取出笔和采访本，然后对曹越说："听你们政治部的人说，你曾经与一个持枪的罪犯在防空洞中对峙了很长时间，最终制服了对方。你能谈谈当时的心情吗？"

"我不想再提这件事。在对峙的过程中，罪犯开枪自杀了。尽管不是我杀死了他，可我还是对他的死抱有深深的内疚。"

"那你谈谈你是怎么领导你的手下破获这起贩毒案的？"

"我可以给你说说我的同事，他们的事迹都很感人。"

叶静雅点了点头。

曹越便从一件事说到了另一件事，从一个人说到了另一个人……他讲完这些人和事时，已经是晚上七点钟了。他看了看窗外的夜色，便对叶静雅说："耽搁你这么长时间，我请你吃饭吧。"

叶静雅犹豫了一下说："客随主便。"

他们走出公安局，来到旁边的一家火锅店。吃饭的过程中，叶静雅问到曹越的经历时，曹越很坦诚地向叶静雅讲述了自己在农村的生活，他又从自己在面粉厂扛包讲到了自己的婚姻和现状……

叶静雅没想到曹越会有这么丰富的经历，更没有想到曹越会有一段失败的婚姻。她好奇地问曹越："你们政治部的人说你非常优秀，你能不能讲讲这方面的事情？"

曹越摇了摇头说："那些都是表面的东西。"

"那真实的你又是什么呢？"

曹越看了叶静雅一眼说："是一种精神上的空虚和无奈。"

"为什么这么说？"

"我感觉我现在拥有的一切都是空的，我现在所追求的东西是没有任何意义的。"

"是吗？"

"是的，那是我的直觉告诉我的，可我又不知道我应该追求什么。我感到人的一生有没有意义，既不在于拥有多大的权力，也不在于拥有多少金钱，关键在于能在多大程度上实现自身的价值，而衡量自身价值的客观标准就是你为这个社会做了多少贡献。"

"即使像你所说的那样，实现了自身的价值又能怎样？他们的生命不也像别人一样死亡了吗？"

"不错。他们的肉体是死亡了，可他们的精神和灵魂却是永恒存在的。我问你，你知道你曾祖父的名字吗？"

叶静雅茫然地摇了摇头。

"可你却知道牛顿和爱因斯坦，知道尼采和托尔斯泰。为什么呢？因为你的曾祖父是一个凡人，而牛顿是一个伟人。平凡的人活在世上就像蚂蚁一样默默无闻，永远都不会有人知道哪一只蚂蚁曾经在地球上生存过。而伟人则不一样，他们的有无，对历史和社会的发展有着不可估量的推动作用。没有爱迪生，人类能有电灯吗？没有了爱因斯坦，能有火箭升天、人类踏上月球吗？当然，没有了他们，这些东西还是能够变成现实的，可最终还是要依靠和他们一样的伟人来实现。他们推动了社会的进步，实现了他们生命的价值，人们才尊敬他们、怀念他们。以前，我对永垂不朽理解不深，现在我知道永垂不朽是指人的灵魂永不泯灭。也就是说，在你的肉体死亡之后，你和你的名字将永远存在于活着的人们心中。只要有人类存在，你的灵魂就不会灭亡。"

叶静雅也思考过这些问题，可她从来没碰见过一个可以交流的人。如今听着曹越的这番话，她便有一种相见恨晚的感觉。

时间在一点一点地流逝着，直到火锅店要关门了，他们才结束了这次难得的交流。曹越送叶静雅走出火锅店时，叶静雅站在路边对曹越说："很高兴认识你。"

曹越笑着说："我也一样。"

叶静雅又说了一句"再见"，便坐上一辆出租车离开了。

看着出租车消失在视线中，曹越有一种怅然的感觉。他感到叶静雅身上有一种独特的气质，这种气质像磁石一样吸引着他。

三十四

叶静雅是个非常优秀的女人。与叶静雅打过交道的人，都会对她的潇洒和飘逸留下深刻的印象。叶静雅的父亲是省政府的一位厅长，母亲也在一家事业单位上班。叶静雅大学毕业时，父亲想要她去政府部门工作，可她不愿意。她是学新闻学的，她想在自己的专业上有所成就。

叶静雅以前也有一个男朋友。他的名字叫肖伟，是叶静雅所在报社的摄影师。肖伟追求了叶静雅很长时间，叶静雅便开始与肖伟以恋人关系相处。他们的关系不断向前发展时，有一件事却改变了她对肖伟的看法，也促使她做出了与肖伟分手的决定。

一年前，汉南地区发洪水，叶静雅带领采访组去汉南采访。采访组有三个人，除了叶静雅，还有摄影师肖伟和司机韩少峰。

为了赶时间，他们将车放在汉江边的一个小镇上，乘着木船渡过汉江，直接到达了采访现场。

为了备战第二次洪峰的到来，武警战士和当地群众正在抓紧时间加固堤岸。扛着沙袋的战士快步将一袋袋沙子送到江边；站在水中的战士抡着大锤，击打着一根根木桩……

接待叶静雅的武警政委向她介绍说："洪水给人们造成的灾难是巨大的，我们的战士也在这场灾难中经受着考验。第一次洪峰来临时，江面上漂着一个木盆。木盆中传来一个小孩的哭声，这哭声牵动着每一个战士的心。木盆随时都可能被大浪掀翻，孩子随时都可能被洪水吞没。在这种危急的时刻，我们的战士毫不犹豫，纵身跳进江中，向木盆游了过去。战士快要到达木盆跟前时，一个大浪将他吞没了。站在岸上的战士没有退缩，又有两个战士跳进水里去了……最终那个小孩得救了，我们却失去了两个战士。"政委眼睛中含着泪花，停顿了一会儿继续说："为了救一个孩子，我们牺牲了两个战士。这样的付出值不值？我们的回答是：值，非常值。我们的使命就是保护人民群众的生命财产不受损失。我们就是要让人民群众看一看，看看我们的战士舍己救人的高尚品质。"看着眼前热火朝天的抗洪救灾场面，政委又对叶静雅说："群众被我们的战士感动了。你看看这些加入抗洪队伍中的群众，他们都是自愿地从十里八乡赶来的。他们的行为就是对我们的理解和信任，也是对我们的支持和拥戴。"

叶静雅被这些献出生命的战士深深地感动了。为了将他们的感人事迹报道出来，她必须带着采访组尽快赶回报社。她要用武警战士舍己为人的大无畏精神，激发人们克服困难战胜洪灾的意志和决心。

采访组返回江对面时，第二次洪峰到来了。天空中下着暴雨，江面上波涛汹涌。叶静雅坐在船上，心中充满了恐惧。小船快到达对岸时，一个大浪急涌而来。船夫躲避不及，小船被掀到了空中。船上的人还没反应过来，便被抛到了江水之中。

叶静雅奋力地挣扎着，她想抓住一件救命的东西。可除了混浊的江水之外，没有任何东西可供她抓握。她感到精疲力尽时，被一只手拉出了水面。她睁开眼睛看了看，发现救她的人是肖伟。

肖伟从船上掉下来时，抓住了装摄影机的箱子。他借着箱子的浮力，用手划到了叶静雅身边，将叶静雅从水中拉了上来。

叶静雅抓着箱子喘了几口气，看见韩少峰还在水中挣扎，便对肖伟说："快，我们快去救他。"

肖伟像没听见似的，趴在箱子上纹丝不动。

叶静雅又喊了几声，肖伟依然如故。叶静雅气愤地说："你怎么能见死不救？"

肖伟摇着头说："不是我们不救他，而是我们救不了他。箱子能承载的重量是有限的。如果再加上他，箱子会沉掉的。"

叶静雅用愤怒的目光看了肖伟一眼，抓着箱子拼命地向韩少峰划了过去。

肖伟也使出全身的力气，向叶静雅相反的方向划着。

看着箱子离韩少峰越来越远，叶静雅气愤地推开了箱子，沉没到混浊的江水之中。她用这种形式向肖伟表达自己的抗议……

叶静雅醒过来时，发现自己还活着。她和韩少峰都没死，是那个船夫救了他们。

　　叶静雅回到西京后，便平静地对肖伟说："我们分手吧。"

　　肖伟质问叶静雅："你觉得你这样对我公平吗？我是为了救你，才放弃韩少峰的。"

　　"我感谢你在危难时刻向我伸出了援手。可我还是想对你说，我瞧不起你这种自私的人。你只考虑自己的安危，你不会与人共渡难关。和你这样的人在一起，我没有一点安全感。"

　　"我为什么救你而不救韩少峰？那是因为我爱你。因为爱你，我才变得自私起来。"

　　叶静雅冷笑了一声说："你以为我还会相信你吗？如果那个箱子只能承载一个人的重量，你会把箱子让给我吗？不会，你不会这么做，你的心中只有你自己。"

　　肖伟还想说什么，叶静雅却头也不回地离开了。

　　叶静雅一直追求着那些美好的东西，她希望自己生活在一个充满善良与爱心的世界中。可在现实之中，她却常常感到失望。

三十五

　　初春时节，阳光从窗外斜射进来，暖暖地照在办公桌上。

　　曹越拿着一张《西京日报》，看着叶静雅撰写的文章，桌上的电话铃响了起来。他拿起电话放到耳边，听见了一位女性的声音："你知道我是谁吗？"

　　曹越兴奋地说："你是西京日报社的那位女记者。你的文章我看过了，确实写得不错。"

　　"这些奉承话我听多了。我今天是想将我们之间的事情做个了结。"

　　"什么事？"

　　"你替我追回了钱包，我请你吃一顿饭。"

"没那个必要。"

"知恩图报，这是我做人的准则。"

曹越犹豫了一下，还是答应了。

下午下班后，曹越应约来到建国饭店，叶静雅指着餐厅的入口对曹越说："我们进去吧。"

曹越半开玩笑地说："在这种高档的地方吃饭，你也太破费了吧！"

叶静雅自嘲地说："没办法，受人滴水之恩，当涌泉相报。"

曹越摇了摇头说："我不习惯在这种高档酒店吃饭，我们还是换个地方吧。"

叶静雅看了曹越一眼说："这可是你自愿放弃的。过了这个村，可就没这个店了。"

曹越点了点头说："我是心疼你兜里的钱。"

叶静雅笑着对曹越说："这个人情我领了。"

曹越陪着叶静雅走出饭店，又走进旁边的一家小饭馆。他们点了几个简单的菜，边吃边聊。叶静雅看了曹越一眼说："你看过我写的文章了？"

曹越点了点头说："看了很多遍，写得很不错。"

叶静雅自豪地说："本小姐也号称我们报社的一支笔。"

"是吗？这我可真不知道。"

"现在让你知道也不晚。"

曹越点了点头，又对叶静雅说："你这篇文章也存在一些不足的地方。你想知道吗？"

"当然想了。"

"你写了很多干警付出的辛苦和努力，可是你没写干警为什么要这样做。如果能增加一个主题，这篇文章会更好。"

"继续说下去。"

"干警们之所以夜以继日不知疲倦地工作，是为了阻止这些毒品毒害更多的无辜群众。如果能确定这样的主题，这篇文章会更感人。"

　　叶静雅看了曹越一眼说："没想到你还有这方面的才能。"

　　曹越笑着说："我是师大中文系毕业的。以前在我们局宣传处工作时，也写过这类文章。"

　　"看来我以后应该向你多多请教。"

　　"请教不敢当，可以共同探讨。"

　　叶静雅和曹越谈了一会儿写作，又从写作又谈到了文学。在这个过程中，叶静雅感觉他们之间的距离拉近了、缩小了。长这么大，她还没遇到过在思想上与自己如此契合的人。她被一种兴奋的感觉簇拥着，也被一种交流的欲望驱使着。

　　时间在悄悄地流逝着，可他们对此浑然不觉。服务员询问他们要不要加菜时，他们这才意识到已经很晚了。离开小饭馆后，叶静雅对曹越说："你知道我请你吃饭的真实原因吗？"

　　"因为我帮你从小偷那里追回了钱包？"

　　"那只是表面上的。"

　　"那深层的原因是什么？"

　　"你是一个有思想的人，我喜欢与有思想的人交朋友。"

　　曹越摇着头笑了笑，便停下脚步望着远处。

　　叶静雅轻声地问："你看什么呢？"

　　"我在看布满天空的星星。你知道吗？宇宙中有各种各样的物质。只有那些燃烧的恒星才能被我们的肉眼看到，而大量的行星、气体和尘埃则隐匿于茫茫的宇宙中，并不为我们所感知。"

　　叶静雅看着曹越说："那是因为它们太小太暗淡了。"

　　曹越点了点头说："我们生存的世界同宇宙有着非常惊人的相似之处。在我们的社会中，哲学家好比天上的星星，科学家则是太阳，而那些平凡的人则是布满宇宙空间的暗物质。"

　　"你为什么这样比喻？"

　　"我将科学家比作太阳，是因为他们燃烧了自己，照亮了世界。科学是人类物质文明发展最直接的动力，如果没有科学家的努力和奋斗，没有科学家的发明和创造，就不可能有我们现在的物质文明。你可以想一想，假如我们的生活里没有了电灯电视，没有了汽车飞机，没有了科技带来的进步和发展，那我们还会生活在原始和黑暗之中。所以我说，科学家像太阳一样给我们带来了光明和温暖。"

"你希望自己成为太阳吗？"

曹越摇了摇头说："我很敬佩那些为人类做出了杰出贡献的科学家。有时候，我甚至幻想自己会成为第一个攻克癌症和艾滋病的人。可是这不现实，我根本不具备成为一名科学家的基本条件。"

"那你为什么将哲学家比作星星？"

"我将哲学家比作星星，是因为他们是启迪心灵、推动人类精神向前发展的原动力。他们就像在黑暗中指引人们前进方向的星星一样，是永不消失的灯塔。也许你不赞同我的观点，会认为我将哲学的作用夸大了。我不否认，在人们实际生活中，星星的作用确实不如太阳明显。人们能直接感受到太阳的光明与温暖，也就是说，人们很容易感受到科学给他们的生活带来的巨大变化，而对那些遥远的星星来说，人们既感觉不到这些星星的热量，也不认为它们蕴含着比太阳更大的能量。可在天文学家的心目中，星星在宇宙中的地位和作用不比太阳逊色。这是为什么？是因为人们所处的层次和观察事物的角度不同。其实，哲学是精神世界的精髓和灵魂，只有在精神修养达到一定程度时，才能真正发现精神世界的宽广和蕴藏的巨大能量，才能真正理解精神对人类社会发展所起的巨大作用。"

"那你为什么不通过自己的努力，使自己成为一颗闪闪发光的恒星？"

曹越叹了一口气说："要成为一颗真正的恒星是非常不容易的，要经过极其漫长的演化过程。形成恒星最重要的因素就是它自身要具有很大的质量，这样才能吸引其他物质与它碰撞、黏合。在人类的精神世界中，同样也需要一种引力，一种对事物执着的追求，才能不断同外部世界产生作用，最终成为一颗耀眼的恒星。可恒星毕竟离我们太遥远了，许多人追求和奋斗一生，也不会得到期望的结果。"

"于是你就开始彷徨犹豫了？"

　　"也许是吧。我不知道我该追求什么，也找不到我活着的价值。"

　　叶静雅感到曹越像一只身陷迷宫的狮子，充满了朝气与活力，却找不到走出困境的路。她希望自己能帮助曹越走出困惑，走出迷茫。

　　此后一段时间，曹越和叶静雅的交往越来越频繁，他们的关系也变得越来越密切。一个星期前，叶静雅去外地采访。没有了叶静雅的陪伴，曹越感到非常寂寞。几天以后，他接到叶静雅的电话，便惊喜地问她："你回来了？"

　　"嗯。"

　　"什么时候到的？"

　　"刚到。"

　　"下班后有空吗？"

　　"你有事吗？"

　　"也没什么重要的事，就是想和你吃顿饭。"

　　"好吧。"

　　傍晚时分，叶静雅到达饭店时，曹越领着她走进了一个小包间。包间里面摆着一张小圆桌，圆桌中央放着一只矮脚的玻璃杯，玻璃杯中漂浮着一根红色的蜡烛。蜡烛旁边放着两只高脚酒杯，酒杯旁有一瓶已经打开的红酒。

　　叶静雅看着房间的摆设对曹越说："你这是早有预谋。"

　　曹越笑而不语。

　　"该不会是一场鸿门宴吧？"

　　"一会儿你就知道了。"

　　"我会很认真地欣赏这出戏。"

　　"在这出戏中，你不但是观众，而且是演员。"

　　"这个我知道。但是我告诉你，我演得好不好，取决于你这个导演的水平。"

　　曹越笑着说："我会尽力的。"

　　叶静雅点了点头，坐到了餐桌旁边。

　　曹越点燃杯中的蜡烛，然后斟了两杯红酒，端起一杯对叶静雅说："这第一杯酒为你接风洗尘。"

叶静雅看着曹越说："我喜欢这样的方式，也喜欢这样的氛围和环境。"

"那就请配合我将这出戏演下去吧。"

叶静雅陪着曹越喝了杯中的酒。

曹越又斟了两杯酒，然后对叶静雅说："我们的戏还得继续下去，你说是吗？"

叶静雅看了曹越一眼说："那要看你的剧本对我有没有吸引力。"

曹越又端起酒杯说："这第二杯酒，为我们的相识干杯。"

叶静雅回忆着与曹越相识交往的过程，她不得不承认自己已经爱上了曹越。一天不见到曹越，心中便像缺少点什么。她希望曹越也有同样的感觉，她更希望他们的关系能向着美好的方向发展。她看了曹越一眼，然后端起酒杯一饮而尽。

曹越陪着叶静雅喝完，重新给两个杯子斟好酒，又举起杯子看着叶静雅。

叶静雅问曹越："你这第三杯酒又是为什么而干？"

"为我的一种感觉而干。"

"那你就自喝自演吧，我可不陪你了。"

"如果你也有同样的感觉，你就陪我干了这杯酒。"

"可以。但是我有一个条件，如果我不认同你的说法，你可要把这两杯酒全喝了。"

曹越点了点头。

叶静雅看了曹越一眼，然后将自己的杯子放到了曹越面前。她已经打定主意不喝这杯酒了，她不能完全按曹越的剧本演下去。

"你这么有把握不喝这杯酒？"

叶静雅仰着头说："那当然。"

曹越用眼睛盯着酒杯，缓缓地对叶静雅说："我感觉自己正在恋爱。我不知道你有没有这样的感觉？"

叶静雅的脸立刻变得红润起来。这一次她又输了，可她觉得自己输得很幸福……

三十六

在黄河流域中游，分布着世界上最深厚的黄土堆积层，这便是著名的黄土高原。

从空中俯瞰黄土高原，一道道山梁像长蛇一样盘绕着；在这些山梁之间，是一条条弯曲曼延的沟壑；沟壑底部分布着众多的河流，这些都是黄河的支流。沿着其中一条河逆流而上，便会发现一座小小的城市，这就是全国著名的煤炭之乡——晋北市。

晋北市四面环山，几条公路分散地通向外面的世界。一辆公共汽车像蜗牛似的在蜿蜒的公路上向前行驶。

曹勇坐在车上，望着与他一起挖煤的人，有一种孤独和陌生的感觉。他不知道他们的真实姓名，只知道他们的绰号。那个身体较矮的人叫狐狸。狐狸说话时，眼珠子总是转来转去。另一个又高又瘦的人叫蔫狼。蔫狼总是一副沉默的样子，没人知道他心中想着什么。还有一个长得尖嘴猴腮的人叫乌鸦。乌鸦的声音沙哑而混浊，说起话来像乌鸦的叫声一样。他们都是孙根旺的老相识，以前与孙根旺一起挖过煤。曹勇认识他们半个多月了，可始终和他们熟悉不起来。他在心中叹了一口气，又将目光转向那个被称为"点子"的人。看着"点子"面无表情地望着窗外，他的心开始变得沉重和不安起来。

一个星期前，他们在小煤窑干活时，曹勇看见孙根旺他们将一个"点子"活活打死，然后造成"冒顶"的假象，勒索了矿主几万元离开了。这件事发生之前，曹勇以为他们也和其他矿工一样，是通过干力气活挣一些辛苦钱。直到那天下井之后，孙根旺要他杀死"点子"，他才明白孙根旺是通过什么手段"挣"钱的。他不想干这种犯法的事，便摇着头对孙根旺说："杀人可是要被枪毙的。"孙根旺看了他一眼说："小煤窑死个人是常事，不会有人管的。"可不管孙根旺怎么劝说，他就是不敢做这样的事。孙根旺骂了他一句，他就不满地离开了。过了一会儿，曹勇推着煤车回来时，发现"点子"已经死了。乌鸦趴在"点子"的尸体上号叫着，狐狸和蔫狼站在旁边小声地说着什么。又过了一会儿，孙根旺领着矿主来到现场。乌鸦看见了矿主，哭声立刻变得凄惨起来："兄弟，你死得太惨了！你让我怎么向父母交代……"矿主本来要仔细看看现场，可听见乌鸦鬼哭狼嚎般的叫声，矿主浑身都开始起鸡皮疙瘩。他围着"点子"的尸体转了一圈，向孙根旺交代了几句，便匆匆离开了现场。

天刚蒙蒙亮，孙根旺他们用运煤的车将"点子"的尸体拉走了。他们走到一个没人的地方，挖了一个坑，将尸体掩埋后，便坐下来分钱。

曹勇这才知道他们已经从矿主那儿勒索了五万块钱。蔫狼执镐杀死"点子"，分了两万块钱；孙根旺负责与矿主交涉，拿了一万二。"点子"是狐狸诱骗来的，乌鸦的哀号起了重要作用，他们每人分得九千块钱。曹勇一分钱也没分到，坐在一边眼睛都气红了。

孙根旺看了看曹勇，便走到曹勇身边说："干活分钱，这是咱们的规矩。"

曹勇不服气地说："为什么要让我干杀人的事？我不想杀人。"

孙根旺质问曹勇："那你想干什么？除了一身力气，你还有什么本事？你别小看他们几个，他们都有一手自己的绝活。狐狸能说会道，诱骗'点子'可是他的专长；乌鸦哭起来一把鼻涕一把泪，你学得来吗？别看蔫狼不太说话，可他做起事来手脚麻利，心狠手辣，你能比吗？要说我嘛，我可是肩负着咱们所有人的性命。稍不留神，露出马脚，别说拿钱了，恐怕连命都要搭上。"

曹勇看了孙根旺一眼，便低着头不吭声了。

孙根旺又对曹勇说："你怎么这么糊涂！要不是我，这杀人的事还能轮上你？谁杀掉'点子'，谁得的钱最多。我见你没别的本事，才将这种好事给了你。可你这死脑袋瓜，钱都送到你手里了，你就是不开窍。如果你当时听我的话，那两万块钱也该装到你口袋了。"

曹勇为难地说："我不想杀人。"

孙根旺沉默了一会儿说："该说的话我都说了。过几天，我们还要找活干。你想干就跟我们走，不想干就回去。给你十分钟时间，你自己决定去留。"

孙根旺扔下这句话，便走到狐狸他们跟前，掏出一包烟，给每人发了一支，点燃了，蹲在一个小土堆上吸起来。

　　曹勇心中激烈地斗争着。他不想空着手回家，但也不想去杀人。

　　孙根旺吸了好几支烟，见曹勇还在犹豫不决，便将手中的烟头一扔，对狐狸他们说："不管他了，我们走。"曹勇不想被他们抛下。他追上孙根旺说："我……我干！"孙根旺点了点头说："这才像个男人。要想挣大钱，不冒一点风险是不行的。"曹勇跟着孙根旺翻过几道山梁，走到一条公路边，便坐上了一辆开往晋北市的长途客车。

　　第二天早晨，孙根旺领着他们来到火车站广场，开始寻找他们的下一个"点子"。广场上聚集着很多挖煤的人，他们在这里等待着矿主的挑选。为了自身的安全，他们一般都会结伴而行。孙根旺一伙对这些抱团的人不感兴趣，他们只寻找那些单独外出的打工者。他们在广场转了好几天，也没找到合适的"点子"。但他们知道，只要耐心等待，猎物迟早会出现的。

　　他们到达晋北市的第五天，孙根旺在广场中发现了一个人。那人头戴一顶破草帽，一个人坐在广场的边缘处。孙根旺用胳膊碰了碰狐狸，对狐狸说："你去试试那个戴草帽的人。"

　　狐狸走到草帽跟前，掏出一支烟对草帽说："兄弟，要不要来一支？"

　　草帽看了狐狸一眼，向狐狸摆了摆手。

　　狐狸将烟叼在嘴中，用火柴点燃了，又对草帽说："兄弟，你是第一次出来挖煤？"

　　草帽点了点头。

　　狐狸又问："你一个人？"

　　草帽又点了点头。

　　狐狸叹了一口气说："你初来乍到，有很多情况还不了解。像你这样等下去，最终是不会有什么结果的。"

　　草帽疑惑地问："为什么？"

　　"为了管理上的方便，矿主更愿意找那些成群结伙的挖煤人。找这些人的好处是，只要谈好了价钱，剩下的事情都由他们的领头人负责，这会省去矿主的很多麻烦。"

草帽看了狐狸一眼，便低着头不吭声了。

狐狸又对草帽说："我找了几个人，想一块儿挣点钱，只是我们感到人手有点少。如果你愿意加入我们，那咱们就一起干。"

草帽犹豫了一会儿，便向狐狸点了点头。

第二天一早，孙根旺他们便和"点子"坐上了去同县的公共汽车。

汽车还在一颠一颠地行驶着。看着已经呼呼入睡的孙根旺，曹勇的心情怎么也轻松不起来。他又望了望那个即将被杀死的"点子"，心中像压了一座大山一样沉重。为了缓解心中的压力，他将目光转向了窗外。

汽车到达同县县城后，他们只用了半天时间，便找到了雇他们挖煤的矿主。孙根旺索要的工钱比别人低很多，他不会将时间浪费在漫长的等待中。他们与矿主坐上一辆拉煤的卡车，沿着一条土路驶入县城外面的山坳之中。土路上落满了黑色的煤灰，每逢下雨天，路面上便布满了黑色的水洼。雨点落到水中，便会形成一个个黑色的气泡。只有在天晴的时候，拉煤的车才能颠簸地开进来，再艰难地开出去。他们乘车穿过这条土路，便来到了他们挖煤的地方。

三十七

不知不觉，曹勇来到小煤窑已经半个月了。每天都是晚上八点钟下井，早晨八点钟收工。为了缓解强体力劳动带来的疲劳，他整天都躺在床上呼呼大睡。可今天他一点睡意都没有，他心里一片乱麻。孙根旺要他晚上下井后干掉那个"点子"，他虽然答应了孙根旺，可他心中充满了恐惧。他不断用侥幸与幻想来安慰和麻痹自己，如果一切顺利，年底回家也能挣个十万八万。他甚至在心中开始盘算该怎么花这笔钱：首先，他要把欠生产资料公司的钱还给曹功，他不想再看哥哥嫂子阴沉的脸了。他将卖化肥的钱输光后，曹功被迫用自己的钱替他堵上了这个窟窿；其次，他还要给自己建一座很气派的楼房，再买一台电视机，一定要比曹梅家的大，而且是那种彩色的……

下井的时间到了，曹勇站在下降的罐笼中，听着滑轮发出的声音，便产生了下地狱的感觉。罐笼落到井底的一瞬间，他的心情坏到了极点。他们走过一条昏暗的通道，便到达了挖煤的地方。他们在煤壁上装好炸药，然后退到很远的地方，开始实施第一次爆破。

随着一声巨响，黑色的煤块从煤壁上滚落下来，扑起一片浓浓的煤尘。他们在炸开的空间撑起顶板，开始将散落的煤块向外运输。几个小时后，他们进行第二次爆破，孙根旺小声地对曹勇说："炮一放完，你就动手。"

曹勇呆呆地点了点头。

第二次爆破完毕，看见"点子"弯着腰往车上装载煤块，孙根旺便悄悄地向曹勇使了一个眼色。

曹勇点了点头，拿起一把铁锨，走到"点子"身后，将铁锨举到空中，却感到手不住地颤抖着。看见曹勇犹豫的样子，孙根旺一步跨到曹勇身边，想夺过曹勇手中的铁锨。曹勇害怕失去"挣钱"的机会，举起铁锨便向"点子"头上拍了下去。"点子"惨叫了一声，栽倒在煤堆上。曹勇顿时感到手脚发软，手中的铁锨也跌落到地上。

看见"点子"的身体不断地抽搐着，孙根旺捡起曹勇丢下的铁锨，疯狂地向"点子"头上拍打着……

也不知过了多长时间，看见"点子"不动了，孙根旺将"点子"的脸翻过来。"点子"脸上沾满了血和煤屑的混合物，血淋淋黑乎乎的一片，十分吓人。孙根旺又用脚踢了踢"点子"的身体，一点反应都没有。他这才松了一口气，转身去找矿主交涉了。

矿主跟着孙根旺来到现场，用手在"点子"鼻前探了探，立刻愣在了那儿。

孙根旺走到矿主跟前，叹了一口气对矿主说："人已经死了，我们先将尸体抬上去吧。"

矿主茫然地点了点头。

"点子"的尸体刚运到地面，乌鸦便扑到"点子"尸体上哭起来。听着"乌鸦"撕心裂肺的哭声，曹勇心中便感到非常恐惧。

　　看着曹勇一脸的恐慌，矿主感到有些异常。他看了看"点子"的伤口，心中反复地思忖着：从现场的情况看，塌方发生在死者前方，可伤口却在死者脑后。他又望了望和死者以兄弟相称的乌鸦，心中更感到事有蹊跷。他与死者说过话，死者的口音与乌鸦相去甚远。他们不可能是同一个地方的人，可乌鸦为什么要以兄弟相称？

　　孙根旺安慰了乌鸦几句，然后走到矿主身边，对矿主说："唉！我们这些下苦人，原本只想挣几个下苦钱，没想到却出了这种事。人死不能复生，这件事闹到政府那里，对你也没什么好处。死者家属也想赶快将尸体拉回家乡葬埋了，他也不想和你在法庭上没完没了地耗下去。只要你能满足他的一些要求，他愿意和你私下了结这件事。"

　　矿主点了点头，对孙根旺说："兄弟，这件事就拜托你从中周旋了。"

　　孙根旺走到乌鸦旁边，同乌鸦商量了一会儿，又回到了矿主旁边，对矿主说："他的要求也不过分。你只要能赔他八万块钱，这件事就算彻底了结了。"

　　矿主认为孙根旺提出的价格太高。经过一番讨价还价，他们达成了协议：矿主赔偿死者家属六万块钱，明天上午将这笔钱交给死者家属。

　　矿主骑着摩托车筹钱去了，孙根旺他们便在工棚中等待。时间在一分一秒地飞逝着，可曹勇还是感觉过得太慢。他走出工棚，望了望已经发亮的天空，心中便有一种不祥的感觉。他在工棚前面的空地上转了几圈，又向工棚旁边的土山上走去。他在土山上面来回走动时，看见矿主领着几个警察跑过来了。他立刻意识到情况不妙，转身向土山后面跑去。他一口气跑了十几里路，在一个小镇歇息了一会儿，又坐上了一辆开往邻县的班车。他不想被警察抓住，他必须尽快离开同县。

　　天黑的时候，他在一个小县城下了车。他不敢住旅馆，他怕登记身份证会暴露了身份。他找了一些废报纸，铺在街道旁边躺下了。夜半时分，他被一阵喊声惊醒了。几个警察站在旁边，神情严肃地对他说："干什么的？"

　　"打工的。"

　　"身份证拿出来看看。"

　　他在身上摸了半天，然后对警察说："丢了，找不着了。"

　　警察打量了他一番说："跟我们走一趟，我们需要核实你的身份。"

　　曹勇的心立刻变得紧张起来，他知道核实身份意味着什么。他磨磨蹭蹭收拾地上的东西时，警察手中的对讲机传出了声音："王队，我们这儿有情况，你们赶快过来。"警察回应了一声，便丢下曹勇离开了。

　　曹勇擦了一把头上的汗，然后向相反的方向跑了。他一口气穿过好几条马路，才在一个僻静的地方停下来。他的心"怦怦"地跳着，如果刚才被警察带走了，他的身份证便会暴露他。他感到那张小卡片就像一颗不定时的炸弹，随时都可能将他送进监狱。他思索了一会儿，便掏出身份证，用打火机点燃了。看身份证变成了灰烬，他心中才松了一口气。他在大街上熬到了天亮，又继续向河南的方向流浪。半个月后，他兜里的钱所剩无几，他才开始考虑自己该怎么办。他感到自己不能再这么漂泊下去，他必须找一个落脚的地方才行。

　　第二天，他便开始找活干。好不容易碰到一家需要人手的搬家公司，可老板要查看他的身份证核实身份。他摇了摇头，垂头丧气地离开了。他到达洛阳时，在一座建筑工地找到了一份出苦力的活，这才结束了四处流浪的漂泊生活。

　　春节将至，工地也开始放假。曹勇因为无地方可去，便留下来看守工地。他安排好这些事情时，却出现了一件意外的事。承包工程的工头携工程款逃走了，辛苦一年的农民工拿不到工钱。洛阳市政府组织民政、公安等部门组成联合调查组，调查拖欠农民工工资的有关事宜。工地的工人都接到了通知，要求他们准备好身份证和所欠工资的账单，等待调查组的问询与审查。

　　曹勇急得像热锅上的蚂蚁一样，他怕自己的身份会在审查中暴露。他宁可不要半年的工资，也不愿意被送进监狱。调查组明天便要进驻工地，他不能待在工地束手就擒。他考虑了很长时间，感到最保险的办法就是在调查组到来之前逃离工地。

　　第二天一大早，他悄悄离开了工地。他在一家早餐店填饱了肚子，便开始漫无目的地溜达着。他心中充满了恐慌，不知道自己该去什么地方。他走到一家洗车店门前，看见一名顾客和老板争吵，争吵的原因是顾客嫌等待的时间太长。老板向顾客解释，因为临近春节，洗车的工人大都回家过年了。愿意留下来的工人很少，只能让大家排队等待。顾客争吵了一会儿，便开着车离开了。老板摇了摇头，准备进店时，曹勇问老板："你是不是想找洗车的工人？"

老板点了点头说："没错。"

"你看我行不行？"

"你是干什么的？"

"我在附近的工地干活。工地停工了，我没活干了。"

"你不回家过年？"

"家里没人了，回家也是一个人。"

"那你先试试。干好了就留下，干不好就走人。"

曹勇点了点头，便开始帮旁边的工人干活。为了让老板留下自己，他不吃不喝忙了整整一天。晚上收工时，老板对他说："你留下吧，工资和他们一样。"

曹勇在洗车店的日子过得也算安稳。老板包吃包住，他也没什么花钱的地方。每个月工资发下来，他便将这些钱藏在睡觉的枕头中。每天睡觉前，他都要用手摸摸枕头里面的钱。一天下班后，他与一个工友喝完酒后，便晕晕乎乎地回房间睡了。早晨一觉醒来，他发现枕头里面的钱不见了。他断定是被同宿舍的工友偷走了，可他们都不承认拿了他的钱。

曹勇宿舍中一共住了六个人，除了和曹勇一起吃饭的人，其他四个人都有嫌疑。经过当面对质，昨晚只有一个工友单独在宿舍待过。曹勇据此认定是那个工友偷了他的钱，可对方并不承认这件事。曹勇和对方争吵了几句，又和对方扭打起来。大伙儿拉开曹勇，劝曹勇先去上班。曹勇对他们说："今天不将这件事情弄清楚，我决不罢休！"

大伙儿摇了摇头离开了。

曹勇继续与那个工友争执着。过了一会儿，洗车店老板来到他们宿舍，对他们说："我已经给派出所报案了。警察一会儿就到，相信他们会将这件事查个水落石出。"

听了老板这句话，曹勇顿时如坐针毡。他是一个被通缉的逃犯，他不敢面对警察的审查。他找了一个机会溜出洗车店，拦了一辆出租车直奔公共汽车站，又匆匆坐上一辆班车离开了洛阳。

三十八

早晨起床后，曹梅看见有人拿着纸钱从门前经过，这才想起今天是清明节。时光如梭，一眨眼工夫，父亲曹麦成已经离开他们好几年了。除了无尽的思念，他们所能做的便是用纸钱来祭奠他们的亲人。

吃过早饭，许红建带着儿子给父亲曹麦成上坟去了。曹梅看着他们消失在白蟒塬下，刚想转身回家，却看见一个人挑着水桶从白蟒塬下走上来。她在心中叹了一口气，便想起了一件未了的事。

曹麦成去世后，曹梅便将水塔建起来了。开闸那一天，东城村人都拥到水塔下面。人伙儿等着开闸时，有人对大伙儿说："曹梅养鸡挣了那么多钱，如今又变着花样挣我们这些穷人的钱。"

曹梅听到这种说法，便蹬上水塔的台阶，大声地对乡亲们说："我曹梅建水塔，不是为了挣钱，我只想让东城村不再发生我父那样的悲剧。我郑重向大家承诺，我不会收大家一分钱。"

人们被曹梅的话感动了，大家不断地欢呼着、雀跃着。东城村人一代接一代从白蟒塬下面挑水吃，他们做梦也没想到能吃上自来水。当这种想都不敢想的事变成现实时，他们的心开始沸腾了。

望着乡亲们那一双双渴望的眼睛，曹梅禁不住流下了激动的泪水。她用手擦了擦眼睛，转身打开了水闸，一股清澈的水伴随着人们的欢呼声喷涌而出……

从此以后，东城村人再不用去白蟒塬下面挑水了，可曹梅的负担却加重了许多。几天前，水塔出了一点故障，曹梅要许红建修一修。许红建嘴上答应了，却始终没付诸行动。他希望水塔就这样坏着，他不想再往里面贴钱了。可曹梅心里却不这么想，她知道他们家为乡亲们付出了很多，这些好处乡亲们都记在心中。

看见水塔出了故障，乡亲们都体谅她的难处，便自觉地到白蟒塬下面挑水了。

曹梅站在门前，看着挑水的乡亲，便在心中想：无论如何，今天也要将水塔修好了。她等到许红建和儿子回来了，替他们拍了拍身上的土，然后对许红建说："你赶快将水塔的故障排除了，全村那么多人都等着喝水呢。"

许红建刚想说什么，看见曹梅不容商榷的目光，便拿上修水塔的工具，喊着儿子一起出门了。

曹梅见他们离开了，便走进灶屋做饭。她将择好的菜洗干净，放在案板上切着。这些年，鸡蛋的价格不断往下跌，养鸡的利润越来越少，曹梅只好将家里的鸡处理掉。令曹梅感到欣慰的是，那几亩梨树开始挂果了。她依靠这些梨树的收入，不但还清了建水塔欠下的债务，还积攒了一部分钱。尽管这些钱不是很多，可对农村人来说已经足够了。她感到将一切都安排妥当了，可心情却总是高兴不起来。她机械地重复着切菜的动作，忽然感到一阵疼痛。她低头看了看，发现手指被划破了。她将手指放在嘴里吸吮时，儿子跑进来对她喊："妈，不好啦！我爸从水塔上掉下来了！"

曹梅跑到许红建身边，将许红建抱在怀中，向儿子喊着："快，快去找人！"儿子点了点头，转身跑开了。曹梅一边擦着许红建脸上的汗珠，一边安慰许红建："再坚持一会儿，乡亲们就来了。"许红建点了点头，闭上眼睛等待着。

不一会儿，乡亲们便赶到许红建身边，张长信将自家的客货两用车也开来了。大伙儿小心地将许红建抬到车上，向泾塬县城开去。

许红建被送到泾塬县医院，一位老大夫检查之后对曹梅说："你丈夫腰部以下失去了知觉。这种情况有两种可能：一种是他的脊椎已经断了，那他下半身就彻底瘫痪了；另一种可能是脊髓神经被严重挤压，暂时失去了知觉。如果真是这种情况，就必须赶快手术。时间拖得长了，神经便会因为缺血而坏死。"

曹梅对大夫说："那请你赶快做手术吧。"

大夫摇了摇头说："这种手术我们医院做不了。你赶快去西京的大医院，也许还有希望。"

　　曹梅顿时感到浑身瘫软，可她知道自己不能瘫下去。哪怕有万分之一的希望，她也要让丈夫站起来。她陪着丈夫来到省医院，大夫检查了许红建的情况，然后对曹梅说："可以做手术，但手术的费用昂贵，成功的希望也不大。"

　　曹梅焦急地对大夫说："只要有一丝希望，我都不会放弃。"

　　大夫小心地提醒曹梅："你可要考虑好，几万元的手术费，弄不好就白扔了。"

　　曹梅坚定地说："不管花多少钱，我都不会吝惜。我只要我的丈夫，我要让他像正常人一样站起来。"

　　大夫点了点头说："我去准备手术。你必须在手术前把所有的费用都交了。"

　　曹梅向乡亲们交代了几句，便坐着张长信的车回到家中。她取出自己所有的存折，到银行提取了现金，又坐车赶回了省医院。

　　下午四点钟，许红建被推进手术室，曹梅心中充满了担忧。她不知道丈夫的手术会不会成功，她也不知道等待他们的将是什么样的命运。她想起与丈夫共同度过的时光，一种愧疚与不安又涌上她的心头。许红建与曹梅结婚后，大部分时间都待在工地。曹麦成去世以后，曹梅便不让许红建再去工地了。许红建为这个家吃了不少苦，可他从来都没要求过什么。曹梅感到亏欠了许红建太多，她想等孩子们考上了大学，她就陪许红建出去逛一逛。可这些想法还没变为现实，许红建却出了这样的事情……

　　许红建被推出手术室时，曹梅焦急地问大夫："他还能站起来吗？"

　　大夫摇着头说："你丈夫腰椎以下的脊髓已经坏死，我们也尽了最大努力，可有没有效果，要过一段时间才能知道。"

　　曹梅的心情立刻变得忐忑起来。一个星期过去了，许红建下半身还是没有一点感觉。曹梅请求大夫继续为许红建治疗，大夫摇着头对曹梅说："你可以去北京的大医院试一试，或许还有希望。"

　　医生的话给曹梅带来了一丝希望。半个月后，在曹越的陪伴下，曹梅带着许红建去了北京。经过两次手术治疗，许红建下半身终于有了感觉。曹梅请求医生继续为许红建治疗，她想让许红建站着回到东城村。可当她听到还要再交手术费时，她的心情立刻变得沮丧起来。来北京之前，她已经卖掉了家里的梨树园，再加上曹越接济她的一些钱，到现在这些钱已经所剩无几。如果继续治疗下去，治疗的费用从哪里来？她考虑了好几天，便留下曹越照顾许红建，自己回东城村筹钱去了。

东城村人得知曹梅的困难，便主动将钱送到曹梅家里。曹梅凑够了手术费，立刻赶到了北京。许红建第三次手术做完后，效果并不理想。医生明确告诉曹梅，许红建这辈子不可能再下地走路了。

曹梅的心立刻跌到了谷底，她不想放弃对许红建的治疗，可到了现在这种地步，她还能有什么办法？

三十九

天空中阴沉沉的，到处都是灰蒙蒙一片。

小惠心情沉重地走在乡间的小路上，她不知道自己以后的路在何方。可她知道自己必须离开丈夫，离开已经生活了很多年的家。她的眼睛里容不得沙子，她不能容忍丈夫在外面养女人。

这些年，小惠的丈夫已经将业务拓展到西京的建筑市场。为了回报小惠，丈夫在西京买了一套住房，将小惠母子接到了西京。小惠住了一段时间又回去了，她不习惯西京的居住环境。

半个月前，小惠的孩子发烧。打了两瓶吊针，孩子的烧还是不退，小惠担心孩子会有生命危险，便租了一辆车连夜去找丈夫。

小惠坐在车上，不断地催促司机开快一点，她担心会耽搁了孩子的病。孩子是她的希望，也是她的精神支柱。丈夫大部分时间都在西京，只有两个孩子与她相依为命。如果没有孩子的陪伴，她不知道该怎样度过那些寂寞的日子。她的心全牵在孩子身上。孩子高兴时，她也跟着高兴；孩子要有个小病小痛，她会急得像热锅上的蚂蚁。车开到了丈夫的住处，她抱着孩子敲着房门。过了好半天，丈夫才向门外喊着："谁啊？深更半夜也不让人睡个安稳觉。"

丈夫打开房门，一脸惊异。他没有想到敲门的人会是小惠，最使他感到不安的是，屋里还睡着另外一个女人。

小惠焦急地对丈夫说："孩子高烧不退，我……"小惠刚说到一半，便听见屋里传来一个女人的声音："干什么呢？还有完没完？"

半年前，她便听说丈夫包养了一位舞厅小姐。她不相信会有这样的事情，可现在事实就摆在她面前。她心中燃烧着一股怒火，她现在就想离开这令她感到屈辱的地方。可当她看见怀里的孩子时，她便平静地对丈夫说："我们赶快去医院，孩子的病不能耽搁。"

丈夫点了点头，回屋里换衣服去了。

一个星期后，孩子病愈出院，小惠丈夫开车送他们娘儿俩回家。

小惠坐在车上，感觉胸中憋着一口闷气。孩子住院期间，她只字未提那个女人。她不想与丈夫吵架，可她心里一直窝着一股火。这么多年，她一直在屈辱中过日子。她不爱自己的丈夫，可她也不是那种不安分守己的女人。只要丈夫一心一意与她过日子，她这一生都不会有别的想法。可当她发现丈夫背着她干那种事情时，她便感觉自己是天下最可悲的女人。她为丈夫独守空房，丈夫却搂着别的女人卿卿我。她不想再委屈自己，她觉得为丈夫这样的人付出一生不值得。当她做出与丈夫离婚的决定后，憋在胸中的一口闷气便释放出来了。在她的心目中，她不再是丈夫的妻子，丈夫也不再是她的丈夫。她不再生丈夫的气了，丈夫已经是一个与她没有任何关系的男人了。

晚上孩子们都睡着了，小惠淡淡地对丈夫说："我们离婚吧。"

丈夫瞪大眼睛问："你说什么？"

小惠又重复了一遍刚才的话："我要和你离婚。"

丈夫沉默了一会儿问："还有挽回的余地吗？"

小惠摇了摇头，抱起被子到另一间屋子去睡了。

小惠丈夫这才感到事情的严重性。说句实在话，小惠今天离开了，他明天便能娶一个女人回家，可这些女人永远都代替不了小惠。小惠任劳任怨，承担着赡养老人和抚育孩子的重任，解决了他的后顾之忧；小惠心灵手巧，做的针线活简直就是艺术品，到现在还被很多人收藏着；小惠心地善良，对人实诚，没有那么多的花花肠子和坏心眼；小惠不爱虚荣，不慕钱财，比那些见钱眼开的女人要强几百倍。有这么好的女人在家，自己为什么还要在外面养女人？他现在才知道自己骨子里喜欢小惠，他宁可用自己所有的钱去换回小惠的心。他需要小惠，这个家需要小惠，孩子也需要小惠。

小惠的丈夫想尽了所有的办法，也没能挽回小惠那颗受伤的心。无奈之下，他同意与小惠离婚，但离婚的条件是小惠不能带着孩子离开。

小惠又开始犹豫了，她割舍不下她的孩子。孩子还小，他们离不开她，她也离不开他们。可不离婚又怎么办？难道为了孩子，她要痛苦和压抑一生吗？孩子是她的心头肉，可他们也会长大，他们不可能永远都生活在她的怀抱中。要真到了孩子离开她的那一天，她还能给自己留下什么？她感到自己什么也没有了，只剩下一具衰老的躯体。那时，她已经是黄土埋到胸口的人，没有机会再去追求自己的幸福了。她感到孩子与她后半生的幸福像鱼和熊掌一样，必须舍弃一个，才能得到另一个。为了孩子而委屈自己一生，这样的代价实在太大了。她又想到了自己的丈夫。她不在乎丈夫有没有钱，她只想要丈夫的一颗心。这段时间以来，她明显感觉丈夫变了，变得越来越瞧不上她了。丈夫之所以不和她离婚，是因为需要她照顾这个家。等到若干年以后，丈夫不再需要她时，她还能在这个家待下去吗？她不想等自己走投无路时，再哀求丈夫收留自己。她考虑了很长时间，还是决定离开，走一条属于自己的路。

小惠与丈夫办好离婚手续后，丈夫平静地对小惠说："以后常回来看看孩子，孩子会想你的。"

小惠的泪水禁不住涌出了眼睛。无论她走到哪里，她的心永远都在孩子身上牵着。小惠准备离开时，丈夫拿出两万块钱，对小惠说："这点钱你带上吧。"

小惠摇着头说："我不需要钱，我想要的只是一颗心。"

丈夫用手抱着头，蹲在地上沉默着。

小惠离开家时，孩子在背后大声地喊着："妈妈……妈妈……"

小惠听着孩子的喊声，头脑中便出现了孩子成长的一幅幅画面。她看见孩子躺在自己怀里，一边吸食着母乳，一边向她微笑着；她看到孩子学走路时，张着胳膊迈着碎步向她扑过来；她看见孩子过三岁生日时，用小手拿着草莓喂进她口中……她被这种亲情感动了，她的心变得柔软起来。她的脚再也挪不动了，她的决心开始动摇了。这时，牺牲自己的想法便从她心中诞生了，然后不断地在她头脑中膨胀着。她站在村外的小路上，泪水不住地流。她抵御不了亲情的召唤，转身向孩子的方向跑去时，却看见丈夫抱着孩子回家了。孩子的哭声变得越来越远，越来越弱。

当丈夫和孩子消失在视线中时，小惠叹了一口气又向前走了，她知道接下来的路自己要一个人走了。尽管这是一条充满艰辛的路，可她必须沿着自己选择的路走下去……

四十

赵振波已经辞去了银行的工作，一心一意要实现他的发财梦。

由于国家政策的调整，计划经济变成了市场经济。赵振波做了几年倒卖计划物资的买卖，然后又开了几个经营皮肉生意的歌厅。在公安局有关领导的照应下，他歌厅的生意做得风生水起。这种状态持续了几年时间，赵永年在公安局的老部下也逐渐退出了领导岗位。失去了这些人的庇护，歌厅三天两头被查封。无奈之下，他将歌厅全部转让出去，开始寻找新的投资项目。

听说西京要建一座大型的建材市场，赵振波意识到这是一个赚钱的机会。为了鼓励商品房的开发和建设，国家制定了很多的优惠政策。建材市场作为商品房开发的配套设施，除了享受三年的免税政策外，地价也只有正常商业用地的五分之一。如果能将这个项目搞到手，闭着眼睛都会赚钱。可这个项目的投资很大，赵振波不具备这样的经济能力。为了解决这个问题，他想到了从银行贷款。赵振波在银行工作过，对办理贷款的程序和人员都很熟悉。他将这些人请出来，吃吃喝喝招待了几次，贷款的事就算搞定了。

赵振波解决了资金问题，便全力以赴跑这个项目。经过多方打听，他得知主管这个项目的是王副市长。为了接近王副市长，他先与王副市长的秘书拉上了关系。他请这个姓孙的秘书吃喝了几次，又领着孙秘书去黄楼"潇洒"了几回。

一天晚上，赵振波陪孙秘书发泄完毕，趁着孙秘书躺在床上休息，赵振波对孙秘书说："听说市上要建一个大型的建材市场。"

孙秘书点了点头。

"我还听说这个项目是王副市长主管的。"

孙秘书又点了点头。

"你能不能在这件事情上帮帮忙？"

孙秘书摇了摇头说："这个忙可不好帮。"

"别的都不用你管，你只要向王副市长引荐引荐我就行。"

"他不会见你的。"

"为什么？"

"你是故意装傻还是真不知道？他那么大的官，怎么会随便见一个陌生人？"

"那只能麻烦你替我转交一些东西了。"

"什么东西？"

"你是聪明人，我就不绕弯子了。他喜欢现金还是其他的？"

"如果你想送他这些东西，我劝你就别费心了。"

"他不喜欢钱？"

"他不缺这些东西。如果他想收这些东西，比你有钱的人多着呢，还轮不上你。"

"那我应该送他什么？"

"女人。"

"这还不简单？我把黄楼的小姐全包下来送给他行不行？"

"这些小姐他早玩腻了。他想要的女人你送不了。"

"他想要什么样的女人？我就是用钱砸，也要将那女人砸到他的床上去。"

"他想和明星睡觉，你有这本事吗？"

赵振波当时便愣在了那儿，这可是他闻所未闻的事情。他沉默了一会儿说："兄弟我孤陋寡闻，还是老兄见多识广。"

孙秘书摇了摇头说："其实，我也没见过这种事。不但我没见过，王副市长也没见过，他也只是听说而已。有一次，王副市长接待一位沿海城市的市长，听那位市长说过这么一件事。送走那位市长后，王副市长一直想着这件事，可苦于没有这样的门路，这个愿望一直没能实现。如果你能帮他达成这一心愿，这个工程就非你莫属了。"

赵振波点了点头说："那你能不能给我指一条路？"

"如果我知道，还用给你说？"

"那我先打听打听这件事该怎么办。"

"你要抓紧时间。据我所知，很多人都在争这项工程。"

"我会尽快办这件事。王副市长那边，你还得替我拖一段时间。"

"你放心，我知道该怎么做。"

赵振波和孙秘书分开后，便开始考虑这件让人摸不着头脑的事情。赵振波开过歌厅，有很多这方面的熟人。经过多方打听，他获得了一些信息。有人让他找一个叫"四指哥"的人，也许"四指哥"会帮他办成这件事。

赵振波并不认识"四指哥"，可他却知道有这么一个人。赵振波上大学时，这个人已经是西京的黑势力老大。因为打架，他的一根手指被人砍掉了。20世纪80年代末，"四指哥"利用黑势力开了几家洗浴店，专门从事卖淫嫖娼的非法买卖。因为一直是公安机关重点关注的对象，他经营的洗浴店经常被公安机关查封。无奈之下，他将洗浴店转让给别人，带着一帮人去了北京。很多年过去了，他已经成为北京娱乐业的知名人士。听别人说，他只经营一些高端的娱乐项目。可到底是什么业务，没人知道得更具体。

当年"四指哥"因为打架被关进公安局，他的父亲托关系找到了赵永年。赵永年不好推托，便从轻处理了"四指哥"。这件事已经过去了很多年，赵永年也于一年前去世。可赵振波听说"四指哥"是个很讲义气的人，他便想借父亲当年对"四指哥"的恩惠，求"四指哥"帮他满足王副市长的愿望。

"四指哥"接到赵振波的电话，得知赵振波是赵永年的儿子，诧异地问赵振波："你找我有什么事？"

"我想知道那些明星的渠道。"

"电话中不方便说，有机会你来北京找我。"

赵振波在北京见到了"四指哥"。"四指哥"对赵振波说："我可以帮你办成这件事，但前提条件是你什么都不能问，也不能对任何人说。"

赵振波点了点头，便返回了西京。

几天以后，"四指哥"打电话告诉赵振波，约好了某某电视台的主持人。赵振波将这个消息传给孙秘书，孙秘书回话说：王副市长对主持人不感兴趣。

赵振波只好让"四指哥"重新找人。"四指哥"又物色了一位影星，可王副市长却嫌对方只是个二流影星。

赵振波问孙秘书："他到底想找什么人？"

"当然是大明星了。只要是大明星，歌星影星都行。"

"你直接告诉我，他中意哪位明星？"

"有一位被称为'玉妹'的歌星，王副市长最喜欢听她的歌了。"

赵振波放下电话，又将这一情况告知"四指哥"。

"四指哥"明确地对赵振波说："他是癞蛤蟆想吃天鹅肉，这件事办不了。"

赵振波又求着"四指哥"："只要能办成这件事，出多少钱我都愿意。"

"这不是钱不钱的事，像他这样的官员只配睡三流的明星。"

"你帮帮忙吧！"

"那我试试。不过我提前告诉你，那些大明星的价格本来就很高。如果要她们降低身份陪低级别的官员，价格可是要翻倍的。"

"钱不是问题，关键是把事情办成。"

几天以后，"四指哥"给赵振波回话说："事情办成了，时间定在这个周末。你先在北京饭店开个总统套间，再将二百万现金准备好，后面的事你就不用管了。"

赵振波放下电话，靠在椅背上陷入了沉思。他不敢确定这些钱会不会打水漂，可他知道这是他唯一的机会，也是最后的机会。这几天，孙秘书不断地给他打电话，催问这件事的进展。孙秘书还告诉他，王副市长已经等不及了，打算与其他几个关注该项目的人接触。赵振波只好央求孙秘书，让孙秘书再拖延几天时间。现在这件事终于有眉目了，赵振波却开始犹豫起来。二百万对他来说也不是一个小数目，差不多是他总资产的三分之一。要将这些钱拿出来冒险，他不能不考虑，也不能不慎重。他知道这是一场赌博，是赌博就会有输有赢。如果赌赢了，钱会源源不断地流进他的口袋；要是赌输了，他辛辛苦苦挣来的钱就白扔了。他将这件事的前前后后思索了一遍，又仔细分析了可能出现的意外情况。他感到这件事有风险，但办成的可能性也很大。他对自己说了一句"舍不得孩子套不着狼"，然后便拨通了孙秘书的电话……

一个月后，赵振波拿到了西京最早的一座大型建材市场的建设和经营权。

四十一

西京城区有一个新建的开发区，开发区的环境与老城区相比，简直是一个天上一个地下。老城区狭窄的街道和陈旧的建筑给人一种压抑的感觉，而开发区则洋溢着一种明快的现代气息：宽敞的道路，林立的高楼，绿色的草坪，这些都使人感到心情舒畅。

开发区中央有一个别墅小区，小区里面排列着一幢幢小洋楼。在小区最南端的一座别墅中，夏青正躺在房间的床上，百无聊赖地看着电视。

夏青与张荣结婚后，便得到了这套别墅。为了享受生活，她辞掉了辛苦的护士工作。可这种状态没维持多长时间，她便发现张荣有了新的女人。那女人长相一般，是张荣新雇的女秘书。她劝过张荣好几次，可张荣依然与那女人打得火热。她忍无可忍，与张荣吵了一架。张荣一气之下，便住到了公司。她也不想低声下气地去找张荣，她想给自己留一点做女人的尊严。一个人的日子，她感觉很无聊。她在床上躺了一会儿，便关掉电视走出家门。她一个人在商场中闲逛时，忽然看见了她的同学王亚兰。

王亚兰从卫校毕业后，被分到中医医院工作。夏青经常与王亚兰见面，她也愿意将一些心里话说给王亚兰。可在与曹越离婚的事情上，夏青并没有和王亚兰沟通。王亚兰得知夏青与张荣结婚后，便埋怨夏青在这件事上过于草率。

王亚兰正与丈夫领着孩子逛商场，听见夏青喊自己的名字，便让丈夫带着孩子先离开。她与夏青聊了一会儿，忽然说："我碰见你前夫了，听说他快要结婚了。"

夏青的脸色变得很不自然，她害怕听见曹越的名字。他们已经分开好长时间了，可她心中始终忘不了曹越。刚离婚的那段时间，她经常在曹越经过的地方等着曹越。她没有其他想法，她只想看看曹越。每当她看见曹越憔悴的样子，她的心便感到隐隐作痛。直到有一天，曹越从他们住过的房子搬走了，她便很少再见到曹越了。半年前，她看见曹越陪着一个女人逛商场。那女人比她年轻，也比她漂亮。她心中便泛起了强烈的醋意，她感觉自己的心在剧烈地疼痛……

夏青不愿与王亚兰谈论曹越，便将话题扯到了别的事情上。

王亚兰与夏青聊了几句，然后问夏青："张荣对你还好吗？"

夏青点了点头。她不愿意让王亚兰知道她过得不好，她也不愿意让别人说她的选择是错的。

王亚兰还想和夏青聊一会儿，孩子却跑过来抓着她的手，闹个不停。王亚兰拗不过孩子，临走时对夏青说："张荣对你好不好，只有你自己最清楚。不管怎么样，你可别作践自己。我听别人说，张荣很长时间都没回过家了，是真的吗？"

看着王亚兰和孩子离开了，夏青的脸色变得难看极了。王亚兰的话深深地刺痛了她，她仅存的一点点尊严也被撕破了。她不想再委屈自己，她决定找张荣谈一谈。

　　夏青离开商场，来到张荣的公司。她推开张荣办公室的门时，张荣正与女秘书缠绵。女秘书看见了夏青，便知趣地退出了房间。

　　张荣冷冷地问夏青："你来干什么？"

　　夏青本想与张荣平心静气地谈谈这件事。可当她看见张荣那冷冰冰的态度时，她便用嘲讽的语气对张荣说："我不来这里，怎么会知道你们干这种事？"

　　张荣瞅了夏青一眼，大大咧咧地说："你也可以去找别的男人，我不会干涉你。"

　　夏青冷笑说："我不会像你一样，什么破烂都往怀里揽。你要是找一个比我漂亮的女人，我还可以理解。可你竟然和这么一个要长相没长相、要身段没身段的女人上床，我都替你丢人。"

　　张荣的脸变得红一阵白一阵，他沉默了一会儿对夏青说："你也别把自己看得太高，你不过是我捡来的二手货。说白了，你就是一只破鞋而已。"

　　夏青没想到张荣会用这样的话语侮辱她。她盯着张荣看了很长时间，才从呆滞中反应过来："张荣，你听着，就算我是你捡来的二手货，就算我是一只破鞋，那也是你求着我嫁给你的。既然你今天把话说到了这份上，那也别怪我不给你留情面。我告诉你，你不是真正的男人。你也不看看自己，你以为你是什么东西？你不过是个残废罢了！"

　　夏青向张荣吐了一口唾沫，转身便向门外走去。

　　张荣被夏青的话激怒了。他从夏青背后猛扑过去，抓住夏青的肩膀，将夏青扔到沙发上。他一边撕着夏青的衣服，一边向夏青喊着："你敢说我不是男人？我今天就让你试试什么是男人！"

　　夏青眼睛里充满了恐惧，她紧紧地抓着自己的衣服。

　　张荣脱不掉夏青的衣服，便气急败坏地扇夏青耳光。

　　夏青的脸肿起来了，鼻子流血了。她痛苦地闭上了眼睛，头脑中浮现出与张荣在一起的一幕幕画面：她看见张荣向她微笑着，她被张荣的温情打动了……她抛下追赶她的曹越，义无反顾地向张荣奔去……她想吻张荣的笑脸，忽然发现张荣一脸狰狞……她看见张荣张着血盆大口，挥舞着锋利的爪子，不断地向她逼近。她心中充满了疑惑与恐惧，她一步一步地向后退缩着。她忽然感到脚下一空，便跌入了万劫不复的深渊。她感到自己不断地向下坠落，她想呼喊救命，可她怎么也发不出声来。她感到自己的意识分裂成许多小碎片，小碎片又继续分裂成无数的小斑点。她的头脑开始变得模糊起来，她的意志也一点一点被击溃。当她被张荣的暴力击垮时，她便放弃了所有的反抗，一动不动地躺着。她的心中充满了屈辱和悔恨，泪水不住地从她眼睛中涌出来……

张荣在她身上发泄了欲望，狞笑着看了她一眼，然后大摇大摆地离开了。

夏青跑进洗手间，对着镜子看了看，脸部和头上都凝固着血迹。她脱掉衣服，站在淋浴下。冰冷的水喷洒到身上，她却没有一丝冷的感觉。也不知过了多长时间，她的皮肤变成了紫色，她这才关掉了淋浴。

夏青离开了张荣的公司，一个人孤独地走在街上，她感到自己的心已经碎了。一阵风吹来，路边的树叶被吹离树枝，在空中翻卷着。夏青感到自己像这些在风中挣扎的树叶一样，不知道将要被吹向何方，落到何处……

半个月后，夏青与张荣办理了离婚手续，夏青也因此得到了一大笔钱。与富有的物质生活相比，她在情感上显得很贫瘠。为了抵御孤独与寂寞，她经常去酒吧消磨时间。她喜欢酒吧的氛围，也需要异性的刺激。她经常坐在酒吧中，拿着一支女士香烟，优雅地吸上一口，然后向空中吐着烟圈。她一边享受着这种安逸，一边寻找自己中意的"鸭子"。酒吧的"鸭子"都有固定的特征：穿着打扮都比较时尚，右手小拇指往往戴着一枚不太值钱的戒指，这是他们的固定标志；如果"鸭子"将打火机压在香烟盒下面，表示他还未找到合适的服务对象。

她看了一眼坐在不远处的一位男士，确定他在寻找客人，便向站在旁边的服务生招招手。

服务生走到她跟前，低着头问她："小姐，需要我做什么吗？"

她指了指那个人，对服务生说："麻烦你去问问那位男士，想不想和我喝一杯？"

服务生点了点头，走到他跟前，贴着他的耳朵说着什么。

那个人扭头看着夏青。

夏青用挑逗的目光看着他，这也是一种技巧。客人要在与"鸭子"互动的过程中，向"鸭子"传递自己的有关信息。如果"鸭子"认可了客人发出的信息，便会走到客人身边，与客人商谈价格。

他观察了夏青一会儿，便在夏青对面坐下了。

夏青看了他一眼说："我们别绕弯子了。你开个价。"

他毫不犹豫地说："一千块，这是行情。"

夏青喝了一口酒说："就依你说的，把活干漂亮。"

他点了点头，便跟着夏青离开了酒吧。

四十二

傍晚六七点钟，家属区的小菜场已经没几个人走动了。以前，东风机械厂效益好的时候，菜场里面人来人往，熙熙攘攘。可这种繁荣的景象没维持多久，工厂便被残酷的市场经济挤垮了。工人生产的商品卖不出去，工厂便出现了很多下岗工人。工人口袋中没有了钱，小菜场就变得冷清起来。没有了生意，卖菜的小商贩也显得无精打采。看见桑翠萍朝他们走来了，他们便大声地向桑翠萍叫卖着。

看着这些卖菜的小商贩，桑翠萍在心中想：可别小看了这些人，他们都有一套养家糊口的本领。像桑翠萍她们这些在工厂上班的人，一旦离开了工厂，连生存下去都变得很困难。桑翠萍的丈夫周海民下岗后，一直没找到合适的工作。桑翠萍要他做点小生意，贴补贴补家用。他摆了一个地摊，可没人买他的东西。他一气之下，便待在家里，什么都不干了。桑翠萍只好用一个人的工资维持全家人的生活，让桑翠萍感到担忧的是，这种艰难的状态眼看着也要维持不下去了，因为效益不好，工厂又要裁员了。

上午，厂长马军找桑翠萍谈话时，桑翠萍便感到有不好的事情要发生。一年前，桑翠萍凭自己的能力，将一批已经离开的客户重新拉回来。马军为这件事找她谈话，得知她丈夫周海民下岗在家，马军便对她说："下了岗还可以再上岗。"

桑翠萍当时就想恳求马军，让马军帮周海民重新上岗。可当她看见马军不怀好意的目光时，便将到嘴边的话又咽了回去。后来，马军又因工作上的事找过她很多次，她都很有分寸地同马军保持着距离。

桑翠萍走进马军办公室时，马军看了桑翠萍一眼说："裁员的名单报上来了，你先看看。"

看见自己的名字也在其中，桑翠萍立刻感到一阵眩晕。

马军沉默了一会儿又说："名单是报上来了，可还没有最后定下来。你的情况特殊，我们可以商量。"

桑翠萍知道马军所说的"商量"意味着什么，她不想失去自己做人的底线。她向马军摇了摇头，然后转身离开了。

马军看着她的背影说："你只有一天的考虑时间。明天上午，名单就要定下来了。"

桑翠萍的心情坏到了极点。如果她也下岗了，以后的生活怎么办？她考虑了一整天，也没想出个结果。

下午下班后，她便来到家属区的小菜场。每次回家前，她都要去小菜场转一转，如果碰到了便宜菜，她便会买一些带回家。今天，她在菜市场转了好几圈，最后还是空着手离开了。她回到家时，周海民已经做好了饭。她默默地坐到饭桌旁，看着桌上的一盘炒青菜，一股酸楚的感觉便从心中萌生出来。为了节省开支，他们已经将生活水准降到了最低。她看了看女儿瘦弱的身体，那是明显的营养不良。她摇了摇头，心想：如果自己也下岗了，女儿恐怕连最便宜的青菜都吃不上了。这时，一种自我牺牲的精神便从她心中萌生了。她扒拉完碗中的饭，背着包准备离开时，女儿问她："妈妈，你要去哪里？"

桑翠萍心中泛起了一股酸楚，她看了女儿一眼说："妈妈要去接待一批客人。"

女儿"哎"了一声，继续吃着碗里的饭。

桑翠萍又对周海民说："我可能要晚一点回来。"

周海民点了点头。

桑翠萍走出家门，来到电话亭旁边。她犹豫了很长时间，才拨通了马军的电话。马军问她："你考虑好了？"

桑翠萍"嗯"了一声。

马军又说："那你现在过来。"

桑翠萍挂上电话，来到一幢房子外面，按响了屋外的门铃。马军打开门，将她拉进房间。她像个木头人似的，任由马军摆布着。当马军压在她身上时，她头脑中浮现出当年在山上被赵振波强暴的情景。那时候，她还可以呼喊，还可以反抗，可现在她却只能任由马军蹂躏。这时，一股屈辱的泪水便涌出她的眼睛……

第二天，下岗的名单公布后，桑翠萍终于松了一口气。她希望这件事能像噩梦一样成为过去。可她总有一种担心，担心马军不会放过自己。终于有一天，她的担心变成了现实，马军打电话对她说："你现在不用再担心下岗了吧？"

桑翠萍隔着听筒沉默着。

马军又说："我想你了，你晚上过来吧。"

桑翠萍拒绝说："我有事。"

马军恶狠狠地说："你别过了河就拆桥。我能让你留下来，也能让你再离开。你好好考虑考虑，我还在老地方等你。"

桑翠萍又一次向马军屈服了。

马军在得到桑翠萍的同时，也没有忘记给以桑翠萍施舍。在马军的安排下，周海民又重新上岗了，桑翠萍也被提拔为销售科科长。可桑翠萍却没一点喜悦的感觉，她的心情反而变得越来越沉重。有一段时间，她断绝了与马军的关系。马军不甘心失去她，又用下岗威胁她。她没有向马军低头，周海民又一次下岗了。如果她还不屈从于马军，下一个下岗的就该是她了。为了生存，她又一次向马军屈服了，她感到自己在苦涩的旋涡中越陷越深。

周末晚上，桑翠萍又与马军见面了。在桑翠萍不断的恳求下，马军终于答应了让周海民重新上岗的要求。桑翠萍匆匆结束了与马军的约会，便急急忙忙地向家中赶去，她想尽快将这个消息告诉周海民。她回到了家中，没看见周海民，却发现了周海民留给她的一封信。信的内容是：

翠萍：

　　你不用再瞒我了，我什么都知道了。

　　当我莫名其妙地上岗时，我就感到不可思议。厂里有那么多下岗工人，为什么我能重新上岗？又过了一段时间，你出人意料地当上了销售科长。所有这些都使我心中产生了疑问：为什么这些好事会落到我们身上？有一天晚上，你外出时，我悄悄跟着你。我看见你走进一座住宅楼，我还看见你敲开了一幢房子的门。我在门外等了一会儿，便爬到了对面的楼顶上。我看到一个女人被一个男人拥抱着。当我确定那个女人就是你的时候，我感到自己的心在剧烈地颤动着……

　　也不知过了多长时间，你和那个男人走出了楼洞。我悄悄跟着那个男人，我想知道那个男人是谁。当我认出他的时候，我恨不得将他痛打一顿。可我知道，我们的命运都掌握在他手中。我真要揍他一顿，那我们俩都得下岗，我只能吞下这颗苦果……

　　这样的状态持续了一段时间，我内心的冲突变得越来越激烈。我跑到一个无人的地方，将一棵大树当成那个男人，奋力地击打着……

　　我不想这样默默地忍受下去了，我选择用离婚的方式解脱自己。

　　当你看到这封信时，我已经带着女儿回父母家了。我希望你理解和尊重我的选择，也希望你尽快给我一个答复。

桑翠萍看着周海民的信，泪水便不断地涌出眼眶。她感到自己对不住周海民，她在痛苦中等着周海民的归来。

　　一个星期过去了，周海民一直没有回家。她去周海民父母家找周海民时，却被周海民母亲挡在了门外。无奈之下，她只好同意与周海民离婚。周海民坚持要女儿的抚养权，她也舍不得和女儿分开，可为了减轻自己的负罪感，她最终向周海民做出了让步。

桑翠萍离婚后，马军变得更加肆无忌惮了。为了摆脱马军的纠缠，桑翠萍辞掉了工作，一个人去了南方，她想在那里闯出一片属于自己的新天地。

四十三

深秋季节，街道两边的梧桐树落木纷纷。一阵瑟瑟的秋风吹来，圆形的果实便随风摆动，不时地从树上落下来，重重地砸在地面上。

叶静雅走在大街上，心情像这阴沉的天气一样压抑。半个月前，父母托人给她介绍了一个对象，可她就是不愿意见对方。在父母的不断催促下，她才将她和曹越的关系告诉了父母。父母不同意她与一个离过婚的男人在一起，可他们也说服不了她，便威胁她说："你敢和那个男人结婚，我们就不认你这个女儿！"

叶静雅给父母做了很多工作，父母依旧坚持他们的想法。叶静雅不想和父母对峙下去，可她也不想屈从于父母的压力。她在街上走了很久，做出了一个决定。

曹越下班回到家中，感觉一点精神都提不起来。这段时间，他与叶静雅的关系发展很快。每天下班后，叶静雅都会来到他家中，同他一起聊天做饭。吃完晚饭，他又会利用散步的机会，将叶静雅送回家中。他喜欢和叶静雅在一起，也渴望这种温馨的感觉。可不知为什么，叶静雅好几天都没来他家了。他叹了一口气，刚想去屋外散散心，却听见一阵敲门的声音。他打开房门，看见叶静雅提着大包小包站在屋外，便不解地问："你手里拿的什么东西？"

叶静雅说了一句"一些床上用品"，便走进曹越的卧室，将旧床单扯下来，换上了一条新的。看见曹越怔怔地望着自己，叶静雅又对曹越说："你不欢迎我来住？"

曹越疑惑地问："你住我这里？"

　　叶静雅看着曹越说："是的，今晚我不走了。你听清楚了吗？"

　　曹越点了点头说："听清楚了。"

　　叶静雅又说："你就用你这乱糟糟的屋子欢迎我入住？"

　　曹越不好意思地笑了笑，便开始打扫屋子的卫生。

　　叶静雅将换下来的床单洗干净，拿到阳台上晾好了，又走进厨房做饭去了。

　　吃过晚饭，叶静雅便走进卫生间冲澡。卫生间的门半开着，曹越向里面望了望。在弥漫着水汽的朦胧中，叶静雅的身体像一幅动态的画。一条柔和而富有动感的曲线，从她脖颈处伸展到微微抬起的脚跟。淋浴头喷出的水珠洒在她脸上，溅起一片细小的水花。透明的小水珠像钻石一样，不断地从她身上滚落着……

　　看着叶静雅充满美感的躯体，曹越心中充满了欲望……

　　第二天回到家中，叶静雅告诉父母，她已经和曹越好了。她希望父母能理解她，答应她与曹越的婚事。可父母不能容忍她的背叛行为，一气之下将她赶出了家门。她默默地搬到曹越家中，与曹越开始了新的生活。他们没有举行热闹的婚礼，也没有亲朋好友的祝贺。可她一点也不后悔，只要能与曹越在一起，她什么都可以放弃。她不怨她的父母，她知道不容他们的是这个世俗的社会。父母生存于这个社会中，便不能不受这个社会的影响。

　　看着叶静雅从家中搬走了，父母心里也很不是滋味。才一个星期，母亲便对父亲说："事到如今，你也别和女儿计较了。"

　　父亲叹了一口气，沉默地看着老伴。

　　母亲又说："我们去看看她吧。"

　　父亲点了点头，跟着母亲出门了。

　　早晨起床后，叶静雅便开始布置自己的新家。从父母家搬出来后，好多东西还没归拢好。今天是星期天，刚好碰到曹越值班，她便想趁着这个机会整理整理家里的东西。她忙了整整一个上午，正坐在沙发上休息时，忽然听见一阵敲门的声音。她打开门，看见父母站在门外。她愣了一下，便像小孩一样扑到了他们怀里……

　　叶静雅恢复了与父母的关系，心情立刻变得轻松起来，她的生活也开始变得平静下来。

　　周末下午，曹越回到家中，看着桌上的饭菜，不解地问叶静雅："今天的晚饭怎么这么丰盛？"

　　叶静雅看着他说："庆祝节日啊。"

　　曹越想了想说："今天好像什么节都不是。"

　　"今天是我们结婚一个月的纪念日。"

　　曹越疑惑地问："我们结婚一个月？"

　　"是的。从我第一次住进这个房子，到现在刚好一个月。"

　　曹越笑着说："一个月也要庆祝？"

　　"当然了。"叶静雅神秘地笑了笑，便举起了桌上的酒杯，轻轻地对曹越说，"我想告诉你一件事。"

　　曹越看着叶静雅说："什么事？"

　　叶静雅面带幸福地说："我怀孕了。"

　　曹越立刻沉浸到做父亲的喜悦中去了。

　　随着时间的推移，叶静雅的肚子也开始鼓起来。吃过晚饭，曹越陪着叶静雅在马路上散步时，叶静雅用手抚摸着腹中的胎儿，若有所思地对曹越说："也不知道他是男孩还是女孩。"曹越看了叶静雅一眼说："不管是男是女，我都会喜欢的。"叶静雅点了点头，幸福地笑了。

　　……

　　然而，叶静雅等待着孩子降生时，从单位的楼梯上摔倒了，随后便被同事送到了医院。

　　曹越赶到医院时，叶静雅已经被送进手术室，他只好在手术室外面焦急地等待着。看见叶静雅被推出手术室，曹越焦急地问医生："她不会有生命危险吧？"

　　医生摇了摇头说："她的生命不会有危险，可她肚子里的孩子却流产了。"曹越沉默地看着医生。医生又对曹越说："你要有思想准备，她以后可能不会生孩子了。由于胚胎着床较深，刮宫过程中子宫壁损伤严重，这可能导致她无法怀孕。"

曹越沉重地点了点头。

叶静雅从昏迷中醒来时，发现自己躺在病房之中。她看了看旁边的曹越，忽然想起腹中的孩子。她焦急地问曹越："是不是我们的孩子……"

曹越握着叶静雅的手说："没关系，孩子我们以后还可以再要的。"

叶静雅流着泪水向曹越点了点头。

四十四

冬至前后，一场大雪覆盖了关中平原。凛冽的西北风吹过来，刮在脸上像刀割一样。一般人遇到这种状况，都会坐在热炕头与家人聊天。可对于那些迫于生计的人来说，即便是这样恶劣的天气，也不能阻止他们外出谋生。

在西京北郊有一处填埋垃圾的地方，每天上午都会有几十辆垃圾车将数百吨垃圾倾倒在这里。每当一辆载着垃圾的车开过来，便会有一群捡垃圾的人一拥而上，在废弃的垃圾中寻生计。

曹梅也站在这些捡垃圾的人之中。她左手提着一个编织袋，右手拿着一个小耙子，低头扒拉着脚下的垃圾，将一些易拉罐废纸板之类的东西捡起来，扔进袋子中。她捡满了一袋垃圾，又拿出一个空袋子，继续寻找那些可以卖钱的东西。当这些垃圾被翻过一遍后，她便直起腰，用胳膊擦擦脸上的汗，从衣兜中掏出几根捡来的旧电线，将袋子的口扎紧了，扛到肩上，向放自行车的地方走去。她心里面很高兴，她感谢上天给了她这么一个机会。如果今天的天气不是这样恶劣，捡垃圾的人就不会这样少，那她无论如何也捡不到六袋子垃圾。

曹梅将编织袋放在自行车旁边，抓起一把积雪擦了擦双手，便从兜里摸出一个馒头啃着。她的目光始终盯着垃圾场的入口处，她希望还能再看见一辆垃圾车开进来。她吃完手中的馒头，抬头望了望天，已经到了中午时分。她把装满垃圾的编织袋挂在自行车两边，用绳子拴好。编织袋占据了脚蹬回旋的空间，她只好推着自行车向前行走。她必须步行二十多里路，才能卖掉这些垃圾。在垃圾场外面就有一个垃圾收购站，可这地方的价格要比别处低。平时在这儿卖垃圾的人并不是很多，可今天这里却排起了长队。大概因为天冷路滑，人们不愿意多跑路。可曹梅宁愿多跑几十里路，也舍不得少挣几块钱。她算了一笔账：每天都少挣几块钱，一年下来可就是上千块钱。有了这些钱，她可以维持全家人一年的生活。

刚从北京回来时，曹梅的心情沮丧到了极点。为了给许红建治病，她欠了一屁股的债。面对那座高高的水塔，她心中充满了忧虑，她已经没有能力再往水塔里面贴钱了。为了减轻曹梅的负担，村支书和曹梅商议之后，决定将水塔交给张长信管理，费用由全村人共同负担。解决了这件事情后，曹梅依然轻松不起来。沉重的债务压得她喘不过气来，家里的生活也到了崩溃的边缘。丈夫瘫痪，母亲年迈，儿子上学，所有的负担都压在她身上。为了还债，她将家里能卖的东西都卖了，但也只是杯水车薪，解决不了实际问题。听说替人干庄稼活能挣点钱，她抱着希望去了。白天，她替别人干一天的农活；傍晚，她还要料理自家田里的庄稼。

看着曹梅这样拼命地干活，许红建心里也像刀割一样。他也想替曹梅吃那份苦、受那份罪，可他现在是一个瘫痪的人，是一个没有用处的废人。他感到自己拖累了曹梅，拖累了这个家。他把绳子挂在窗户上企图自杀，被家人发现后又活了过来。从此以后，他开始变得沉默起来。

曹梅不断地安慰着许红建，她不想让许红建沉浸在这种情绪中。令曹梅感到欣慰的是，他们的儿子也慢慢懂事了。有一天儿子对她说："我不想上学了。"

她吃惊地问儿子："你说什么？"

儿子又说了一遍："我不想上学了，我要挣钱养家。"

她叹了一口气对儿子说："别说傻话了，好好上学，将来做个有出息的人。"

儿子摇着头说："我们现在连日子都过不下去了，还谈什么将来？"

曹梅脸都气红了，她向儿子喊着："你嫌这个家穷？那你给自己找一个有钱的人家，找一个有钱的爸爸妈妈去！"看见儿子眼中委屈的泪水，她又语重心长地对儿子说："妈知道你心中的想法，你想让家里的生活变好一些。可你知道吗？这些困难都是暂时的。只要挺过去了，一切都会慢慢好起来的。"

儿子点了点头，扑到她的怀里大声地哭起来。

农忙的季节过去了，靠干农活挣钱的曹梅也闲了下来。她待在家中心急如焚，没有了收入，家里的日子可怎么过？油盐酱醋需要钱，儿子上学需要钱，还有那一大笔债务像山一样压着她。听说捡垃圾也能挣钱，她决定试一试。这种活虽然又脏又累，可每天都能挣十几块钱。除了贴补家用，还能有不少结余。只要能将这种状况持续下去，要不了几年时间，她就可以还清所有的债务。

走了两个多小时，曹梅来到收购垃圾的地方。她卖掉了垃圾，便蹬着自行车离开了。今天她总共挣了四十三块钱，这是她自捡垃圾以来挣得最多的一次。

在回家的路上，曹梅想给母亲买一把新梳子。这段时间，她每天都早出晚归，家中的事都落在母亲身上。她不忍心让母亲这样操劳，劝母亲到曹越那儿住一段时间。可母亲死活不肯去，她放心不下这个家。曹梅要外出捡垃圾，没有精力照顾家。如果她离开了，瘫痪的女婿和上学的外孙怎么办？他们连一口热饭都吃不上。这个家离不了她，她也离不开这个家，她要同女儿一起承担生活的重压。才半年时间，她的头发全都白了。每天早晨，母亲用那把已经掉齿的梳子梳头时，便会有大把大把的头发被拽下来。曹梅看在眼里，痛在心上。她想给母亲买一把桃木梳子，可一把桃木梳子需要十几块钱。她犹豫了很长时间都没舍得买，今天她想了却这个一直未了的心愿。

曹梅在集市转了很长时间，买了一把精致的桃木梳子。经过一个沙发店时，她看着沙发上的海绵垫子，忽然想起了丈夫许红建。也许是被曹梅的精神感动了，一直很低迷的许红建对曹梅说："我想做点什么，我不想这样被人养着。"曹梅睁大眼睛看着许红建，她不知道像丈夫这样的人还能做什么。许红建看了曹梅一眼又说："我的下半身瘫了，可我还有一双手。我想试着扎花圈，小时候我和奶奶学过。"曹梅答应了许红建，她给许红建买了一些扎花圈的材料。没想到她捡垃圾回来时，一个漂亮精致的花圈便摆在了她面前……

许红建拿到用自己双手挣来的钱时，心中充满了欣慰。曹梅替丈夫高兴的同时，又开始心疼丈夫。丈夫每天要坐十几个小时，屁股下面都磨出了茧子。她犹豫了一会儿，便走进沙发店，拿起沙发上的垫子问店主："这垫子卖多少钱？"

店主对曹梅说："这垫子不零卖。"

曹梅又说："这沙发卖多少钱？"

店主回答："一套五百。"

曹梅摇了摇头说："我没那么多钱。我丈夫下半身瘫痪了，他需要一个这样的垫子。您要不零卖，我就不买了。"

店主同情地说："这垫子送给你吧。回头我让他们再做一个这样的垫子。"

"我不能白拿你的东西。"

"那你出十块钱吧。"

曹梅心中激烈地斗争着。十块钱也不算多，可她要捡多少垃圾才能换来这些钱啊。她犹豫了很长时间，最终还是买下了那块海绵做成的垫子。

四十五

白蟒塬上覆盖着一层厚厚的积雪，漫天的雪花纷纷扬扬地飘落着。

曹越走在通往东城村的小路上，刺骨的风像针一样扎在他脸上。他得知曹梅为了还债吃了那么多苦、受了那么多罪时，他的心中像刀割一样难受。他想替妹妹曹梅偿还一部分债务，他不想让曹梅再这样苦下去。叶静雅也很同情曹梅的处境，不断地催促曹越早点把钱送回去。

曹越走到家门口时，母亲正在给猪仔喂食。凛冽的风卷着雪花打在母亲脸上，使人备感辛酸。母亲喂完猪准备回家，扭头看见曹越站在一边，脸上立刻布满了惊喜。她走到曹越跟前，踮着脚替曹越掸了掸头上的雪花，便拉着曹越回家了。

许红建正在堂屋扎花圈，看见曹越走进了家门，兴奋地对曹越说："哥，你回来了。"

曹越点了点头问："这些花圈还好卖吧？"

许红建说："还可以。"

曹越又关切地问："你每天都这样坐着，身体吃得消吗？"

"没事。只要能做一点事情，心里比什么都高兴。"许红建已经从过去那种颓废沮丧的状态中解脱出来了，那些不幸的事不再占据他的心。他也不再将自己当成一个无用的人看待，他觉得自己还是一个有劳动能力的人，一个能养活自己的人。

母亲拿了一个凳子递给曹越，说："你们先聊，我去做饭了。"

曹越应了一声，又对许红建说："梅子又去捡垃圾了？"

许红建点了点头说："她那人太要强。为了还那些债，她拼命地挣钱。我劝过她很多次，都不管用。"许红建叹了一口气又说："这些债都是为我治病欠下的。为了减轻她的压力，我尽量多扎花圈。可这花圈扎多了，能有那么多人要吗？"

曹越刚想安慰许红建几句，曹梅推着自行车从外面走了进来。她看见曹越，惊喜地问："哥，你什么时候回来的？"

"刚到一会儿。"

曹梅放好自行车，给曹越和许红建倒了一杯开水，对他们说："你们先聊，我帮妈做饭去。"

看着曹梅离开了，许红建又说："她这人什么都好，就是性格太要强。你劝劝她，她肯听你的。"

曹越摇摇头说："我试试吧。她那要强的性格是从小养成的，恐怕这一生都很难改变了。"

吃完晚饭，曹越走进曹梅屋里，想将带回来的钱交给曹梅。曹梅摇着头对他说："我不能再要你的钱了。"

曹越叹息着说："靠捡垃圾挣的那点钱，你什么时候才能还完那些债？"

"不管用多长时间，我都会坚持下去。"

看着曹梅坚定的目光，曹越又走进母亲屋中。他和母亲聊了一会儿曹梅，然后便提出替曹梅还债的想法。

母亲沉默了一会儿说："你们那点钱也来得不容易。以后有了孩子，花钱的事可是一桩接着一桩。"

曹越看着母亲说："我这些钱现在也没什么用，不如先替梅子还一部分债。我不想让她背负太重的负担。"

母亲点了点头说："你说得也是。人这一生，谁能没个困难？谁能不受一点挫折？这种时候，最需要的就是亲人的关心和帮助了。我死以后，你和梅子就是最亲的人了。你们俩可要相互搀扶着往前走。"母亲看了曹越一眼，又对曹越说："作为哥哥，你已经尽力了。梅子告诉我，她非常感激你。你能陪她去北京，就是对她最大的帮助，她说如果没有你的支持，她真不知道该怎样度过那段日子。"

听着母亲这番话，曹越便在心中感慨：在这个世界上，亲情就像一条割不断的纽带，人们靠着它一代一代地繁衍生息着。无论到什么时候，亲情永远都是人们最珍贵的东西。

曹越离开母亲的房间时，将带回来的钱留给了母亲，要母亲在适当的时候交给曹梅。

第二天，曹越乘公共汽车经过泾塬县城时，忽然想起小惠的新家就在县城附近。他想去看看小惠，也想借此机会见见小惠的丈夫。他希望小惠能碰见一个好人，他希望小惠的生活平安幸福。如果真像他希望的那样，他就可以放心地离开了。

听曹梅说，小惠离婚后不久，便和泾塬县一名丧偶的普通干部结婚了。小惠丈夫要供两个孩子上大学，家里的经济状况不是太好。小惠丈夫喜欢写点东西，也经常在报刊上发表一些小文章，这使小惠感到非常自豪。小惠告诉曹梅，正是因为这一点，她才选择了她现在的丈夫。她还对曹梅说，她不在乎丈夫是否有钱。如果考虑钱的事情，她就不会和以前的丈夫离婚。

曹越找到小惠的家，站在门外敲了敲门。小惠打开门，看见是曹越，惊讶极了。

曹越对小惠说："路过县城，顺便来看看你。"

小惠点了点头，领着曹越走进屋里。这是一幢破旧的老土房，两边各有一间小屋，屋子中间是一条狭窄的过道。穿过这条过道，是一个小院子。院子后面是一排三间的砖房，小惠领着曹越走进一间屋子。屋子一角放着一张双人床，床对面摆着一对沙发。在沙发与床之间，生着一个铸铁的火炉，几节铁皮做成的烟囱从火炉上方伸向窗外。挨着窗户的地方放着一张书桌，小惠丈夫披着大衣，伏在桌上写东西。小惠走到丈夫身后，拍了拍丈夫的肩膀说："你休息一会儿，来客人了。"

小惠丈夫看了曹越一眼，发现不认识，便用疑惑的目光看着小惠。

小惠向丈夫说："他就是我给你说过的曹越。"

小惠丈夫赶紧招呼曹越坐下，又为他斟了一杯茶。

曹越端着茶杯，仔细打量着小惠丈夫。小惠丈夫很瘦，但很有精神。一双眼睛透着睿智的光芒，不算很长的头发向后梳拢着。

小惠和他们聊了几句，便到灶屋做饭去了。看见曹越一脸的拘束，小惠丈夫淡淡地说："小惠跟我讲过你们之间的事。你能来看她，她会很高兴。"

曹越沉默地点了点头。

小惠丈夫又说："小惠是个好女人。遇上她是我的福分，我一定会珍惜的。"

听了小惠丈夫这句话，曹越心中松了一口气。他感到小惠能有这样的归宿，能遇上这样的丈夫，既是小惠的幸运，也是小惠丈夫的幸运。当他们都用真诚对待对方时，那种陌生感很快便消失了。

小惠将做好的饭菜端上来时，小惠丈夫打开一瓶酒。他们一边喝酒，一边聊着他们感兴趣的话题。

小惠见他们谈得很投机，心里感到非常欣慰。曹越刚到她家时，她还有些担心，她怕丈夫会排斥曹越，她怕他们之间会不友好。他们一个是她的丈夫，一个是她曾经爱过的人，她不希望他们中的任何一个人受到伤害。

曹越告辞离开时，小惠丈夫让小惠送送曹越。在去车站的路上，小惠很坦率地告诉曹越，她很爱她现在的丈夫，她愿意陪着丈夫走完这一生。

不知不觉之中，他们走到了车站。看着曹越要上车了，小惠说："听说你结婚了。"

曹越点了点头。

小惠又说："我没见过你现在的妻子，可我能感觉到她是个好女人。"

曹越又点了点头。

小惠沉默了一会儿说："不知为什么，我总是为你操心。听说你离婚了，我心里很难过。后来又听说你结婚了，而且日子过得挺好，我就替你高兴，也替我自己高兴。"

曹越心中激烈地翻腾着，他想对小惠表达自己的感激，可他却不知道该从何说起。开往西京的班车缓缓发动了，售票员不断地催着曹越上车。曹越感到再不将心里话说出来，以后很可能不会有这样的机会了。他用颤抖的声音对小惠说："你是个好女人，也是个好妻子。我为你遇见你现在的丈夫而欣慰，也为你丈夫拥有你这样的妻子而高兴。我祝你们幸福，也祝你们一生平安。"

听着曹越这番真诚的话语，两行热泪从小惠眼睛中奔涌而出……

四十六

农历七月，断断续续的小雨已经下了一个星期，整个白蟒塬都笼罩在一片白霭霭的雾气之中。

在穿越白蟒塬的省级公路上，一辆小汽车向西京方向行驶着。曹功坐在车里，看着开发区两边的高楼，心中充满了成就感。短短几年时间，开发区已经发展成拥有十几家大型企业的省级工业示范区。泾塬县的财政收入也因此翻了好几番，泾塬县再也不是当年让人瞧不起的贫困县了。

在泾塬县主政的这些年，曹功不但带领全县人民发展了经济，还为老百姓做了许多实实在在的好事。为了使泾塬县的经济得到可持续发展，他又在公路建设上投入了大量资金。因为在泾塬县取得的这些政绩，省委正在考察他升任西京市副市长。在走上新的工作岗位前，他心中还有很多遗憾。他本打算再利用几年时间，使泾塬县的财政收入再翻一番，可现在他只能将梦想留给他的下一任去实现了。他思考着该怎样向市委领导汇报泾塬县下一步的发展规划时，忽然接到教育局局长打来的电话："邓家村小学的教室坍塌了。"

曹功感到头"嗡"的一声，他质问教育局局长："那些教室不是新盖、的吗？"

"是新盖的。"

"那怎么会坍塌呢？"

"我也不知道。"

"现场情况怎么样？"

"我也是刚刚知道，具体情况还不清楚。"

"你立刻赶往现场，搞清情况立刻向我汇报！"

曹功挂掉电话，吩咐司机掉转车头，直接去邓家村小学。在返回泾塬县途中，他又调集卫生局、公安局以及消防中队的人员火速赶往现场救援。布置好这些工作后，他心急如焚地对司机说："能不能再开快点？"司机点了点头，将油门踩到底，汽车便像离弦的箭一样，急速地向前飞驰。

曹功心中充满了焦虑和不安，他现在最担心的是学生的安危。如果这件事危及学生的生命，他怎么向学生父母交代，怎么向泾塬县的老百姓交代？

曹功赶到邓家村小学后，便问在场的几位局长："学生都安全撤离了吗？"

教育局局长摇了摇头说："有三个学生被压在了废墟下面。"

曹功的脸色变得很难看，他扭头问公安局局长："目前的救援情况怎么样？"

"正在全力营救废墟下面的学生。"

曹功又看了看旁边的救护车，对卫生局长说："抢救人员和设备都到位了吗？"

"已经全部安排妥当。"

曹功转身走近坍塌的教室，发现教室的半个屋顶和一面墙壁已经坍塌，水泥块和砖块堆积在地面上。救援的消防队员一边清理碎石砖块，一边搜寻被压在废墟下面的学生。曹功观察了一会儿现场的情况，问站在旁边的公安局局长："为什么不多组织一些人实施营救？"

局长摇了摇头说："这种救援必须由专业的技术人员实施，不是一般人能随便实施的。"看见曹功用疑惑的目光看着自己，局长又解释说："在这些废墟中可能存在着一些空间，这些空间是由水泥块相互支撑形成的。被压的学生处于这些空间中，他们就有生存的希望。如果由非专业人员进行救援，就有可能破坏这种结构，使这些生存的空间消失。这样不但救不了学生，反而会危及他们的生命安全。"

曹功点了点头，他期待救援队会有新的发现，他也希望三个学生能活着被救出来。他走到一根断裂成两段的水泥柱旁边，盯着断口处那些与粉条粗细差不多的铁丝，心中剧烈地翻腾着。这是严重的偷工减料，也是不可饶恕的犯罪行为！他忽然想起承包这项工程的人是杨双成，他便陷入一种深深的自责之中。他蹲在断裂的梁柱前，似乎看见自己被贾丽娟和杨双成推进了万丈深渊。他感到自己迅速地向下跌落着，风从他的耳边刮过，发出了急促的声音。忽然听到一种声音，这种声音很微弱，既像痛苦的呻吟，又像求救的呼声。当他确定这种声音来自身体以外时，他便将耳朵贴到梁柱旁边的缝隙上。他听见有微弱的呻吟声从梁柱下面传出来，他的心情顿时变得激动起来。他向旁边的救援队员喊着："这里有一个学生，我听到他的声音了！"

救援队员赶过来，趴到梁柱旁边仔细地听了一会儿，然后对曹功说："是有一个学生，他还活着。"

曹功立刻说："赶快救他！"

救援队员点了点头，迅速将梁柱周围的废墟清理干净，然后用撬杠抬升着梁柱。曹功蹲在梁柱的旁边，不断向梁柱下面垫砖块。当梁柱升到一定的高度时，曹功看见梁柱下面有一名男孩。小男孩的头向一边侧着，一动不动地趴在废墟之中。他不断地呼喊着小男孩，小男孩一点回应都没有。梁柱被撬到可以容纳一个人的身体进出的位置时，曹功便钻到梁柱下面的空隙中，清理小男孩周围的碎石砖块。一阵紧张的忙碌之后，他和一名救援队员将小男孩从梁柱下面拖了出来。小男孩闭着眼睛，脸上布满了凝固的血迹。他用手在小男孩鼻孔前探了探，还有轻微的呼吸。他抱起小男孩，跑到教室外面，对医护人员说："他还活着，赶快救他！"

医护人员打开救护车，将小男孩抬进车中，开始对小男孩实施抢救。

曹功站在车旁，紧张地等待着。他不断地在心中祈祷着，希望医生能挽回小男孩的生命。

十几分钟后，医护人员走出救护车，心情沉重地对曹功说："对不起，我们没能挽回他的生命。"

曹功不相信会是这样的结果。他爬上救护车，蹲在小男孩旁边，摇晃着小男孩的身体，小男孩一点反应都没有。小男孩的嘴巴微微张开着，似乎在质问他，质问这个世界：为什么新盖的教室会坍塌？为什么啊？曹功心里像刀割一样，他无法回答小男孩的质问。他走出救护车，看着阴沉沉的天空，心中默默地喊着："老天，你不该将灾难降临到这些无辜的孩子身上，你要惩罚就惩罚我这个有罪的人，这全都是我的错！我不该将这项工程交给杨双成，我辜负了全县人民的信任……"

一道闪电照亮了天空，又一声炸雷在他耳边响起。淅沥的小雨忽然变成了倾盆大雨，硕大的雨点砸在他脸上，混合着他的泪水，不断地向下流淌着。他站在雨中，仿佛看见另外两个学生在废墟下面痛苦挣扎的样子。他转身跑进教室，跪在废墟上，用手疯狂地扒着废墟上的碎砖块……

四十七

中部地区坐落着一座监狱。监狱的围墙上布着电网，拐角处竖着高高的岗亭。岗亭中站着荷枪实弹的武警战士，昼夜监视着围墙里的每个角落。

曹功在这里开始了为期四年的监狱生活。

校舍坍塌的事故发生后，有关部门立刻对此事进行了调查。调查结果显示：杨双成在施工中偷工减料，是造成这次事故的直接原因。在审查杨双成的过程中，杨双成供出向贾丽娟行贿二十万元，还交代帮贾丽娟父亲修缮房屋的费用一直未收。随后，贾丽娟和曹功也被纪委隔离审查。在强大的压力下，贾丽娟承认收受了杨双成的钱，也承认杨双成利用修缮房屋行贿的事实。

曹功只知道杨双成帮贾丽娟父亲修缮房屋的事，可他并不知道杨双成修好房屋后分文未取。曹功更不知晓贾丽娟收受了杨双成的钱，他是从纪委工作人员的口中得知这件事情的。工作人员告诉曹功，如果曹功承认自己知道贾丽娟收受了贿赂，贾丽娟便可以免于刑事责任，否则，他和贾丽娟都会被判刑。为了让贾丽娟照顾上学的儿子，他违心地承担了所有的罪责。

曹功刚开始服刑时，每天都要随施工队外出干活。他难以适应这种繁重的体力劳动，后来在曹越的帮助下，他被安排到监狱的阅览室管理图书。

每天早晨，曹功将阅览室打扫干净，便望着窗外的景色发呆。他经常想起邓家村小学的坍塌事故，想起在事故中失去生命的三个小学生。如果他不用手中的权力干涉这件事，杨双成便拿不到这项工程的承包权，三个无辜的小学生就不会因此而丧命。他心中被一种负罪感折磨着，他感到对不住死去的孩子，对不住孩子的父母，对不住泾源县的父老乡亲。

监狱的生活漫长而寂寞。除了深深的忏悔和自责，曹功常常想起他的亲人。弟弟曹勇从小煤窑逃跑后，到现在音信全无。曹功不知道曹勇现在是死是活，可他心中却一直为曹勇祈祷。除此之外，他最担心的便是年事已高的父母。父母身体不太好，需要儿女的照顾。可他却身陷囹圄，不能为父母尽孝。父母心中也放不下他，好几次要来监狱看他，都被好心的曹梅劝住了，曹梅不想让父母看着儿子落泪。

曹功最想见到的便是他的妻儿，可他们到现在都没有露过面。儿子不来看他，他可以理解，儿子年龄还小，有些事还不懂，可贾丽娟不来看他，他便感到很不理解。在无穷无尽的思念中，他终于盼来了贾丽娟。贾丽娟对他说："你别怪我现在才来看你，家里有许多事情需要处理。"

曹功点了点头，问贾丽娟："儿子在学校的表现还好吧？"

"他已经辍学了。"

"为什么？"

"同学们都歧视他。"

"你为什么不好好劝劝他？明年就要考大学了，他怎么能这样自暴自弃？"

"我怎么没劝他，可劝的结果是什么？他给我留下一封信，一个人到深圳打工去了。"

"为什么不去把他找回来？"

"他不愿意，我能强扭他回来吗？"

覆巢之下，安有完卵？曹功开始沉默了。

贾丽娟犹豫了一会儿说："我今天来是想和你商量一件事情。"

"什么事？"

"我不想在泾塬县待下去了，我想和儿子一起去深圳。"

"为什么？"

"到处都是歧视的目光，我受不了。"

"你在泾塬县的工作怎么办？"

"我已经辞掉了工作。"

"那你以后靠什么生活？"

"我想去深圳找一份工作养活自己。"

曹功沉默了一会儿说："那就按你的想法去做吧。"

贾丽娟点了点头，又对曹功说："我想征求一下你的意见，我想将咱们家的房子卖掉。"

"为什么要卖掉房子？"

"我想用卖房的钱在深圳买一幢房子，我不想和儿子连落脚的地方都没有。"

曹功思索了一会儿，点了点头。

贾丽娟见曹功答应了自己的要求，伤心的泪水禁不住涌了出来。她沉默了一会儿又说："我知道你为我受了很多委屈，也为保全这个家作出了很大的牺牲。

你服刑期间，我不应该离开你，也不应该去那么远的地方，可是我实在受不了那种被人歧视的目光。我希望你能理解我，理解我的苦衷和无奈。"

曹功叹了一口气说："你安心去吧。只要你们能在那边生活得舒心，我在这边也就放心了。"

贾丽娟用纸巾擦了擦眼睛说："等你出狱后，我们一家三口在那边好好过日子。"

曹功沉默地点了点头。

贾丽娟离开后，曹功的心情很低落。他尽量不去想监狱以外的事情，他努力将自己与外面的世界隔离开来。有一天，他整理图书时，管教对他说："有人来看你了。"

曹功来到会客室，发现来人是吕晴。

看着曹功眼睛中闪着惊异的光，吕晴对曹功说："是不是对我的到来有些意外？"

曹功点了点头。

吕晴又说："我早就想来看你，可我怕影响你和贾丽娟的关系。她一直对你我之间的关系耿耿于怀，我不想让她对你有所猜忌。几天前，听说她去了深圳，我这才来看你了。"

曹功用呆滞的目光看着吕晴。

吕晴叹了一口气说："事已至此，你也不要想得太多。在别人眼里，你可能是个罪犯。可在我的心目中，你永远都是一个好人，一个优秀的县委书记……"

曹功依然沉默着。

吕晴又继续说："我来看你，没别的意思，就是希望你不要自暴自弃。从什么地方跌倒了，就从什么地方站起来。"

曹功的眼睛变得湿润起来。

探视的时间到了，吕晴对曹功说："我会经常来看你的。如果有什么需要，你直接对我说，我会尽力去办。"

看着吕晴要离开了，曹功对吕晴说："我对不住你……"

吕晴用颤抖的声音说："别那么说，是我们没有缘分。"

吕晴擦了擦涌出眼睛的泪水，便转身走出了会见室。

四十八

曹越坐在办公室，望着窗外飘雨的天空，心中感到一片茫然。

一个月前，张志杰从处长的位子退下来，有人便劝曹越到上面活动活动。曹越不想为这种事情去求人，也不想做这种被人瞧不起的事。他觉得自己在刑侦处工作多年，取得的成绩有目共睹。如果领导有用他的意思，自然会安排他到合适的位子上；如果领导不想用他，他跑断腿也不会有用。

这件事的结果很快便出来了，调出刑侦处多年的刘斌被任命为刑侦处处长。刑侦处有八个科室，曹越分管着缉毒科，缉毒科的业务会牵扯到大量的犯罪资金。按照有关规定，这些资金都要上缴国库。刘斌为了一己私利，要求曹越截留一部分此类资金。曹越拒绝了刘斌的要求，刘斌又去找科长蔡红利。蔡红利口头上答应了，却以各种理由拖延着。

时间不长，缉毒科发生了一起刑讯逼供的事件。刘斌想利用这件事，撤掉蔡红利的科长职务，可曹越不同意，他对刘斌说："刑讯逼供的人是王云峰，王云峰应该负主要责任。"

"王云峰是有错，可蔡红利要负领导责任。"

"负领导责任也到不了要撤职的程度。"

"不撤他的职，就难以服众。"

"你这不是想借这件事故意整人嘛！"

"你可不能这么说。我这是对刑侦处负责，对下面的科室负责。"

曹越终止了与刘斌的争论，转身回到自己的办公室，他并不想与刘斌争什么高低，他只是觉得这样对蔡红利很不公平。他和蔡红利相处了很多年，他们的关系一直很不错。作为蔡红利的主管上级，他应该为蔡红利主持公道，可他只是一个副处长，没有最终的决定权。如果他想阻止刘斌独断专行，唯一的办法是找上级领导反映这件事。如果事情发展到这种程度，他和刘斌之间的矛盾会越来越尖锐。他点燃一支烟，大口大口地吸着。苦涩的烟味熏浸着他的口腔，使他有一种火烧火燎的感觉。他不想泯灭自己的良知，也不想屈服于刘斌的淫威，便掐灭手中的烟，找上级领导去了。

　　一个星期后，这件事的处理结果出来了。蔡红利的职务保住了，却被调到了派出所。蔡红利离开刑侦处时，请曹越吃了一顿饭。他感激地对曹越说："多亏你帮忙，我才逃过了这一劫。"

　　曹越摇了摇头说："你别这么说，我们俩是一根绳上的蚂蚱。"

　　蔡红利点了点头说："我走以后，你要小心。刘斌这个人阴险毒辣，什么事都做得出来。"

　　"这一点我比你更清楚，有些事你可能还不知道。我听别人说，是刘斌指使王云峰刑讯逼供的。"

　　"你听谁说的？"

　　"王云峰自己说的。他酒喝多了，无意中说出了这件事。"

　　蔡红利生气地说："我找刘斌去！"

　　曹越摇了摇头说："你去找他，他能承认吗？"

　　"不是还有王云峰吗？"

　　"王云峰是和刘斌穿一条裤子的人，况且那也是酒喝多了才说出来的。"

　　"难道这口气就这么咽下去？"

　　曹越叹了一口气说："你这次能保住职务，已经很不容易了。别在这件事情上纠缠下去了。"

　　蔡红利沉默了一会儿，向曹越点了点头。

　　蔡红利离开刑侦处后，刘斌换上王云峰当了缉毒科科长。此后不久，刑侦处又发生了一起涉及人命的重大事件。

　　晚上七八点钟，王云峰带领缉毒科抓回一名犯罪嫌疑人。审讯过程中，犯罪嫌疑人说自己患有心脏病。审讯完毕，王云峰打电话请示曹越该怎样处置这名犯罪嫌疑人。

曹越让王云峰先证实此事，如果嫌犯确实患有心脏病，可以预交一定的保释金让其回家。曹越向王云峰交代完毕，忽然想到应该先征求刘斌的意见。刘斌到刑侦处后，将很多权力都收到了自己手中。曹越打电话给刘斌，刘斌对曹越说："这种鬼话你也相信？不理他，按正常程序办。"

曹越又打电话给王云峰，让王云峰按照刘斌的意见办理此事。

王云峰吩咐人将嫌犯铐在树上，然后回房间睡觉了。半夜时分，嫌犯心脏病突然发作。早晨发现时，嫌犯已经死了很长时间。

这件事发生后，刘斌急得像热锅上的蚂蚁。工作上出现这样重大的失误，他这个处长的位子也坐不稳了。他正为这件事感到焦虑不安时，王云峰走进他的办公室。他看了王云峰一眼，沉着脸对王云峰说："你这人怎么搞的？当上科长没几天，就弄出这么一件事。"

王云峰嘟嘟囔囔地替自己辩解："这不关我的事，我只是执行命令。"

"照你这么说，这责任全由我承担？"

王云峰摇了摇头说："在这件事情上，曹越应该承担主要责任。"

刘斌疑惑地问："这话怎么说？"

王云峰看了刘斌一眼说："你根本就不知道这件事，曹越也没向你请示过这件事。"

刘斌思索了一会儿说："你这主意不错，你可别把话说漏了。"

王云峰点了点头离开了。

曹越怎么也没有想到刘斌会将责任推到自己身上。面对组织的调查，他坚持自己是在请示了刘斌之后，才吩咐王云峰将罪犯扣留下的。可刘斌并不承认自己说过这样的话，也不承认曹越向他请示过这件事。王云峰也帮着刘斌推脱责任，他否认了曹越当时和他说过的话，还说他当时向曹越建议让嫌犯回家，可曹越否决了他的建议。在这种情况下，组织上决定让曹越停职检查。

下午下班后，曹越走进一家饭馆，大口地喝着啤酒，他想用酒精麻痹自己。也不知过了多长时间，他的意识变得模糊起来。他看见自己来到一个混浊扭曲的世界，他看见人们在黑暗中疯狂地打斗着。他们的耳朵被撕掉了，眼睛被打瞎了，可他们还在拼命地撕咬着对方。曹越心中非常恐惧，挥手向这些打斗的人扫过去。一阵"哐啷哐啷"的声响过后，他听到一个声音："先生，你怎么了？"

曹越睁开眼睛，看见横在地上的啤酒瓶，这才意识到自己的失态。他抱歉地对服务员说："对不起，我没事。"

曹越离开了饭馆，一个人在大街上走着。硕大的雨点从空中落下来，顷刻间变成了倾盆大雨。一道闪电从天空划过，将城市的夜照得如同白昼一般；几声响雷接着闪电，从空中劈过。曹越仰起头，闭着眼睛，静静地站在大街上。雨水浸透了他的衣服，浸湿了他的肌肤。他感受着暴风雨的洗礼，感受着灵魂被洗涤的快感。那是一种翻江倒海回肠荡气的感觉，是一种浴火重生脱胎换骨的感觉。

曹越回到家中，叶静雅闻到一股酒气，便换着曹越问："你喝酒了？"

曹越看着叶静雅说："酒是好东西，一醉解千愁。"

叶静雅脱掉曹越湿透了的衣服，扶着曹越走进卫生间，一边替曹越冲澡，一边问曹越："还是为停职的事情？"

曹越闭着眼睛说："我宁可辞掉副处长的职务，也不会向他们这些人低头。"

叶静雅扶正曹越说："无论你做出什么决定，我都会坚定地支持你。"

曹越紧紧地握住了叶静雅的手，紧闭的眼中涌出了感激的泪水。

第二天到单位后，曹越便提交了辞职报告，上级很快批准了他的请求。他已经不适合在刑侦处继续待下去，时间不长，他便调到了蔡红利当所长的派出所。蔡红利很照顾他，分配给他的工作很轻松，可他一点都高兴不起来。

叶静雅想帮曹越从那种萎靡的状态中解脱出来。在曹越生日的那天晚上，叶静雅陪曹越吃了一顿饭，又打开家里的音响，为曹越唱起了那首人人皆知的《生日歌》。

曹越感受着叶静雅的祝福，禁不住流下了激动的泪水。

叶静雅在曹越脸上吻了一下，又拿起话筒对曹越说："下面由我向我的丈夫献上一首《天仙配》，以表达我们之间不离不弃的真挚感情。"

叶静雅顺口更改了歌曲中的部分歌词，她想用这首歌向曹越表达心中的情感：

> 树上的鸟儿成双对，
> 我与夫君同开怀。
> 今宵点唱歌一首，
> 祝愿我们永相伴。
> 从今不再受那官场苦，
> 夫妻双双把杯举。
> 你读书来我沏茶，
> 你浇花来我施肥。
> 生活虽淡却也平安，
> 夫妻恩爱如蜜甜。
> 你我好比鸳鸯鸟，
> 比翼双飞在人间。

看着叶静雅温情的目光，曹越心中涌出了无限的感动……

在叶静雅的关心和体贴下，曹越的心情变得越来越平静。每天吃过晚饭，叶静雅都会陪着曹越在大街上散步，这样的日子过得舒坦而舒心。

叶静雅希望这种悠闲舒适的生活永远都陪伴着他们，可她又不想让丈夫一生都沉溺在这种无所作为的状态中。晚上散步时，她对曹越说："你对自己的现状满意吗？"

曹越点了点头。

叶静雅又说："你就没有别的想法了吗？"

曹越看了叶静雅一眼说："有一个爱我的女人陪着我，我乐在其中，乐不思蜀。"

"可我觉得我的丈夫不应该是一个平庸的人，他应该是一个有理想有追求的男人。"

曹越沉默了一会儿说："你认为我还能追求什么？"

"你可以用写作来实现自身的价值。"

曹越摇了摇头说："我没这方面的天赋。"

"可我觉得你有这种能力。只要你努力，我相信你会写出好作品的。"

曹越被叶静雅这句话打动了，他试着写了几篇文章，可写出来的东西很平淡，根本就达不到能在报刊上发表的水平。

看着曹越苦闷的样子，叶静雅不再提这件事。她不能将丈夫逼得太紧，她应该给丈夫留一些时间。只有从内心深处有所感悟，丈夫才会产生写作的动力，才会将写作变成一种自觉的行为。

四十九

初春时节，叶静雅随团省委的同志去采访一对失学的小姐妹。他们开车来到秦岭山下，又行走了一个多小时，才到达秦岭山区一个偏僻的小山村。

在村支书的陪同下，他们来到小姐妹家，映入他们眼帘的是一座漆黑潮湿的土屋。屋子入口处砌着一座炉灶，炉灶前坐着一个烧火的女孩。炉灶对面支着一张案板，一个男人站在案板旁和面。男人身后站着一个小女孩，小女孩天真的大眼睛扑闪着。男人看见几个陌生人站在门外，便用疑惑的目光看着他们。

村支书看了男人一眼说："这些是团省委和报社的同志。"

男人木讷地点了点头。

村支书又向叶静雅介绍说："他叫黑牛，是大燕小燕的父亲。"

叶静雅向黑牛点了点头，然后走到小女孩旁边，问小女孩："你就是小燕？"

小燕点了点头说："阿姨，你来我们家干什么？"

叶静雅拉着小燕的手说："阿姨是来看你们的。"

"你为什么要来看我们？"

"因为你们不上学了。阿姨想知道你们为什么不上学？"

"我们没有钱交学费。"

叶静雅心中泛起了一股酸楚。她安慰了小燕几句，又走到大燕跟前说："你几岁了？"

"九岁。"

"上过几年学呀？"

"上了一年就回家了。"

"你还想上学吗？"

大燕默默地点了点头。

叶静雅随后又与黑牛交谈起来。当她得知黑牛的妻子已经去世多年，她对这个不幸的男人充满了同情。叶静雅采访完毕，从黑牛家离开时，拉着大燕小燕的手，亲切地对她们说："你们的愿望会实现的，你们会重新上学的。"

在返回西京的路上，叶静雅问团省委的同志："大燕小燕能重新返回学校吗？"

团省委的同志说："现在还很难说。像她们这样的失学儿童很多，而资助他们上学的人又很少。我们希望你能为这些儿童呼吁，呼吁更多的人来关心他们。"

叶静雅回到家中，向曹越讲了大燕小燕失学的事，然后又对曹越说："我想以我们两个人的名义资助这两个孩子上学。"

曹越看了叶静雅一眼说："你别把我扯进去行不行？"

"那你同意还是不同意？"

曹越点了点头说："我支持你做这件事。"

几天以后，叶静雅又一次来到大燕小燕家。

小燕高兴地对叶静雅说："叶阿姨，你又来看我们了。"

"是的。阿姨给你买了上学的新书包。"

小燕惊异地问："我能上学了？"

叶静雅点了点头。

小燕接过新书包，大声地向黑牛喊着："爸爸，我要上学了，我要上学了！"她高兴得又蹦又跳，脸上洋溢着灿烂的笑容。当她看见大燕沉默地站在旁边时，她又问叶静雅："我姐姐是不是也能上学了？"

叶静雅点了点头说："姐姐也和你一样，你们都能上学了。"

小燕又对大燕喊着："姐姐，我们要上学了，我们要上学了！"

大燕兴奋地向小燕点着头。

小燕拉着叶静雅的手，高兴地说："叶阿姨，我领你去爬山，我要给你采很多很多的花。"

山坡上长着许多颜色各异的花，有白的、黄的、红的、紫的……看着小燕大燕在花的海洋中穿梭奔跑，叶静雅心中充满了希望。她希望在自己的资助下，大燕小燕也能像别的孩子一样受到应有的教育……

一晃几个月过去了。早晨上班后，叶静雅收到了大燕小燕寄来的一封信。她打开信，几行字映入她的眼帘：

亲爱的叶阿姨：

　　你好吗？放暑假了，我们向你汇报我们的学习情况，我们都得了全班第一名的好成绩。我们不会辜负你的期望，我们一定用优异的成绩报答你。我们有一个小小的请求：我们很想你，你能来看看我们吗？

想念你的大燕小燕

看完大燕小燕的来信，叶静雅心中非常愧疚。由于各种各样的原因，她很久都没去看大燕小燕了。

当叶静雅再次出现在大燕小燕面前时，大燕高兴地喊了一声："叶阿姨！"

叶静雅点了点头问："你爸爸呢？"

大燕回答："他去田里干活了。"

叶静雅又低头问小燕："你怎么不叫阿姨？"

小燕迟疑了一会儿说："我能叫你叶妈妈吗？"

叶静雅将小燕搂进怀中说："当然可以。我就是你们的妈妈。"

小燕喊了一声"叶妈妈"，然后兴奋地对大燕说："我们有妈妈了，我们有妈妈了！"

大燕激动地点着头。

小燕看见叶静雅流泪了，疑惑地问："叶妈妈，你怎么哭了？"

叶静雅擦了擦眼泪对小燕说："叶妈妈太高兴了。"

小燕看了叶静雅一眼说："叶妈妈，你别哭。我给你唱一首歌。"

叶静雅摇头说："叶妈妈不哭，叶妈妈听你唱歌。"

听着小燕唱着《妈妈的吻》时，叶静雅又一次流下了激动的泪水。

小燕拉着叶静雅的手说："你怎么又流泪了？"

叶静雅对小燕说："叶妈妈被你的歌声感动了。"

小燕看着叶静雅说："我不唱歌了，我和你聊天。"

叶静雅点了点头。

小燕又说："我爸爸说你家住在西京。"

叶静雅又点了点头。

"我爸爸还说西京有很多高楼和公园，是不是这样？"

"是这样的。"

小燕遗憾地说："我和姐姐都没有见过高楼，也没有去过公园。我爸爸说，等我们长大了，就带我们去西京看高楼、逛公园。"

看着小燕眼中渴望的目光，叶静雅拉着小燕的手说："好孩子，妈妈现在就满足你们的愿望，妈妈今天就带你们去西京。"

小燕点了点头，高兴地向大燕喊着："我们要去西京了，我们要去西京了！"她一转身看见爸爸回家来了，她又兴奋地喊着："爸爸，我们要去看高楼了，我们要去逛公园了。"

黑牛迷惑地看着叶静雅。

叶静雅向黑牛解释说："趁她们放假，我想带她们去西京玩几天。"

"不麻烦你了。你能资助她们上学，我已经很感激了。"

"她们的母亲不在了，我就是她们的妈妈。"看到黑牛惊异的样子，叶静雅又对大燕小燕说："是不是这样？"

小燕对爸爸说："我们已经叫她叶妈妈了。"

黑牛点了点头，用手擦了擦眼睛。

小燕大燕换上了一身干净的衣服，便跟着叶静雅走出了从未离开过的秦岭山区。她们乘公共汽车到达西京时，已经是晚上七八点钟了。看着街上闪烁的霓虹灯和来来往往的行人，小燕好奇地问："那是什么灯？怎么会一闪一闪的？""都这么晚了，大街上怎么还有这么多人？"……

叶静雅一边回答小燕提出的问题，一边领着她们向家的方向走去……

第二天上午，叶静雅和曹越领着大燕小燕来到公园。大燕小燕兴奋地在公园里面跑着，叶静雅对站在一边的曹越说："她们要我做她们的妈妈，我答应了。"

曹越看了叶静雅一眼说："那我可要嫉妒你了。"

吃完午饭，曹越有事回单位了。叶静雅领着大燕小燕来到玩具城，给她们买了许多小玩具。晚上，她又和她们看了一场电影，这才带着她们回家了。

第三天上午，叶静雅给她们买了几身新衣服，便领着她们回到了大山中的家。

叶静雅离开小燕大燕家时，小燕拉着叶静雅的手说："叶妈妈，我们不想让你走。"

叶静雅抚摸着小燕的头说："叶妈妈会常来看你们的。"

小燕又哭着说："我们等着你。"

叶静雅点了点头，转身向山下走去。

五十

农历六月，白蟒塬上的玉米苗茁壮地生长着。田间的杂草也不甘落后，奋力地同庄稼争夺养分。每逢这个时节，农民的主要任务便是除草。

时间已过正午，干活的人们陆陆续续回家去了。曹天成坐在田埂上，看了看剩下的农活，不断地在心中叹息着。

　　这些年，曹天成家的变故实在太多了。曹勇逃跑后杳无音信，曹功被关在监狱服刑。曹天成老伴因受不了这样的打击，在绝望中与世长辞；曹勇媳妇见日子过不下去了，便带着孩子离开了东城村。如今，只剩下曹天成一个人孤独地守着这个破败的家。

　　曹天成每天都将自己关在家中。从早晨到晚上，要么坐在屋子里面发呆，要么看着太阳从东边移到西边。只有在农忙时节，他才走出家门，料理田里的庄稼。别人一天干完的农活，他用三天时间去完成。无非是想多消磨一些时间罢了，他现在最不缺的便是时间。

　　曹梅干完自己田里的活，回家路过曹天成身边时，对曹天成说："你回家歇息吧，剩下的这点活我来干。"

　　曹天成摇了摇头说："我自己能干。"

　　看着曹天成一脸的固执，曹梅叹了一口气离开了。

　　曹天成歇息了一会儿，又拿起锄头锄草了。

　　火辣辣的太阳烘烤着大地，大地又将热量释放到空中。空气在蒸腾中变得越来越干燥，越来越闷热。

　　曹天成锄了一会儿草，感到手臂在微微地抖动着。他没在意这种感觉，又抡了一把锄头。锄头像不听指挥似的，径直从庄稼根部划过。看见庄稼苗倒在了锄头下，他无奈地叹了一口气，又坐到田埂上休息。

　　强烈的阳光晒得他头皮发烫，他感到不能再这样硬撑下去了。他打算放弃剩下的农活，回家休息一会儿再说。他从地上站起来时，身体开始剧烈地颤抖，他咬着牙挣扎了一会儿，便一头栽倒在了地上……

　　曹梅做好饭，叫曹天成来自己家吃饭。看见曹天成门上挂着锁，她又跑到曹天成锄草的地方，这才发现曹天成昏倒了。

　　在乡亲们的帮助下，曹梅将曹天成送到了泾源县医院。经过医生的抢救，曹天成总算醒过来了，可更为可怕的病情也被医生揭开了：曹天成患了肝癌，已经到了晚期，除了化疗，没有更好的治疗办法。

　　曹梅没有能力负担曹天成化疗的费用，可她也不能眼睁睁地看着曹天成等死。无奈之下，她只好将这件事告诉了曹越。

曹越了解到曹天成的病情后，便用自己的钱替曹天成做了化疗。

在化疗的过程中，曹天成一直不太配合。他明白自己患了什么病，也知道化疗的费用很高。他不想做这些没有意义的治疗，他觉得自己的命不值那么多钱。化疗持续了一个星期，他坚决要求出院。在征询了医生的意见后，曹越便送曹天成回家养病了。

曹越回西京后，照顾曹天成的任务便落在了曹梅身上。东城村人见曹梅一个人太累，便主动帮曹梅照顾曹天成。可曹天成并不领人们的情，他不想让别人看到自己悲惨的状态。想当年，儿子当县委书记时，他是何等的风光。有人想要找曹功办事，拐弯抹角先找到他。他跷着二郎腿，仰着头看着对方，一副高高在上的样子。如今儿子被关进了监狱，他也落到生不如死的地步，他心中便有一种酸溜溜抬不起头的感觉。他不想接受人们那带着怜悯性质的帮助。他觉得那些人帮他只是一种借口，真正的目的是想利用这种机会羞辱他。这些想法只是曹天成臆想出来的，东城村人并没有曹天成想象的那样坏。曹天成留给东城村人的印象是不好，可东城村人却记着曹功的恩德。曹功当县委书记时，为乡亲们办过很多实事，如今曹家遭难了，乡亲们便将报恩的对象转到了曹天成身上。

在这些好心的人们当中，曹天成的邻居刘汉民表现最积极。虽说他们两家曾因为一棵树发生过不愉快，可后来发生的一件事却让刘汉民终生难忘。

刘汉民的大儿子结婚后，便搬出去单独过日子了，只剩下他和小儿子住在老宅中。有一天，他们家的老土房突然倒塌了，他只好和小儿子挤到灶屋中居住。曹功回东城村，看到他们家的状况，特意替他们申请了一笔危房改造补助金。他们用这笔钱建了几间砖房，这才结束了那种无家可居的悲惨状态。

曹功对他们家的恩情，刘汉民一直记在心中。他怀着一颗报恩的心，陪伴着病危的曹天成。有了刘汉民在旁边陪着聊天，曹天成心情舒畅了许多。这天晚上，刘汉民和曹天成聊起了以前发生的很多事情，曹天成脸上也露出了很久都未有过的笑容。看着曹天成高兴的样子，刘汉民对曹天成说："你喝水不？我替你倒杯水。"

曹天成点了点头。

刘汉民端着水走到炕边，却看见曹天成闭着眼睛。他喊了曹天成几声，曹天成没有反应，他赶紧叫来了曹梅。曹梅找了一辆面包车，送曹天成去泾塬县医院。

面包车行驶到半路时，曹天成忽然醒过来了。他挣扎着对曹梅说："我这一生做过不少对不起乡亲们的事，可是乡亲们不记恨我。乡亲们对我的恩，我这一辈子是没有机会报答了。如果有来生，我一定……一定……"

曹天成眼睛中闪现了一丝光亮，然后慢慢地闭上了。在微弱的车灯下，人们看见他闭合的眼中涌出了几滴泪水……

五十一

仲夏时节，白蟒塬上的万物都被烈日炙烤着。

曹梅拉着一辆满载货物的架子车，艰难地走在铺着石子的土路上。她肩上搭着一条毛巾，时不时地停下脚步，擦一擦脸上的汗珠。

几个月前，西京北郊的垃圾场移到了秦岭脚下，曹梅捡垃圾的距离也延长了几十公里。她早晨五六点钟出发，赶到垃圾场已是中午时分。运输垃圾的车辆早已离开，她只能两手空空返回家中。经过几次毫无收获的折腾之后，她不得不放弃这种挣钱的方式。沉重的债务像山一样压着她，她不能不寻找新的挣钱门路。听说去苏州打工能挣钱，她便想与同村人一起去。可她家里上有老下有小，中间还有一个瘫痪的丈夫。她不能离开在崩溃边缘挣扎的家，她只能面对这种状况默默地叹息。叹息归叹息，可生活还得继续。家里的香皂用完了，儿子要她再买一块。可她一直拖着没买，她舍不得花这点钱。

早晨起床后，儿子又向她叨叨香皂的事。她等着儿子上学离开了，便骑着自行车来到集市。她买了一些家中急需的物品，又匆匆赶回东城村。

在回家的路上，曹梅想，集市离他们家太远了，人们去一趟最近的集市，也要花费大半天时间。如果他们村周围能有一个经营生活用品的小商店，人们便不用多跑几十里路去集市购买东西。曹梅快要到家时，忽然闪出一个想法：自己能不能开一个小商店？这样既方便了周围的群众，也可以给家里增加一份收入。

吃晚饭的时候，曹梅还在考虑这件事。看见曹梅沉默的样子，许红建关切地问："你心里有事？"

曹梅对许红建说："今天从集市回来，我就在心中盘算，如果我们开一个商店，生意肯定会非常好。"

许红建点了点头说："我也觉得这件事可行。"

曹梅犹豫了一会儿又说："开一个商店，既要照看生意，又要去县城进货。我们家人手太少，不具备这样的条件。"

许红建看了曹梅一眼，便沮丧地低下了头。他恨自己帮不了曹梅。

母亲接过曹梅的话说："家里还有我呢。梅子进货时，我来照看商店。"

曹梅看着母亲说："妈，我知道你想为这个家出点力。可你怎么不想一想，家里的吃喝都是你管。你总不能分成两个人，既要照看商店的生意，又要给全家人做饭。"

母亲叹了一口气，低着头不说话了。

许红建沉默了一会儿又说："我的腿不能动，可我有一双手，算个账、收个钱还是可以的。"

曹梅摇着头说："别人买东西，你能拿给他们吗？"

"我有轮椅，这事难不倒我。如果碰到干不了的事，我就让妈过来帮帮我。"

母亲也附和着说："我看这样行。"

曹梅看了他们一眼，然后低着头沉默着。

许红建又对曹梅说："你还是不相信我？你认为我连这件小事都做不好吗？"

曹梅摇摇头说："我在想另一件事，开商店的本钱从哪里来？"

母亲问曹梅："需要多少钱？"

"至少两万吧。"

"一万五可以吗？"

"每次少进点货，多跑几次也可以。"

母亲吁了一口气对曹梅说："这些钱我来出。"

曹梅惊异地说："妈，你开什么玩笑？"

母亲对曹梅说："妈怎么会跟你们开玩笑？妈说的都是真话。这些钱不是妈的，是你哥留下的。要我说，你们俩也别分得那么清。你困难的时候，他帮你渡过难关。以后他有了难事，你也可以帮他。我们都是一家人，不要弄得跟两家人似的。"

曹梅向母亲点了点头。

第二天，曹梅叫人帮忙砍掉了自家屋前的几棵大树，又叫来村里的木匠，将这些树木做成了货架。她将堂屋的墙壁粉刷一新，又将货架摆放在堂屋之中。一个星期后，曹梅的商店便在东城村开张了。

曹梅商店的东西比集市便宜，来买东西的人络绎不绝。因为缺少本钱，商店的货物存量很少。为了及时补充卖完的商品，曹梅每天都骑着自行车进货。有一天她进完货回到家中，许红建笑眯眯地对她说："今天我们多赚了十几块钱。"

曹梅看了许红建一眼说："今天买东西的人很多？"

"不是。"

"那是怎么回事？"

许红建兴奋地说："西村的老王给孩子结婚，从我们这儿买了很多东西。他不相信我，要自己算账，结果多算了十几块钱。"

曹梅问许红建："你收了他的钱？"

许红建点了点头说："当时我也不知道他算错了。他走以后，我又重新算了一遍，才知道多收了他十三块八毛七。"

曹梅摇着头说："我们应该将这些钱退回去。"

许红建不乐意地说："凭什么？这些钱是他自愿给的，又不是我们抢来的。"

"我们不能要这种昧良心的钱。"

"你就当你不知道这件事。"

曹梅看了许红建一眼，便走到放钱的抽屉旁边，拿出多付的钱，骑上自行车给老王送去了。

这件事传开以后，人们争相去曹梅的商店买东西，曹梅商店的生意也越来越红火。为了满足人们更多的需要，曹梅在日常小商品的基础上，又增加了食品饮料、布料衣服、小家电和小五金等商品。随着业务量的不断增大，自行车已经不能满足需要，曹梅便改用架子车进货。她一大早便从家出发，中午时分赶到县城，将进好的货物装到车上，匆匆吃几口带来的干粮，又拉着车赶回东城村。

今天的天气异常闷热，空中没有一丝云，也没有一丝风。大地像蒸笼一样向空中散发着热量，炽热的空气让一切都显得懒洋洋的。

曹梅拉着车走了十几里路，来到一个大土坡下面。她停下来歇息了一会儿，然后憋足劲开始爬坡。她爬到坡中间时便感到气喘得厉害，两条腿也像灌了铅一样变得沉重起来。汗珠不断地从她的头上滚落下来，车子也在重力的作用下向后滑着。当她感到快要崩溃的瞬间，车身忽然变得轻松起来。她扭头向身后看了看，一位陌生人在帮她推车。她使出最后的力气将车拉到坡上面，然后不断地向陌生人说着感谢的话。陌生人客气了几句，又继续向前赶路了。

曹梅拿起放在车上的水瓶，坐在树荫下喝了几口水，又用毛巾擦着脸上的汗水。她的心情也像这火热的天气一样，被一种蒸腾的力量托举着。再过几年时间，等她还清了所有的债务，她便可以卸下负担，重新过上美好的生活。她看太阳已经偏西了，便将手中的毛巾搭在脖子上，拉着满载货物的车继续赶路。

五十二

夏日的傍晚，西京的天气闷热得像蒸笼一样。

在南郊的一个城中村里面，忙碌的人们匆匆地行走着。街道两边摆地摊的商贩不断地向行人兜售着手中的小物件。

城中村也算是历史变迁遗留下来的特殊产物。很多年前，这些城中村都是城市周围的小村落，村子周围都是大片大片的庄稼地。随着时代的进步和经济的发展，城区不断从城市中心向外扩张。原来的庄稼地变成了商业和居住区，这些村落也变成了很有特色的城中村。在城中村居住的都是一些低收入的人员，其中大多是进城务工的农民工和收入不高的打工族。

在城中村的一间小屋中，夏青浑浑噩噩地睡了一天，肚子已经饿得咕咕叫。她很想去一家高档餐厅吃一顿美味可口的大餐，可这只是她的一种奢望。几年前，她染上了毒品，从此便陷入地狱般的折磨之中。每次毒瘾发作，她的身体会不由自主地蜷缩在一起；她会泪流满面，口吐白沫，她感到浑身的肌肉都在颤抖。为了减轻这些痛苦，她使劲地抓着自己的肌肤，但却丝毫缓解不了那种痛不欲生的感觉。为了吸毒，她不但花光了所有的积蓄，连居住的房子也卖掉了。当她无力再负担昂贵的毒资时，只好靠卖身来满足对毒品的需要。她已经好几天没有挣到钱了，她希望今晚能碰到一个出手大方的客人。

看着天色已经暗淡下来，她从枕头下拿出一个小纸包，这是她剩下的最后一包毒品。她必须吸掉才能打起精神去寻找客人。如果今晚再挣不到钱，明天她便会遭受毒瘾的折磨。

夏青闭上眼睛，像渴望已久的恋人，贪婪地吸食着毒品。不一会儿，她便感到自己飞了起来，飞到了空中。

也不知过了多长时间，她开始从云端向下滑落。她睁开眼睛，缓缓地从飘忽的状态中走出来。梦幻般的感觉消失了，现实还是那样残酷。她依旧躺在简陋的出租屋，她还得为了吸毒去卖身。

吸食完毒品，夏青便开始对着镜子化妆。她突然发现额头出现了几道淡淡的细纹。她在心中不断地感叹着时光的流逝，再过一些年，她也会变成一个黄脸婆。当她失去了讨男人欢心的容颜时，她该怎样在这个世界上生存下去？她长长地叹了一口气，便拿起镜子前的化妆盒，开始涂脂抹粉……

夏青化完妆，吃了一顿简单的饭，便乘出租车来到一家酒吧。她坐在一张空桌旁边，要了一杯红酒慢慢品着。时间不长，她的目光落在一位独坐的男人身上。她观察了一会儿，便端起酒杯，走到男人旁边说："可以聊一会儿吗？"

男人看了看她，向她点了点头。

夏青坐下来，喝了一口酒，然后问男人："你需要女人？"

"没错。"

"我可以陪你吗？"

男人点了点头说："你开个价吧。"

"快餐八百，包夜一千。"为了留下讨价还价的余地，夏青故意抬高了价钱。

对方看了她一眼说："我掏两千。"

夏青惊异地望着对方。

男人掏出钱夹，数了二十张钞票，递到了夏青手中。

夏青将钞票放进包中，然后对男人说："先生，你是不是先洗个澡？"

男人摇了摇头说："不需要。"

夏青用手抚摸着男人的下身，感觉男人变硬了，便躺到床上，闭上眼睛等待着。她想尽快进入程序，尽快结束这次交易。

夏青感到自己的灵魂已经离开身体，升到了空中。她飘浮在空中，看着自己的身体被男人蹂躏着，撕裂着；她看见男人像蛇一样，钻进了她身体的每一个孔洞之中；她看见自己痛苦地扭曲着，抽搐着……

夏青挣扎了很长时间，便放弃了这种无济于事的反抗。她痛苦地闭上了眼睛，泪水不断地涌出她的眼眶，顺着脸颊向下流淌着……

五十三

冬季的夜晚，曹功坐在火车上，听着车轮与铁轨碰撞的声音，心中感到一片茫然。

经过四年的煎熬，曹功终于迎来了渴望已久的自由。他走出监狱的第一件事，便是跪在父母的坟前痛哭。他在父母坟前待了很久，才回到了东城村的老屋。因为长时间无人居住，老屋的房子已经坍塌。他在废墟上站了很长时间，才在曹越的劝说下，坐上了去深圳的火车。他在泾源县已经没有立足之地，只能去深圳和贾丽娟一起生活。在监狱服刑期间，他一直与贾丽娟保持着联系。贾丽娟告诉曹功，她在深圳生活得很好，让曹功不要为她担心。

　　经过一天一夜的颠簸，列车到达了深圳车站。曹功见到贾丽娟的一瞬间，便产生了一种陌生的感觉。贾丽娟脸上抹着厚厚的脂粉，嘴唇上涂着一圈鲜艳的口红。看着眼前的贾丽娟，曹功感到很不适应。他甚至怀疑自己的眼睛，怀疑自己是否认错了人。

　　贾丽娟也打量着曹功。曹功的衣着凌乱不堪，疲惫的脸上布满了倦意。他们对视了很长时间，曹功才对贾丽娟说："几年不见，没想到你变化这么大。"

　　贾丽娟淡淡地说："我们找个地方谈谈吧。"

　　曹功点了点头。

　　他们在车站旁边的一家小茶馆坐下后，贾丽娟沉默了一会儿对曹功说："我对不起你，我一直在骗你。几年前，我来到深圳找儿子，儿子却离开了深圳。从此以后，我们就失去了联系。我本想买一套小房子居住下来，可那点钱在深圳连卫生间都买不起。我只好租了一间房子，打算找一份工作维持生活。可像我这种没有一技之长的人，在深圳是很难找到工作的。几年时间过去了，卖房的钱花光了。我穷途末路时，碰见了一个男人。为了生存下去，我和他同居了。"

　　曹功惊异地看着贾丽娟。

　　贾丽娟继续说："我知道这件事不可能再对你隐瞒下去，所以就想做一个了断。"

　　曹功沉默了一会儿说："你打算怎么了断？"

　　"我只有两种选择。一种是和你离婚，与那个男人一起生活；另一种就是同那个男人分开，和你过日子。"

　　曹功开始沉默了。

　　贾丽娟又说："如果你想让我回到你身边，那我就离开他。"

　　"你心中是怎么想的？"

　　贾丽娟低着头说："我想和他在一起。"

　　曹功沉默地看着贾丽娟。

　　贾丽娟看了曹功一眼说："你不用现在就回答我，你可以考虑一段时间。在你做出决定之前，我不想让他知道这件事，我不想影响我以后的生活。"

曹功被动地点了点头。

"我在旁边的旅馆给你开了一间房，你可以在那里住上几天。等你考虑好了，我们再谈这件事。"

贾丽娟离开后，曹功躺在旅馆的床上，看着头顶的天花板发呆。他无法改变自己目前的处境，也改变不了贾丽娟的想法。他现在已经是一个身无分文的穷光蛋，贾丽娟不愿与他过贫困的生活也可以理解。虽然他和贾丽娟还是名义上的夫妻，可贾丽娟的心早已经不在他这里了，强行将他们扭在一起对两个人来说都是一种痛苦。他不想将这种没有意义的婚姻维持下去。他想给自己一个解脱，也给对方一个机会。

几天以后，曹功和贾丽娟回到泾塬县。他们办理完离婚的手续，贾丽娟愧疚地对曹功说："你别怪我。我也是没有办法，我不能不为自己考虑。如果我选择和你一起，以后的日子会很艰难。我不想过那种颠沛流离的生活，我只能选择一个在经济上有保障的男人。"

曹功点了点头说："我能理解。人往高处走，水往低处流。"

贾丽娟从包里拿出一沓钞票，对曹功说："这是一万块钱。尽管不算很多，但可以保障你一段时间的生活所需。"

曹功摇了摇头说："我不需要，你自己留着吧。"

贾丽娟怔怔地看着曹功。

曹功离开贾丽娟，向前走了一段路，顺手将离婚证丢进了路边的垃圾桶。

冬季的泾塬县城，天灰蒙蒙的，街道两边落满了树叶。一阵风吹来，干枯的树叶便随风而起，在空中飞舞着飘向远方。

曹功迎着风向前行走着。路过商业街时，他忽然想起吕晴的服装店就在这条街上。他服刑期间，吕晴看过他很多次。前一段时间，吕晴还问他出狱后的打算，他告诉吕晴，他要去深圳找贾丽娟。吕晴沉默了一会儿对他说："如果你在深圳待不下去了，就回泾塬县来找我。"曹功很感激吕晴，想对吕晴说几句感激的话，可他又不想打扰吕晴的生活，更不想让吕晴知道自己现在的状况。他犹豫了很长时间，又转身向汽车站走去了。

曹功乘班车来到西京。他走出汽车站，在街上转了一会儿，又回到了汽车站。他不知道自己的归宿在哪里，他想去一个遥远的地方了却残生，可他身上的钱已经所剩无几。他看了看售票窗口上方的票价表，便购买了一张去渭城的车票。

傍晚时分，班车到达了渭城郊区。曹功走下车，麻木地向前走着。天空中飘着鹅毛大雪，他的心中也是一片空白。雪花借着风力打在他脸上，他却没有一点冷和痛的感觉。

夜幕降临时，他的肚子已经饿得咕咕叫。可他兜里只剩下五毛钱，连最便宜的一碗面都吃不起。他向四周望了望，看见路边有一个铺设下水管道的工地，工地旁边有一座用铁皮搭建起来的工棚。他找了一块木板，铺在屋檐下面，然后坐在木板上，双手插进袖中，尽量地蜷缩着身体，抵挡着寒风的侵袭。他看着在路灯下飞舞的雪花，忽然想起了卖火柴的小女孩。他感到他们的处境非常相似，他们都是在一个下雪的夜晚流落街头，他们都处于一种饥寒交迫的无助状态。他甚至感觉自己还不如卖火柴的小女孩，小女孩还可以用剩下的火柴取暖，尽管火柴释放出的热量非常有限，却给小女孩带来了温暖和希望，在微弱的火光中，小女孩幸福地离开了这个世界。可他连一根可以点燃的火柴都没有，他拥有的只是一具瑟瑟发抖的躯体。他感觉寒冷正透过衣服，吞噬着他身体的热量。随着时间的推移，他的眼睛变得模糊起来。他似乎看见卖火柴的小女孩划着了最后一根火柴，他看见那根火柴在黑暗中一闪一闪地燃烧着。他感觉到了火苗温暖的气息，他的身体开始变得暖和起来。他又看见燃烧的火苗不断地膨胀着，然后变成了一位慈祥的圣诞老人。圣诞老人面带微笑，领着他走进了天堂。天堂十分温暖和温馨，有许多食物可以供他享用。他看见自己围在燃烧的壁炉旁边，大口吃着香喷喷的香肠与面包。他陶醉在这种美好的感觉之中，他再也不用经受严寒与饥饿的折磨。他的意识开始一点一点地涣散，然后消失在一片黑暗之中……

半夜时分，一个叫山娃的民工到工棚外面方便，发现了昏迷的曹功，便和几个工友将曹功抬进了工棚。

第二天早晨，曹功醒过来时，发现自己躺在一个陌生的环境中。山娃见曹功坐起来了，便走到曹功跟前说："你昨晚是不是喝酒了？"

曹功摇了摇头。

山娃又说："那你躺在冰天雪地中不怕被冻死吗？要不是我发现了你，你早就没命了。"

曹功感激地看了山娃一眼，然后挣扎着从床上下来。

山娃用疑惑的目光看着曹功说："你准备去哪儿？"

曹功摇了摇头说："不知道，走到哪儿算哪儿。"

"你家在什么地方？"

曹功叹了一口气说："我没有家。"

山娃同情地说："既然没地方可去，还不如先待在这里。等想好了要去的地方，再走也不迟。"

曹功思索了一会儿说："你能不能给我找个活干？"

"这件事我决定不了，必须工头同意才行。"看见曹功一脸的失望，他又对曹功说："工头是个好人。早晨他来到工棚，看见你躺在床上，便问你是什么人。我把你的情况给他说了，他沉默了一会儿便离开了。如果没有他的许可，你不可能一直躺在这里。"

曹功犹豫地说："你能不能领我去找工头？"

山娃点了点头，领着曹功来到工头的住处。工头见曹功没地方可去，便答应了曹功的请求。考虑到曹功不具备干其他活的技术，工头便将搅拌混凝土的活分给了曹功。

元旦前夕，一场纷纷扬扬的大雪覆盖了渭城市区，铺设管道的工程也进入了倒计时阶段。一辆吊车吊着水泥管道在空中移动时，管道忽然从钢索中滑脱出来，落在了积雪的土堆上，又迅速向坑道下方滚去。如果管道滚落到坑道之中，便会砸着在坑道中施工的工人。在这千钧一发的时刻，曹功拿起铁锹，冲到管道旁边，将铁锹插在了管道前面。只听见"嘎嘣"一声，整把铁锹被管道轧断了，管道也因此停止了滚动。人们长长舒了一口气，赶紧喊着坑道下方的工人。不一会儿，山娃便和几个工人从坑道中爬了上来。

为了报答曹功的救命之恩，晚上收工以后，山娃便拉着曹功去夜市吃饭。山娃要了一瓶白酒，两个人边喝边聊。山娃告诉曹功，他家在甘肃的大山之中，因为贫穷，他才出来打工。看着曹功沉默的样子，山娃好奇地问："我看你不像农民。你到底是干什么的？为什么要出来干这么累的活？"

曹功趁着酒劲将自己的遭遇向山娃讲了。

山娃同情地问曹功："那你以后怎么办？"

曹功叹了一口气说："我也不知道。只能走一步算一步。"

春节前夕，铺设管道的工程结束了，临时搭建的工棚也要拆除了。山娃准备回家时，便问曹功："你打算去什么地方？"

曹功摇了摇头。

山娃沉默了一会儿说："你认识字吧？"

曹功点了点头。

山娃又说："我们学堂缺一位代课老师，你想不想去？"

曹功对山娃说："我没当过老师。"

"没关系，只要能教孩子们识字就可以了。"

曹功思索了一会儿说："我可以试一试。"

这天下午，曹功便跟着山娃坐上了去甘肃的长途汽车。

五十四

春节过后，曹越将母亲接到了西京。

母亲住了一段时间，感到很不适应，便要求回东城村。曹越劝不住母亲，只好答应等母亲过完生日便送她回家。

周末休息时，曹越带着母亲来到了大雁塔。

大雁塔始建于唐朝，是唐高宗为供奉玄奘法师从印度带回的舍利和梵文经典而建造的一座佛塔。大雁塔旁边是著名的佛家圣地大慈恩寺，是玄奘法师译经和讲经布道的地方。

曹越陪着母亲在大慈恩寺游览时，母亲跪在观音菩萨的塑像前，闭着眼睛许了一个愿。母亲从塑像前站起来，看了看旁边的功德箱，便对曹越说："你替我捐点钱。捐了钱，许下的愿望才会实现。"

曹越将钱投进了功德箱，然后问母亲："你许什么愿了？"

母亲摇着头说："不能说，说出来就不灵验了。"

曹越想陪母亲到大雁塔上面看一看，母亲摇着头说："人老了，胳膊腿都硬了，上不去了。"母亲围着大雁塔转了一圈，又走到玄奘的塑像前，虔诚地拜了几拜，然后对曹越说："人这一生要积德行善，少做坏事，将来到了阴间就不受罪了。"

曹越点了点头，又领着母亲来到大雁塔旁边的民俗街。时间不长，母亲便停在一个小店门前，看着挂在商店里面的一件大襟衫。

大襟衫的扣子不在胸前，而是在衣服的左侧。很多年以前，大襟衫在关中一带很流行，是女人最常见的服饰。后来由于经济和社会的发展，大襟衫退出了人们的视野。现在，也只有在这种卖民俗物品的市场，才能看到这种历史的遗留物。母亲的前半生是穿着大襟衫度过的，她对这种具有民俗特色的服装情有独钟。看着母亲迟迟不肯离开，曹越便替母亲买下了那套大襟衫式样的衣服。

母亲回到家，将买回来的衣服叠起来，放进了自己的行囊中。曹越看见了，便对母亲说："这套衣服你别穿了，留作一个纪念就行了。"

母亲看了曹越一眼说："这是我给自己准备的老衣。"

"你身体没病没痛，现在考虑这些东西太早了。"

母亲叹了一口气说："没病没痛，这是我的福分。到了我这种年龄，也应该考虑身后的事情了。"

曹越岔开话题对母亲说："明天，让静雅陪你到街上买几件衣服。"

母亲摇了摇头说："有衣服穿就行了，干吗花那些钱。"

曹越知道母亲的脾性。她不愿意的事情，谁也别想强迫她。曹越只好让叶静雅根据母亲的身材，背着母亲买几身好一点的衣服。

母亲生日的那天晚上，曹越和叶静雅做了一桌丰盛的饭菜。母亲坐在饭桌旁边，看着放在自己面前的一杯饮料，对曹越和叶静雅说："我想喝点啤酒。"

曹越让叶静雅给母亲换了一只倒上啤酒的杯子，母亲满意地向他们点了点头。

叶静雅看了曹越一眼，便端起酒杯对曹越说："我们祝妈福如东海，寿比南山。"

母亲喝了一口酒，对他们说："你们吃菜，快吃菜。"

叶静雅说："妈，今天你是寿星，你先动筷子。"

"都是一家人，哪来这么多规矩。"母亲拿起筷子夹了一口菜，然后对他们说："你们快吃。"

曹越点了点头，又拿出给母亲准备的一本相册。相册中有全家人不同时期的照片，母亲一页一页地向后翻阅着。看到一张全家福的照片，母亲对他们说："这张照片是功儿给我们照的。那时越儿正在西京上学，所以照片中没有越儿。"

母亲翻完最后一张照片，合上相册对曹越和叶静雅说："人老了总是怀旧，总是想着不在身边的儿女，想着那些已经离去的亲人。有了这本相册，我就可以随时看到那些想念的人了。"

母亲放下手中的相册，拿起酒杯喝了一口酒。

叶静雅趁机拿出给母亲买的衣服。母亲用手摸着衣服说："这些衣服很贵吧？"

叶静雅说："你别管这些。只要你穿着合适就行。"

母亲点了点头，拿起桌上的酒杯。看见杯中没酒了，她又对叶静雅说："来，替我再倒一杯酒。"

曹越劝母亲说："你已经喝了一大杯了。"

母亲对他们说："没事。人老了，高兴时就想喝点酒。再喝一杯，要倒满。"

曹越向叶静雅点了头，叶静雅又给母亲倒了一杯酒。

母亲端起酒杯喝了一口，然后对曹越说："静雅是个懂事的好媳妇。如果你敢对她不好，我可不会轻饶你。"

　　曹越笑着说："怎么会呢？"

　　"我想你也不会。"母亲看了他们一眼，又对他们说："你们什么都好，只有一件事让我放心不下。为这事，我还在菩萨面前许过愿。"

　　曹越问母亲："什么事能让你这么操心？"

　　母亲看了他们一眼说："你们什么时候能给我生一个小孙子？"

　　叶静雅不好意思地低下了头。

　　曹越向母亲解释说："我陪她检查了好几次，大夫说调理一段时间就好了。"

　　母亲点了点头说："那你们抓紧时间，我想在我活着的时候抱上孙子。"

　　曹越笑着对母亲说："妈，你就别操这份心了。你现在的任务就是养好身体，安享晚年。"

　　母亲又点了点头说："我能活到这份上，已经很知足了。只要能看着你们和梅子都过得幸福，我这心里比什么都高兴。我现在也不用为你们操心了，倒是你们常常惦记我这个老太婆。唉！人老了，虽说没什么大病，可也不中用了。"

　　叶静雅对母亲说："妈，你怎能这么想？谁没有老的时候？"

　　"话是这么个话，理可不是这么个理。就说咱们村的张老太，都老糊涂了，连自己是谁都不知道了。可她就是死不了，拖累了儿女十几年才撒手西去。我啊，我要活到那个份上……"

　　曹越打断母亲的话说："今天是给你过生日，你看你都说些什么。"

　　母亲点了点头说："好，不说了，不说这些事了。"

　　母亲又和他们聊了一会儿，然后站起来对他们说："你们吃吧。我吃饱了，想躺一会儿。"

　　叶静雅挽着母亲进了卧室，又扶着母亲躺好，然后便关上灯和房门离开了。

　　第二天早晨，叶静雅见母亲还没起床，便推开母亲房间的门。母亲穿着大衿衫躺在床上，两只眼睛微微地闭着，脸上带着微笑和安详。叶静雅喊了母亲一声，见母亲没有回应，便跑到母亲身边，大声呼喊着母亲，可母亲再也听不见她的声音了……

　　东城村的人们都说："老太太无疾而终，是带着微笑走的，是到天堂享福去了。"可曹越心中却不这么想,他没有想到母亲会猝死。如果他知道母亲会出意外,他一定会守在母亲的身边……

五十五

在中国的南端,有一个叫深圳的小渔村。20世纪70年代末,小渔村被规划为中国的第一个经济特区。随后,一座座工厂像细胞分裂般在小渔村扩张,一幢幢高楼也像雨后春笋般在小渔村拔地而起。伴随着工业和经济的快速发展,深圳也成为很多人实现梦想的首选之地。

几年前,桑翠萍也跟着追梦人的脚步来到了深圳。在经历了很多艰难之后,她在一家玩具厂找到了一份销售的工作。

半个月前,桑翠萍所在的玩具厂开始与一家欧洲经销商洽谈生意。当时国内的玩具生产量很大,已经远远超出了市场的需求。在这种背景下,市场竞争已经到了你死我活的白热化状态。为了避开国内市场的激烈竞争,很多厂家都将目光瞄准了国外。为了在市场中生存下来,厂长郑大才亲自挂帅,领着销售部门的几名主管,同外商进行了好几轮谈判,都没取得实质性的进展。郑大才已经将价格降到了最低,可仍然达不到外商的要求。如果继续向外商让步,生产成本就会高于销售价格,过不了多长时间,玩具厂便会因为亏损而倒闭。可是不降低价格,失去了外商的订单,玩具厂也会被市场淘汰。郑大才陷入了两难的境地,降价也是倒闭,不降价也是倒闭。他急得像热锅上的蚂蚁一样,却想不出任何解决问题的办法。

这件事对于郑大才来说是一次巨大的挑战,但对桑翠萍来说却是一次难得的机遇。桑翠萍在东风机械厂干过销售工作,积累了很多谈判和应对危机的经验。可她只是销售部门的一名普通人员,没有资格参与这种高级别的谈判。她得知与外商的谈判陷入了僵局,便去上网查阅了很多资料,在充分了解欧洲玩具市场的具体情况后,她思索出了一条使玩具厂走出困境的新路子。她没有急于将自己的想法说出来，她必须为自己的想法找到充分的依据。

郑大才召开了一次会议，会议的内容是：探讨玩具厂的前途与发展方向，研究与外商谈判的策略和具体措施。除了各部门的经理外，销售部所有人员都参加了这次会议。

会场的气氛很凝重。郑大才首先介绍了与外商谈判的情况，然后对大家说："由于激烈的竞争，一大批玩具厂已经倒闭。我们要想在这波倒闭潮中生存下来，最基本的要求就是工人要有活干，生产不能停顿。可我们现在面临的状况是生产出来的玩具赔钱也卖不出去。为了改变这种状况，我们必须先拿到订单，然后安排后续的生产。否则，我们生产出来的东西就是一堆卖不出去的废品。我们已经失去了国内市场，现在唯一的希望就是拿下外商的这笔订单。这些天我睡得很少，整夜都在思索着这个问题，可到现在还没想出什么好办法。人常说，三个臭皮匠，顶个诸葛亮。今天开这个会的目的，就是要让大家想办法。如果玩具厂倒闭了，我郑大才会变成一个穷光蛋，在座的各位也会丢掉饭碗。我们是一条船上的乘客，船沉了谁也不能幸免。只有大家同舟共济，心往一处想、劲往一处使，才能力挽狂澜，扭转这种被动的局面。下面请大家发挥自己的聪明和智慧，为我们度过这次危机出奇谋划奇策。"

郑大才讲完这番话，便用期待的目光看着大家。

此时的桑翠萍已将资料准备充分，但她只是一名普通的销售人员，不能抢在各部门经理前面发言。她等了一会儿，见会场上一片沉默，这才站起来对大家说："我想谈谈我的想法。我认为我们现在面临的困难，既是挑战，也是机遇。如果我们能成功应对这些困难，我们厂不但不会倒闭，而且还可以获得更大的利润空间和更广阔的发展空间。"

看见大家都在用疑惑的目光看着自己，桑翠萍又接着说："我们已经将价格压到了最低，甚至已经到了赔钱的程度，可是外商还是不愿意和我们签合同。这是为什么？这都是恶性竞争造成的后果。假如我们能从这种你死我活的价格战中退出来，会是一种什么样的结果呢？"

"还能有什么样的结果？工厂不生产了，工人没活干了，这还不等于倒闭吗？"有人接着桑翠萍的话说。

"我只是说退出这种恶性竞争，并没有说我们就停止生产。我们不但不能停止生产，而且还应该扩大生产规模。"

大伙儿看着桑翠萍，都小声地议论着，她是不是疯了？大白天说梦话。

听着这些议论，郑大才开口说："我们静一静，听人家把话说完。"

会场暂时安静下来了。

桑翠萍感激地看了郑大才一眼，继续对在座的各位说："大家知道我们在与外商的谈判中为什么这样被动吗？我们是用我们的短处和别人的长处相比。我们的机械化程度低，人工成本相对较高。同那些国有企业相比，价格是我们的短板。如果光在价格上同他们竞争，我们没有战胜他们的机会。那么，我们该怎么办呢？在当前的情况下，我认为我们唯一的出路就是另辟蹊径。"

郑大才的眼睛一亮，兴奋地问桑翠萍："你说说怎么个另辟蹊径？"

"首先，我们必须了解外商需要什么样的产品，也就是欧洲市场需要什么样的产品。我做了一些调研，发现欧洲玩具市场最大的卖点是圣诞玩具。这说明了什么？说明我们在和外商谈判的过程中，削尖头去抢一粒小小的芝麻，而丢掉了一个硕大的西瓜。我们只看见了一个利润微薄却竞争激烈的小市场，而对另一个利润和潜力都非常巨大的市场却视而不见。欧洲每年对圣诞玩具的消费量大约在两亿件，而对中国玩具的消费量才几百万件。如果我们能占据欧洲圣诞玩具市场十分之一的份额，那就是两千万件，这是多么大的市场！有了这么大的市场，我们还愁没有订单、没有商机吗？"

大家对桑翠萍的这番话感到震惊。他们没有想到，一个普普通通的销售人员，竟然具有这么独到的眼光。

桑翠萍又接着刚才的话说："为了抓住这个商机，我们必须调整策略。我们可以将中国玩具的市场让给国有企业，而将我们的目标锁定在圣诞玩具上。这样，我们不但可以避开这种恶性竞争，还能开辟一个具有更大发展空间的新市场。"

几位部门经理讨论了一番，然后对桑翠萍说："我们连国内的玩具厂家都竞争不过，还能同那些技术比我们先进的欧洲生产商竞争吗？"

　　"这方面我也做过调研。欧洲的技术是比我们先进，可他们的人力成本要比我们高得多，甚至是我们的十几倍。综合起来，欧洲生产商的生产成本还是比我们高很多，我们有价格上的绝对优势。我就不信，在同等条件下，外商会选择价格昂贵的欧洲产品，而放弃价格低廉的中国产品。"

　　所有人都对桑翠萍投去了赞赏的目光，他们没想到桑翠萍会有这么独到的见解。

　　桑翠萍又继续说："这个策略成功的关键因素在于速度。在国有企业还没看到这种商机时，我们必须果断地做出决策，迅速占领这个市场。如果错过了这个机会，等到那些国有企业回过神来，我们就很难和他们竞争了。这就是我对我们厂应对当前危机的一些想法。妥与不妥，还请大家多提宝贵意见。"

　　桑翠萍结束了自己的发言，全场便响起了热烈的掌声。

　　郑大才等大家安静下来了，便一脸困惑地对桑翠萍说："你有没有考虑，再过一个星期，外商又要和我们谈判了。我们连玩具的样品都没有，怎么与外商洽谈这件事？"

　　桑翠萍将打印好的资料摆在大家面前，然后对郑大才说："我已经从网上下载了很多圣诞玩具的图片。我们可以在外商到来之前，依葫芦画瓢将这些样品赶出来。"

　　郑大才接受了桑翠萍的建议，要求生产部门全力以赴，按照图片尽快加工出样品。

　　几天以后，郑大才将赶制出来的样品摆在外商面前时，外商对这些圣诞玩具很感兴趣。经过一番谈判之后，郑大才同外商签订了一笔数目很大的订购合同。这笔合同的签订，不但使玩具厂避免了倒闭的命运，而且为玩具厂带来了巨大的利润，也为玩具厂以后的发展创造了巨大的空间。为此，郑大才特意举办了一场庆功大会。在庆功会上，他当场宣布任命桑翠萍为玩具厂的销售总监。

五十六

下午六点钟，桑翠萍处理完手头的事，看了看桌上的台历，才知道今天是情人节。她准备下班时，郑大才打电话问："晚上有什么安排吗？"

"我没什么事。"

"有个饭局，你参加一下。"

"需要安排其他人陪同吗？"

"不用，就你一个人。"

在去饭店的路上，桑翠萍问郑大才："今天接待哪位客人？"

郑大才一边开车，一边对桑翠萍说："去了你就知道了。"

他们走进饭店，桑翠萍又问郑大才："我们预订的哪个包间？"

"人不多，不需要包间。"

桑翠萍跟着郑大才在大厅中坐下后，便用疑惑的目光看着郑大才说："有几位客人？"

"一位。"

"客人什么时候到？"

"已经到了。"

桑翠萍扭头看了看，对郑大才说："客人在哪儿？"

"在我对面。"

桑翠萍疑惑地问："你对面？"

"是啊，我对面坐的就是你。"

桑翠萍惊异地说："我是你要请的客人？"

"我不可以请你吃一顿饭吗？"

"你是厂长，要请吃饭也应该是我请你。"桑翠萍当上销售总监好几个月了，她也想请郑大才吃一顿饭表示感谢，可考虑到郑大才是个单身男人，她一直没将这种想法付诸行动。

郑大才将点好的菜单交给服务员，然后对桑翠萍说："我今天是以一个男人的身份请你吃饭。"

　　桑翠萍惊异地望着郑大才。

　　郑大才又问："你知道我为什么请你吃饭吗？"

　　桑翠萍摇了摇头。

　　"那你知道今天是什么日子吗？"

　　桑翠萍点了点头。一个单身男士在情人节这天请一个女士吃饭意味着什么，桑翠萍心里很清楚。

　　郑大才很欣赏桑翠萍。除了佩服桑翠萍的工作能力之外，他心中还有更深层次的想法。他一个人支撑玩具厂太累，他需要桑翠萍这样的帮手，如果他们能组成一个家庭，两个人共同经营玩具厂，他的负担便会减轻很多。他看了桑翠萍一眼说："我想和你聊聊你个人的事情。"

　　桑翠萍沉默了一会儿说："我是一个离过婚的女人。"

　　"你丈夫在外面有女人了？"

　　"不，是我不好，我对不起他。"桑翠萍看了郑大才一眼，又对郑大才说，"我们不提过去的事情了，好吗？"

　　郑大才点了点头说："好吧。那你对自己以后的生活有什么打算？"

　　"走一步算一步吧。"

　　"为什么不重新组建一个新家庭？"

　　"哪个男人肯接受我这样的女人？"

　　"假如有男人想和你结婚，你愿意嫁给他吗？"

　　"那要看对方是什么样的人。如果是我讨厌的人，我宁可单身一辈子，也不会做婚姻的牺牲品。"

　　郑大才沉默了一会儿说："你讨厌我吗？"

　　桑翠萍睁大眼睛说："你？"然后又摇着头说："没想过，从来没想过。"

　　"为什么？"

　　"因为你是厂长，我是员工。"

　　"假如我今天对你说，我喜欢你，我想让你嫁给我，你愿意吗？"

桑翠萍开始沉默了。这件事来得太突然，她一点思想准备都没有。除了工作上的接触以外，她根本不了解郑大才，特别是不了解郑大才的私生活。

郑大才看了桑翠萍一眼，对她说："这件事你可以考虑考虑，不用现在就回答我。"

桑翠萍点了点头。

郑大才见桌上的菜上齐了，便开始与桑翠萍边吃边聊。他向桑翠萍讲了自己的经历，也向桑翠萍说了他的婚姻。他与前妻离婚后，便一个人来到深圳。他从一个打工仔开始，通过自己不断努力，才创建了这家玩具厂。他讲了他遇到的很多困难，也讲了自己这些年的感受……这天晚上他们聊了很多，直到饭店快要关门了，他们才结束了这次交流。

桑翠萍回到家中，躺在床上难以入眠。这些年来，她一个人生活得很辛苦，也很孤单。可由于工作一直不稳定，她从没想过再婚的事情。现在郑大才突然向她求婚，她反而感到无所适从。如果考虑结婚的对象，郑大才倒是不错的人选。可让桑翠萍想不通的是：郑大才身边并不缺少女人，为什么要找一个离过婚的女人？这难免使桑翠萍产生一些顾虑，她想多了解郑大才一段时间再做决定。

此后一段时间，桑翠萍又与郑大才吃过几次饭。桑翠萍特别留意郑大才工作之外的个人行为，她感到郑大才并不是那种私生活混乱的男人。除了工作和生意上的交往，郑大才很少接触其他的女性。每次吃完饭，郑大才都会送她到居住的小区。看着郑大才离开的背影，她心中便会有一种感动。她已经从心里面接受了郑大才，她觉得郑大才会给她一种安全感。

一次陪客户吃饭，郑大才酒喝多了。桑翠萍送郑大才回家，郑大才躺在床上对桑翠萍说："我不想让你离开，我想让你陪着我。"

桑翠萍点了点头说："我陪着你。你赶快睡觉。"

"我要你陪我一辈子。"

桑翠萍握着郑大才的手说："我答应你，我陪你一辈子。"

郑大才向桑翠萍笑了笑，然后满足地闭上了眼睛。

一个月后，在玩具厂员工的祝福中，他们举行了一场隆重的婚礼。

五十七

星期天上午，叶静雅打扫完屋子，便转身走进了厨房。

这段时间，叶静雅的心情特别好。经过多年的等待，她终于怀上了自己的孩子。为了使叶静雅顺利生下孩子，曹越主动承担了所有的家务。叶静雅不习惯这种养尊处优的生活，便主动干一些力所能及的家务。曹越昨晚在单位值班，再过一会儿就该回家了。她想在曹越回来之前准备好午饭，她不想将所有的事情都压到曹越身上。

叶静雅坐在厨房，拿起一把菜择着。不一会儿，一种疼痛的感觉便从胸部传到大脑中。她从凳子上站起来，向前走了几步，便感到两腿发软。她用手扶着厨房的门，奋力地支撑着身体。那种疼痛的感觉越来越剧烈，豆大的汗珠从她头上滚落下来。一阵剧烈的颤抖之后，她的意识开始变得模糊起来。她的身体慢慢地向下坠落着，抓着门的手滑落了……

曹越回到家时，叶静雅已经躺在血泊之中。剧烈的疼痛导致了子宫的痉挛，叶静雅腹中的孩子再一次流产了。

叶静雅被推出手术室时，伤心地对曹越说："孩子……我们的孩子又没了……"

曹越安慰叶静雅说："什么都别说了，你现在需要休息。"

叶静雅点了点头，痛苦地闭上了眼睛。

病房中只剩下他们两个人时，叶静雅睁开眼睛对曹越说："我这辈子可能生不了孩子了。"

曹越握着叶静雅的手说："有没有孩子无所谓。对于我来说，你才是最重要的。我什么都可以没有，但是不能没有你。"

叶静雅点了点头，又闭上了眼睛。

叶静雅腹中的胎儿流产之后，医生针对她胸部的疼痛做了进一步的检查。检查结果出来后，医生郑重地告诉曹越，叶静雅患了乳腺癌，而且已经到了晚期，必须尽快切除肿瘤，才有活下去的希望。

医生的话像钢刀一样插进了曹越心中。他刚刚失去了他们的孩子，现在又遇到了这种绝望的事情，他感到天都要塌下来了。他找了一个没人的地方，放声地痛哭了一场。当他的泪水哭干的时候，他知道自己必须坚强起来。他必须面对残酷的现实，他要尽一切可能挽救叶静雅的生命。

曹越回到病房，叶静雅还躺在床上流泪。这段时间，她一直没有从失去孩子的痛苦中解脱出来。看见曹越走进病房，她擦了擦脸上的泪水，对曹越说："检查的结果怎么样？"

曹越不想将真实情况告诉叶静雅，可他也知道这件事不可能长期对叶静雅隐瞒下去。他考虑到即将进行的手术，没有叶静雅的配合是不行的。他沉默了一会儿说："没什么大问题，医生说你左乳上有个硬块，他们怀疑是癌变，还在做进一步的检验。"

叶静雅的心情立刻沮丧到了极点。医生让曹越去办公室谈她的病情时，她便敏感地意识到情况可能不是很乐观，尽管她对自己的病情有所怀疑，可她没想到会患上可怕的癌症。

看着叶静雅沉默地闭上了眼睛，曹越握着叶静雅的手说："医生说了，就算那东西是癌变，也是可以治愈的。"

叶静雅睁开眼睛，流着泪水对曹越说："我不想离开你，不想离开这个世界。"

曹越强忍着不让自己的眼泪流出来。他用鼓励的目光看着叶静雅说："我们还有希望。哪怕只有一丝希望，我们也绝不放弃。你要答应我，不管有多难，你都要挺过来，坚强地活下去。"

听着曹越那发自肺腑的话语，看着曹越那关怀和希望的目光，叶静雅感动得热泪盈眶。叶静雅热爱生命，也热爱生活。她还有很多心愿没有完成，她还有很多事情没有做。为了实现这些愿望，她必须顽强地生存下去。她流着泪水对曹越说："为了你，为了我们这个幸福的家，我答应你。"

在冰霜雪寒之中，娇嫩的花儿已经凋谢。只有梅花还在严冬中傲放，她蔑视人间的一切苦难。她用坚韧不拔的抗争精神，展现着生命的坚强与崇高。

一个星期后，叶静雅被推进了手术室。

　　叶静雅从昏迷中苏醒过来时，曹越关心地问："伤口还疼吗？"

　　叶静雅看着曹越说："为了你，也为了我自己，我可以忍受任何痛苦。"

　　叶静雅的伤口恢复之后，医生建议她休养一段时间，然后再根据病情的发展，制订下一步的治疗方案。

　　半个月后，叶静雅到医院复查时，癌细胞已经转移到肺部。医生告诉曹越，他们已经没有办法挽救叶静雅的生命，他们所能做的就是尽量减少病人的痛苦。

　　曹越没有将真实情况告诉叶静雅，可叶静雅已经感觉到自己的时光不多了。在叶静雅的病房中，还住着一个小男孩和一位老人，他们也是癌症患者。小男孩经常走到叶静雅床边，向叶静雅诉说着自己的愿望。小男孩心中还没有死亡的概念，他只知道自己病了，需要住院治疗。他告诉叶静雅，等他的病治好了，他就会离开医院，回到朋友们身边。

　　时间在一天一天向后推移，小男孩的病情也在不断地加重。他已经没有力气走下床，也没有精力向叶静雅诉说自己的愿望了。可他那天真的眼睛始终抱着一种希望，一种回家的希望。有一天晚上，小男孩体温突然升高，呼吸变得急促起来。医生赶到病房，全力抢救小男孩的生命。可小男孩最终还是停止了呼吸，他那带着希望的眼睛也慢慢闭上了。病房中变得安静极了，没有一丝的声音，似乎一切都消失了，一切都不存在了。片刻之后，小男孩的妈妈忽然发出一声撕心裂肺的呼喊。这声音好像是从另一个世界发出来的，使人感到那么凄惨，那么恐怖……

　　小男孩的死对叶静雅的打击太大了。她感到在疾病面前，人是那样的渺小，那样的无能为力。一想到有一天自己也会和小男孩一样离开这个世界，她的心情变得更加沉重了。

　　为了减轻叶静雅的压力，在叶静雅生日的那天晚上，曹越将叶静雅接回了家，他想在家给叶静雅过一个轻松愉快的生日。

　　看着曹越将生日蜡烛插到了蛋糕上，一股幸福的暖流涌进叶静雅心中。当曹越为叶静雅唱起生日歌时，叶静雅感动得流下了幸福的泪水……

　　曹越陪叶静雅度过了一个愉快的生日后，便要送叶静雅回医院。叶静雅坚持要在家住一个晚上，她怕自己以后不会再有这种机会了。

曹越答应了叶静雅的要求。他打了一盆热水，将叶静雅的脚放进盆中，轻轻地用手揉搓着。

叶静雅坐在沙发上，闭着眼睛感受着。她希望自己永远都沉浸在这种幸福之中，可她也知道这种美好的日子不会太久了。想到这儿，一股伤感的泪水便从她眼中奔涌而出……

曹越替叶静雅洗完脚，抱着叶静雅躺在床上。半夜时分，他忽然听见叶静雅抽泣的声音。他打开灯，看见叶静雅流着眼泪，便关切地问："你怎么了？"

叶静雅用手擦了擦眼睛说："没什么。"

曹越将叶静雅搂进怀中，平静地对叶静雅说："想哭就哭吧，别闷在心里面。"

叶静雅拥抱着曹越说："我爱你，我不想离开你！"

曹越心中剧烈地颤动着，流下两行热泪……

第二天上午，叶静雅回到病房，发现老人的床空了。她询问护士之后，才知道老人昨晚离开了。她的心又一次受到了震撼，她感到死亡已经不可避免。她开始考虑自己身后的事情，她想为自己的人生画上最美丽的句号。

这天晚上，病房熄灯后，叶静雅躺在床上，看着窗外的月光，握着曹越的手说："我这一生有三个愿望：第一个愿望是爱一个爱我的男人，老天很眷顾我，让我遇到了你。在这方面，我很满足，也很知足。我的第二个愿望是想有一个我们自己的孩子，虽然这一愿望没能实现，可老天将大燕小燕赐给了我，我已经将她们当成了自己的孩子，我想看着她们长大成人，看着她们插上理想的翅膀，在天空中自由地飞翔……可我没这样的机会了。"她沉默了一会儿又说，"我想让你答应我一件事。"

曹越看着叶静雅说："什么事？"

"我答应过大燕小燕，要供她们上完大学。你能帮我了却这个心愿吗？"

曹越重重地点了点头。

叶静雅看了曹越一眼又说："我的第三个愿望是想写一本好书留给这个世

界，我不想让自己的生命像流星划过一样了无痕迹。这些年，我一直为写作准备资料，没想到在我即将动笔时，我的生命却走到了尽头。"

曹越不知道该怎样安慰叶静雅，他只能紧紧地握着叶静雅的手。

叶静雅沉默了一会儿，然后又对曹越说："我不遗憾，我还有希望。我将希望寄托在你身上，希望你能替我实现这一愿望。那些资料就放在书房的柜子中，我希望那些东西能对你有所帮助。"

曹越点了点头，忍住没哭。

叶静雅安排好这些事情后，又开始考虑另一件事。她想将自己的遗体捐献出去，她想为医学事业奉献一份爱心。病房中只剩下她和曹越时，她用征询的目光看着曹越说："我想和你商量一件事。"

曹越点了点头说："什么事？"

"我想将我的遗体捐献给医学院。"

曹越怔怔地望着叶静雅。

叶静雅又继续说："这件事我已经考虑很久了。现在征求你的意见，就是希望你能答应我。"

曹越摇着头说："你也知道，那些捐献的遗体都是用来解剖的，我不能接受你的身体被一次次用刀划开。尽管我知道你这样做的用意，可我还是说服不了我自己。"

叶静雅叹了一口气说："我知道你不忍心将我的身体捐出去，可你并不了解我内心的真实想法。癌症能夺去我的生命，却夺不走我为医学献身的愿望。我在与癌症的抗争中失败了，可我希望以后的人们能在医学的帮助下战胜癌症。这是我最大的愿望，也是我为这个世界奉献的最后一份爱心。"

泪不知不觉流了下来。从情感上讲，他无法接受叶静雅的遗体被当作人体标本。可当他看到叶静雅那恳求的目光时，他更不想让叶静雅带着遗憾离开这个世界。他沉默了很长时间，然后对叶静雅说："我答应你。"

叶静雅用感激的目光看了曹越一眼，然后对曹越说："我不想直接和我父母谈这件事，我怕他们接受不了。我想让你先从侧面给他们做做工作，等他们有了思想准备，我再和他们沟通。"

叶静雅又说："你现在就开始替我办理遗体捐献的手续。等我在捐献协议书上签上了自己的名字，我才会放心地离开这个世界。"

曹越点了点头。

五十八

随着时间的推移，叶静雅的病情不断地恶化着。剧烈的疼痛折磨着她，她只能靠注射杜冷丁得到暂时的安宁。

上午做完检查，医生告诉曹越：叶静雅的肺功能已经衰竭，随时都有可能停止呼吸。

曹越走出医生办公室时，泪水已经布满了他的脸颊。他不知道该怎样面对这样的结果，他也不知道自己还能做些什么。他不是上帝，他挽救不了叶静雅的生命，他只能在心中无助地呼喊着：上帝，你为什么要将这样的不幸降临到一个无辜的人身上？

下午打完吊针，叶静雅躺在床上，看着窗外纷纷扬扬的雪花，目光便落在一株盛开的梅花上。她盯着梅花看了一会儿，若有所思地问曹越："你还记得我最喜欢什么花吗？"

曹越点了点头说："梅花。"

叶静雅又问："我最喜欢的一首歌呢？"

"《一剪梅》。"

"我想听这首歌。"

曹越犹豫了一会儿，便小声地向叶静雅哼唱着这首歌：

　　真情像梅花开过，

　　冷冷冰雪不能淹没。

就在最冷枝头开放，

看见春天走向你我。

雪花飘飘北风萧萧，

天地一片苍茫。

一剪寒梅傲立雪中，

只为伊人飘香。

爱我所爱无怨无悔，

此情长留心间。

……

听着那熟悉的曲调与歌词，叶静雅紧紧地握着曹越的手，眼睛中也流出了激动的泪水。曹越被她的泪水感染了，不住地用手擦着眼泪。叶静雅接着曹越的歌声，反复地唱着一句歌词："爱我所爱无怨无悔，此情长留心间。"她想用这句歌词表达自己心中的感受。

夜幕降临以后，病房中只剩下他们两人时，叶静雅对曹越说："很久都没洗澡了，替我擦擦身子吧。"

曹越打了一盆热水，用湿毛巾在叶静雅脸上轻轻地擦拭着。

叶静雅闭着眼睛感受着这种温馨，她感激丈夫对她无微不至的关怀。她多想回报自己的丈夫，可病魔已经不给她这样的机会了。悲伤的泪水涌出眼睛，浸到湿润的毛巾中。

曹越替叶静雅擦洗完身体，叶静雅感觉身上舒服多了。她握着曹越的手说："我想静静地与你待一会儿。"

曹越默默地点了点头。

叶静雅用深情的目光看了曹越一眼，然后闭上了眼睛。她通过手与手的接触，与曹越进行着心与心的交流。她在这种感觉中沉醉了很久，然后睁开眼睛说："我这一生不后悔，因为我真正爱过一回。"

曹越点了点头，然后又摇了摇头。

叶静雅又说："我这辈子最大的遗憾是没能陪你走到最后，没能看到你实现自己的理想。"

曹越痛苦地说："我不要什么理想，我只想要你。"

叶静雅摇了摇头说："好男儿志存高远。我不想让你一生都这样颓废下去，我要你实现自己人生的价值。"

曹越擦了擦涌出眼睛的泪水，重重地向叶静雅点了点头。

叶静雅又对曹越说："如果我死了，你应该再找一个好女人过日子。"

曹越握着叶静雅的手说："你不会死，你永远都不会死！"

叶静雅淡淡地说："人怎么能不死呢？不死就成神仙了。"她停顿了一会儿又说："你说我死后会不会去天堂？"

曹越痛苦地点了点头，他感到自己的泪水像泉一样向外涌着。

叶静雅抬起手臂，替曹越擦了一把眼泪，微笑着对曹越说："那我就在天堂等你。"

曹越又点了点头。

叶静雅开心地笑了，她笑得很从容。她可以放下所有的牵挂，无憾地离开这个世界了。当她体内的杜冷丁失去作用时，剧烈的疼痛开始侵袭她的身体。

看着叶静雅痛苦的样子，曹越对叶静雅说："我去叫医生。"

叶静雅抓着曹越的手说："不用了，不用再麻烦医生了。"她看了曹越最后一眼，平静地闭上了眼睛。曹越感觉她的手不断地握紧着，最后慢慢地松开了……

三天以后，叶静雅的遗体告别仪式在医学院举行。现场站满了前来送别的人们，他们脸上布满了悲伤和惋惜。多好的人啊！怎么这么快就走了？在他们的心目中，叶静雅永远都是一个正直的人，一个善良的人，一个坚强的人，一个富有爱心的人。主持人怀着沉痛的心情对人们说：叶静雅虽然离开了，可她永远都活在我们心中，永远都是一个值得我们尊重和怀念的人……

当沉重的哀乐响起来时，曹越挪着沉重的脚步，走到叶静雅遗体旁边，做最后的告别。叶静雅的眼睛微微闭着，化了妆的脸红润而平静。看着叶静雅那熟悉的面孔，泪水禁不住模糊了曹越的眼睛。他沉浸在无限的悲痛中，忽然传来一阵撕心裂肺的声音。他扭头向旁边看了看，大燕小燕从门外跑进来。她们扑倒在叶静雅遗体上大声地哭泣着，她们大声地呼喊着她们的叶妈妈，可叶妈妈再也听不见她们的声音了……

五十九

夜已经很深，曹越的头脑依然被叶静雅满满地占据着。他默默地看着叶静雅的照片，心中充满了对美好岁月的回忆。

他忘不了他们手拉手走在田野上的一幕，他忘不了他们在草地上促膝谈心的情景，他忘不了他们在小溪边戏水的快意，他忘不了他们在树林中散步的愉悦，他忘不了他们在油菜花间追逐的快乐，他忘不了他们在酷暑中攀爬秦岭的兴奋，他忘不了他们在秋色中捡拾红叶的欢愉，他忘不了他们在飞舞的雪花中嬉戏的亢奋……

他想听她银铃般的笑声，他想看她充满阳光的笑容；他想欣赏她含情脉脉的眼睛，他想抚摸她柔软飘逸的长发；他想听她悠扬明快的歌声，他想看她优美欢快的舞步……

他回味着她的温柔与体贴。他看书疲倦时，她会端一杯热茶放在他面前；他值勤结束后，她会替他按摩酸痛的肩膀；他去单位上班，她会深情地嘱咐他注意身体；他下班回到家中，她会温情地为他脱下外衣……

过去的事情不断地在他头脑中掠过，他回忆着与她一起度过的温馨时光。他想与她相依相伴白头偕老，可她却抛下他，早早地离他而去……他感到心在剧烈地疼痛。为了缓解这种痛苦，他走出家门，沿着一条小路向前走着。

初春的夜晚，凉意袭人，小路上静悄悄的。青色的月光从天上抛洒下来，给人一种凄凉的感觉。夏日的晚上，曹越经常领着叶静雅在这条路上散步。他们肩并着肩、手拉着手，那种轻松和谐的气氛使他感到愉悦。如今只剩下他在这里孤独地徘徊，那些美好的记忆都成了昔日的梦。他的心突然被抽空了，变得空荡荡一无所有。他不断地搅动着思绪，让它飞向过去的时光。

曹越与叶静雅结婚时，叶静雅的朋友规劝，家人反对，可她毅然做出了一生中最重要的选择。为了缓解她心中的压力，曹越领她去了一趟九寨沟。

他们坐班车返回西京时，叶静雅依偎在曹越的肩膀上睡着了，曹越也闭着眼睛打盹。随着一阵刺耳的刹车声，曹越的身体不由自主地向前飞出去。他下意识地搂住了叶静雅，想用自己的身体保护叶静雅。在这个过程中，他的头重重地撞到了椅背上。他被弹回到座位上时，赶紧看了看叶静雅。叶静雅正依偎在他怀中，惊恐地看着周围的一切。

在一片恐慌和混乱之中，人们的目光都集中在一位中年男人身上。车祸发生前，他一直坐在副驾驶的位置上。紧急刹车时，他的上半身蹿出了车外。汽车的挡风玻璃被他的头撞得粉碎，破碎的玻璃撒落在他的背部。他的头向下垂着，血从头上流出来，淌过他的脸庞，不断地向下滴落着。一名农妇趴在他身上，大声哭喊着他的名字……

过了很长时间，司机才从惊恐中回过神来。在乘客的帮助下，司机将受伤的男人抬下车。男人已经失去了意识，呼吸也变得非常微弱。人们纷纷走下车，帮着司机想办法。两辆相撞的车堵塞了狭窄的山路，所有的车辆都被搁置在这荒郊野外。一个小时之后，人们才找到一辆三轮车，将受伤的男人拉走了。

在漫长的等待中，天色渐渐暗了下来。人们还未从恐慌中解脱出来，一位运送伤者的乘客回到车中，沉重地对大家说：那个男人死了，在去医院的路上断气了。人们立即被一种恐惧和不安的气氛包裹起来，他们不知道还要等多长时间，才能离开这使他们感到惶恐的地方。

叶静雅感到很压抑，她用惊恐的目光看着曹越说："我们出去走走吧。"

曹越点了点头，同叶静雅走出了车外。

明亮的月亮悬在空中，将外面的世界装饰成一片银色。一股冷冷的山风吹来，使人感到阵阵的凉意。山路上排列着一辆辆被堵的车辆，挨着山的一边站着很多等待的人。

曹越与叶静雅向前走了一会儿，看见一条通往山上的小路。他们沿着小路走了十几米，便在一块大石上坐下来。

叶静雅依偎在曹越怀中，摸着曹越头上鼓起的包，心痛地问曹越："还疼吗？"

曹越摇了摇头说："没事。比起那个死去的人，我可是幸运多了。"

叶静雅沉默了一会儿说："老天为什么会突然夺去一个人的生命？"

曹越叹息地说："天有不测风云，人有旦夕祸福，谁也无法阻止这种事情的发生。"

曹越对叶静雅说："我希望这个世界上所有的人都平平安安。"说完沉默地看着远方。

叶静雅又对曹越说："那个失去丈夫的女人真可怜，这样的打击对她来说太残酷了。"

曹越叹了一口气说："这个世界本来就是残缺的、不完美的。但愿人长久，百年共相依。"

叶静雅凝望着夜空，指着一对星星对曹越说："我要和你像那两颗相邻的星星一样，永远永远在一起，永远永远不分离。"

曹越也希望与叶静雅永远在一起，永远不分离。可现实却是残酷的，它夺走了叶静雅年轻的生命，留给曹越的只有无穷的思念和无尽的痛苦。每当曹越看到那些白发苍苍的夫妇牵着手散步，他都会感到自己的心在剧烈地疼痛着……

这段时间，曹越像失去了灵魂似的，被一种麻木和沮丧包裹着。他感到自己不能再这样下去了，他应该回到正常的生活之中。他望着遥远的星空，忽然感到叶静雅不再是一个普通的人，叶静雅已经化为他心目中的神灵。神灵是不能被忘却的，可神灵毕竟是天上的东西，就像那美丽的嫦娥一样，虽可望，却不可即。而他还要在现实世界生存下去，他不可能永远都活在神灵的影子中。他长长地叹了一口气，便向家的方向走去了。

曹越路过一所学校时，忽然想起了大燕小燕。叶静雅在世时，每个学期开学之前，都会给她们添置一些学习用具，买几身新衣服，再将准备好的学费和生活费交给她们的父亲黑牛。让曹越感到惭愧的是，大燕小燕已经开学很长时间了，他还没有完成叶静雅交代的事情。他叹了一口气，决定这个周末就去大燕小燕家。

六十

周末上午，曹越坐车来到秦岭脚下的小镇，又走了几十里山路，到达大燕小燕家时，黑牛正在门前砍着枯树枝。大燕小燕围在黑牛旁边，帮着将砍好的树枝堆放在屋檐下。

看见一个陌生人来到他们门前，黑牛便停下手中的斧子问曹越："你找谁？"黑牛只见过曹越一面，那还是在叶静雅的遗体捐献仪式上。当时，大燕小燕抱着叶静雅的遗体放声痛哭。为了使仪式继续进行下去，黑牛便拉着大燕小燕急急忙忙离开了。

曹越看了黑牛一眼说："老哥，你不记得我了？"

黑牛疑惑地看着曹越，小燕站起来对黑牛说："他是曹叔叔，是叶妈妈的丈夫。"

黑牛向曹越点了点头。

曹越将肩上的包放在旁边的石桌上，然后对小燕说："你看叔叔给你们带什么好东西了？"

小燕摇着头说："我们不要你的东西。"

"为什么？"

"我们只接受叶妈妈的东西。"

"我的东西就是叶妈妈的东西。"

"可叶妈妈是我们的妈妈，你什么都不是。"

曹越当时便愣在了那儿。

黑牛瞪了小燕一眼说："你胡说什么？曹叔叔大老远来看你们，还不赶快给曹叔叔倒杯水去！"

大燕在旁边应了一声，便拉着小燕进屋去了。

黑牛尴尬地对曹越说："小孩子不懂事，你别见怪。"

"怎么会呢？她们和我不是很熟悉，以后会慢慢好起来的。"

黑牛点了点头，拿起一个小方凳，让曹越坐在门前。大燕端着一杯水走出来，将水递到曹越手中，客气地对曹越说："曹叔叔，你别生气，小燕不是故意惹你生气的，她是想我们的叶妈妈了。"

曹越对大燕说："小燕是个好姑娘。叔叔不但不生小燕的气，而且还为叶妈妈有小燕和你这样的女儿感到高兴。"

大燕兴奋地说："我去告诉小燕，说你不生她的气。"

曹越点了点头。看见大燕向屋里跑去了，他愧疚地对黑牛说："老哥，真是对不住。我应该早早来看她们，可因为有很多事需要处理，我便将这件事情耽搁了。"

黑牛摇了摇头说："你没有对不住我们的地方，倒是我们应该感谢你们。我经常对大燕小燕说，要她们记着你们的恩情。清明节的时候，我还让她们给叶妈妈烧了一沓纸。"

曹越用感激的目光看了黑牛一眼，然后掏出一个信封对黑牛说："这是给大燕小燕的学费。"

黑牛对曹越说："谢谢老弟的一片心意。以前叶妈妈给她们的生活费，我节省着用，还剩下一些，等这些钱用完了再说。"

曹越摇了摇头说："你别推辞了，以前是什么样，现在也应该是什么样。你也不能太省钱，她们俩正是长身体的时候，你不能在生活上克扣她们。"

黑牛沉默了一会儿说："她们碰上你们这样的好人，是她们一生的福分。"

小燕在屋中听见曹越和黑牛的对话，便从屋里跑出来，哭着对曹越说："曹叔叔，你不要怪我，我以后再也不惹你生气了。"

曹越对小燕说："叔叔怎么会生气呢？叔叔不生小燕的气。"

"真的？"

曹越点了点头，又指着旁边的包对小燕说："你们将包里的东西收好了，我们一起去集镇。"

小燕问曹越："去集镇干什么？"

曹越看着小燕说："去给你们买几件新衣服。"曹越来大燕小燕家之前，便想到要给她们买衣服。可他不知道她们穿多大的衣码，也不知道她们喜欢什么样的服装。他便决定带她们到山下的集镇，让她们自己挑选喜欢的衣服。

小燕跑进屋中，将这个消息告诉了大燕，又拉着大燕跑出屋子，整理着曹越带来的东西。她从包里拿出一盏台灯，翻来覆去看了好几遍，然后疑惑地问大燕："这是什么东西？"

大燕接过台灯看了看，高兴地对小燕说："这是台灯。"

"台灯是干什么用的？"

"台灯是专门用来学习的。"

大燕点了点头，便和小燕拿着台灯跑进屋中。

曹越和黑牛坐在屋外，聊着大燕小燕上学的事。小燕已经上到了初中，每天都要走一个多小时的山路，才能到达山脚下的学校。好在有几个同村的孩子与小燕结伴，黑牛不用为此操太多的心。大燕也上到了高中，吃住都在学校。每个周末在家待一晚，第二天便返回学校。

曹越和黑牛正聊着，大燕小燕从屋里跑了出来。小燕拿着刚试完的台灯，兴奋地对曹越说："曹叔叔，谢谢你送我们的台灯。"

"不用谢。只要你们好好学习，就算对得起叔叔送你们的这些东西了。"

"我们一定会好好学习的。"小燕转身跑进屋里，拿着一沓奖状跑出来，兴奋地对曹越说："这些都是我和姐姐的。以前，叶妈妈来我们家时，我们会将这些拿给她看。现在叶妈妈不在了，没人看这些奖状了，也没人表扬我们了。"

曹越接过这些奖状，一张一张地看完了，然后对小燕说："叔叔没想到你们在学校表现得这么好。"看着小燕高兴的样子，曹越又说："你们要答应叔叔，以后要继续努力，每个学期都要拿回一张奖状给叔叔看。"

小燕点了点头对曹越说："我们一定会努力的，我们不会让你失望的。"

　　黑牛看了大燕小燕一眼，便对她们说："你们赶快去做饭。曹叔叔第一次到我们家，你们多炒几个菜招待曹叔叔。"

　　曹越对黑牛说："时间不早了，我还要赶回西京。我们到集镇上买完衣服，随便吃顿饭就可以了。"

　　黑牛点了点头，然后对大燕说："你赶快准备上学的东西。我们在镇上买完衣服，你直接去学校。"

　　大燕应了一声，走进屋去。

　　曹越看了黑牛一眼说："大燕这么早就去学校？"

　　"不早了。下了山，还要走好几个小时才能到学校。"

　　"没有公共汽车吗？"

　　"没有。那是一条偏僻的公路。"

　　"为什么不买一辆自行车？"

　　黑牛沉默了一会儿说："大燕嫌贵。"

　　曹越问黑牛："大燕会骑自行车吗？"

　　"会。"

　　曹越又问："山下的集镇上有卖自行车的吗？"

　　"有。"

　　"那我们顺便也把自行车的事情解决了。"

　　黑牛沉默了一会儿说："我早就有这种想法，只是买自行车的钱还没凑够。我想和你商量商量，能不能从你给她们的生活费中拿出一部分钱买自行车？"

　　曹越摇了摇头说："她们的生活费不能动，买自行车的事你也不用管。这辆自行车算我送给大燕的高中礼物，也算是对她的鼓励。"

　　"不能再让你破费了，你已经帮我们很多了。"

　　"老哥，这件事你不用管了。这点钱对我来说算不了什么，可对你们来说，可是好几个月的生活费。"

　　黑牛看着曹越点了点头。

　　小燕听见要给大燕买自行车，便高兴地向屋里喊着："姐姐，你有自行车了，你有自行车了！"

大燕从屋中跑出来，一脸疑惑地问小燕："你说什么？"

小燕大声说："你有自行车了！"

大燕又问小燕："你是说爸爸答应给我买自行车了？"

"不是的，是曹叔叔要给你买自行车。"

大燕兴奋地问曹越："小燕说的是真的吗？"

"是真的，小燕没骗你。"

大燕兴奋地从地上蹦了起来。她大声地向小燕喊着："我有自行车了，我以后再也不用走路去学校了！"

看着大燕高兴的样子，曹越和黑牛会心地笑了。

六十一

在一家高档饭店的大厅中，一场盛大的酒宴正在举行。今天是赵振波高中同学聚会的日子，也是他显示自己的一次难得的机会。

赵振波现在已经是身家千万的弄潮儿，他既是这次同学聚会的发起人，也是这次聚会费用的承担者。

赵振波在大厅中转了一圈，走到大厅中央的台子上，举着酒杯对大家说："同学们，我给大家准备了一个游戏，请大家一同参与。"

同学们放下手中的杯筷，将目光聚焦到赵振波身上。

赵振波说："很多同学都想知道，我到底为大家准备了什么节目。我现在告诉大家，这个游戏叫'仙女散花'。但是游戏中并没有真正的仙女，所谓的仙女只是几位漂亮的服务员，散的东西也不是花，是我送给你们的礼物。有些人想知道这些礼物是什么，我现在还不能告诉你们。我要强调的是，这些礼物并不是平均分配的。这个游戏的规则是，谁抢到了就归谁，谁抢得多就多得。"

大伙儿疑惑地看着赵振波，他们不知道赵振波的葫芦里卖的什么药。

在大家的期待中，赵振波向站在二楼的服务员喊了一声："'仙女散花'现在开始！"

服务员听见赵振波的喊声，便将一沓一沓的百元钞票扔向了空中。钞票像礼花一样在空中散开来，纷纷向下飘落着。

刚才还在发愣的同学们立刻变得疯狂起来，他们呼喊着离开了座位，奔向那令人眼花缭乱的钞票……

酒宴结束时，赵振波又邀请一些男同学去黄楼唱歌。为了显示自己的阔绰与热情，他给每个人都安排了一位小姐。他坐在小姐旁边，端着酒杯对小姐说："你是自己喝，还是让我喂你？"

小姐羞涩地看着赵振波。

赵振波喝了一口酒，将酒喂到小姐口中，对小姐说："这酒好不好？"

小姐点了点头。

赵振波又问："这酒美不美？"

小姐又点了点头。

赵振波瞪着眼睛说："那你为什么还不喝下去？"

小姐看了赵振波一眼，咽下了滞留在口中的酒。

赵振波又对小姐："我们再玩一个新花样。"

"只要先生高兴，玩什么都可以。"

赵振波刚想对小姐说些什么，老板娘走进来，小声地对他说："新来了几个外国妞，想不想尝尝异国风味？"

赵振波问："长相如何？"

"百里挑一。不然，也不敢给你赵先生介绍。"

"我先看看。"

"请跟我来。"

老板娘领着赵振波走进楼上的一个房间，房间里面站着三位穿着泳装的小姐。

老板娘见赵振波点了点头，便笑着对三位小姐说："姑娘们，你们今天算是碰上财神爷了。你们要好好侍候赵先生，一定要让他舒服满意才行。"

三位小姐点了点头，立刻将赵振波围了起来……

六十二

曹勇逃离洛阳后，先在一个砖窑做了几年苦工，又流落到豫陕交界的秦岭，在一家私人小金矿当矿工。

吃过晚饭，曹勇会独自到山间散步。天黑下来时，他便望着天空中的月亮发呆。他经常会想起家乡，想起自己的家人，从小煤窑逃出来后，他一直没回过家，也不敢同家人有任何联系。半个月前的一个晚上，他冒险去了邻村的一个朋友家。

朋友看见曹勇，一脸惊异地对曹勇说："孙根旺和那几个杀人的人都被枪毙了，警察也在寻找你的下落。"

曹勇看着朋友说："你还知道什么？"

朋友将曹勇家这些年发生的变故告诉了曹勇，又对他说："你堂兄也找过我。他很关心你，还特意留下了电话号码。如果你没路可走了，可以去找他。"

曹勇回到打工的金矿，家的概念便在他心中消失了。他不知道自己的归宿在哪里，他对自己的未来很迷茫。他一个人在空旷的山野待了很久，准备回工棚睡觉时，忽然听见有人喊他。他回头看了看，是矿主的女儿香草。一个月前，香草高中毕业来到矿上，帮矿主妻子给工人做饭。晚上闲下来后，香草也会在周围溜达一会儿。香草看了曹勇一眼，便疑惑地问曹勇："你是不是想媳妇了？"

曹勇摇了摇头说："我没有媳妇。"

"那就是想家了？"

"我也没有家。"

"你怎么会没有家呢？"

曹勇感到说漏嘴了，赶紧解释说："我从小爹妈就不在了。"

香草又问曹勇："你怎么会爆破的技术？"

"在煤矿学的。"

"你挖过煤？"

曹勇点了点头。

"在什么地方？"

"山西。"

"你是不是去过很多地方？"

曹勇又点了点头。

香草兴奋地说："那你给我讲讲外面的事。"香草从小在农村长大，也没出过远门，可她对外面的世界很感兴趣。在香草的要求下，曹勇给香草讲了许多他在外面的见闻。

从此以后，香草便开始关注曹勇。曹勇有一个习惯，每天吃过晚饭，都要去周边溜达一会儿。看见曹勇离开了工棚，香草也会跟着曹勇。他们会在一个地方停下来，天南地北地聊一会儿。香草来到金矿后，既没有电视可看，也没有可以说话的人。她和曹勇在一起聊天，也只是为了消磨时光。可随着时间的推移，她感到自己变了，变得心不在焉了。只要有一天看不见曹勇，她就会有一种空落落的感觉。

傍晚时分，曹勇穿着大裤头在山泉下冲澡。香草躲在房间，看见曹勇身体上隆起的肌肉，心中便充满了莫名的激动。

曹勇回到工棚，换了一身衣服，又向山间走去。

月亮已经升到了空中，将周围的世界染成了一片银色。曹勇坐在一块大石头上沉思时，香草便在曹勇身边坐下了。

曹勇看了香草一眼说："怎么还不休息？"

"我睡不着。"

"为什么？"

"我也不知道。"香草沉默了一会儿说："我想在你身上靠一会儿。"

曹勇看了香草一眼，犹豫地点了点头。

香草靠在曹勇身上，默默地闭上了眼睛。香草呼出来的气息湿润着曹勇的脸，挑逗和撩拨着曹勇敏感的神经。

香草心中也被一种激情灼烧着，当这种激情变得越来越强烈时，她便慌乱地抱住了曹勇。

曹勇心底的欲望被彻底激发了出来，他搂住香草疯狂地亲吻着。在惊慌和迷乱之中，他们从石头上滚落下来。在月光下，在山野中，在草地上，他们体验了男女间暴风骤雨般的激情……

那件事情发生后，曹勇感到很内疚。为了避免与香草再次相遇，他改变了晚饭后散步的习惯。而香草和以前一样，没什么明显的变化。看见一切都很正常，曹勇悬着的心才放了下来。

一个月后，香草感到身体不舒服，母亲带她到医院检查，却意外地发现她怀孕了。在父母的逼问下，香草只好将她与曹勇的事告诉了父母。

香草还是个未婚的姑娘，香草父亲不想将这件事闹得沸沸扬扬。他想让香草悄悄去做人工流产，再找个理由让曹勇离开金矿。可香草想嫁给曹勇，她想将肚子里的孩子生下来。父母劝了香草很长时间，都不能改变香草的想法。眼看着香草的肚子鼓起来了，父母只好同意了她的要求。他们只有香草这一个孩子，还需要香草给他们养老送终。他们从香草口中得知，曹勇父母早逝，又没结过婚，刚好符合他们招女婿的标准。从另一方面考虑，他们觉得曹勇是一个能吃苦的老实人，香草和这样的男人结婚，他们也放心。曹勇又懂爆破技术，以后将金矿交给曹勇经营，家里的日子也不会过得太差。

香草父亲和曹勇谈这件事情时，曹勇却回绝了香草的一片痴情。对于曹勇来说，如果能和香草这样的姑娘结婚，那真是天上掉馅饼的事，可他是一名潜逃的罪犯，他与普通人不一样。如果他答应与香草结婚，他就必须同香草去民政局登记。他不想因为这件事暴露自己的身份，更不想因为这件事被送进监狱。

香草父亲将曹勇的意思转达给香草，可香草却非曹勇不嫁。香草父亲便威胁曹勇说，如果曹勇还不接受这桩婚事，他便到公安局告发曹勇强奸香草。

如果这件事闹到了公安局，曹勇的身份立刻就会暴露。曹勇只好答应了和香草的婚事，随后便以回家取户口本为由离开了金矿。

六十三

曹勇离开金矿后，便坐车来到西京。他在大街上溜达了很久，却不知道该去什么地方。他身上的钱倒是不少，打工的钱全揣在身上。吃饭也不用发愁，哪个饭馆都能给他提供吃喝。最让他感到头疼的是，没有身份证，租不了房子，住个像样的宾馆也不行。听说城中村的小旅馆对身份证查得不严，他抱着试一试的心态，在一个小旅馆的二楼住下了。夜半时分，楼下传来了争吵的声音。他隔着房门听了一会儿，才知道是警察查验证件。他赶紧穿上衣服，翻出窗户，顺着下水管道爬到旅馆外面，急急忙忙逃走了。

他跑到很远的地方，回头向身后看了看。大街上静悄悄的，一个人影都没有。他喘了几口气，在一个角落坐下来。他将头奋拉在墙上，困顿地闭上眼睛。过了一会儿，他迷迷糊糊地进入了梦乡。他梦见两个青面獠牙的小鬼，用铁链套在他的脖子上，拉着他来到了阴曹地府。他战战兢兢地跪在阎王爷面前，阎王爷睁着灯笼似的眼睛问他："你叫曹勇？"

他小声地回答："是。"

阎王爷大声地说："快将你杀害'点子'的事从实招来！"

"我冤枉啊！那都是孙根旺让我干的。"

"孙根旺已经被我打入十八层地狱。你还不交代自己的罪行？"

"你饶了我吧，我再也不敢了！"

阎王爷勃然大怒："知错不改，罪加一等。你到现在还不认罪，还在为自己的罪行辩解。"阎王爷用惊堂木拍了拍桌子，对站在旁边的小鬼说："将曹勇打入十八层地狱，让他受尽折磨，永世不得超生！"

曹勇被拖到十八层地狱，立刻被恐怖的场面惊呆了。"乌鸦"在灼热的油锅中挣扎着，小鬼用铁叉翻转着他的躯体。曹勇吓得战战兢兢，被小鬼拖着向前走去。刚走了几步，他又看见"蔫狼"那扭曲的脸。在"蔫狼"的号叫声中，小鬼用利刃将"蔫狼"的人皮从身体上剥落下来。小鬼又拖着已经瘫软的曹勇继续前行，曹勇又看见"狐狸"被扔进了大火之中。"狐狸"的身体不断地扭曲变形，然后化作一股青色的烟雾消失了。曹勇吓得一句话也说不出来，小鬼拖着曹勇继续向地狱深处走去。随着一声惨叫，曹勇看见孙根旺被绑在一根柱子上。小鬼用刀割着孙根旺身上的皮肉，鲜血从孙根旺身体中向外流淌着。孙根旺痛苦地抽搐着，大声地号叫着……

　　看着这阴森的场面，曹勇吓得浑身打战。他不住地向小鬼喊着："我知错了，我认罪伏法，我再也不做伤天害理的事情了！"

　　小鬼并不理会他的哭喊，拖着他继续向前行走着……

　　曹勇忽然从梦中惊醒了，他回味着阎王爷的话："知错不改，罪加一等。"如果他还是一个有良知的人，他应该为自己的行为负责。他想去公安机关投案自首，可他又怕自己也像孙根旺一样被枪毙。他不想死，他还想活。当他否定了这一想法时，他又开始为自己以后的命运发愁。他无法像正常人一样生活，只能四处躲藏到处流浪，他已经受够了这种恐惧流浪的日子。万般无奈之下，他忽然想起朋友对他说过的话，他希望曹越能帮他指一条路。

　　天亮以后，曹勇吃完早点，便用公用电话拨通了曹越的电话。

　　曹越刚到单位，忽然接到曹勇的电话。他惊异地问曹勇："你在什么地方？"

　　曹勇犹豫了一会儿说："我在人民公园门口。"

　　"那你等着我，我现在就赶过去。"

　　曹越见到曹勇时，曹勇低着头一句话也不说。

　　曹越打量了曹勇一番说："我们找个地方说话吧。"

　　曹勇跟着曹越在一家茶馆坐下后，犹豫了一会儿对曹越说："我和孙根旺的事你都知道吧？"

　　曹越点了点头。

　　"孙根旺他们被抓的时候，我逃走了。"

　　"这些我都知道。"

"我逃走以后，就开始了东躲西藏的流浪生活。这些年，我每天都处于恐惧之中，我常常被噩梦惊醒。这种担惊受怕的日子，我实在过不下去了。我想让你给我出个主意，我现在到底该怎么办？"

"投案自首。这是你唯一的出路。"

曹勇脸上露出了恐惧的表情。他沉默了一会儿说："我是不是也会像孙根旺他们一样被判死刑？"

"不会的，你和孙根旺他们不一样。你是在孙根旺的教唆下实施的犯罪，而且你又是自己终止了这种犯罪行为。结合这几方面的因素，你最多被判几年。"

曹勇沮丧地说："我不想被关进监狱。"

曹越摇着头说："像你现在这样东躲西藏也不是个办法。我明确告诉你，你迟早会被抓住的。到了那时候，你的罪行只会加重。"

曹勇看了曹越一眼，便低着头不吭声了。

曹越又对曹勇说："你没有别的出路。你的后半生还很长，你不能一辈子都过这种东躲西藏颠沛流离的生活吧？"

曹勇抬起头对曹越说："我听你的。"

曹越点了点头说："你还有什么要交代的吗？"

曹勇犹豫了一会儿，便将他和香草的事告诉了曹越。

曹越又对曹勇说："为了香草，你也应该自首。等你从监狱出来后，你就可以给香草和她肚子里的孩子一个正常的家。"

"香草知道我是一个罪犯，她还会跟我吗？"

"这就要看缘分了。如果香草能理解你在这件事情中是被动的、被逼的，她也许会宽恕你。假如你不知悔改，一直这样潜逃下去，她永远都不会原谅你，因为你永远都不能尽一个丈夫和父亲的责任。"

曹勇又开始沉默了。

曹越看着曹勇说："你不要再为这件事情操心，我会抽空去一趟香草家。如果香草和她的家人原谅你了，你从监狱出来后就会和香草相聚。假如香草不能容忍你的过错，你也可以另找一个女人重新生活。"

"我再考虑考虑吧。"

"不用考虑了。好不容易下决心了，就应该快刀斩乱麻。"

曹勇点了点头说："自首之前，我想买一身新衣服，洗一个热水澡。"

曹越答应了曹勇的要求。他陪着曹勇买了一身衣服，又陪曹勇来到了公共澡堂。曹勇闭着眼睛躺在水中，享受着这种难得的轻松和舒畅。他已经卸下了沉重的包袱，他不用再为这件事担惊受怕了。他知道自己会被关进监狱，会暂时失去自由，可他的灵魂得到了安宁，他再也不用过那种颠沛流离、东躲西藏的流浪生活了……

曹勇在水里停留了很长时间，这才跟着曹越走出了澡堂。

曹勇跟着曹越来到公安局门口，从怀中掏出几沓钞票对曹越说："这是我这几年打工积攒的钱，暂时放到你这儿。"

曹越接过了曹勇手中的钞票。

曹勇又看了曹越一眼，转身向公安局走去。

六十四

初春的夜晚，过年的气息还没有完全消散，娱乐场所便开始营业了。

在西京南郊有一条布满按摩房的街道。这些按摩房打着按摩的招牌，暗中却干着卖淫嫖娼的勾当。为了吸引客人来店中消费，小姐们打扮得花枝招展，不时地向路过的男人招手示意，搔首弄姿。如果有男人驻足或放慢脚步，她们便会走到男人身边，连推带搡地将男人拉进店中享受。

公安机关也对这条街进行过清理整顿，可整顿后没几天又会死灰复燃。

晚上十点钟，曹越所在的派出所对这些按摩房进行了突击检查，很多参与卖淫嫖娼的男女被带到派出所接受审查。曹越审理完一位男性嫖客后，一位女性卖淫者被带进曹越的办公室。协警推搡着女人坐在椅子上，女人披散的头发遮住了大半张脸。曹越问女人："你叫什么名字？"

女人沉默地低着头。

曹越又重复了一遍刚才的话。

女人依然不吭声。

协警抓住女人的头发向后拽着，女人的头被迫抬了起来。看着女人那张毫无表情的脸，曹越怎么也不敢相信，他面前的女人竟然是夏青。

夏青走进房间时，看见曹越坐在里面。她当时就想退出去，可协警不断地推搡着她，她被迫坐到了曹越前面的椅子上。

协警拽着她的头发时，她努力与协警抗衡着。她感觉自己的头发被连根拔起，她甚至听见了头发从头皮里蹦出来的声音。当她的意志被这种疼痛的感觉摧垮时，她便放弃了这种徒劳的反抗。当她的头被迫抬起来的一瞬间，泪水立即涌出了她的眼眶。她感到曹越的目光像剑一样穿透了她的身体，审视着她的灵魂。她想离开这个屈辱的地方，可她的身子变得软软的，连站起来的力气都没有。在无助与无奈中，她心中的羞愧和自卑便转化成一种无法言状的痛苦，这种隐匿的不能释放的痛苦又迅速转化成对毒品的渴望。她需要用毒品来消除内心的折磨，也需要用毒品来麻痹受伤的心灵。这种需要刚开始还只是一个模糊的愿望，随后迅速地化作一团火，在她的身体中燃烧着，灼烤着她的五脏六腑，煎熬着她的皮肉筋骨。她的身体开始不受控制地颤抖起来。当她身体中的压力升高到她所能忍受的极限时，积聚的能量便从她的鼻子和嘴巴中喷射而出。她的身体摇晃了几下，便从椅子上向地面倒了下去。

曹越赶紧扶住夏青，让协警帮着将夏青抬到床上。夏青鼻孔中流着鼻涕，嘴巴中吐着白沫，不断地用手击打着自己的头部。曹越按住她的手，让她冷静下来。她摇着头向曹越喊着："我不想活了，你让我死吧！"

曹越很清楚这是毒瘾发作的表现，他怎么也想不到夏青会染上毒品。如果不及时控制这种症状，夏青很可能会休克甚至死亡，他立刻让协警帮自己将夏青送到了医院。医生给夏青注射了药物，夏青才渐渐安静下来。等夏青昏睡过去了，曹越点燃一支烟思索着。他不知道夏青这些年都经历了什么，也不知道夏青为什么会变成现在这种样子……

夏青被送到戒毒所后，每天都要经受毒瘾的折磨。她的脸剧烈地扭曲着，她的每寸肌肤、每条神经、每块骨头都被毒魔噬咬着。她尽量蜷缩着自己的身体，这是自娘胎中便具有的一种自我保护的方式。当她感到这种行为不起作用时，她又尽量伸张着躯体，似乎要将痛苦从身体中挤压出来。她大声地向工作人员喊着："我受不了，我不活了，你们让我去死吧……"

看着她疯狂的样子，工作人员只好给她注射镇静剂……

一个星期后，她的症状开始减轻。半个月后，她已经不需要注射药物来缓解身体的不适，可对毒品的渴望还根深蒂固地留在她的头脑中。每天晚上，隐匿的毒瘾便会从身体的各个部位钻出来，肆意地摧残着她的精神和肉体。各种各样的不舒服像蚂蚁一样啃咬着她的身体，她甚至感觉自己的骨头都是痒痒的。为了缓解这种不适，她使劲抓着骨头外面的皮肉。她身上被挠出了一道道的血印，可那种瘙痒的感觉依然如故。

这期间，曹越来看过夏青几次。每次离开时，曹越的心情都很沉重。他想知道夏青都经历了什么，可夏青一直对他保持沉默。他找到夏青的同学王亚兰了解情况。王亚兰对他说："夏青同张荣离婚后，精神上一直很空虚。"

"她为什么不再找一个人结婚？"

王亚兰叹了一口气说："我也问过她这个问题，可她摇着头对我说：曾经沧海难为水，除却巫山不是云。我能感觉到她还爱着你，你并没有从她心中消失。她在我面前说过很多次，说她不应该太看重物质的东西，不应该相信张荣，不应该离开你……"

曹越沉默地摇了摇头。

王亚兰又说："她将自己封闭在自己设定的心灵牢狱中。她没有感情可以寄托，也没人可以倾诉。时间长了，她便用吸毒麻痹自己。她将钱都扔进这个无底洞后，只能靠卖身来满足毒瘾。"

曹越与王亚兰道别后，心中便泛起一种复杂的情绪。他想帮夏青从这种状态中解脱出来，可他又不知道自己有没有这个能力。他们已经分开很多年，双方的心理都发生了很大变化。他们已经不是以前的恋人或者夫妻关系了，他明显感觉到他们之间有了一种陌生感。可不管怎么样，夏青都是他的前妻。他不希望夏青堕落下去，他只能尽力去帮夏青。

曹越又去看了夏青几次，让曹越感到欣慰的是，夏青的状态一次比一次好。她已经脱离毒品的控制，可以像正常人一样生活了。三个月的戒毒期结束后，曹越送夏青到居住的城中村村口，夏青便停下脚步对曹越说："谢谢你送我回家。"

曹越看着夏青说："我送你到住的地方吧。"

夏青说了一声："不用了，我自己能回去。"

曹越犹豫了一会儿，决定跟在夏青身后。夏青的情绪还不稳定，复吸的可能性还很大。他不想这样中断与夏青的联系，他必须搞清夏青居住的地方。

夏青看见曹越跟着自己，便停下脚步对曹越说："我已经说过'谢谢'了，你干吗还跟着我？如果你想羞辱我，那我现在就告诉你，我住的地方连猪窝狗窝都不如。你满意了吧？"

曹越怔怔地站在了那儿。

夏青看了曹越一眼，又向村子里面走去了。

看着夏青消失在人群中，曹越长长叹了一口气。他准备离开时，又在心中想，夏青可能连吃饭的钱都没有了。如果她连基本的生活都过不下去，她很可能会破罐子破摔，再次走上卖淫吸毒的老路。曹越感到自己不能这样离开，他必须找到夏青居住的地方。他在城中村转了很长时间，都没有看见夏青的影子。无奈之下，他只好在城中村的一条主街上守着，希望能发现夏青。

下午一点多，夏青在城中村的一家小饭馆吃完饭，走到住处时，忽然发现曹越站在门外。

曹越走进夏青的房间，看着夏青房间的摆设。靠墙的一边支着一张单人床，床旁边摆着一张小方桌，小方桌上放着一些化妆品。房间另一边立着一个简易的布衣柜，柜子的拉链半开着，里面挂着一些衣裙之类的服装。

曹越刚想找个地方坐下来，一个女人便走进房间对夏青说："几个月都不闪面，我还以为你不回来了。"女人一扭头看见了曹越，便从头到脚将曹越打量了一番，然后又对夏青说："你这房费倒是交还是不交？"

夏青哀求女人说："再缓几天行不行？"

"不行！你一而再再而三地骗我，我还能相信你吗？"

曹越询问了女人几句，才知道女人是夏青的房东。曹越问房东："她欠你多少房租？"

女人看了曹越一眼说："一千二百块。"

曹越从身上取出钱包，拿出一沓百元钞票，数了十二张递给女人。

女人将钱揣到兜里，便转身走出了房间。

曹越将钱包中剩下的钞票放在小方桌上，然后对夏青说："这点钱你先用着。过两天我再来看你。"

夏青没有吭声，怔怔地看着曹越走出了房间。

六十五

曹越回到家以后，心中充满了担忧。夏青没有正常的收入，连生存下去都很困难。如果不帮夏青解决这个问题，夏青很可能会重新走上以前的老路。现在最要紧的事便是给夏青找一份工作，让夏青依靠自己的能力生活下去。曹越思索了一会儿，便打电话给一个认识的饭店老板。他想让老板给夏青安排一份工作，没想到老板很爽快地答应了。

第二天下班后，曹越来找夏青。夏青冷冷地问："你来干什么？"

曹越沉默了一会儿说："我想知道你对自己以后的生活有什么打算？"

"这关你什么事？"

"我给你在一家饭店找了一份工作。"

"是不是我答应了，你就可以离开了？"

曹越点了点头说："我是特意为这件事来找你的。"

夏青看了曹越一眼说："那我谢谢你的好意。"

两天以后，夏青开始在饭店上班。每天下班后，她便坐在房间里面发呆，她不知道自己该怎样度过这些无聊的时间。为了驱赶心中的寂寞，她便走出房间，漫无目的地在大街上溜达着。

　　已经是晚上七八点钟，大街上依然熙熙攘攘。夏青经过一家夜总会时，忽然想起自己也曾经在这种场合风光过。那时候她还年轻，一个晚上便可以挣到很多钱。可随着时间的推移，她失去了年轻的容颜，便只能去按摩店勉强度日……

　　夏青摇了摇头，继续向前行走着。一辆出租车停在她旁边，从车上走下一个女人。女人看了她一眼，便喊了她一声。她扭头看了看，是以前的一位小姐妹。这位小姐妹叫小雪，和她在一家洗浴店待过。那时，小雪刚进入这种行业，对很多东西还不熟悉。她很关照小雪，经常给小雪一些力所能及的帮助。小雪不但跟她学会了接客，也跟她学会了吸毒。后来，她离开了洗浴店，她们之间便失去了联系。

　　小雪拉着夏青走进夜总会，找了一个位子坐下来，亲切地问夏青："姐，你现在干吗？"

　　夏青犹豫了一会儿说："在一家小饭店当收银员。"

　　小雪又问夏青："为什么不干老本行了？"

　　"姐老了，不值钱了。你也知道，在这种行业中，年老色衰的女人是混不下去的。"

　　"那倒也是。"

　　夏青看了小雪一眼说："你现在还做那种生意？"

　　"没有。我找了个有钱的老板。"

　　"是包养的？"

　　小雪点了点头说："他是南方的一个老板，几个月才来西京一次。"

　　"没想到你还能碰见这么好的事情。"

　　"好什么啊，一个人的日子也不好过。我今天来这里，就是想寻点乐子。"

　　夏青默默地看着小雪。恍惚之中，她似乎看见小雪正在走她以前走过的路。

　　小雪又对夏青说："今晚你陪我一起玩玩。"

　　夏青摇了摇头说："姐老了，对那些不感兴趣了。"

小雪怔怔地看着夏青。

夏青叹了一口气，站起来对小雪说：“你忙吧，我先走了。”

“留个电话号码吧，回头我联系你。”

“姐没那东西，也不需要那东西。”

小雪向服务员要了纸和笔，将自己的电话写下来，递给夏青说：“这是我的电话号码，你收好了。没事了给我打电话，我陪你逛逛街。”

夏青接过纸条，转身离开了夜总会。

休息日上午，夏青感觉很无聊，便约小雪逛了一会儿街，然后又走进一家小饭店。

小雪要了一瓶红酒，她们边喝边聊。一瓶酒喝完之后，小雪还想再要一瓶。夏青对小雪说：“姐不能喝了，再喝就要吐了。”

“那咱们找个地方唱一会儿歌吧？”

夏青摇着头说：“姐没那种兴致了。”

小雪思索了一会儿又说：“我想到了一个好玩的东西。”

“什么东西？”

“你不要问，只管跟着我走。”

小雪拉着夏青来到居住的地方，从抽屉里面取出两个小纸包，兴奋地对夏青说：“你想不想享受一下那种飘飘然的感觉？”

夏青问小雪：“你哪来的这东西？”

“我一直都在吸。你忘了你是怎么教我吸上这东西的吗？”

夏青开始沉默了。

小雪又说：“你怎么了？以前见了这东西，你眼睛都放绿光。”

小雪说的都是实话，可那都是以前的事情了。从戒毒所出来后，夏青一直对这些东西避之不及。她沉默了很长时间，才对小雪说：“我已经戒了。”

小雪问她：“你能忘记那种飘飘欲仙如梦如幻的感觉？”

小雪的话又勾起了夏青心中的欲望。

看着夏青沉默的样子，小雪倒了两杯红酒，然后对夏青说：“以前，你经常对我说，人生是短暂的，也是虚幻的，女人更是如此。你还说，我们这样的人和正常人不一样，没有家庭，没有生活，没有人关心，也没有人可怜。与其在悲哀和绝望中死去，还不如尽情在这个世界上享受一番。"

夏青心中剧烈地翻腾着。她端起一只酒杯，一口气喝完了杯中的酒。

小雪又给夏青倒了一杯酒，看着夏青说："我知道你现在很苦，也知道你不想再这么混下去。可是你能改变自己的过去吗？你改变不了。在这个社会，没有人会瞧得起我们，也没有人会把我们当朋友。我们跟他们不是一个世界的，我们走的是一条不归路。走上了这条路，就不可能再回头，也没回头路可走。"

夏青的脸变得扭曲起来。小雪的话像一把刀一样戳进了她心中，她感到自己像一个被抛弃的可怜虫，自卑屈辱地活在这个世界上。这个社会不容她，她也不可能融入这个社会。她只能活在自己的世界里，她只能在寂寞中孤独地死去。为什么不像小雪说的那样，让自己彻底放松？她点燃一支烟，吸了一口对小雪说："姐听你的。与其苦闷一生，还不如在这个虚幻的世界活得轻松一些。好久都没有享受那种梦幻般的感觉了，姐今天就陪你过过瘾。"

小雪点了点头，刚想打开装着毒品的纸包，却听见手机响了起来。她从包里取出手机，站在一边接完电话，然后紧张地对夏青说："那老东西回来了，已经到了小区门口。我得去接他，回头我们再联系。"她倒掉酒杯中的红酒，拿起一包毒品放进夏青包里，对夏青说："你拿回去自己享用，我不陪你了。"

夏青回到住处，从包中取出那包毒品，感觉手不停地抖动着。她似乎看见那白色的粉末在火苗的灼烧下，化成了一缕青色的烟雾；烟雾不断地在空中扭曲着，变成了一个张牙舞爪的魔鬼。魔鬼张着血盆大口，狞笑着向她扑来。她吓得大喊一声，迅速闭上了眼睛。她心中充满了恐惧，浑身的肌肉都在颤抖着。她似乎看见魔鬼正在吞噬她的肉体和灵魂，她甚至听见了魔鬼噬咬她身体的咀嚼声……

也不知过了多长时间，这种恐惧的感觉消失了。她感觉自己变得轻飘飘的，她的身体开始飞向空中；她看见吞食她的魔鬼变成了天使，天使微笑着向她招着手；她看见天使打开了通往天堂的大门，引领她进入飘飘欲仙的魔幻世界……

她已经不能控制自己的欲望，她想立刻体验那种梦幻般的感觉。她打开毒品的包装，发现缺少锡纸和打火机。她放下手中的小纸包，便向门外跑去……

六十六

夏青买了香烟和打火机，从外面匆匆跑进来时，却看见曹越坐在屋中。

曹越问夏青："干什么去了？怎么连房门都不关？"

夏青吞吞吐吐地说："我……我去买烟了。"

曹越看着放在桌上的小纸包问夏青："这是什么东西？"

夏青回答："药。"

"什么药？"

"安眠药。"

"哪儿来的？"

"朋友送的。"

"什么朋友？"

"以前认识的一个姐妹。"

"她是这么对你说的吗？"

夏青犹豫了一会儿，向曹越点了点头。

曹越从走进房间的那一刻起，便怀疑这些白色的粉末是毒品。当他看见夏青拿着香烟和打火机走进房间时，他几乎可以断定纸包里的东西就是毒品。他忍着心中的怒火，想让夏青自己说出毒品的来源。可当他看见夏青一再向他隐瞒时，便忍不住地向夏青喊着："你以为你能骗得了我吗？你以为你是在骗我吗？你这是自欺欺人，是在骗你自己！"

曹越拿起小纸包狠狠地摔到地上，使劲地踩着撒落在地面的毒品。看见这些粉末融到了尘土之中，他又喘着粗气对夏青说："你说你这样做对得起谁？对得起你自己吗？对得起帮你戒毒的工作人员吗？"

　　夏青心中激烈地翻腾着，她感到自己的人格和尊严被无情地践踏着。一阵沉默之后，她大声地对曹越喊："你以为你是谁？你凭什么在我面前大喊大叫？没错，我堕落沉沦，我卖淫吸毒；我是婊子，我是垃圾，我是一个让你鄙视的女人。这下你该满意了吧？可我想告诉你，不管我是什么，都与你无关。从现在开始，我与你没有任何关系。如果你还知道尊重别人，就请你离开我的房间！"

　　夏青一口气吼完这些话，便沉默地看着曹越。

　　曹越冷静了一会儿，然后对夏青说："对不起，我刚才太冲动了。"

　　夏青摇了摇头说："我没有理由责怪你，是我对不住你。可你能理解我的感受吗？我每天下班回来，便坐在房间里面，看着墙壁发呆。我孤独寂寞，我空虚无聊。如果像现在这样活下去，我还不如去死。我宁可在吸毒中走向死亡，也不愿生活在孤独的现实中。"

　　曹越理解夏青的处境，也能体会到夏青的心情。他来找夏青，就是想让夏青搬离城中村这种人员复杂的地方。他沉默了一会儿对夏青说："我找了一套单元房，离你上班的饭店很近，我想让你搬过去住。"

　　夏青看了曹越一眼，便将头扭向了窗外。

　　曹越说："这件事你考虑考虑，我明天再来。"

　　曹越离开夏青的住处，心中充满了忧虑和不安。他理解夏青一个人生活的孤单，可他又不知道如何解决这个问题。如果能找一个人与夏青结婚，夏青便不会有孤独的感觉了。可到哪儿去找这么一个人？他忽然冒出一种想法：他想用和夏青复婚的方式消除夏青的孤独感。为了给自己寻找与夏青结婚的理由，他回想着与夏青一起度过的岁月。也许是时间过去得太久，他的头脑变得空空如也。以前那种美好的感觉已经在他头脑中消失殆尽，他再也找不回当年那种让他心动的感觉了。

　　他叹了一口气，又想起了叶静雅。叶静雅已经离开他很多年了，但在他的心目中，叶静雅并没有死，也没有离开他，叶静雅的灵魂一直陪伴着他。如果用他和叶静雅之间的感情去衡量，他一生都不可能与其他女人结婚了。可现在的情况特殊，他不想夏青被毒品吞噬掉。他又返回夏青的住处，沉默了一会儿对夏青说："我想和你复婚。"

夏青冷冷地说："你是想拿我开涮吧？"

"我是认真的。我们曾经也爱过一回。"

"那都是过去的事情了。"

"是过去了。我们可以重新再来。"

"你想得太简单了。你见过摔破的镜子还能重圆吗？你觉得我们走到一起还能幸福吗？"

曹越摇了摇头说："幸福这个词对我们来说太奢侈了。从现实的角度考虑，我们都会变老的。当我们都老得走不动时，我们都需要一个相依为命的老伴，需要一个能陪自己走完后半生的人。"

"你说得很对。可陪我走完后半生的人不应该是你，陪你走完后半生的人也不应该是我。我们就像两条平行的铁轨，永远不可能相交了。"

"可是……"

"不用'可是'了，我知道你心里是怎么想的。你没必要为了我而委屈自己，也没必要为了我牺牲自己的后半生。"夏青看了曹越一眼又说，"我答应你。从今以后，我远离毒品，远离那些在你心目中不干不净的小姐妹。"

"这是你的真心话吗？"

夏青认真地点了点头。

几天以后，曹越帮夏青搬进了新租的房子，这是一幢一室一厅的新房子。房间的卧室放着一张床和一组木柜子；客厅里面摆着一套沙发和一张茶几，靠墙的地方还有一张不算很大的桌子；开放式的厨房配着一台崭新的燃气灶和抽油烟机。

夏青在房间转了一圈，然后对曹越说："这些东西都是你新买的？"

曹越点了点头。

夏青又问："房子的租金是多少？"

"我已经付了半年的房租，你暂时可以不用考虑这件事。"

夏青沉默了一会儿，便开始打扫房间的卫生。

　　曹越从口袋掏出一沓钞票放在桌上，对夏青说："打扫完卫生，你自己去买一些被褥和锅碗瓢盆之类的东西吧。"

　　夏青摇着头说："我自己有钱。"

　　"别骗我了，你才领了一个月的工资。除了维持生活，你能剩下多少？"

　　"那也用不了这么多钱。"

　　"剩下的钱，你给自己买几件衣服吧。"

　　夏青顿时有一种想哭的感觉。她努力控制着自己的情绪，她不想让曹越看见她流泪。

　　一个星期后，曹越再次来到夏青的住处时，夏青很客气地让曹越坐在沙发上。她给曹越倒了一杯水，沉默了一会儿问曹越："你还恨我吗？"

　　曹越摇了摇头说："我没有理由恨你。每个人都有选择的权利。"

　　夏青的眼圈变红了。她对曹越说："在离婚的事情上，我对不住你。"

　　"都过去的事了，还提它干吗。"

　　"可我心里一直为这件事内疚。因为我的错，我失去了世界上最美好的东西。"

　　"别那么想。失去的东西还可以再得到。"

　　夏青痛苦地说："最美好的东西只能得到一次，失去了就再也找不回来了。"

　　曹越安慰夏青："人活着只是一个过程，得失也只是相对而言。你后面的路还很长，你应该忘记过去，重新开始新的生活。"

　　夏青点了点头说："我会珍惜这来之不易的机会。"

　　曹越又与夏青聊了一会儿，便向夏青告辞了。

　　夏青送曹越走出居住的小区时，犹豫地对曹越说："我想问你一个问题，可以吗？"

　　曹越看了夏青一眼说："当然可以。"

　　"你现在还忘不了她？我是指你去世的妻子。"

　　曹越沉重地点了点头。

　　夏青叹了一口气说："我能感觉到没人能替代她在你心目中的位置。"

　　曹越沉默了一会儿说："也许是吧。"

夏青又问："她漂亮吗？"

"她在我心中是最美的。"

"是因为这个原因，你才忘不了她？"

"有这个成分，但不全是。我忘不了她，是因为她有一颗博爱之心。她希望所有的人都活得开心、活得幸福，当然也包括你在内。"

夏青沉默了一会儿说："我可以到她墓碑前献一束花吗？"

曹越摇摇头说："她没有墓碑。"

"为什么？"

"她将自己的遗体捐献给医学研究机构了。"

看着曹越缓缓地离开了，夏青的眼泪默默地流了下来。过去的回忆与如今的现实交织在一起，不断地在她心中涌动着、翻滚着。她知道她与曹越之间，只能是那种不带任何色彩的朋友关系了。

六十七

曹越走出家门，一个人在街上溜达着。经过钟楼旁边时，一个小女孩从背后拽住他的衣服。他看了小女孩一眼，疑惑地问小女孩："小朋友，你有什么事吗？"

"叔叔，你能不能给我买点吃的？"

"你怎么一个人？你父母呢？"

小女孩摇了摇头，沉默地看着曹越。

曹越看见小女孩可怜的样子，便领着小女孩走进一家小饭馆，问小女孩："你想吃什么？"

小女孩舔了舔嘴唇说："我想吃肉。"

曹越买了两盘肉菜，看着小女孩吃完了，便关切地问："吃饱了没有？"

小女孩点了点头。

曹越又问小女孩："你几岁了？"

"六岁。"

"你叫什么名字？"

"小莉。"

"你怎么一个人在这儿？"

"我不是一个人。我有好几个小伙伴，还有帮主也跟着我们。"

"帮主是什么人？"

"帮主就是管我们的人。我们每天都要将讨来的钱交给帮主。如果讨不到钱，帮主就不给我们饭吃。"

"你今天没讨到钱吗？"

"我今天运气不好。"小莉摇了摇头，又对曹越说，"叔叔，你能不能送我回家？"

"你家在什么地方？"

"圪塔村。"

"圪塔村在哪儿？"

小莉疑惑地摇了摇头。

曹越领着小莉走出饭馆时，小莉便露出了恐惧的表情。曹越顺着小莉的目光望过去，看见一个人在远处盯着他们。他小声地问小莉："那个人就是你们的帮主吗？"

小莉沉默地点了点头。

曹越迈开脚向那个人追了过去。他想抓住这些坏人，将他们绳之以法。他追着那人跑进商场时，那人早已消失在人群之中。因为担心小莉，他又快步走出商场。看见小莉站在路边，他悬着的心才放下来。他不能让小莉再落入坏人之手，可他也不知道该如何安顿小莉。对于这些无家可归的流浪儿童，福利院也许是他们最好的归宿。他考虑了一会儿对小莉说："叔叔明天送你去一个新家，那里有很多像你一样的小朋友。"

小莉问曹越："为什么不让我的那些小伙伴和我一起去？"

曹越摇了摇头说："我们找不到他们。"

小莉天真地说："他们就在附近讨钱。"

曹越也希望救出那些被控制的孩子。他领着小莉在附近转了很长时间，直到夜幕降临时，他才对小莉说："我们走吧。他们早已离开这个地方了。"

小莉又对曹越说："我知道他们住的地方。"

曹越跟着小莉穿过几条街，走进一个老式的小区。小莉在小区转了一会儿，便指着一幢房子对曹越说："他们就住在这里。"

曹越站在门外听了一会儿，没听见什么异常的声音。由于不了解房间里的情况，他便领着小莉回家休息了。

第二天上午，曹越将小莉送到福利院后，便走进所长蔡红利的办公室。他想让蔡红利安排一部分警力，解救那些还被歹徒控制的孩子。

蔡红利问曹越："一个小女孩说的话，可信程度有多大？"

"我们可以找个机会进屋看一看。如果情况属实，我们就将这些歹徒一窝端掉；如果信息有误，我们也可以找个理由撤出来。"

蔡红利犹豫地说："这个地方不是我们的辖区，这件事也不是上级分配的任务。我们可以将这条线索通报给辖区的派出所。"

曹越摇了摇头说："这等于给那些歹徒留下了逃跑的机会。你也知道，如果我们将这条线索通报给派出所，派出所会先甄别线索的真假，这个过程需要很长时间。等他们将这个问题搞清楚了，恐怕这帮歹徒早就逃之夭夭了。"

蔡红利看了曹越一眼说："你说得没错。可我们也不能以这种理由为借口违反工作规定。"

曹越沉默了一会儿，无奈地向外走去。

蔡红利叫住曹越，叹了一口气说："老曹，不是我拒绝你。你也知道，这可是蝗虫吃过界的事情。万一出个什么事，上边追究下来，我也不好交代。"

"能出什么事？如果这条线索不属实，权当我们白跑了一趟；如果这件事是真的，我们可以趁势打掉这个拐卖儿童的团伙。这对我们所和你这个所长来说，都是一件增光添彩的事情。"

蔡红利点了点头问曹越："如果情况属实，那些被救出来的孩子怎么办？总不能放到我们派出所吧？我们没有收留这些孩子的条件。"

"我们可以将这些孩子送到福利院托管。等审讯完毕，搞清这些孩子的家庭住址，再送他们回家。"

蔡红利思索了一会儿对曹越说："你联系好托管孩子的事情后，晚上带几个人去那地方看看，确定是犯罪分子后再动手。宁可不要这份功，也不要出什么意外。"

曹越点了点头。

夜幕降临后，曹越带着几名同事，来到小莉指认的房间外面。他敲了敲房门，里面传出一个声音："干什么的？"

"查水表的。"

房间的门打开一条缝，门缝中露出一个人的脸。看见几个警察站在门外，那人便想关上房门。曹越撞开房门，民警迅速冲进屋中，向歹徒扑了过去。

看见两位战友将开门的歹徒按在地上，曹越和另一位战友冲进旁边的一间房子。在房间的一个角落，一个歹徒正用木板击打一个小男孩，嘴中还不住地向小男孩喊着："我让你讨不到钱，我让你讨不到钱……"

小男孩痛得龇牙咧嘴，不住地向歹徒求饶。在房间的另一边蜷缩着两个小孩，他们用惊恐的目光看着这一幕。

曹越立刻被这种摧残孩子的场面激怒了。他大喊一声，便用脚踹到了歹徒腰间。歹徒的头猛烈地撞在墙上，然后栽倒地上不动了。

曹越见歹徒昏迷过去了，赶紧将歹徒送往医院。在去医院的路上，歹徒停止了呼吸。

曹越没想到会出现这么一件意外的事。假如这件事发生在他们派出所的辖区内，他们中的任何一个人都不需要对此负责。按照有关规定，警察对执法过程中造成的意外事件不承担任何法律责任。可在这件事情中，他们属于越界办案，违反了有关管辖权的规定。罪犯家属抓住这一点，对这件事不依不饶，不断地上访，要求处理有关人员。在这种情况下，必须有人为这件事承担责任。蔡红利是安排这次行动的派出所所长，他必须承担主要的领导责任。可这件事是由曹越引起的，他不能让蔡红利替自己受过。为了不连累蔡红利，他主动承担了责任，离开了工作多年的公安机关。

一个多月后，在一个熟人的介绍下，曹越在一家饭店找到了一份保安部经理的工作。

六十八

纷纷扬扬的雪花在白蟒塬上空飘落着。

曹梅行走在积雪的路上，不禁感叹着岁月的流逝。很多年前的事还历历在目，可她感觉自己已经步入了垂暮之年。这些年，她用开商店赚来的钱，不但还清了所有债务，还供两个儿子读完了大学。两个儿子都在外省工作，每个月都会寄钱给他们。随着时光的流逝和年龄的增长，他们已经不适应经营商店的忙碌。在儿子们的规劝下，他们关闭了商店，开始安享晚年的生活。为了打发时间，曹梅常去乡亲们家串门聊天。许红建由于行动不方便，便召集一群人在家打麻将。曹梅不喜欢许红建参与这些活动，可她也没阻止许红建这种消遣的方式。

由于坐的时间太久，许红建屁股下面生了疮。他没有将这件事告诉曹梅，他怕曹梅会剥夺他打麻将的权利。晚上许红建脱衣服睡觉时，曹梅发现他身上的疮已经溃烂。曹梅责骂了许红建几句，又开始责怪自己太大意，没有及时发现许红建身上的疮。为了弥补心中的愧疚，她打算明天就去医院给许红建买药。

第二天起床后，天空中飘着鹅毛大雪。为了使许红建身上的疮及时好起来，她只好步行来到乡镇医院。在返回东城村的路上，她听见路边有婴儿的哭泣声。她向四周看了看，除了皑皑白雪，什么东西也没有。她向前走了几步，又听见了微弱的哭声。她顺着声音的方向，走到路边干涸的小渠边，看见渠中放着一个用棉褥包着的东西。她扯开包裹的一角，露出一张婴儿的脸。她脱掉身上的大衣，裹在棉褥的外面，抱着婴儿回到家中。她用木盆盛满热水，将婴儿放到木盆里面。婴儿在水中适应了一会儿，张开嘴巴哇的一声哭了……

泾塬县电视台得知这件事后，几名记者来到曹梅家，想采访事情的经过。曹梅对这种事不感兴趣，她淡淡地对记者说："这种事谁遇到了都会管的。没什么可说的。"

记者对曹梅说："我们想通过对这起事件的报道，唤醒人们的良知，减少乃至杜绝这种遗弃婴儿的行为；我们还想通过这件事，呼吁全社会都来关心这些被遗弃的孩子。你说这样的报道有没有意义？"

曹梅被记者的这番话打动了。她走进屋中换了一件衣服，抱着孩子坐在摄像机前。

记者开始采访曹梅："听说你在下雪天捡到一个被遗弃的婴儿？"

曹梅将怀中的婴儿抱起来，对着摄像机的镜头说："没错，是个女孩。"

"你能讲一讲当时的心情吗？"

"我发现孩子时，她已经被冻僵了。我当时只想着赶快救活这个无辜的孩子。"曹梅哽咽了一会儿，又对记者说，"我想说说这个被遗弃的孩子的父母。他们对自己的孩子都这么狠心，他们根本不配做孩子的父母，甚至连做人的资格都不具备。"曹梅擦了一把眼泪，又对着镜头说，"但愿以后不要再发生这种令人心酸的事情了。"

记者又问曹梅："孩子现在的状况怎么样？"

"孩子很健康，也很可爱。"

"你打算以后怎么办？"

"孩子永远都是父母的孩子。如果孩子的父母知道错了，想让孩子回到他们身边，我会让他们团聚的。"

"如果没人认领这个孩子呢？"

"那我就将她养大，我就是她的亲妈妈。"

泾塬县电视台报道了曹梅的事迹后，这件事很快便传遍了泾塬县，人们都亲切地称曹梅为"曹妈妈"。之后，曹梅也被选为泾塬县政协委员。人们在赞赏曹梅的同时，也将捡到的弃婴送到了曹梅家中。才几个月时间，曹梅又被迫接收了两个婴儿。

曹梅的生活被彻底改变了。围绕三个孩子，她每天都有干不完的活。早晨还在睡梦之中，曹梅便被婴儿的哭声惊醒了。她将啼哭的婴儿抱起来，发现婴儿的呼吸很微弱。她嘱咐了许红建一声，便抱着孩子跑出家门，坐着邻居的摩托车来到乡镇医院。医生不能确定孩子患了什么病，她又心急如焚地来到泾塬县医院。经过医生的全力抢救，孩子终于脱离了危险。

医生从抢救室走出来时，曹梅焦急地问医生："孩子得了什么病？"

医生告诉曹梅："孩子有先天性心脏病。这种病平时没什么大碍，一旦发作，就会有生命危险。"

"怎样才能治好这种病？"

"只有通过手术才能根治。这种手术只有西京的大医院才能做。"

曹梅问医生："手术费需要多少钱？"

医生思索了一会儿说："大概十万块钱。"

曹梅摇了摇头，便带着孩子回家了。十万块钱对她来说可不是一个小数目，她辛辛苦苦开了很多年商店，积攒下来的钱也只有这么多。这些钱是她给自己和丈夫留的养老钱，她不想给两个儿子增加太多的负担。如果将这些钱全花在孩子的手术上，她和丈夫以后的生活怎么办？可她又不忍心不给孩子看病，她每天都被这件事情折磨着。一天晚上，她梦见孩子在她怀中死去了，她抱着孩子的尸体哭泣着……

许红建听见哭声，打开房间的灯，摇醒了在梦中哭泣的曹梅。曹梅将梦中的事告诉了许红建，许红建叹了一口气说："依我看，我们还是给孩子把手术做了吧。不管怎么说都是一条命。如果孩子死在我们手上，我们一辈子都不会安生，一辈子都要为这件事愧疚。"

曹梅沉默了一会儿，向许红建点了点头。

曹梅联系好给孩子做手术的医院后，却不知道该如何安顿家里的事。如果她带着患病的孩子去医院，剩下的两个孩子谁来管？丈夫瘫痪在床，连自己都照顾不好，更别说照看两个孩子。她必须找一个能照看孩子的人，可到哪里去找这么一个人？她正在为这件事情发愁，小惠和丈夫回娘家来了。小惠夫妇到曹梅家聊天，得知曹梅的困难，小惠便主动提出留在娘家，帮曹梅照看剩下的两个孩子。

曹梅将两个孩子交给小惠后，便带着生病的孩子来到了西京。

孩子的手术很成功，也很顺利。医生告诉曹梅：术后还有一个星期的危险期。在这期间，孩子的心脏随时都有可能停止跳动。为了防止意外情况的出现，医生要求家属必须对孩子的状况不间断地监控。

曹梅已经熬了好几个晚上，身心已经感到非常疲惫，可她又不能不坚持下去。又是一个难熬的夜晚，她坚持到天亮的时候，看着孩子一直安静地睡着，她便长长地松了一口气。因为坐的时间太久，她感到浑身酸困。因为太困太累，她不知不觉趴在床上睡着了。她睡得很香，还做了一个梦。她梦见孩子的病好了，她带着孩子回到了家中。看着孩子咿咿呀呀叫她妈妈时，她很开心地笑了……当她沉浸在这种幸福的梦境中时，意想不到的事情发生了。孩子的心脏突然停止了跳动，可曹梅对这一切却毫不知情。

曹越到病房替换曹梅时，看见曹梅趴在床上睡着了。他又看了看监控仪的屏幕，发现孩子的心电图已经变成了直线。他心中一急，抱起孩子便去找值班医生。

几分钟后，曹梅从梦中醒来，发现孩子不见了。她急忙跑出去，看见曹越站在抢救室门口，她焦急地问曹越："孩子呢？"

"在抢救室。"

"他怎么了？"

"心脏停止了跳动。"

曹梅大声地哭喊着："孩子，是我害了你啊……"

看着曹梅伤心欲绝的样子，曹越扶着曹梅坐在了旁边的椅子上……

在医生的全力抢救下，孩子的心跳终于恢复了。一个星期后，曹梅带着康复的孩子回到了东城村。

六十九

  曹梅回家才一个星期，又有一名弃婴被送到了曹梅家中。曹梅已经收养了三个婴儿，她没有能力再收养更多的弃婴。可送孩子的人根本不听曹梅的解释，放下孩子便离开了。为了给孩子做手术，曹梅花掉了所有的积蓄，她已经无力承担抚养四个孩子的费用。无奈之下，她只好找到县民政局局长，要求民政局解决这些孩子。

  局长为难地对曹梅说："我非常理解你的困难，但我们无法满足你的要求，我们泾塬县没有收养这些孩子的机构。"

  曹梅又问："再没有其他办法了？"

  局长摇了摇头说："暂时没有。我们县也有一些收养弃婴的人，他们也提出过类似的问题，可最终都没能解决。"

  "既然县里有这么多弃儿孤儿，为什么不建一个福利院收留这些孤儿呢？"

  "这件事不是哪个人可以决定的，必须通过一定的程序。你不是政协委员吗？政协会议马上要召开了，你可以在政协会上提出这个问题。"

  曹梅点了点头说："谢谢你的指点。"

  一个星期后，泾塬县政协会议召开时，曹梅在会上发言："各位委员，我今天想说说我收养的四个孩子。第一个孩子是我从路边捡回来的。县电视台报道这件事情后，便不断有人将捡到的孩子送到我家中。看着这些可怜的孩子，我只能先养着他们。我丈夫瘫痪在床，管孩子的事情全落在了我身上。我吃点苦受点累算不了什么，可是除了管孩子的吃喝，还要管他们的健康。小孩的抵抗力差，大病小病不断，每个月给孩子看病都需要花很多钱。一个月前，孩子做了一次心脏手术，花光了我所有的积蓄。我和丈夫没什么收入，主要靠两个儿子寄钱维持生活。自从收养了这几个孩子，我们的日子一天不如一天。我们可以对自己节省，可我们不能对孩子克扣。我向大家讲这些事，并不代表我不想收养这些孩子。我喜欢他们，我不愿意和他们分开，可我实在没有能力再继续收养他们。万般无奈，我想将这些孩子交给政府，可我们县又没有收养孩子的机构。这些年，我们县的经济快速增长，财政收入大幅度增加。增加的收入都用来干什么了？建高楼，修公路，发展经济；提待遇，涨补贴，增加工资，这些我都不反对。可我觉得除此之外，还有更值得我们关注的群体，那就是这些被遗弃的孤儿。在我们泾塬县，有很多弃儿孤儿暂时被一些好心人收养，可他们并不是自愿地收养这些孩子。他们都有自己的孩子，再让他们收养一个孩子，无疑会加重他们的负担。收养弃儿孤儿不是他们的义务，应该是政府的责任，可我们却忽视了这方面的工作。基于这种状况，我呼吁，尽快建立我们的儿童福利院；呼吁政府能关心这些被遗弃的儿童和孤儿，使他们在政府的关怀下健健康康长大。我的话讲完了，事情也说清楚了，请各位委员认真考虑我的提议。"

会议结束后，曹梅的提议通过有关程序通报到县委、县政府。县委、县政府在全县范围内做了一次遗弃儿童和孤儿的调查后，县委常委会通过了成立泾塬县儿童福利院的决定。

听到儿童福利院开始筹建的消息，曹梅感到非常高兴。她去政协开会时，县委张书记找到她说："感谢你给我们提了一个很好的建议。"

曹梅对张书记说："我是政协委员，这是我的责任，也是我的义务。"

张书记点了点头又说："儿童福利院的筹建工作就要开始了，你有什么想法吗？"

曹梅摇了摇头说："没有。"

"那你还有什么希望吗？"

曹梅想了一会儿说："我希望福利院能尽快建好，也希望我收养的孩子入住福利院后，还能有机会再见到他们。"

"如果给你一个机会，不让你和他们分开，你愿意吗？"

"当然愿意。"

"我今天就是和你谈这件事情的。福利院筹建在即，需要一批有热情敢担当的人来完成这项工作。我们考虑了很久，打算让你参与福利院的筹建工作。顺便告诉你，福利院建成以后，你可以留在福利院继续工作。"

曹梅看着张书记，她不知道该对张书记说些什么。

"如果没什么意见，这件事就这么定了。你回去准备准备，过两天去民政局报到。"

曹梅离开张书记后，心中便开始犯难。如果她参与福利院的筹建工作，家里的四个孩子谁来管？她思索了很长时间，都无法解决这个问题。无奈之下，她便决定放弃这个机会。她一转身又向县委的方向走去了，她必须向张书记说明自己的实际困难。

曹梅刚向前走了一会儿，便碰见买菜回家的小惠。小惠问曹梅："你什么时候到县上的？"

"上午。我去政协开了一个会。"

"你现在去哪儿？"

"回家。"

"回家你怎么向相反的方向走？"

曹梅这才感觉自己的话有些矛盾。在小惠的追问下，她只好将真实情况向小惠说了。

小惠问曹梅："这么好的事情，你舍得放弃吗？"

"不舍得又能怎么样？我总不能丢下四个孩子不管吧？"

小惠对曹梅说："你去参加福利院的筹建工作，我来管这四个孩子。"

"不能再麻烦你了。你身体不是很好，我怕你吃不消。"

"你放心。你一个人能管好他们，我和我丈夫两个人还管不好他们吗？"

看着曹梅还在犹豫，小惠拉着曹梅的手说："走吧，到我家吃顿饭，好久都没和你聊过了。"

几天以后，小惠和丈夫将四个孩子接到自己家，又一次承担起了照顾孩子的责任。

下午快下班时，小惠一边看着孩子，一边等着丈夫回家。没有丈夫帮她，她什么事也干不了。四个孩子中，大的已经咿咿呀呀学说话，小的还躺在怀里嗷嗷待哺。早晨丈夫上班离开后，孩子的吃喝全要她管。为了轮换着给孩子喂奶，她调整了孩子的睡眠时间。她喂饱一个孩子，哄着孩入睡了，另一个孩子也该醒来了。每天从早到晚，她都忙于给孩子喂奶睡觉的事情。

下午六点多，丈夫同事给小惠捎话说他们在西京开会，今晚不能回家了。

小惠送走丈夫同事后，想将怀中的孩子哄睡了。可孩子好像故意和她作对，任凭她怎么哄，就是不闭眼睛。她折腾了一个多小时，孩子才在她怀中睡着了。她刚想去给自己弄点吃的，另一个孩子又睡醒了。晚上十点多，她将四个孩子都哄睡了，便开始刷洗尿布。她拿起一块尿布搓了几下，突然感到一阵疼痛袭来。一年前，她左手患上了风湿，每逢阴天下雨，或碰到水就会剧烈疼痛。每遇到这种情况，丈夫便会主动承担所有的家务。可今天丈夫不在家，她只能自己洗这些尿布了。

小惠将洗干净的尿布晾好了，感到有千百只钢针扎着手腕。她用红花油擦了很长时间，才拖着疲惫的身体上了床。她闭着眼睛，默默地忍受着从手腕传来的灼烧感，身旁突然传来了孩子的哭声。她给孩子换了一条干净的尿布，发现孩子还在不断地哭闹着。她用手摸了摸孩子的额头，感觉孩子好像在发烧。她赶紧穿好衣服，抱起孩子要去医院。其他几个孩子还躺在床上，她便敲开邻居家的门，向邻居交代了几句，抱着发烧的孩子来到了医院。

经过一系列的检查之后，医生告诉她："孩子没什么大病，只是普通的伤风感冒，打几针就没事了。"

小惠紧张的心情立刻放松了。她顿时感到两腿发软，抱着孩子一下子瘫在了医生面前……

七十

时光如梭，不知不觉，大燕已经上到了高三。一周前，大燕参加了高考。曹越为此去了一趟大燕家，询问大燕考试的情况。大燕告诉曹越，有几门课考得不是很理想。曹越安慰了大燕几句，又与大燕聊了一会儿填报志愿的事。曹越离开大燕家时，嘱咐大燕说："高考的结果出来了，你第一时间告诉我。"

　　曹越回到西京后，被饭店派到内蒙古出差。他到达内蒙古的第三天，便接到大燕打来的电话。大燕告诉曹越，她考上了天津医科大学。曹越很高兴，想问问具体情况，可因为当时说话不方便，他便对大燕说："我在内蒙古出差，过几天才能回去。你告诉你爸爸，说我一回到西京，就去你家和他商量你上学的事情。"

　　曹越本想着很快便会回到西京，可他们在内蒙古的事办得并不顺利。这期间，他一直想问问大燕的情况，可他没有办法联系到他们。平时，大燕小燕给他打电话，用的都是镇上的公用电话。他心里面很着急，却没有一点办法。他和同事在内蒙古停留了十几天，准备坐火车返回西京时，接到了小燕打来的电话，小燕对他说："曹叔叔，你怎么还不回来？我们家出事了！"

　　曹越问小燕："出什么事了？"

　　"我爸爸把我们家的房子卖了，我姐姐也不上大学了。"

　　"怎么回事？"

　　"我也不是很清楚，你回来问他们吧。"

　　"别着急，你告诉他们，说我明天就去你们家。"

　　"那我们等着你，你可要快点来。"

　　曹越挂断电话，心想：黑牛为什么要卖房？是不是为了给大燕筹学费？如果真是这样，那就怪他当时没有把话向黑牛讲清楚。他当时最关心的是大燕能不能考上大学，与黑牛聊天的话题也主要集中在这方面。他没有告诉黑牛：他已经将大燕上大学的费用准备好了。他知道要让黑牛单独供养一个大学生是很困难的。为了供两个女儿上学，黑牛在山间开辟了一块菜地。每年春天，他开始在菜地里面忙活，等到了夏天，他便将成熟的蔬菜背到山下去卖，但冬天来临时，他连这点收入也没有了。他也有过外出打工的想法，打工要比种菜的收入高，可两个女儿都在上学，将两个女儿留在家里，他又放心不下。这些年，他虽然过得很辛苦，可他心里面很高兴。他很感激曹越对他们家的帮助，他也想报答曹越的大恩大德，可他现在没这个能力，他将希望寄托在了两个女儿身上。大燕小燕都很争气，学习成绩一直很好。如今，大燕考上了大学，实现了他多年的愿望。他觉得这些年没有白辛苦，他的付出有了回报。

从大燕收到录取通知书开始，他们家便不断有人前来祝贺。只要有人到他们家，黑牛便会留客人们吃一顿饭。这样的日子持续了一段时间，黑牛心中的喜悦便被缺钱的忧愁取代了。眼看开学日期临近了，大燕上学的费用却凑不齐。他去过很多人家里，希望他们能帮他一把。这些人没有让他空手而归，但都是资助他一些小钱。他将这些钱收集起来，又将自己的一点积蓄拿出来，可这些还差得远。眼看着大燕开学的日期越来越近，他急得像热锅上的蚂蚁一样，却想不出任何筹钱的办法。

看见爸爸为学费的事情吃不下饭、睡不着觉，大燕感觉心中很不安。没上大学时，盼着考上大学；现在考上了大学，却没有钱上大学。大燕知道，能帮他们的人只有曹越。这些年，多亏了曹越的资助，她和小燕才有了上学的机会。可现在的状况和以前不同，上大学的花费是普通中学的十几倍，不能再让曹越负担这笔费用了。在万般无奈的情况下，她决定放弃上大学的机会。她对黑牛说，她想去南方打工。她想积攒一些钱，等小燕考上了大学，她便可以用这些钱来供小燕上学。

黑牛反对大燕的想法，可他却说服不了大燕。为了改变大燕的决定，黑牛打算卖掉自家的房子。大燕不同意爸爸卖房供自己上学，他们为这件事争执了好几天，谁也说服不了谁，谁也改变不了对方的想法。

小燕夹在黑牛和大燕之间，说不清他们谁是谁非，也说服不了他们任何一个人。可这件事又不能再拖下去，眼看大燕开学的时间要到了。焦急之中，小燕便想到了曹越。事情发展到这种地步，也只有曹越才能打破僵局。

小燕知道大燕给曹越打过电话，也知道曹越答应会尽快来他们家。可时间已经过去了这么久，曹叔叔他为什么还不来？小燕背着黑牛和大燕，来到山下的集镇，打电话将家里发生的事告诉了曹越。

第二天清晨，小燕早早便从床上爬起来。她将家里的角角落落都打扫了一遍，然后坐在家门口等着曹越。一个多小时后，她跑出村子，站在凸翘的山崖上，不断地向远方眺望着。

吃早饭的时间到了，在黑牛的劝说下，小燕很不情愿地回家了。她吃完早饭，又跑到山崖上。她等了很久，看见一个人向他们村的方向走来，她的心情顿时激动起来。可当她看清楚那个人不是曹越时，她的心情又一下子变得失落起来。

吃完中午饭，小燕又要去村外等候。黑牛劝她说：“都什么时候了，曹叔叔今天不会来了。”

小燕噘着嘴对黑牛说：“曹叔叔是不会骗我的，他答应今天来我们家，就一定会来的。”

看着黑牛一脸的无奈，小燕转身跑出了家门。

蔚蓝的天空下，夕阳斜挂在空中，远处的大山像卧牛似的横在苍穹下，崎岖的山路像长蛇一样弯曲地伸向远方。在这片苍茫的背景中，小燕站在山崖之上，目不转睛地眺望着远方。天色渐渐地暗下来了，小燕失望地向家中走去。她走进村子的时候，又回头向路上望了望。忽然看见一个人从山背面拐出来，匆匆向他们村子的方向走过来。

小燕又跑到山崖上，不断向路上眺望着。当她看清那个人是曹越时，她便跑下山崖，挥动手臂向前奔跑着。

曹越回到西京已经是下午四点多。因为操心大燕上学的事，他直接坐公交车赶往大燕家。他急急忙忙向大燕家赶路时，忽然看见小燕向他跑过来，他迎着小燕匆匆走了过去。

小燕哭丧着脸，将发生的事向曹越叙说了一遍。曹越安慰小燕说：“你别哭了。有叔叔在，这些事情都是可以解决的。”

小燕点了点头，拉着曹越走到离家十几米的地方，便松开曹越的手，一个人快步向家里跑去，她想尽快将这个好消息告诉父亲和姐姐。

黑牛和大燕得知曹越到来的消息，便匆匆从家里面跑出来。大燕拉着曹越的手，激动地对曹越说：“曹叔叔，你可回来了……”

曹越点了点头说：“叔叔有事耽搁了一段时间。”

大燕拉着曹越坐在门前的凳子上，便转身给曹越去打洗脸水。

黑牛找了个凳子，坐在曹越旁边，然后对小燕说：“你到咱家菜地摘一些菜，再到你婶婶家借点腊肉，我们今天多炒几个菜招待你曹叔叔。"

　　曹越对黑牛说："不用了。咱们又不是外人，别那么客气，有什么就吃什么。"

　　黑牛犹豫了一会儿，又对小燕说："那就听曹叔叔的。你把吃饭的桌子搬出来，我们准备吃饭。"

　　小燕应了一声，搬出一张小方桌，放到曹越和黑牛面前。

　　曹越擦了一把脸，刚坐到小桌旁边，大燕便将两盘菜放到曹越面前。曹越低头看了看，一盘是豆角炒辣椒，一盘是西红柿炒茄子，这些都是他最喜欢吃的农家菜。他疑惑地问大燕："怎么这么快就做好了？"

　　黑牛解释说："早晨一起床，她便将你喜欢的饭菜都准备好了，然后一直待在厨房等着你。"

　　曹越心中泛起了一丝愧意。他沉默了一会儿对黑牛说："有面条吗？"

　　"她们俩知道你爱吃她们擀的面。面早已经擀好，就等着下锅了。"黑牛向曹越笑了笑，又对大燕小燕说："你们赶快去给曹叔叔下面。"

　　大燕小燕应了一声。

　　看见大燕小燕离开了，曹越便问黑牛："听小燕说，你想将房子卖了？"

　　"这丫头，对你说这些干什么！"

　　"先别管这些，她说的是不是真的？"

　　黑牛点了点头。

　　"卖掉房子，你们住哪儿？"

　　"大燕上大学了，小燕也常住学校，剩下我一个人好凑合。实在不行，我就搬到菜地边那间临时搭建的小屋去。"

　　"那间小屋能住人吗？"

　　"能住。山里人苦惯了，只要有一块能遮风挡雨的地方就行。"

　　"你为什么不先和我商量一下？"

　　黑牛干笑了一声说："这事还用商量吗？"

　　曹越沉默了一会儿说："我知道你这么做是因为凑不够大燕的学费。也怪我当时没给你说清楚，大燕的学费我早已经准备好了。"

"这些年你已经帮我们很多了，我们不能再给你增添负担了。"

曹越看着黑牛说："大燕小燕既是你的女儿，也是我的女儿。这句话你认可吗？"

黑牛点了点头。

"既然大燕也是我的女儿，那我就有责任管大燕的事情，我不能把责任全推到你身上。"

黑牛沉默地看了曹越一眼。

曹越又问黑牛："卖房的事情谈好了吗？"

黑牛点了点头说："我将卖房的话传出去后，很快就有人来商谈买房的事情。为了尽快将大燕的学费凑齐，我便收了定金。"

"定金能退吗？"

"不好说。"

"我明天陪你去退定金。只要我们将情况说清楚，我想对方会理解的。"

黑牛点了点头。

曹越又问："除了学费，大燕上学的其他东西都准备好了吗？"

黑牛沉默了一会儿说："还没准备。"

曹越对黑牛说："你和大燕将需要的东西列个清单，我们抽空去一趟西京。"

黑牛向曹越点了点头。这时，大燕将一碗刚出锅的面条放曹越面前。曹越看着香喷喷的面条，扭头问黑牛："家里有酒吗？咱们也应该为大燕考上大学庆祝庆祝。"

黑牛先是一愣，然后对大燕说："你去咱们村的小卖部买一瓶酒，我要和曹叔叔喝几杯。"

大燕高兴地向门外跑去了。

黑牛又喊住大燕，对大燕说："要买小卖部最好的酒。"

大燕点了点头，便跑出了家门。

这天晚上，曹越没有回西京，他和黑牛在黑牛家的院子中睡了一个晚上。山里的蚊子很多，个头也很大，可曹越却觉得这是他睡得最踏实的一个夜晚。

七十一

晚上七八点钟，曹越走在下班的路上，心中感到非常苦闷。他不想一辈子都在饭店当保安，可他不知道自己还能干什么。他想到自己当初努力学习，走出农村，是为了实现自身的价值。可一晃这么多年过去了，这些想法不但没有实现，反而变得越来越遥远了……

他又想起叶静雅临终前对他说的那句话："我不想让你一生都这样颓废下去，我要你实现自己人生的价值。"这些年来，他将叶静雅的这句话抛在了脑后，整天像僵尸一样浑浑噩噩地混日子，除了上班吃饭，他只剩下睡觉，用一句话来形容，那便是混吃等死。这个词虽然难听，却是对他现状的概括。他对自己很不满意，可他又无法改变。他可以接受自己做一个平凡的人，可他却不能接受自己平庸一辈子。平凡和平庸的共同点都是默默无闻，可平凡和平庸也有很大的区别。平凡的人有奋斗的目标，而且一直为实现这个目标而努力。在奋斗的过程中，人的生命是充实的，人的努力也是有意义的。平庸的人则没有追求，也没有目标。每天除了吃饭睡觉之外，便是无所事事地消磨时间。这样的人即使活一百年也是白活，因为他的存在不会对社会产生任何价值，他的生命也因此显得苍白而没有任何意义。

曹越长长地叹了一口气，在一家书店门前停下来。书店门口张贴着介绍新书的海报，海报上印着一位陕西女作家的名字。这位女作家之所以能引起曹越的注意，是因为她有过一段很不平凡的经历。她原来的职业不是作家，而是一家医院的护士。她在巡房时，看见一位患者泪流满面，便关心地询问患者："哪儿不舒服？"

患者拿起一本书对她说："我没有不舒服，我只是被这本书感动了。"

"一本书能让你哭成这样？"

患者点了点头。

她接过患者手中的书看了看说："这样的书，我也能写。"

患者没有回答她，只是向她笑了笑。

看见患者闪着怀疑的目光，她默默地将书还给了患者。

从此以后，这位年近五十的护士，便开始利用业余时间写作。几年过去了，她默默无闻；十年过去了，她依然是一个平凡的人。直到有一天，她的作品引起了读者强烈的共鸣，而且在文学界也产生了巨大的影响。此后，她的书一本接一本呈现在读者面前，而且被国内外广大的读者所认可。她现在已经是六十多岁的人了，还在文学的沃土中笔耕不辍。

曹越之所以敬佩这位女作家，是因为她用自己的执着与顽强赢得了人们和社会的尊重。同以前那个默默无闻的护士相比，她作为一个作家对社会的贡献更大，她的人生也因此变得更有价值。

曹越又想到了自己，他将自己的现状与女作家做了一番比较。他是中文系毕业的，又在公安局宣传处写过一些文章，有一定的写作基础。他现在的年龄也不算很大，和这位女作家开始写作的年龄相仿。既然女作家能在这个年龄开始写作，并且通过自身的努力取得了了不起的成就，他为什么不能像这位女作家一样，选择写作这条路来实现自身的价值？他知道这条路走起来一定很艰难，可他感觉试一试总比一直混下去要好。

曹越做出决定后，便开始阅读一些世界名著。每天下班或者节假日，他都享受着阅读的乐趣。这是一种难得的静谧，静谧之中又包含着内心的激动。当他用心去读这些作品时，才真正感受到了文学的力量，感受到了文学对人精神世界的巨大影响。他沉浸在文学所描绘的世界中，他的心情也随着情节的起伏跳跃着，翻腾着……这种时候，纠缠了他很长时间的烦恼也像阳光下的阴影一样消失了。

曹越读完这些文学作品，又开始读一些有关写作的书籍。有时候，当他对某些东西搞不明白时，他又将那些读过的文学作品拿出来，不断地进行比对和研究。当他理解了书中介绍的写作方法和技巧时，他才真正体会到了写作的艺术，感受到了写作中蕴藏的价值。

经过一段时间的准备之后，曹越动手写了几篇散文和短篇小说。他将这些作品寄给报社，却遭到了退稿。他认真分析了自己的作品，发现作品缺少一些深层次的东西。这些东西到底是什么，他自己也说不清楚。

这期间，曹越回了一趟泾塬县。在与小惠丈夫聊天的过程中，曹越了解到小惠丈夫对文学的看法。小惠丈夫认为文学的任务不光是记载历史，文学的核心应该是反映和关注人的灵魂和精神世界。从小惠家回来之后，曹越便陷入了对这一问题的思考中。他认识到文学不但要挖掘社会现象背后的原因，还应当承担着启迪人们心灵的庄严使命。他暂时停下了写作，又将那些读过的文学作品拿出来再次品读。在第二次阅读的过程中，他深刻地体会到蕴藏在作品中的思想才是作品的灵魂。作品缺少了灵魂，便会流于一般的叙事。这样的作品不会给人们留下深刻的印象，作品的生命力也不会太长久。他觉得自己的作品之所以不能打动读者，正是因为缺少这种思想和理念。

曹越认识到自己的不足，便试图改变这种状况。可这些思想和理念从哪里来？他感到自己的头脑空空如也。他没有对人生和社会做过认真的思考，也没有对偶尔出现的思想火花进行有效的记录，更不具备对事物独到的见解。他开始阅读一些哲学方面的书籍，他不断用哲学重塑着自己的头脑。在理解和消化了这些哲学思想之后，他对很多东西的认识开始变得深刻起来。

经过一段时间的阅读之后，他又想起叶静雅留下的那些资料。那是一些从报纸和杂志上剪下来的文章，还有一些读书笔记和叶静雅自己的感悟。叶静雅去世之后，他将这些东西浏览了一遍，又放了起来。当他重新阅读这些资料时，才深切感受到这些东西凝聚着叶静雅的心血和精力。他心中充满了对叶静雅的敬佩，他感慨着叶静雅不显山不露水的实干精神。叶静雅一直追求着自己想要的东西，却从来没有在他面前提起过。假如叶静雅能活到现在，这些东西也许已经变成了感人的作品。曹越用了一个月的时间，将这些资料阅读了好几遍。他感觉叶静雅留下的很多东西，都可以用于小说的构思。他准备了一段时间，便开始创作一部长篇小说。

写作的过程艰辛而漫长。曹越几乎把所有的时间都用到了写作上，没人能理解他写作的艰难，也没人能知晓他为此付出了多少精力。有时候，他的头脑像凝固了似的，一连好几天写不出一个字，这种僵死的状态使他感到非常痛苦。当这种痛苦积累到一定程度时，他的思绪忽然变得开阔起来。这时候，他感到有一种激情在心中涌动着，他的思绪也像泉水一样向外急涌着。他的笔飞快地写着，却怎么也跟不上那汹涌澎湃的思想急流……

当他心中的激荡平静下来时，他便走出书房，看着摆放在阳台上的花花草草，想起好长时间都没给这些花草浇水了。他拿起喷壶接满水，给一盆松树浇水时，忽然想起了这盆松树的来历。

那还是在很多年以前，他刚调到派出所工作。由于不适应新的工作岗位和环境，他每天都是一副郁郁寡欢的样子。为了尽快使他从这种状态中走出来，叶静雅特意为他买了这盆松树。

叶静雅将松树搬回家时，他不理解地问叶静雅："家里已经有那么多花花草草了，还不够你忙活吗？"

"这盆松树是特意为你买的。"

"为什么？"

"我看你太闲了，给你找点事情干。"

"我可不会侍弄这些花花草草。"

"别的花草都不用你管，你只要把这盆松树养好就行了。"

"你这葫芦里到底卖的什么药？"

"我想让你了解和学习松树的品质。"

曹越笑了笑，不再吭声了。

"你别笑，我考一考你。你知道松树有什么品质吗？"

"不屈不挠的生存精神。"

"还有呢？"

"一时半会儿想不出来。"

"那你就从这棵松树身上慢慢体会和学习吧。"

从此以后，曹越便承担起了养护这盆松树的责任。松树一年四季都郁郁葱葱，生机勃勃，这是松树奋发有为勇往直前的奋斗精神；无论面对冰雪严寒还是烈日酷暑，松树总是一副精神抖擞神采奕奕的样子，这是松树积极向上无所畏惧的乐观主义精神；不管遇到多大的困难和挫折，松树都会勇敢面对，从不退缩，这是松树坚强不屈和永不言败的顽强精神……正是在松树精神的感召和激励下，曹越才从那种萎靡的状态中走出来，重新投入到新的生活和工作中去了……

岁月如梭，时光悠悠，一晃这么多年过去了。叶静雅已经离开人世很多年，可这盆松树依然长得郁郁葱葱，枝繁叶茂。

曹越一边给松树浇水，一边在心中想，他不能辜负叶静雅的期望，他应该像这棵松树一样，为实现自身的价值而奋斗。他给阳台上的花草浇完水后，又走进书房继续写作了。他必须抓紧时间完成自己的作品，他必须在有生之年写出一部好作品，他已经没有时间可以挥霍和浪费了。

七十二

经过不断努力，曹越的长篇小说《永不放弃》终于出版了，并且很快在读者中产生了强烈的共鸣与反响。

不到半年时间，曹越便被人们的掌声和无数的鲜花包围了。他辞去了酒店的工作，每天都忙于各种各样的应酬……

早晨起床后，曹越接到赵振波的电话。赵振波新开的酒店要开张，邀请他前去捧场。

曹越在人们的欢呼声中剪完彩，又在众人的簇拥下，穿梭于各个酒桌之间，享受着无限的荣耀和风光。在他面前布满了人们热烈的笑脸，充斥着人们奉承的话语，凝聚着人们尊敬的目光。面对人们的狂热，他在狂躁热捧中兴奋着，他感到自己已经升到了天上，飘浮着……

也不知过了多长时间，那种飘飘然的感觉便开始消散，他的意识和思维也开始消散。他趴在酒桌上，头脑中一片空白，只有一点点模糊的感觉还存续着……

赵振波见曹越喝醉了，便让几个人将他送回家。

第二天早晨，曹越从沙发上醒来，泡了一杯茶，冲了一个热水澡，昏昏沉沉的头脑才变得清晰起来。昨天发生的事，不断在他头脑中回旋着。这段时间以来，他感觉自己变了，变得虚荣和功利了，变得世俗和浮躁了。他感到自己被一种看不见的东西牵引着，牵向了那空虚无聊浑浑噩噩醉死梦生的世界。他在不知不觉中颓废了、堕落了、沉沦了，变成了一具思想空虚、感觉迟钝、没有灵魂的行尸走肉……

曹越一直认为人生的意义在于成功后的永垂不朽，他努力追求着这种永恒。他想使自己的作品永存于世，他想使自己像天上的星星一样永远发光。为了实现这个目标，他废寝忘食地写作。现在，他得到了这些令人羡慕的荣耀，可这些东西并不像他想象的那么美好。他感受到的只是成功之后的浮躁与虚荣，只是鲜花和掌声背后的空虚与颓废。他搞不明白，为什么人们向往和追求的成功会是这样的结果？整整一天时间，他都在思索这个问题。

夜幕降临的时候，屋外下起了瓢泼大雨，猛烈的风吹得窗户哐哐直响。曹越沉浸在黑暗的空间，似乎进入了一种虚无的状态。在一片混沌之中，一道闪电刺破了屋里的黑暗，也打破了那种模糊空虚的状态。强烈的光穿过玻璃，射向黑暗的房间。周围的物体映射在曹越的眼睛里，立刻又消失在无边无际的黑暗中。曹越看着这些闪现却又消失的物体，忽然意识到宇宙中并没有永恒的东西，宇宙中一切事物最终都要走向灭亡。一个人的存在，人类的存在，都像这闪电一样，只是宇宙中很短的一瞬间。既然宇宙中不存在永恒的东西，那自己所追求的永恒又是什么？当人类和宇宙都不存在时，所谓的永恒还能在什么地方存续下去？曹越思索了很长时间，得出了一个结论：人们所想象的永恒和永垂不朽并不存在，它只是人类的一种自我安慰。当人们无法抗拒死亡时，便用这种想象出来的东西来掩饰对死亡的恐惧。

曹越认识到这个问题后，便放弃了那种追求功利和永恒的想法。他谢绝了一切不必要的应酬，开始过平静的生活。他暂时停下了长篇小说的写作，他不再为了写作而写作。对某件事情有感悟时，他会写一些小文章来抒发自己的情感；写作状态不佳时，他会将正在写的东西放一放。通过一段时间的实践，他觉得在这种放松状态下写出来的东西，反而更有激情，更有韵味，更有深度。除了写作，他还培养自己一些其他的兴趣和爱好。为了领略中国传统文化的魅力，他开始学写毛笔字、学画中国画。他并不是为了在这些方面取得什么成就，他只是想让自己的生活变得丰富起来。所有这些都使他感到非常满足，也使他乐在其中。他的人生态度也发生了根本性的改变：不以物喜，不以己悲，不为利动，不为名牵。在经历了人生的风风雨雨之后，这些已经成为他最核心的生存理念。

这种平静的生活持续了一段时间，曹越心中又产生了一种空空的感觉。他感觉不到自己为什么活着，也不知道自己这样生存下去到底有什么意义。他常常会有一种恐慌不安的感觉，一种漂泊和不确定的感觉，一种没有着落和不踏实的感觉，一种不知所措和不知所以然的感觉，他的内心又开始变得躁动和不安起来。他总感觉自己还有一件未完成的事情，但到底是什么事情，他心里面并不清楚。他想改变这种生存的状态，他想为自己的存在找一个目的和理由。可这并不是一件容易的事，他想起了屈原的一句话：路漫漫其修远兮，吾将上下而求索。在人生的道路上，他需要像屈原一样，用一生去寻找生命的意义。他知道这是一条艰巨而没有终点的路，他也知道这可能是一条不会有任何结果的路。可既然活着，他就不能没有目的地糊里糊涂地活着；既然活着，他就不能不去探索和追寻生命的意义。

七十三

半个月前，郑大才去国外谈一笔生意，今天就要飞回深圳了。桑翠萍做了几个丈夫爱吃的菜，坐在沙发上等着丈夫归来，却忽然接到女儿打来的电话。女儿哭着告诉她，周海民病危，希望她能回一趟西京。她刚想问问具体情况，女儿却挂掉了电话。

桑翠萍立刻瘫在了沙发上。这些年，周海民已经与她断绝了所有的联系，女儿是他们之间唯一的牵连。她对周海民的情况也知之甚少，只是听女儿说过，周海民还是单身，在一个物业公司当电工。女儿已经上到了高中，桑翠萍每个月都会将女儿的抚养费打到周海民的银行卡上。逢年过节或者女儿开学时，她还会追加一笔额外的费用。她觉得周海民一个人抚养女儿不容易，她尽可能在经济上多帮帮周海民。她已经与郑大才组建了新的家庭，她不想让以前的事影响她的生活。可现在女儿告诉她周海民病危，她心中便充满了担忧和不安。她觉得自己应该去看看周海民。可她现在已经是有丈夫的人了，她还有什么理由去看望前夫？即使她能找到一万个理由，可这些理由会被丈夫理解吗？没有丈夫的同意，她不能与周海民有任何接触，她不想让这件事破坏她和丈夫之间的关系。

中午，郑大才回到家中。桑翠萍陪郑大才吃饭时，犹豫了一会儿对郑大才说："我想回一趟西京。"

郑大才看了桑翠萍一眼说："家里有事？"

桑翠萍摇了摇头说："我想看看我的前夫。我女儿说他病危。"

郑大才沉默地吃着饭。

桑翠萍又说："我给你说过我们之间的事，我对不住他。如今，他就要离开这个世界了，我想对他说一声'对不起'。否则，我一辈子都会为这件事感到愧疚和不安。"

郑大才思索了一会儿说："你现在就收拾东西，一会儿就坐飞机回西京。"

桑翠萍摇了摇头说："你刚回家，我想先陪陪你。"

"我们之间没那么多讲究，你还是先回去看看他。如果去晚了，你会遗憾终生。"

桑翠萍感动得一句话也说不出来。过了好半天，她才对郑大才说："你对我越好，我越感到对不住你。"

郑大才摇了摇头说："你别自责了。在这件事情上，我没有理由阻止你。你们虽然离婚了，可毕竟有过感情。你应该了结自己的心愿，也应该给自己一个交代。"

桑翠萍感动地点了点头，眼睛红红的。

　　吃完午饭，郑大才将桑翠萍送到机场。分手的时候，桑翠萍对郑大才说："谢谢你的理解，也谢谢你的支持。"

　　郑大才摇着头对桑翠萍说："我们夫妻之间，用得着说这些客气话吗？"

　　桑翠萍点了点头说："我很快就会回来的。"

　　郑大才深情地望了桑翠萍一眼，对她说："你也不要太着急，将那边的事情处理好了再回来。"

　　桑翠萍点了点头，拖着箱子走进了登机口。

　　飞机在西京降落后，桑翠萍坐着出租车直奔女儿学校。每次回到西京，她将行李放在居住的酒店，便会去女儿学校门口等着女儿，她只能通过这种方式与女儿取得联系。女儿放学以后，她会领着女儿逛逛街、吃吃饭，再将女儿送到周海民家附近，然后依依不舍地和女儿分手。

　　下午六点钟左右，桑翠萍在学校门口等到了女儿。女儿看见桑翠萍，惊喜地对桑翠萍说："妈，没想到你这么快就回来了。"

　　桑翠萍着急地问女儿："你爸爸住哪个医院？"

　　"省人民医院，我现在就领你去。"

　　在去医院的出租车上，桑翠萍问女儿："你爸爸是什么病？"

　　女儿沉默了一会儿说："我爸爸是肾衰竭。医生说，他最多只能活两个月。"

　　桑翠萍又问："为什么不做换肾手术？"

　　女儿摇了摇头说："换肾的人很多，肾源又很少。需要换肾的人只能按申请的先后次序等待。听爷爷说，我爸爸至少得等三五年，才会有可供移植的肾源。"

　　"再没有别的办法了吗？"

　　女儿沉默了一会儿说："爷爷奶奶都想捐一颗肾给爸爸。可医生说他们年龄太大，已经不适合移植。我也想捐一颗肾给爸爸，可爷爷和爸爸都坚决反对。"

　　桑翠萍摸着女儿的头说："他们做得对。你还小，人生的路还很长。缺少一颗肾，身体的很多功能都会减退。这对你来说，一生都是一个负担。况且，换肾手术的风险很大，不能让你去冒这个险。"

　　女儿看了桑翠萍一眼说："可我不想让爸爸死。如果能救爸爸的命，我什么都愿意做。"

桑翠萍叹了一口气，将女儿搂在了怀中。在残酷的现实面前，她只能用这种方式来安慰女儿。

桑翠萍来到医院时，周海民正闭着眼睛做透析。周海民的父母坐在儿子旁边，他们脸上透着疲惫，也充满了绝望。看见孙女领着桑翠萍走进病房，父母眼睛中闪过一丝惊异，然后将头扭向了一边。

桑翠萍犹豫了一会儿，对周海民的父母说："听说海民病了，我回来看看他。"

周海民的父亲冷冷地说："他病不病与你无关。"

周海民听见他们说话的声音，睁开眼睛望了望桑翠萍，又沉默地闭上了眼睛。

女儿看见桑翠萍尴尬的样子，便拉着桑翠萍的手对爷爷说："是我让妈妈回来的。我想让他们见上一面，我不想让他们留下遗憾。"

周海民父亲的态度缓和了许多，他扭头看了桑翠萍一眼说："你能回来看海民，我们很感激。"

桑翠萍焦急地问："海民现在的情况怎么样？"

周海民父亲摇着头说："他的肾脏已经完全失去了功能。过不了多长时间，他全身的器官都会衰竭。"

桑翠萍沉默地看着躺在床上的周海民，她不知道该用什么话来安慰周海民一家人。

周海民父亲叹了一口气说："谢谢你的关心。要没别的事，你先找个地方休息吧。"

桑翠萍犹豫了一会儿说："我明天再来看他。"

桑翠萍找了一家酒店住下后，便躺在床上思索。她没有想到周海民的状况会如此糟糕，除了换肾没什么办法能挽回周海民的生命。如果按正常的渠道等待肾源，周海民已经没有换肾的机会。除非……除非有人自愿捐一颗肾给周海民，便可以避开排队等待肾源的限制。肾脏是人体的重要器官，只有父母、子女和配偶可以捐赠。周海民父母已经被排除在外，周海民也没有兄弟姐妹……桑翠萍忽然想到了自己，自己能不能捐一颗肾给周海民？缺少了一颗肾，身体各方面的机能都会下降。可如果能挽救周海民的生命，她感到自己的付出是值得的。她不知道自己的肾是否能移植给周海民，可她想试一试，她不想让女儿失去父亲。

七十四

第二天上午，桑翠萍来到病房时，周海民已经开始做透析了。

桑翠萍看了周海民一眼，然后对周海民父母说："长时间透析下去，他的身体会受不了。"

周海民父亲摇着头说："除了透析，还能有什么办法？"

桑翠萍沉默了一会儿说："昨晚我考虑了一夜，我想捐一颗肾给他。"

周海民父亲摇着头说："我们谢谢你的好意。"

桑翠萍又说："我不想我的女儿失去父亲。为了我的女儿，我愿意这么做。"

周海民父亲的眼睛变得湿润起来。他沉默了一会儿对桑翠萍说："我们不反对你给海民捐肾，可是这件事也不是你想象得那样简单。你的肾能不能移植给他，要看配点的情况才能决定。"

"我想先做配点检验。如果不能移植，我们再想其他办法。"

周海民父亲思索了一会儿，然后向桑翠萍点了点头。

在征得周海民和周海民家人的同意后，桑翠萍找到周海民的主治医生，要求医生给她和周海民进行肾脏移植的可行性检验。

医生问桑翠萍："你是他什么人？"

桑翠萍犹豫地说："我是他前妻。"

医生摇了摇头说："按照规定，他不能接受你的器官捐赠。"

"为什么？"

"只有亲生父母和夫妻之间才能接受器官移植。"

"我和他复婚可以吗？"

"可以。你们办好复婚手续，我再为你们做配点检验。"

桑翠萍哀求医生说："你能不能先给我们做配点检验？如果可以移植，我再和他复婚。"

医生摇了摇头说："这是规定，我们也没有办法。"

桑翠萍又恳求医生："求求你，求你救救他！这是能救他的唯一机会了。"

"我没说不救他。你这不是让我为难吗？"

"我恳请你体谅我的难处，我现在已经有家庭。如果我的肾能移植给前夫，为了救前夫的命，我宁愿和我现在的丈夫离婚。可是在确定的结果出来之前，我不能不考虑我现在的家庭。如果我现在与我的丈夫离婚了，配点以后的结果不适合移植，那我既救不了我的前夫，又无法面对我现在的丈夫。到那时候，我该怎么办？我可是一点退路都没有了。"

医生问桑翠萍："既然你已经和他离婚了，为什么还要捐肾给他？"

"我对不住他，我想补偿他。求求你，求求你给我这次补偿的机会吧！"

医生犹豫地说："你知道吗？这种手术的危险性很大。如果出现意外，你也会有生命危险。"

桑翠萍点了点头说："这个我知道。我愿意为他冒这种险。"

医生被桑翠萍的这番话感动了。他沉思了一会儿对桑翠萍说："我可以答应你。但你要为这件事保密。"

桑翠萍点了点头。

医生给桑翠萍开好配点的检验单。桑翠萍用了一天的时间，做完了所有的检查和检验。晚上，她又替下了周海民父母，留在病房照顾周海民。她打了一盆热水，替周海民擦了擦手脚，然后问周海民："想喝水吗？"

周海民摇了摇头。

"我给你剥个水果？"

周海民又摇了摇头。

桑翠萍犹豫了一会儿说："你还恨我吗？"

周海民闭着眼睛不吭声。

桑翠萍沉默了一会儿又说："在那件事情上，我对不住你。你到现在都不肯原谅我吗？"

周海民闭着眼睛摇了摇头。

"你肯原谅我了？"

周海民又闭着眼睛点了点头。

桑翠萍对周海民说："谢谢你。从现在开始，我可以活得轻松了。"

泪水禁不住从周海民眼睛中涌了出来。

两天以后，配点检验的结果出来了：桑翠萍的肾脏可以移植给周海民。桑翠萍既为这样的结果感到欣慰，又为后面的事情感到发愁。按照有关规定：她必须先和周海民结婚，才有资格给周海民捐肾。她要想与周海民结婚，就必须和郑大才离婚。她既想救周海民，又不想与郑大才离婚。她一下子陷入了两难的痛苦之中。无奈之下，她打算先与郑大才离婚，做完手术后再和周海民离婚，然后重新回到郑大才的身边去。她将自己的想法向周海民及其家人说了，周海民及其家人都不反对。为了说服丈夫郑大才，她坐飞机飞回了深圳。

傍晚时分，飞机降落在深圳机场，郑大才开车来接桑翠萍。在回家的路上，郑大才了解到周海民的状况后，叹了一口气对桑翠萍说："但愿他能早点等到合适的肾源。"

桑翠萍沉默地看着窗外，她不知道该怎样向郑大才说捐肾的事情。

晚上睡觉前，桑翠萍犹豫地对郑大才说："我想给前夫捐一颗肾。我不想看着他死，也不想看着女儿失去父亲。"

郑大才用惊异的目光看了桑翠萍一眼，然后说："这件事并不像你想象的那样简单。据我了解，移植之前必须先做配点检验。如果点位不合适，就不能进行移植手术。"

桑翠萍沉默了一会儿又说："我已经和他做过配点检验了，我的肾可以移植给他。"

郑大才睁大眼睛说："这么说，你已经决定要捐肾给他了？"

桑翠萍点了点头，然后又摇了摇头。她用无奈的目光看了郑大才一眼，又对郑大才说："我这次回来就是为了征求你的意见。如果你不同意这件事,我就放弃这种想法。"

"你考虑过没有?这种手术是有危险的,你要有个三长两短怎么办?"

"我问过医生,他说出现这种情况的几率很小。"

郑大才沉默了很长时间,才对桑翠萍说："如果你决定这么做,我不会阻拦你。"

桑翠萍忍不住哭了,她感激地对郑大才说："谢谢你的理解。我实在是没有办法了,我不想让女儿这么小就失去父亲。"

郑大才叹了一口气问："你打算什么时候走?我陪你一起去。"

桑翠萍犹豫了一会儿说："还有一件事,我想征求你的意见。"

"什么事?"

"法律上有规定,只有夫妻和直系亲属之间才能进行肾脏移植。为了满足这个条件,我想先和你离婚,然后和他复婚。等做完了移植手术,我再和他离婚,重新回到你的身边来。"

郑大才又沉默了,尽管是假离婚,可他心中还是对这件事充满了担忧。

看着郑大才焦虑的样子,桑翠萍对郑大才说："你不用现在就回答我,你可以考虑一段时间。"

郑大才点了点头,闭上眼睛睡觉了。

早晨一觉醒来,桑翠萍发现郑大才不见了。她走出卧室,看见郑大才坐在沙发上。她默默地走到郑大才身边,发现郑大才手中拿着他们两人的结婚证。

郑大才看了桑翠萍一眼说："昨晚我考虑了一夜,还是觉得救人要紧。如果因为我的原因,使他失去生存的机会,我一生都会感到不安的。结婚证我已经准备好了,我们尽快办理离婚手续。"

桑翠萍感动得一句话也说不出话来,她只感觉眼泪像决了堤的河水一样涌出了眼睛……

这天傍晚,郑大才陪着桑翠萍回到了西京。他们在一家酒店住下后,桑翠萍却难以入睡。她拥抱着郑大才的身体,头脑中浮现出和郑大才相识相爱的一幕幕，她为自己有这样的丈夫感到满足和欣慰。可是这种安定幸福的状态却被打乱了，她被迫要和丈夫分开一段时间，什么时候才能与丈夫再次相聚，她也不知道。她长长地叹了一口气，困顿地闭上了眼睛。

七十五

第二天，郑大才与桑翠萍办完离婚手续，便要飞回深圳了。

桑翠萍有很多话想对郑大才说，可她感到一句也说不出来。她心里面很难过，她不想和郑大才分开，可她又不能对周海民见死不救。她真想将自己分成两半，一半陪郑大才回深圳，一半留下来救周海民。

看着桑翠萍一脸的离愁，郑大才安慰桑翠萍："别伤感了，又不是生离死别。等手术做完了，我们还会在一起的。"

郑大才又拿出一张银行卡说："这张卡里有十万块钱。需要的时候，可以拿出来帮帮他们，也许能解决他们的燃眉之急。"

"谢谢你，我替他们谢谢你！"

"不用谢。如果这些钱不够，你再给我打电话。"

桑翠萍泪流满面地点了点头。

郑大才看了桑翠萍一眼又说："我先走了，你多保重。"

郑大才转身离开时，桑翠萍追上他说："你等着我，我以后都会陪着你。"

郑大才点了点头，向登机口走去了。

桑翠萍看郑大才的背影，眼中充满了感激的泪水……

第二天，桑翠萍和周海民办完了复婚手续，便住进了同一个病房，为移植手术做最后的准备。经过几天更加详细的检查和检验，医生决定尽快给他们做移植手术。

夜已经很深，可桑翠萍怎么也睡不着。她对手术充满了担忧，她不知道会是什么样的命运等着他们。在术前的检查中，她被查出存在着心律不齐和心动过速的问题。在手术的过程中，这种情况一旦发生就可能危及生命。除了对自身的担忧外，她更多的还是替周海民担心。由于长时间的透析，周海民的身体已经非常虚弱。在这种状况下进行手术，发生意外的可能性非常大。她一遍一遍地想着手术中可能出现的风险时，郑大才给她发来了一条短信："亲爱的，我爱你。我等着你回来。"

为了不影响周海民及其家人的情绪，桑翠萍和郑大才一直用手机短信保持联系。两天前，郑大才得知桑翠萍即将进行手术，便想来西京陪桑翠萍，但被桑翠萍阻止了。桑翠萍不想让郑大才和周海民见面，她不想看到那种尴尬的场面。她虽然阻止了郑大才，可她知道郑大才一直在想着她。夜深人静的时候，她收到了郑大才的这条短信，顿时感到心里面暖暖的。黑暗中，她借着手机的亮光，给郑大才回了短信："我也爱你。"然后便闭上了眼睛。

桑翠萍进入梦乡的时候，周海民还在黑暗中沉思。这些天来，周海民很少说话，可这并不代表他心里没有想法。以前，他对桑翠萍充满了怨恨，他认为桑翠萍对不起他。离婚以后，他断绝了同桑翠萍所有的关系。为了切断女儿和桑翠萍之间的联系，他给女儿换了好几次学校，可每次的结果都是徒劳的。让周海民感到欣慰的是：桑翠萍不但履行着对女儿的抚养义务，而且还时不时地帮他渡过难关。每当他遇到经济上的困难时，他的银行卡上便会增加一笔额外的钱。他怀疑是女儿告诉了桑翠萍，便试探性地在女儿面前表露出经济上的拮据。果然不出所料，过不了多久，他的银行卡就会多一笔钱。在这种情况下，他对桑翠萍的怨恨也慢慢地淡化着。可那只是一种淡化而已，他内心深处并没有消除对桑翠萍的怨恨。这次桑翠萍冒着生命危险给他捐肾，他这才真正体会到桑翠萍对他的好。他很后悔自己当初的决定，他不应该那么草率地同桑翠萍离婚。可这世上没有后悔药，他一生都不会有改正的机会了。按照他们之间的约定，桑翠萍做完捐肾手术，就要回到郑大才的身边。这不是他想要的结果，可他没有权力阻止桑翠萍过自己想要的生活……

手术那天上午，桑翠萍被推离病房时，周海民抓住桑翠萍的手，默默地看着桑翠萍。桑翠萍用鼓励的目光看了周海民一眼，对他说："不会有事的，手术一定会成功。"

周海民点了点头，松开了桑翠萍的手。

护士推着桑翠萍离开时，桑翠萍看见屋顶像一条白色的帘幕一样向后流动着，流向未来的时光。她不知道未来对她意味着什么，是生存还是死亡？几个护士将她抬起来，缓缓地放在手术台上。麻醉师给她戴上呼吸面罩，然后对她说："闭上眼睛。尽量放松。"

她闭着眼睛感受着呼吸机的节奏，她感到自己似乎躺在摇篮之中。她的身体变得松弛而柔软起来，她的意识也变得越来越模糊，然后消失在一片真空之中……

桑翠萍醒来的时候，已经躺在病房里。看见女儿坐在旁边，她着急地问女儿："你爸爸怎么样了？"

女儿告诉桑翠萍："我爸爸很好，手术很成功。"

桑翠萍向周海民的病床望了望，看见床是空的。她又问女儿："你爸爸在什么地方？"

"他在监护室，他的状况很稳定。"

桑翠萍悬在空中的心彻底放下来了。

三天以后，桑翠萍可以下床走动了。一个星期后，周海民也从监护室转到了普通病房。桑翠萍一边帮周海民父母照顾周海民，一边等待着周海民康复出院。考虑到周海民父母年龄大了，桑翠萍让他们回家休息，她自己则留在病房陪着周海民。

桑翠萍心中充满期待的时候，周海民的父母却发生了意外。早晨起床之后，周海民父亲感到一阵头晕，便一头栽倒了。周海民母亲见状，心中一惊，也倒在了地上……

周海民女儿准备上学，发现爷爷奶奶还没起床。她推开爷爷奶奶的房门，这才发现爷爷奶奶躺在地上。老两口被送进医院，周海民母亲因为心肌梗死已经去世。周海民父亲是突发性脑梗。经过医生的抢救，周海民父亲保住了性命，却失去了行走的能力。

这一变故完全打乱了桑翠萍的计划。在安葬了周海民母亲之后，桑翠萍只能将周海民和周海民父亲接回周海民家中。周海民需要卧床休息，周海民父亲瘫痪在家，女儿还要上学。在这种情况下，桑翠萍不能不考虑周海民一家人的处境。如果她现在离开了他们，他们一家人可怎么活下去？

周海民不断地催着桑翠萍办理离婚的手续，可桑翠萍不忍心在这种时候离开周海民。她对周海民说："我不能就这么离开了。"

"你不要管我们。你应该去寻找自己的幸福。"

"你们过得不好，我能幸福吗？"

"天无绝人之路，我们总会有办法的。"

女儿背着书包上学时，听见了他们的对话，便对桑翠萍说："爸爸说得没错。我也可以承担起照顾这个家的责任。"

桑翠萍问女儿："你还要上学，你怎么能担起这样的重任？"

女儿用坚定的目光看着桑翠萍说："为了这个家，我可以辍学。"

桑翠萍大声对女儿说："你不能辍学！你以后的路还很长，妈妈不会让你因为这件事耽误自己的一生。"

桑翠萍陪着女儿走到街上，看着女儿向学校的方向走了，才叹息地回到周海民家。她不知道自己该怎么办，她无法兑现对郑大才的承诺，只能走一步看一步，熬过一天算一天。

七十六

晚上，桑翠萍照顾周海民父子睡下后，便拿起手机看了看，发现有好几个来自父母的未接电话。这几天，父母一直劝她回到郑大才的身边去。当初，她给周海民捐肾时，父母就坚决反对。事情发展到现在，父母心中更担忧了。除了父母之外，她每天都会接到郑大才的电话，她只能用周海民家的困难来搪塞郑大才。她无法履行对郑大才的承诺，也无法面对他的质疑。在这种情况下，她开始畏惧和逃避接听郑大才的电话。

桑翠萍正为父母和郑大才的事情心烦时，电话铃又响了起来。她看了看电话号码，又是父母打来的。她犹豫了很长时间，才接通了电话。电话中传来了母亲埋怨的声音："怎么不接电话？"

桑翠萍回了一句："去卫生间了。"

母亲问桑翠萍："你考虑好了吗？"

桑翠萍沉默不语。

母亲又说："你再不回深圳，大才那边也有想法了。"

"我离开了，他们家怎么办？"

"爱咋办咋办！反正你必须回到大才的身边去。"

"我不能扔下他们不管。"

"你对他们那么好，可他们怎么对待你？就说离婚那件事，他们连一句解释的话都不听……"

"那都是过去的事情了。再说，在那件事情上我也有错。"

"你给他捐了一颗肾，救了他的命，也算是对得起他、对得起他们全家了。你现在不欠他们一丝一毫，你可以问心无愧地离开了。"

"可现在是他们最困难的时候，我能忍心离开他们吗？"

"他们是有困难，可那与你有什么关系？你有你的家，你有的生活。"

"怎么能与我没有关系？我女儿就生活在这个家中。我不管别人可以，可我能忍心丢下我的女儿吗？"

"你可以让女儿和你一起生活。这件事我已经和大才沟通过了，大才也同意。"

"那他和他瘫痪的父亲怎么办？他已经失去了劳动能力，他毕竟是我女儿的爸爸。"

"我们管不了那么多。只要你带着女儿和大才好好过日子，我们也就放心了。"

"可你们想过没有，在这种情况下，女儿她会跟我走吗？她会离开和她相依为命的爸爸和爷爷吗？她不会的。"

母亲沉默了。

桑翠萍又对母亲说："你别逼我了。事情不是你们想象得那样简单，你们要给我考虑的时间。你们先睡，等我考虑好了，我会告诉你们的。"

母亲"嗯"了一声，又对桑翠萍说了几句安慰的话，这才挂断了电话。

桑翠萍放下电话，刚躺到床上，郑大才又打来电话问："你睡了没有？"

"刚躺到床上。"

"明天我去西京，我想和你谈谈。"

"好吧，我等你。"

桑翠萍挂掉电话，便预感到郑大才要和她了结这件事了。她不可能再这样拖下去了，她必须做出自己的选择：一种是跟郑大才回深圳，过那种平静安稳的生活；另一种则是留在西京，照顾周海民一家。她熄灭灯，睁大眼睛看着屋里的黑暗，周海民和郑大才的身影不断在她头脑中交替出现。对周海民，她是深深的愧疚；对郑大才，她是真心喜欢。可现在遇到了周海民家的变故，她又不忍心抛弃周海民。她真的不知道自己该怎么办，她无法在两个人之间做出取舍⋯⋯

这天晚上，她彻夜未眠。在这件事情中，她感到最对不起的是郑大才。为了弥补对郑大才的愧疚之情，她决定将这件事的决定权交给郑大才。如果郑大才要她离开周海民，她便跟着郑大才回深圳。她知道自己做出这样的决定时，便已经在他们之间做出了选择。她感到这样的结果对周海民太残忍，可她实在是没有办法，只能在他们之间选一个人。

早晨起床后，桑翠萍安排周海民一家人吃过早饭，便开始收拾自己的东西。她打算今天就跟郑大才回深圳，她想先修补与郑大才之间的裂痕，再回西京与周海民办理离婚手续。她不得不承认，这件事也影响了她和郑大才之间的感情。

下午一点钟，桑翠萍和郑大才在一家茶馆见面了。他们沉默了很久，桑翠萍才开口说："我知道你想将这件事做一个了结。"

郑大才点了点头说："这件事再拖下去对我们都没好处。"

桑翠萍犹豫了一会儿说："这边的情况你也知道。如果我离开了，他们这个家就没办法生存下去。"

郑大才沉默地看着桑翠萍。

桑翠萍又继续说："我知道我现在必须做出选择，要么和你回深圳过我们俩的日子，要么留下来帮他们撑起这个家。说实话，我想和你在一起，可是我又放心不下这个家。如果我离开了，他们一家人可怎么办？在这种情况下，我选择不了，也无法选择。我想将选择的权利交给你，让你替我做最后的决定。如果你要我离开他们，我今天就和你一起回深圳。"

郑大才摇了摇头说："你不必为这件事情作难了。其实，你心中已经做出了选择，你的真实想法是想留下来。你之所以将选择的权利交给我，是想让我强迫你跟我回去，你想用这种方法蒙骗你自己。假如我违背你的真实想法，逼迫你离开他们，你会因此不开心。因为你的不快乐，我也会跟着你不快乐。既然我们在一起不开心，我为什么要将你留在自己身边，使两个人都陷入痛苦之中？正因为如此，我不会强迫你，我会满足你内心最真实的想法和愿望。如果你要问我会做出什么样的决定，那我告诉你：你留下吧，他们需要你，他们这个家需要你。"

桑翠萍开始沉默了，她感到自己被郑大才击中了。她是放不下女儿，也放不下周海民。她本以为郑大才会帮她下决心离开西京，可她没想到郑大才会做出让她留下来的决定。如果郑大才要她回深圳，她肯定会希望留下来。可当这种希望变成了现实，她心中立刻变得空荡荡的。她有一种沮丧和失落的感觉，她不想失去郑大才，可她却无力改变现状。

看着桑翠萍悲伤的目光，郑大才安慰桑翠萍："我们做不了夫妻，可我们还是最好的朋友。"郑大才将一张银行卡放到茶几上，然后对桑翠萍说："这张卡对你以后的生活是一个保障。"

桑翠萍摇了摇头说："我不能再要这笔钱了，你已经帮过我一次了。如果没有你给的那些钱，周海民就做不了换肾手术，周海民父亲也不能活着回到家中。"

"可他们现在一个瘫痪在床，一个失去了劳动能力，再加上一个还在上学的女儿，你以后的日子可怎么过？"

桑翠萍流着眼泪沉默着，她也不知道该怎样面对以后的生活。

郑大才又说："你别再推托了，我不想让你作难。如果你以后的日子太苦，我的心里面也不好受。"

桑翠萍心中像刀割一样。她想对郑大才说些什么，可她不知道自己能说什么，她只感觉泪水不断地涌出眼睛。

郑大才不想再看见桑翠萍悲伤的样子，便站起来对桑翠萍说："时间不早了，我还要赶回深圳。我先走了，你多保重。"

桑翠萍怔怔地看着郑大才走出了茶馆。

第二天，桑翠萍将郑大才留下的银行卡寄给了郑大才。她欠郑大才太多了，她不想让自己留下太多的愧疚和不安。

七十七

冬季的傍晚，天空中飘着雪花。曹越坐在火车上，看着阴沉的天空，心中感到非常沉重。他怎么也想不到黑牛会突发心脏病。小燕考上大学之后，黑牛的经济负担更重了。为了供大燕小燕上学，黑牛一直在杭州打工。到现在小燕已经上到大学二年级，大燕再有一年便大学毕业了。等大燕小燕参加了工作，黑牛便可以从劳碌中解脱出来，安享自己的晚年生活了。所有的事情都向好的方向发展时，黑牛却突发心脏病被送进医院，而且病情危重。

大燕得知黑牛病危，立刻将这个消息告诉曹越和在武汉上学的小燕，然后直接从学校的所在地天津赶往杭州。

曹越接到大燕的电话，去银行取了一些现金，便坐上了去杭州的火车。这些年，曹越和大燕他们相处得像一家人一样。大燕小燕很感激曹越，她们已经将曹越当成了自己的亲人。每次放假回到西京，她们都要去一趟曹越家。每次到曹越家，她们都会在叶静雅遗像前深鞠躬，她们打心眼里感激她们的叶妈妈。她们永远都不能忘记，在她们两个人都失学的情况下，是叶妈妈资助她们上到了初中。叶妈妈去世后，曹叔叔又继续资助她们上到高中、上到大学。这些恩情永远都刻在她们心中，是她们一辈子都不能忘记的。

每次在曹越家吃饭，大燕小燕便会谈起她们在学校的情况。大燕学的是医学专业，她的理想是当一名医生。小燕上的是师范大学，她想当一名小学老师。聊到她们的父亲黑牛时，大燕小燕对曹越说，等她们参加了工作，便将父亲接过去和她们一起住，让她们的父亲不愁吃不愁喝，乐乐呵呵度过晚年的生活。听着大燕小燕畅谈她们的理想和明天，曹越感到自己没有辜负叶静雅的重托。看着大燕小燕一天天长大，看着她们为未来而努力奋斗，曹越心中充满了一种成就感。

一阵火车发出的"哐当"声将曹越从回忆中扯回到现实。他看着窗外漆黑的夜幕，心中充满了担忧。如今黑牛躺在医院，情况很不乐观。大燕小燕年龄还小，她们还没有应对和处理这种事情的经验，也没有能力承担高昂的医疗费。万一黑牛出现什么意外，大燕小燕可怎么办？

曹越在火车上度过了一个不眠之夜，第二天赶到医院时，黑牛已经离开了人世。从黑牛停止呼吸的那一刻起，大燕小燕便一直趴在黑牛的遗体上痛哭流涕。曹越来到她们身边时，她们便像小孩一样扑到了曹越怀里。

曹越拥抱着大燕小燕，心里面像刀割一样。他安慰了她们很长时间，她们才逐渐止住了哭泣。看见几个陌生人站在旁边，曹越便问大燕："他们是什么人？"

大燕回答："他们是和爸爸一起打工的老乡。"

曹越点了点头，又问大燕小燕："你们的爸爸有心脏病，你们知道吗？"

大燕小燕摇了摇头。

曹越沉默了一会儿，又问黑牛的老乡："你们知道黑牛有心脏病吗？"

一位老乡点了点头说："知道。我们一起干活时，他犯过几次病。"

曹越又问："他去医院看过没有？"

老乡摇了摇头说："我们都劝他找医生看看，可他怕花钱，一直没去医院。"

曹越说："他这次犯病是什么时候？"

老乡对曹越说："他应该是前天晚上犯的病。当时，他一个人蹬三轮车给别人送货。可能是送货过程中心脏病犯了，昏倒在路边，被一个好心人发现了，才打120将他送到了医院。"

曹越疑惑地问："他不是和你们在工地干活吗？怎么又蹬三轮车帮别人送货？"

老乡摇了摇头说："你可能不知道。为了多挣一点钱，他一直都在外面找活干。白天，他和我们一起在工地干活；晚上，他便出去蹬三轮车给人家送货。没想到那天晚上出去后，再也没有回来。后来，还是医生从他身上找到了一张送货单，送货单上有送货人的电话。送货人得知这个消息后，在工地找到了我们，我们这才知道他出事了。"

大燕小燕又趴在黑牛遗体上痛哭起来。为了供她们俩上学，父亲连给自己看病的钱都舍不得花。如果父亲能去一趟医院，如果父亲身上能有一瓶救心丸，父亲就不会这么快离开她们。

曹越安慰了大燕小燕一会儿，然后对她们说："你们的爸爸已经去世，我们现在最紧要的事情便是将他的后事处理好。"

大燕停止哭泣，对曹越说："我们听你的。"

曹越又说："杭州离西京太远。我建议将遗体就地火化，再将骨灰带回家乡埋葬。你们觉得这样可以吗？"

大燕小燕向曹越点了点头。

曹越和大燕小燕离开医院后，便找了一家旅店住下了。

两天之后，黑牛的遗体火化时，几位老乡也赶来送黑牛最后一程。葬礼的场面很简单，没有花圈，没有悼词，也没有烦琐的仪式，只有沉重的缅怀和哀悼。

曹越和几位老乡向黑牛的遗体深深地鞠了三个躬，大燕小燕便扑到黑牛身上大声哭着。在她们的印象中，父亲辛辛苦苦一辈子，为了供她们上学，五十多岁的父亲还像年轻人一样出来打工……

黑牛的遗体火化之后，曹越又陪大燕小燕去了一趟黑牛干活的工地。整理黑牛的遗物时，大燕发现了一个账本。账本中记录了黑牛每个月的收入和支出，也记载了黑牛欠债的情况。大燕看完这些记录，便问站在一旁的老乡："我爸还欠你们的钱？"

老乡犹豫了一会儿说："人都走了，还提这些干什么？"

大燕摇了摇头说："我爸曾经告诉我们，说他一个月能挣几千块钱。今天看到这个账本，我才知道不是这么回事。"

老乡对大燕说："为了让你们安心上学，他向你们隐瞒了实情。他每个月都将挣到的钱全部寄给你们，有时候给你们的钱凑不够了，便从我们这儿借用一些。等到他手头宽裕了，他又会还给我们。"

大燕心中一酸，将账本递给曹越。

曹越翻着黑牛的账本，一阵酸楚涌上心头。当初，曹越和黑牛商量如何分担大燕小燕上学的费用时，黑牛为了减轻曹越的负担，竟然虚报他在工地的收入。可虚报的结果是什么？除了一分钱一分钱地节省之外，黑牛还必须在外面找活干。黑牛勒紧裤腰带节省下来的这些钱，对曹越来说算不了什么，却成了压垮黑牛的最后一根稻草。曹越现在才明白，黑牛之所以不去看病，是因为他根本就没有看病的钱。

曹越将账本交给小燕，让小燕将欠老乡的钱统计出来，然后替黑牛还清了欠账。

曹越和大燕小燕回到居住的旅店，前台打电话催交房费。曹越离开房间续费时，大燕对小燕说："姐姐想和你商量一件事。"

小燕问："什么事？"

"姐姐不想上学了。"

"为什么？"

"爸爸不在了，曹叔叔一个人是供不了我们两个人同时上学的。我想找个工作，供你上完大学。"

小燕沉默了一会儿说："再有一年时间，你就大学毕业了。这种时候辍学太可惜，还是我来帮你完成学业。"

大燕摇着头说："不行。我是姐姐，你是妹妹，你必须听我的。"

小燕也寸步不让："在这件事情上，你不能独断专行。"

大燕不断地劝着小燕，可小燕坚持自己的意见，她们为这件事激烈地争吵着。

曹越返回房间时，在门外听见她们的争吵，一阵酸楚涌上了曹越心头。大燕小燕看见曹越走进房间，便立刻闭上了嘴巴。曹越沉默了一会儿，对她们说："叔叔没有想到你们会有辍学的想法。你们想过没有，你们这样做对得起你们的爸爸吗？他辛苦了一辈子，为的是什么？还不是希望你们以后的人生道路变得更宽畅？你们不能辜负他对你们的期望。"

大燕小燕听到这番话，潸然泪下。

曹越又对她们说："叔叔理解你们的担忧，你们是怕叔叔供不了你们两个人同时上大学。"

大燕哭着对曹越说："你已经为我们付出了很多，我们不能再给你增添负担了。"

曹越擦掉大燕小燕脸上的泪水，语重心长地对她们说："你们的爸爸不在了，叔叔就是你们的亲人。无论遇见什么困难，叔叔都不会让你们放弃自己的学业的。"

大燕小燕扑到曹越的怀中痛哭起来。

曹越说："你们要尽快回学校去，要把耽搁的课程补回来。"

大燕哭着对曹越说："我们去学校了，我爸爸的骨灰怎么办？"

曹越说："你们爸爸的骨灰我先带回去。等你们放假回来了，我们选个时间，让你爸爸入土为安。"

大燕小燕向曹越点了点头。

第二天，曹越将大燕小燕送上回学校的火车后，便带着黑牛的骨灰和遗物，坐上了返回西京的火车。

七十八

甘肃陇南有个叫葫芦村的小山村，村子由两个近似圆形的山坳组成。两个山坳在边缘处相连相通，很像一个葫芦的上下两部分。人们习惯于将地势较高的那部分称为上葫芦村，与之相对应的叫下葫芦村。上葫芦村的人下山要经过下葫芦村，下葫芦村的人上山要经过上葫芦村。

在上下葫芦村交界的地方，有一座很普通的院落，这便是葫芦村孩子上学的地方，葫芦村人称之为学堂。因为地处大山深处，大部分葫芦村人都不识字。20世纪70年代，一些人将孩子寄养在山下的亲戚家，让孩子在山下的学校读书。20世纪80年代中期，一位读完初中的葫芦村学生呼吁建一座葫芦村的学堂。学堂建成以后，这位初中毕业生便成为学堂的第一任老师。学堂有三间草屋，一间是上课的教室，一间是学生的自习室，还有一间是老师吃住的地方。因为条件和师资力量的限制，学堂只教授小学三年级以下的课程。从四年级开始，这些孩子必须在山下的学校住校读书。学堂的老师没有工资，吃喝用度全靠村民供养。学堂的老师已经换了好几任，他们大都是上过学的葫芦村人。年轻的时候，他们会从事几年这种没有报酬的职业，可到了结婚生子的年龄，他们便会离开学堂，回归到正常人的生活中去。

曹功跟着山娃来到葫芦村后，便当上了葫芦村学堂的老师。曹功在学堂的生活忙碌而充实，除了给自己做两顿饭之外，大部分时间都在给学生授课。葫芦村学堂有二十多名学生，老师却只有曹功一个人。因为三个年级的课程不同，曹功只能轮换着给学生授课。一个年级的学生上课时，其他学生只能在自习室自学。因为授课的时间所限，三个年级的课程都很难在规定的时间完成。曹功只好利用周末和寒暑假的时间，将这些未完成的课程补回来。对于葫芦村学堂的孩子来说，除了过年放几天假之外，他们一年四季都待在学校。

早晨起床后，曹功便有一种晕晕的感觉。他没有在意，漱洗完毕后便向教室走去。在上课的过程中，这种眩晕感越来越明显，他的身体也开始抖动，他只好中断了授课，用手支撑在讲桌上。他尽力维持着身体的平衡，突然感到眼前一黑，随即向地面滑了下去。

看见曹功倒在讲台上，学生们乱成了一团。他们围在曹功身边，焦急地呼喊着老师。曹功双眼紧闭，没有任何反应。村支书带人赶到学堂，看见曹功躺在地上昏迷不醒，立刻将曹功送到山下的医院。

经过一系列检查，医生确定曹功患了脑梗死。在医生的全力抢救下，曹功虽然苏醒过来了，可病情还处于危险期，随时都可能危及生命。

村支书到病房看望曹功时，曹功问村支书："我的病严重吗？"

村支书说："也没什么大问题。你安心养病，该吃就吃，该喝就喝，有什么愿望就直接告诉我。"

曹功说："如果我不在了，你将我的骨灰交给我的堂弟曹越，让他将我埋在家乡的土地上。"

村支书沉默了一会儿，向曹功点了点头。

曹功又说："我桌子上有一本通信录，里面有我堂弟的电话。"

"我知道了。你不要想太多。"

村支书回到葫芦村，找到曹越的电话，将曹功的状况告诉了曹越。他想让他们堂兄弟见上一面，他不想给他们留下遗憾。

曹越接到电话，便从西京赶到了陇南。这些年来，曹越和许多关心曹功的人都在寻找曹功，可一直都没有结果。

曹越在医院见到曹功时，曹功已经度过了危险期，病情也在慢慢地好转。曹越和曹功聊了一会儿，曹功便问曹越："我那个不争气的弟弟现在有没有消息？"

"他已经自首了。现在正在服刑。"

曹功点了点头说："我这一年到头也没个假期，只有过年的时候，学生才放几天假。等学堂休课了，我去监狱看看他。"

曹越看着曹功说："到时候我陪你一起去。"

这天晚上，曹越陪曹功聊到了很晚。谈到曹功当前的生活时，曹越不理解地问："你为什么要跑到这么偏僻的地方来？"

曹功说："我不想生活在歧视中，我想在没人认识的地方终了一生。"

"你总不能一辈子都待在山里吧？"

曹功叹了一口气说："我已经是黄土埋到胸口的人了。在什么地方、过什么样的生活对我来说已经不重要了，我现在最大的愿望就是减轻自己的罪孽。这些年来，我经常被噩梦惊醒，我会在梦中看见那些死去的孩子。那些孩子是无辜的，却因为我一个错误的决定，他们就失去了宝贵的生命。我是有罪的人，我的罪孽深重。"

"都这么多年过去了，你别责怪自己了。"

曹功摇了摇头说："我一直对这件事后悔不已，可这世上没有后悔药。一想到那些死去的孩子，我心中就感到非常不安。这件事始终都是我心中的一个结，一个解不开的结。我想减轻自己的罪孽，我想用对这些孩子的付出替自己赎罪。"

曹越问曹功："你想一辈子都留在葫芦村？"

曹功点了点头。

曹越又对曹功说："我不反对你留在葫芦村，可我觉得你的生活太孤单，你应该找个女人照顾你。"

"找个没感情的人凑合，还不如我一个人清静。"

曹越又说："我明天就要回西京了。你还有什么事情要交代吗？"

曹功沉默地摇了摇头。

第二天，曹越离开医院时，拿出一沓钞票对曹功说："我帮不了你什么。这点钱你拿着用吧。"

曹功摇了摇头说："我的吃喝都是乡亲们捐助的，钱对我来说没有用处。"

"你的病需要长期吃药。没有钱，你怎么买药？"

"这件事你不用操心。葫芦村的乡亲已经给我买了一年的药。"

曹越叹了一口气说："那你保重。过一段时间，我再来看你。"

一眨眼工夫，几个月时间过去了。早晨睡醒之后，曹功强撑着走下床。因为身体不适，他已经躺了好几天。他心中充满了不安和愧疚，他不想耽搁学生宝贵的时间。再过一个月，三年级学生就要参加升级考试。考试的成绩达不到要求，这些学生就需要重读一年。如果因为自己的身体原因而使学生浪费一年的时光，他会感到自己愧对学生家长，愧对供他吃穿的葫芦村人。

曹功走出屋子，简单地擦了一把脸，走进教室开始上课。中午放学后，他给自己做了一顿简单的饭。下午五六点钟，他才拖着疲惫的身体离开教室。

曹功走进居住的屋子，发现一个女人站在屋内。女人背对着曹功，将床上的旧床单扯下来，换上了一条新床单。女人拿着旧床单，一扭头便看见了曹功。

曹功没有想到这个人会是吕晴。他惊异地问吕晴："你怎么到这里来了？"

吕晴说："我想着你身边没人照顾，就自己送上门来了。"

"你丈夫呢？"

"他两年前就去世了。孩子也在外地工作，家里只剩下我一个人。"

"你怎么知道我在这里？"

"你从泾塬县消失后，我一直打听你的消息。前一段时间，我碰见了曹越。他说你患了脑梗，身边也没个人照顾。我想我们都是单身，为什么不能相互做个伴？我是这样想的，就来找你了。"

曹功沉默地看着吕晴，他不知道该向吕晴说些什么。

吕晴又对曹功说："如果你不愿意，我明天就离开。"

曹功对吕晴说："我不是这个意思。这地方的条件太差，我不愿意让你跟着我受苦。"

"可我愿意跟着你。只要两个人心心相印，再苦再累我也愿意。"

曹功心中涌出了无限的感动。

月亮升起来时，曹功陪着吕晴走出学堂，漫步在山间的小路上。夏日的夜晚，凉风习习，柔和的月光洒在大地上，给人一种轻松惬意的感觉。

曹功走了一会儿，对吕晴说："在贾丽娟的事情上，我对不住你。我一生都为这件事而愧疚。"

吕晴沉默了一会儿说："这是命运和我们开了一个玩笑。"

曹功停住脚步对吕晴说："这个玩笑改变了我们一生的命运。"

吕晴对曹功说："我们不提过去的事情了。"

曹功点了点头。

吕晴又说："你对自己以后的生活有什么打算吗？"

曹功迷茫地摇了摇头。

吕晴看了曹功一眼说："我已经替我们俩想好了，哪一天你不当老师了，我们便回西京开一个商店。等我们老的时候，我们就用开商店挣来的钱维持生活。"

曹功摇了摇头说："我暂时还没有离开这个地方的打算。"

"你总不能在这里待一辈子吧？等到你变老了，老得不能上课了，你还能做什么？"

曹功叹了一口气说："我现在还没想那么远，我只能走一步算一步。"

"不管你以后怎么样，我都会跟着你。既然我们走在一起了，就没有什么东西能将我们分开了。"

曹功紧紧地握住了吕晴的手。

在吕晴的悉心照顾下，曹功的状态好多了。他将全部精力都放在了学生身上，特别是那些即将参加升级考试的三年级学生。他想让这些孩子都顺利升到四年级，他不想有一个学生掉队。使他感到欣慰的是，这些学生没有辜负他的期望，他们全部通过了升级考试。在他们离开学堂的前一天，曹功还要给他们上最后一堂课。

这天早晨，曹功从床上爬起来便走进教室。看着教室中熟悉的一桌一椅，他心中感到很不平静。在这间破旧的草屋之中，他付出了辛勤的劳动，也完成了自己的心愿。他用这种方式赎罪，也换回了自己内心的平静与安宁。

看着孩子们陆陆续续走进了学堂，他回房间喝了一杯水，然后对吕晴说："我给孩子们上课去了。"

吕晴看了他一眼说："掌握好时间，别又讲过头了。"

曹功点了点头，夹着书本走进教室。他站在讲台上，用眼睛扫了扫，发现没有一个学生缺课，他心中感到非常欣慰。他已经将这些学生当成了自己的孩子，孩子们也将他当作亲人一般。哪一户人家做好吃的了，孩子们第一个想到的是他；逢年过节的时候，孩子们最先问候的是他；他生病住院的日子，孩子们最想念的也是他。这些点点滴滴的感动汇集成一股急流，在他心中激荡和澎湃着，他的眼睛开始变得湿润起来。他用手擦了擦眼睛，然后对孩子们说："现在开始上课。"

曹功转身在黑板上写了一行字："努力奋斗，创造属于自己的美好未来。"

他今天不想给孩子们讲课本中的知识，他想讲一些对他们成长有用的东西。他希望他们通过自身的努力，去实现他们心中美好的理想。

时间一分一秒地过去，可曹功一点都没感觉到时间的流逝。他一口气讲了一个多小时，发现已经过了吃午饭的时间，他这才带着歉意对孩子们说："同学们，今天的课就讲到这里，希望这堂课能对你们的人生有所帮助。最后，我想对你们说一声'谢谢'，谢谢你们能这么认真地听完这最后一课。"

孩子们离开教室时，曹功忽然感到一阵眩晕，然后一头栽倒在了地面上……

曹功的脑梗又一次发作了。当他被送进医院时，他的心脏已经停止了跳动，他带着对孩子们殷切的希望，永远永远地离开了……

七十九

山西省东部横亘着一座山脉，这便是著名的太行山。

沿着太行山下的一条沟壑，向山里行走十几公里，便可以看见两边的山梁上分布着一座座岗楼。岗楼与岗楼之间连接着一道道铁丝网，将这里与外面的世界隔离开来。在山洼的中央，堆着一座座像小山一样的碎石堆，这些都是铺设铁路的碎石。在远处的山崖下，一群人正在装炸药，将石壁爆破成可以搬运的石块；还有一群人将爆破的石块运到碎石的地方，抡着大锤将大块的石头砸碎……这是一座监狱，也是一座碎石的工厂。

曹勇已经在这座监狱服刑好几年了。吃过晚饭，他懒懒地躺在牢房中休息。半个月前，因为打架，他被安排到了这间牢房。牢房中的其他人都在碎石组干活，只有他一个人是爆破组的成员。因为不在一起干活，他与这些人很陌生。他很少关注牢房中的人和事，只有一个叫小兔子的犯人引起了他的注意。

小兔子处于牢房的最底层。每天晚上睡觉之前，小兔子都要给牢头洗脚。牢头是监狱的土皇帝，手下有很多小喽啰。这些喽啰中有一个外号叫黑熊的囚犯，整天跟在牢头后面狐假虎威，专门欺压一些身单力薄之人。

　　曹勇长得虎背熊腰，牢房中没人敢招惹他。他虽然看不惯牢房中的一些事情，可他也不想参与到这些争斗之中。他躺在自己的铺位上，看着小兔子端着洗脚水走在狭窄的过道之中。小兔子到达牢头身边时，不小心摔了一跤，盆子里的水全洒在了牢头身上。

　　牢头被浇成了落汤鸡，狠狠地骂了小兔子一句，又对站在旁边的黑熊说："替我教训教训这小子，让他以后多长点记性！"

　　黑熊应了一声，一拳砸向小兔子。小兔子叫了一声，跌倒在地面上。黑熊压在小兔子身上，抡起拳头向小兔子头上砸去。曹勇突然从床上蹦下来，一把抓住黑熊的脖子，将黑熊按在地上。黑熊一边挣扎，一边向牢头喊着："大哥快来救我，我要被他掐死了！"

　　牢头大声向曹勇喊："放开他！"

　　曹勇看了牢头一眼说："别摆你那牢头的臭架子。别人把你当回事，我把你当个屎！"

　　牢头的脸变得铁青，挥着拳头便向曹勇砸过去。

　　曹勇放开黑熊，抓住牢头的拳头，顺势向前一拽，将牢头摔在地上。他骑在牢头身上，一边挥动着拳头向牢头身上猛砸，一边大声地喊着："不教训教训你，你就不知道马王爷长了三只眼……"

　　牢头用双手抱着头，不断地向曹勇求饶："爷，你饶了我吧！"

　　曹勇收住拳头，又向黑熊和其他几个人吼道："从今以后，谁再敢欺侮小兔子，我让他吃不了兜着走！你们都听见了吗？"

　　黑熊点着头说："听见了，听见了！"

　　从此以后，没人敢当着曹勇的面欺负小兔子了。可曹勇能管得了牢房中的事，却管不了牢房外面的事。曹勇在爆破组干活，小兔子参与碎石组的劳动。曹勇不在小兔子旁边时，那些人照样欺负小兔子。晚上，曹勇回到牢房，看见小兔子的脸肿了，询问小兔子怎么回事。

　　小兔子低着头不说话。

　　曹勇厉声质问牢头："是不是你们干的？"

　　牢头对曹勇说："你怎么不问他自己？"

　　曹勇暴睁双眼说："我就问你，你说不说？"

　　看见曹勇攥紧拳头向自己走过来了，牢头赶紧对曹勇说："与我们无关。他偷了别人碎好的石头，被人家打了。"

　　曹勇扭头问小兔子："你偷别人的石头了？"

　　小兔子摇了摇头说："不是我偷的。我上厕所回来，发现我的石头变多了。我还没弄明白怎么回事，隔壁牢房的人说我偷了他们的石头，不由分说打了我一顿。"

　　曹勇问牢头："这件事是不是你们干的？"

　　牢头赶紧澄清："不是我们干的。"

　　曹勇不能确定这件事一定与牢头有关。他沉默了一会儿对牢头说："以后再让我发现你们干这种事，我的拳头可不是吃素的。"

　　看见牢头不吭声了，曹勇打了一盆水，帮小兔子擦洗肿胀的脸庞。

　　半个月后，爆破组组长服刑期满离开了监狱，曹勇被指定为新的爆破组组长。

　　小兔子恳求曹勇："能不能将我调到爆破组？我不想在碎石组待下去了，他们整天都想着法子欺负我。"

　　曹勇向管教汇报了这件事，管教同意了小兔子的请求。从此以后，小兔子便跟着曹勇到爆破组干活了。

　　元旦过后，监狱举行总结和表彰大会。几百名囚犯坐在碎石场中间，听着从广播里传来的声音。

　　曹勇看着在空中自由飞翔的鸟，心不由自主地飞到了香草身上。他被关进监狱后，香草不顾父母的阻拦，挺着大肚子来看他。香草摸着肚子对他说："我要把我们的孩子生下来，我要和你在一起。"

　　面对香草的痴情，曹勇无比感动。

　　香草离开时又对曹勇说："我和孩子在家等你，等着你早日回家。"

　　几个月后，曹勇收到了香草的来信。香草在信中告诉他，说给他生了个大胖儿子。从此以后，香草和孩子就成为曹勇的精神支柱，无论狱中的生活多么艰苦，只要想起香草和孩子，曹勇心中便会充满希望。

大会开始表彰先进时，曹勇便将注意力转移到了会场之中。表彰先进是他最关心的一件事，这件事关乎他们组每个人的利益。如果他们组被评为先进，组员便会受到减刑的奖励。曹勇当爆破组组长后，带领全组人努力干活，取得了优异的成绩。举个简单的例子：全监狱有八个爆破组，别的组一天最多爆破八十平方米的石壁，而他们组每天的爆破量都在一百平方米以上，而且全年无事故。无论从哪方面衡量，他们组都应该被评为先进。可结果没出来之前，他心中还是不踏实。当他听见他们组也在先进组的名单中时，他悬在空中的一颗心终于放了下来。

先进组的代表上台领奖时，曹勇站在领奖人的最中间。他一手捧着镶着镜框的奖状，一手拿着一个嘉奖证书。奖状是领给他们组的，是先进集体的象征；证书是他个人的，是先进组长的荣誉。他捧着这两样东西，心情非常激动。从小到大，这是他第一次获奖。上学的时候，曹功和曹越每个学期都拿着奖状回家。相比之下，他却经常被老师和同学嘲笑。他没有得过奖，并不代表他不想得奖。他也想得到让人羡慕的荣誉，可这些事从来都与他无缘。如今他以一个犯人的身份得到了小时候梦寐以求的东西，他心中为此感到兴奋不已。

曹勇回到台下，小兔子从他手中接过奖状，拿在手中翻来覆去地看着。大会开始进行最后一项：宣布减刑名单。小兔子问曹勇："是不是评上了先进组，全组每个人都会被减刑？"

"那也不一定，表现不好就不能减刑。"

"那你说，咱们组谁表现不好？"

曹勇开玩笑地说："你。"

"为什么是我？"

"你干活不出力，而且偷懒。"

"我怎么不出力了？我到爆破组后，把吃奶的力气都使出来了。我怎么偷懒了？哪一次出工不是我第一个到，最后一个离开？在碎石组，我干的活最多，荣誉和好处都没有我。本想着跟着你干，你能公平地对待我，没想到你也不把我当人看。"

看着小兔子一脸的沮丧，曹勇笑着对他说："我是逗你玩呢。要说表现，你是咱们组表现最好的。"

"你又在骗我。"

"那你自己听减刑的名单里有没有你的名字。"

小兔子用疑惑的目光看了曹勇一眼，竖起耳朵听着监狱长宣布减刑的名单。当他听见自己被减刑两个月时，他立刻转悲为喜，高兴地对曹勇说："我就知道跟着你干没有错，你不会让我吃亏的。"

吃过午饭，曹勇躺在床上，拿着获奖证书反复地看着。他觉得自己的汗水没有白流，他得到了减刑三个月的回报。他带领全组人努力付出，为的就是减刑。如今他们的愿望都实现了，作为组长的他，怎么能不高兴？再有半年时间，他也该刑满释放了。到了那时候，他便可以同香草和孩子团聚了。他想和香草去海边逛一逛，香草一直想看看大海，他想帮香草完成这个心愿……

曹勇沉浸在这些美好的愿望中时，出工的铃声响了。他一骨碌从床上爬起来，带领全组人来到作业现场。他们将上次爆破遗留下来的碎石清理干净后，便开始进行新的爆破。

曹勇指挥小兔子在石壁顶端固定好作业的支点，又在支点上拴好绳子。其他人将绳子固定在身上，开始从石壁顶端下到石壁前面，自上而下地开凿装载炸药的孔洞。

曹勇身缚绳索，不断地用榔头敲打着手中的铁錾。碎石块不断地从石壁上迸出来，向四周飞落着。曹勇凿好了放置炸药的孔洞，仰头向石壁顶端的小兔子喊了一声："放药！"

小兔子听见曹勇的喊声，用绳索放下装着雷管和炸药的小筐。

曹勇取出雷管和炸药，将雷管插进炸药中，又小心地将炸药塞进洞里面。他将雷管的引线和爆破的电线连接起来后，便向小兔子喊着："开下一个孔，放绳！"

小兔子"哎"了一声，开始缓慢地向下放着绳索。

曹勇的身体随着绳索下降了一米左右，又向上面喊着："停！"

小兔子回应了一声，收住了下降的绳索。

曹勇取下别在腰上的铁錾和榔头，开始开凿第二个装炸药的孔洞……

几个小时之后，曹勇和工友们装好了炸药。小兔子便从石壁顶端走下来，对曹勇他们说："你们歇一会儿，我去接线。"

曹勇点了点头，和工友们坐在石壁前的碎石坡上休息。每次爆破完毕，大块的石头被运走后，遗留下来的碎石便在石壁前形成了一面斜坡。

小兔子拿起爆破的电线，将雷管和起爆器连接起来，然后跑到曹勇身边说："炸药和雷管都连好了。"

"你再去检查一下，如果正常，我们就开始爆破。"

小兔子应了一声，便跑到引爆器旁边。他检查雷管的连线时，不小心触发了引爆器的开关，随着"轰"的一声巨响，大块的石头纷纷从崖壁上爆裂开来，顺着石坡向下滚动着。

曹勇和工友听见一声巨响，看见一块条形的巨石向他们滚落过来。曹勇向工友们喊了一声"快跑"，然后一跃而起，扑向了滚落的石头。

巨石翻转着压在了曹勇身上，停止了滚动。鲜红的血从石头下面流出来，渗到了周围的石块中。工友们合力搬开巨石，扑在曹勇身上大声呼喊着。可曹勇再也听不见他们的声音了，他带着对香草和孩子的无限眷恋去了另一个世界……

八十

泾塬县城东边有一个小院子，院子中坐落着一幢三层的楼房，这便是新建的泾塬县儿童福利院。曹梅被任命为首任院长。福利院成立才半个月，便接收了二十多名被遗弃的儿童。照看和管理这些孩子需要做很多工作，可福利院的职工算上曹梅才五个人。为了解决人员短缺问题，曹梅多次找上级主管部门反映情况。在没有任何结果的情况下，她又找到县委张书记。张书记要她再坚持几个月，等新分配的大学生到位了，立刻给福利院增加新的人员。

福利院建成之后，小惠看管的四个孩子也被接过来。没有了这些孩子的陪伴，小惠心中变得空空荡荡。她刚接管这几个孩子时，他们还躺在床上嗷嗷待哺；如今他们已经能下地走路，咿咿呀呀喊她妈妈了。她忘不了他们，也舍不得他们。孩子被接走的第二天，她便去福利院看他们了。

也许是因为对新环境的不适应，也许是因为没有了他们熟悉的小惠妈妈，早晨醒来之后，几个孩子便不停地哭闹。小惠从家中赶来时，孩子们听见小惠熟悉的声音，立刻停止哭泣，安静下来。小惠给孩子喂好奶后，又很快哄着孩子入睡了。

为了帮工作人员带孩子，小惠暂时留在了福利院。一个星期后，看孩子和工作人员熟悉了，曹梅对小惠说："这段时间多亏你帮着带这几个孩子。"

小惠看了曹梅一眼说："我喜欢和他们在一起。"

"可你总不能一直这样待下去。"

"是不是我给你们添麻烦了？"

曹梅叹了一口气说："你辛苦了这么多天，一分钱的工资都没有，我心里面很愧疚。"

小惠摇着头说："我不是为了钱，我只想和孩子们在一起。"

曹梅不忍心赶小惠离开，可她也不能一直亏待小惠。她忽然想到福利院还缺很多人手，她想让小惠留下来当一名工作人员。她为此找了张书记好几次，张书记答应先让小惠在福利院当临时工，等以后有了机会和名额，再将小惠转成正式人员。曹梅解决了这件事，感到心中轻松多了。

下午下班时，曹梅到各个房间查看了一遍，见一切都很正常，这才推着自行车回家了。每天早晨，她给丈夫做好一天的饭，再骑车去福利院上班。下午下班以后，她又骑着自行车回家。

冬季的夜晚，寒风袭人，大片的雪花在空中飞舞着。

曹梅骑着自行车艰难地行驶在积雪的路上。从泾源县城到东城村，短短二十多里路，她已经摔倒了十几次。最后一次从地上爬起来时，她便推着自行车向前走。

　　曹梅走进家门时，已经是晚上十点多了。看见曹梅的衣服都湿透了，许红建对曹梅说："下这么大的雪，你还回来干吗？"

　　曹梅看了许红建一眼，换下了湿衣服，然后向灶屋走去。她准备好明天做饭的东西，又端着一盆热水走进屋中，替许红建擦洗冰冷的腿脚。

　　许红建看着曹梅说："以后碰到天气不好，你就不要回来了，我能照顾自己。"

　　曹梅没有吭声。

　　许红建叹了一口气说："我不想你因为我这么辛苦。"

　　曹梅安慰许红建说："你想多了，我没事。"

　　许红建说："你这样来回跑太辛苦，长时间这么耗下去也不行。"

　　曹梅也一直考虑着这件事。除了辞去福利院的工作，她想不出还能有什么更好的办法。她的心中很犹豫，她舍不得这份来之不易的工作；她离不开福利院的孩子们，也丢不下工作带给她的快乐和满足感。她也考虑过其他的办法，她想在泾塬县城买一套房。如果她和许红建能住在泾塬县城，她就不用将大量的时间和精力耗费在路上了。但她打听了一下泾塬县的房价，便放弃了这种奢侈的想法。一套房子需要十几万，她根本没有这个能力。她替许红建洗完脚，然后对许红建说："你不用担心，总会有办法的。实在不行，我就不去上班了。"

　　第二天，曹梅离开之后，许红建便打电话将这件事告诉了曹越，他希望曹越能劝劝曹梅。他不想因为自己的缘故，使曹梅失去福利院的工作。

　　听了许红建的诉说，曹越心中很难过。曹梅一生做了很多好事，可这些事不但没带给她任何好处，反而使她遭遇了很多不幸。曹越感到自己有责任帮曹梅一把，他想在泾塬县城替曹梅买一套房子，他不想让曹梅再这样辛苦下去了。

　　曹越做出这样的决定后，便开始关注报纸上房屋买卖的信息。时间不长，他看到泾塬县城有一套二手房要卖。他打电话询问了房子的有关情况，又抽空回泾塬县看了看房子。房子虽然是旧房，但是挺宽敞。曹越和房主讨价还价了一番，然后替曹梅买下了这套房子。

　　曹越带着钥匙找到曹梅，曹梅摇着头对曹越说："这房子我不能要。"

"为什么？"

"你已经帮过我很多次了。每次都是在最困难的时候……"

曹越看了曹梅一眼说："你也有有钱的时候，可你的钱都花到什么地方了？你为全村人建了一个水塔，却为此欠了很多债。你将这些债还清了，可以安度晚年了，又将自己的养老钱全花到了收养的孩子身上。如今你有困难了，我应该帮你渡过难关。母亲曾经对我说：'我死以后，你和梅子就是最亲的人了。你们俩可要相互搀扶着往前走。'如今，母亲已经去世多年，可她这句话始终都刻在我心里。在你困难的时候，我这个当哥哥的怎么可以袖手旁观？"

听着曹越发自肺腑的话语，曹梅的眼泪落了下来……

八十一

这段时间，曹越感到身体不适，便去医院做了一次检查。检查的结果是患了肝癌，而且已经到了晚期。

曹越离开医院，看着街道两边的高楼大厦和匆匆行走的人们，感觉自己已经是这个世界的局外人了。他在大街上走了很长时间，直到夜色吞没了最后一丝光线，才拖着疲惫的身体向家走去。

曹越打开家门，连灯都没开，便直接躺在了沙发上。

黑暗中，他被一种恐惧和焦虑的情绪包围着。他感觉死亡正在向自己逼近，他不能回避，也无法拒绝。他在黑暗中思索着将要面对的死亡，死亡后的世界会是什么样？他似乎看见了那个世界的景象：恐怖，黑暗，死寂，空虚……在那个世界中，没有阳光，没有温暖，没有感觉，没有亲情，没有人间所拥有的一切。他看见自己飘浮在一个漆黑的空间，他感到自己变得像空气一样虚无。这里被永恒的黑暗主宰着，没有一丝一毫的变化；时间已经停滞，周围空无一物。他在这样的空间中无终无了无边无际地飘浮着。他感到寂寞无助，他感到孤苦伶仃，他被这种可怕的孤寂包裹着……他忍受不了这种永恒的寂寞，他不想被孤独无休无止地折磨下去。他想让自己彻底地从这个世界上消失，可他却无法实现自己的想法。他像一条失去动力的飞船一样，只能在漫无边际的死寂中飘浮下去……

当他从这种想象中走出来时，心中便充满了对死亡的恐惧。他不想去那个死后的世界，他不能忍受那种永恒的孤独和寂寞。可现实却是残酷的，他无法挣脱命运的安排。他只能像其他癌症病人一样，一步一步走向生命的终点。他看见自己来到上帝面前，满脸愁容地对上帝说："我不想死。我心中充满了对死亡的恐惧。"

"你为什么要恐惧死亡？"

"因为我知道死亡就是从这个世界上消失，消失在没有任何东西的虚空之中。"

"那你知不知道，你就是从虚空中来到这个世界的。"

曹越点了点头说："这个我知道。"

"在来到这个世界之前，你有过恐惧吗？"

曹越摇摇头说："当然没有。那时，我还处在虚空之中，怎么会有恐惧？"

"现在让你再回到你出生以前的地方，你为什么要恐惧呢？"

"因为我不想失去我现在的生命。"

"你的生命不属于你，只不过是暂时借给你使用。得到了就要失去，这是规律，是谁也无法改变的事实。"

曹越沮丧地看着上帝。

上帝又说："你应该为你曾经拥有过生命感到幸运。因为你经历了生与死，经历了这个世界上许许多多的事情。你应该知道，还有很多和你一样可以成为生命的东西没有来到这个世界。他们没有成为生命，是因为他们把这样的机会给了你。相对于他们来说，你是幸运的。你不应该为你的幸运而难过，你应该为你的幸运而高兴。"

"可我才五十多岁，我还想多活一些时间。"

"你这种想法是错误的，你不应该长期占有不属于你的东西。当你使用完借来的东西之后，就应该将这些东西物归原主。因为需要这件东西的人很多，你归还了这件东西之后，别人才可以继续使用。这个道理你懂不懂？"

曹越点了点头说："我懂了。"

"既然懂了，那就不要再为生死而困扰。"

曹越点了点头，还想再问上帝，上帝忽然消失了。他心中一急，便从那种冥想状态回到了现实中。他躺在沙发上思索着，死亡是生命的终点，有生命的东西都躲不过。对待死亡的正确态度应该是：平静地面对，坦然地接受。

在驱散了对死亡的恐惧之后，曹越便开始考虑后续的治疗。在是否接受放化疗的问题上，他必须做出自己的选择。黑暗中，曹越想象着自己接受放疗的情景。他似乎看见那带有巨大杀伤力的射线像箭一样穿透他的身体，看见自己的细胞被这些无形的箭射杀着……这种时候，他便感觉到钻心的疼痛，他的身体也不由自主地痉挛和抽搐起来……

他躺在沙发上，望着黑暗的空间，又看见自己躺在化疗床上，他看见那些药品缓缓流进他的身体中，他看见他全身的细胞都在药物的作用下窒息死亡……

他忍受不了这种恐惧的折磨，便从噩梦般的想象中跳了出来。他努力让自己安静下来，他不断地在心中思索着，既然死亡已经不可避免，又何必再遭受这些不必要的痛苦？他决定放弃这种没有任何意义的治疗，他想选择一种与别人不一样的方式度过最后的时光。为了不影响他人，他决定暂时不将这件事告诉任何人。

早晨的阳光驱散了房间的黑暗，曹越便走到叶静雅的遗像前，默默地对叶静雅说："时间过得真快，一晃这么多年过去了。你托付我的事，我已经办妥了。大燕小燕已经大学毕业，她们现在都在外省工作，你可以放心了。"他沉默了一会儿又说："还想告诉你一件事，当年夺去你生命的癌症现在也找到了我。我不想重复你以前走过的路，我不想接受那种没有任何意义的治疗，我想顺其自然地走到自己人生的终点。你同意我这种想法吗？"

照片中的叶静雅没回答，她一直向他微笑着。

曹越又默默地对叶静雅说："我已经在凤凰山下买好了一块墓地，那是我们俩最后的归宿。本打算你的遗体被归还时，便让你在那个地方安息。现在看来，我可能会比你先去那里了。不过你放心，我离开之前，会将这些事都安排好的。

我会在那儿等着你，等着你回到我身边。我们将在那里融为一体，永远永远都不分开。"

叶静雅还是默默地向曹越微笑着。

曹越长长舒了一口气，便决定去秦岭里面散散心。他想利用这段时间考虑自己以后的生活，他想选择一种安静的方式度过生命的最后阶段。

曹越坐车来到秦岭之中，在一家农家乐住下后，便沿着一条小路向山上走着。天是蓝蓝的，看不见一丝尘埃；一朵白云悬在空中，随着风缓慢地移动。清新的空气中混合着一种花香，沁人心脾，润人心扉。茂密的树木像一张绿色的毯子覆盖在青山之上，山坡上的野花像点缀在绿色天空中的星星一样。一阵风吹来，这些野花便摇曳着婀娜的身姿，跳起了迷人的舞蹈……

曹越已经融入大山之中，融入这令他感到无比舒畅的自然之中。他陶醉在大自然赐予人类的美景中，他闭着眼睛享受着这种难得的安宁。他感觉自己已经变成大自然的一部分，他沉浸在这种和谐与宁静之中。他忘记了所有的烦恼与忧愁，他的心灵变得像水一样清澈透明……他忽然感觉到，这才是他内心深处最想要的生活，在这种生活状态中，他的身心才能得到真正的放松。特别是在目前的情况下，他更想离开喧闹的城市，过一种简单悠闲的生活。

半个月后，曹越在秦岭中租下了一座农家小院。土屋前流淌着一条小溪，一根胳膊粗细的竹筒从山泉下面延伸过来，将清澈透亮的泉水引到屋子旁边。泉水源源不断地从竹筒中流出来，滴落在竹筒下面的青石板上，发出清脆的滴答声。溅起的水花洒落在周围的草丛中，小草便随着声音有规律地颤动着。

每天起床之后，曹越用泉水洗漱完毕，便开始登屋后的一座小山。吃完早饭，他便泡一杯茶，坐在屋前的大树下，开始安静地看书。困顿的时候，他便躺在屋前的竹床上，看着头顶上的蓝天，听着树上的鸟鸣。这种时候，他什么也不做，什么也不想，只是静静地享受着这种安逸与舒畅。他把一切浮尘都从心中抹去了，他的心变得如孩童般透彻。他的生活像一幅充满诗意的画卷一样：坐拥半壁山房，凝望一轮明月；静观游鱼戏水，独看飞鸟掠空；抬头云聚云散，俯首虫趣相映……晨起可登一峰山，倦困可卧一枕梦；闲时可饮一杯茶，静时可读一卷书；趣至可赏一窗景，兴来可酌一壶酒……

这种生活持续了几个月，曹越回西京做了一次检查。令曹越感到意外的是：他肝部的肿瘤不但没有扩大，反而奇迹般地缩小了。医生向曹越解释，病情的好转与曹越生活方式的改变有很大关系。曹越在西京待了几天，又返回了秦岭山中。

冬季来临后，山区的气温降到了零下十几度。曹越躺在床上，盖了两床被子，还是感到手脚冰凉。第二天早晨，他便出现了感冒的症状。他吃了好几天药，病情都不见好转。他只好离开大山，回西京接受治疗。

曹越在医院打了几天吊针，这场感冒才算过去了。随后，他又做了一次B超检查，肝部的肿瘤还在继续缩小。为了避开山中的寒冷，曹越采纳了医生的建议，暂时留在了西京的家中。

八十二

曹越吃过早饭，来到东郊最大的农贸市场。听说这里的海鲜比较便宜，他想买一些带回家。经过一排卖蔬菜的摊点时，他看见桑翠萍站在一个摊位后面，将顾客选好的蔬菜装进塑料袋，放在台秤上称好了，又递到顾客手中……

曹越怔怔地看着桑翠萍，他怎么也想不到会在这里遇见桑翠萍。

这些年，桑翠萍的日子过得很艰难。周海民做完手术后，身体一直未能恢复。桑翠萍除了照顾周海民之外，还要照看周海民瘫痪在床的父亲。半年前，周海民父亲去世了。周海民父亲在世时，他们家唯一的生活来源是周海民父亲的退休工资。现在没有了这份收入，全家人的生活立刻陷入困境。

为了生存下去，桑翠萍找了好几份工作，可都因为工资太低，维持不了家里的开支。无奈之下，她只好在农贸市场租了一个摊位，依靠卖菜的收入维持家里的生活。每天天不亮，她便蹬着三轮车来到批发市场，再将批发好的蔬菜拉到农贸市场。晚上七八点钟，农贸市场开始清场，她将没有卖掉的蔬菜整理好，用篷布盖好了，才拖着疲惫的身体回家。

她付出了很多汗水，可赚到的钱还是不够用。周海民每天都要吃抗排异的药，光购买这些药品就需要很多钱。几个月前，他们的女儿考上了大学，无形中又增加了她的负担。

由于生活的窘迫和无奈，桑翠萍内心充满了自卑。她不愿意见人，尤其是以前的熟人；她断绝了和所有人的联系，她不想让别人打扰自己的生活。

桑翠萍招呼的顾客离开了，她拿起旁边的瓶子喝水时，一抬头看见了曹越，她脸上立刻布满了惊异与尴尬。

曹越犹豫了一下，然后对桑翠萍说："很多年不见了。刚看见你的时候，还真不敢确定就是你。"

桑翠萍没有回答曹越，只是低着头沉默着。

曹越还想再说什么，一位顾客来买菜了。看着桑翠萍忙着招呼顾客，曹越对桑翠萍说："你先忙，有空我再来。"

曹越离开农贸市场后，心里面感到很不平静。他不知道桑翠萍这些年都经历了什么，可他能感觉到桑翠萍一定遭遇了很多不幸。他叹了一口气，又想起了他们在大学时的经历。当时，他们之间是互有好感的。如果没有赵振波，他很可能会与桑翠萍走到一起。大学毕业后，他们各奔东西，他也失去了桑翠萍的消息。没想到多年以后，他们会在这种场合以这种方式见面。他又去农贸市场找了桑翠萍几次。当他了解到桑翠萍这些年的遭遇后，他不禁为桑翠萍所经受的磨难而感慨。他不想让桑翠萍再这样辛苦下去，他想帮桑翠萍从这种困境中解脱出来。

傍晚时分，曹越帮桑翠萍收拾好菜摊，陪桑翠萍回家。路上，桑翠萍看见一家快餐店门口挂着转让的牌子，便停住脚步对曹越说："你觉得快餐的生意怎么样？"

曹越摇着头说："我对生意一窍不通。"

桑翠萍说："我们进去看看吧。"

曹越点了点头，跟着桑翠萍走进了快餐店。

桑翠萍看了看快餐店的环境，然后找到快餐店老板说："你这快餐店要转让？"

老板点了点头。

"转让费多少？"

"你要诚心要，就掏五万。"

"还能少吗？"

老板摇了摇头说："这已经是最低价了。"

桑翠萍看了老板一眼说："我再考虑考虑。"

曹越跟着桑翠萍走出快餐店，疑惑地问桑翠萍："这价格高吗？"

桑翠萍摇了摇头说："不高。"

曹越又问："你觉得这个快餐店能赚钱吗？"

"如果经营得好，赚钱应该没什么问题。"

"与卖菜相比，哪个赚得多？"

"收入可能是卖菜的好几倍。"

"那你为什么不将这家店接过来试试呢？"

桑翠萍犹豫了一会儿说："我拿不出这笔转让费。这些钱虽然不多，可对现在的我来说，却相当于天文数字。"

曹越说："我先替你垫上这笔钱。等你赚到钱了，再还给我。"

桑翠萍感激地看了曹越一眼，然后低着头向前走着。她的心中有顾虑，她不能保证快餐店一定能赚到钱。如果快餐店的生意赔了，她可能会背负一辈子的债务。她思虑了一会儿对曹越说："等我考虑好了再说。"

看着桑翠萍眼中闪着坚定的目光，曹越知道桑翠萍已经用这种方式回绝了自己。

第二天，曹越一个人来到快餐店，背着桑翠萍与老板签订了转让合同。当桑翠萍拿到快餐店的钥匙时，激动得不知该向曹越说些什么。她沉默了很长时间，才对曹越说："谢谢你。我会尽快将这笔钱还给你。"

曹越对桑翠萍说："这件事以后再说。店里有很多东西都不规整，需要整理一下才能营业。"

桑翠萍点了点头说："我将这些菜处理完，便去打扫快餐店的卫生。"

"这件事也只能辛苦你一个人了。"

"只要有希望，苦一点累一点都不算什么。"

曹越叹了一口气说："你丈夫遇见你，是他的福气，也是他的幸运。"

桑翠萍看着曹越说："以前，我对不住他。现在，我要用我的后半生补偿他。"

曹越点了点头说："需要帮什么忙，你就给我打电话。"

桑翠萍摇着头说："不需要了，你已经帮我解决了最大的困难。谢谢你在最困难的时候帮了我一把。"

曹越摇了摇头说："不用谢。在这个世界上，每个人都会有艰难的时候。只要咬紧牙关，这些困难都会挺过去的。"

曹越离开桑翠萍后，不禁在心中感叹着：桑翠萍的一生充满了曲折，也充满了辛酸，可这并没有改变她那颗善良宽容的心。人的本性自私而排他，趋利而避害，可桑翠萍却放弃了她和郑大才之间的爱情，放弃了那种舒适而安逸的生活。她选择了周海民，就等于选择了贫困和苦难，选择了忙碌和奉献。

八十三

农历三月，融融的太阳普照着大地，到处都呈现着春的气息。在暖暖的空气中，一种可怕的传染性肺炎正在悄悄地逼近。刚开始时，人们觉得这种陌生的疾病离自己很遥远。可随着感染和死亡人数的急剧增加，人们变得越来越恐慌。

为了控制疫情，政府加强了疫情监控，所有的公共场所都设立了体温监测点。如果有人被测出体温偏高，便会被隔离起来做进一步的检查。只要发现一个疑似病人，其家属和所有与其接触过的人都要被隔离。

曹越待在山中的土屋，正在写一篇文章，忽然接到夏青打来的电话。这些年，夏青已经从那种低迷的状态中走出来了。由于心情变好了，夏青的精神面貌也焕然一新。曹越和夏青虽然很少见面，可他们会经常打电话问候对方。夏青和曹越聊了几句，然后对曹越说："你能不能来我这里一趟？"

　　曹越疑惑地问："有事吗？"

　　"嗯。"

　　"什么事？"

　　"你来了再说。"

　　曹越返回西京，来到夏青家时，夏青正在将一些叠好的衣服放进拉杆箱。看着夏青的举动，曹越不解地问："你想出去旅游？"

　　夏青摇着头说："疫情闹得人心惶惶，哪有心思去旅游？"

　　"那你这是干什么？"

　　"回医院，当护士。"

　　"你把工作辞了？"

　　"没。我请了长假。"

　　"为什么？"

　　"抗疫的医院缺少医生和护士，我想加入到他们的队伍中。"

　　"你这是和病人面对面的接触，被传染的概率很大，你难道不知道吗？"

　　"我当然知道。可医院需要人，需要大量的护理人员。我是护士出身，有这方面的经验。如果我不去这个岗位，其他的护士就必须去。她们都是有家有室的人，我是单身一个，也没什么拖累。从这一点上说，我比他们更适合承担这项工作。况且，肺炎也没那么可怕。"

　　"我从新闻上看到全国有很多医务工作者都被感染了。"

　　"这个我知道。"

　　"这么说你已经决定了？"

　　"是的。人要有感恩和回报之心。想想我以前的样子，连我自己都不能接受我这样的人。可这个社会接纳了我，使我变成了一个正常的人。现在这个社会需要我，我怎么能逃避自己的责任？"

　　曹越沉默地看着夏青，他感觉夏青已经不是过去的那个夏青了。

　　夏青拿出一把钥匙对曹越说："这是我家的钥匙。如果我回不来了，你就替我处理掉这些东西。"她又拿出一张存折对曹越说："我所有的存款都在这个存折中。如果我死了，你替我将这些钱捐了。"

曹越摇了摇头说："这些东西你还是自己保管吧。"

夏青用坚定的目光看着曹越说："我必须做好不能回来的准备。"

曹越沉默了一会儿，向夏青点了点头。

夏青送曹越离开时，曹越对夏青说："你一定要保护好自己。如果条件允许，每天给我打电话报个平安吧。"

夏青感激地看了曹越一眼，答应了。

夏青来到医院后，便被安排在隔离区工作。隔离区住着被确诊的病人，夏青的主要任务便是照顾好这些病人。

早晨起床后，夏青推着小车走进病房，对躺在病床上的一名男性患者喊了一声："量体温了。"

患者从床上坐起来，接过温度计夹到了腋下。夏青到其他病房忙了一会儿，再次回到病房，拿着温度计看了看。

患者焦急地问夏青："我的体温是不是正常了？我是不是可以回家了？"

夏青摇着头说："你的体温还是偏高。"

患者用怀疑的目光看着夏青说："你是不是在骗我？都治疗这么多天了，我的体温早该恢复正常了。"

夏青将温度计递到患者面前说："我为什么要骗你？你要不相信，可以自己看看。现在医院的床位非常紧张，很多染病的人都没有地方安排。只要你恢复了健康，我们不会让你多待一天的。"

患者趁机抓住夏青，歇斯底里地喊道："你不告诉我什么时候让我回家，我就不放开你！"

夏青想赶快离开病房，可患者却死死地抓着她不放。无奈之下，她只好向病房外面求助。几个护士听见夏青的喊声，便赶到病房，拉开了患者。夏青离开病房，默默地坐在休息室，心中感到非常委屈。这时，一位姓许的女医生坐到她身边，和蔼地对她说："你是不是后悔来这里了？"

夏青低着头没有说话。

　　许医生继续说："当我听说你是自愿参加抗疫工作时，我内心便对你充满了敬佩。在不断有病人和医务人员死亡的情况下，你一个非在编的普通人，能不顾个人的安危，主动投身一线工作，这种不畏死亡的精神鼓舞了很多人，也鼓舞着我这个快要退休的老医务工作者。"

　　夏青被许医生的这番话感动得热泪盈眶。

　　许医生又语重心长地说："我知道你今天受了委屈，别把这件事放在心上。这些患者长期被隔离，他们的思想和情绪都变得非常不稳定。我们不能用正常人的思维去要求他们，我们要对他们有一颗宽容的心。"

　　夏青的委屈顿时消失得无影无踪，她用感激的目光看着许医生说："谢谢你的开导，我懂了。"

　　从此以后，夏青心中便多了一份对患者的关心与体贴。每次面对病患，她脸上都充满了笑容。随着时间的推移，隔离区的气氛变得越来越恐怖。与夏青一起工作的好几个医生和护士都被感染了，被送到另一个隔离区进行治疗。时间不长，夏青便听到有一个被感染的同事去世了，她深受震撼，心中充满了对死亡的恐惧。

　　吃完早饭，夏青像往常一样来到体温测量处。每天上班前，医护人员都要先测量体温。值班护士测完夏青的体温，疑惑地对夏青说："你的体温有些偏高，我让许医生再给你测一次。"

　　许医生又给夏青测了一次体温，对夏青说："你的体温有点偏高，按规定应该隔离观察。"看着夏青沉默的样子，许医生又说："你不要有什么心理负担，很多病都能引起发热。如果能排除是被感染引起的发热，便可以解除对你的隔离。"

　　夏青做完一系列化验，便收拾好自己的物品，跟着护士走进一间隔离病房。在化验结果出来之前，她只能待在病房之中。她希望化验结果能早点出来，希望对自己的隔离能早点解除。可她心中又充满了担忧与恐惧，她害怕自己会染上可怕的传染性肺炎。

　　第二天早晨，许医生沉重地对夏青说："检验结果出来了，你被确诊感染了。"看着夏青吃惊的样子,许医生又说:"你不要沮丧,也不要恐惧,这病是可以治愈的。我们会用最好的药,尽快让你恢复健康。"

听着许医生的话,夏青感动得一句话也说不出来。她心中还抱着希望,她希望自己能战胜传染性肺炎,重新走上工作岗位。可尽管医生尽了最大的努力来治疗夏青,夏青的病情还是越来越严重。

早晨起床后,夏青看着窗外的风景发呆。不一会儿,她的目光落在了一棵盛开的玉兰树上。春寒之中,玉兰花像圣洁的精灵一样安静地绽放着。她优雅地开,沉静地落,每朵花都凝着一层淡淡的从容。看着这些圣洁恬静的玉兰花,夏青不禁在心中想,如果有来生,她希望自己也能做一个像玉兰花一样的女人。

当朦胧的月色从窗外照进来时,夏青便想到了去世的父母。除了对父母的思念,她还想到了曹越。她没有将自己染上病的事告诉曹越,她不想让曹越替她担心。她心中有很多话想对曹越说,可她又怕自己没有这样的机会了。她思索了很久,便打开房间的灯,趴在床上写着:

曹越:

　　当你看到这封信时,我可能已经不在这个世界上了。在离开这个世界之前,我想对你说:你是我一生唯一爱过的人,也是我一生最感激的人。在我最困难的时候,是你给了我最真诚的帮助和关心。我想报答你,可我没有这种机会了,这是我的第一个遗憾。

　　我的第二个遗憾是:我没能和你携手走到人生的终点。假如有来生,假如你愿意,我还会选择和你度过一生。哪怕吃着粗茶淡饭,穿着破衣烂衫,可我精神上是满足的、富有的。经历了挫折和磨难,我才知道什么东西最珍贵。

　　我还想对你说:我拒绝和你一起生活,并不代表我不爱你。我不想让不完美的现实破坏曾经拥有过的美好记忆,我希望将那段快乐幸福的时光永远留在心中。

　　最后,我还想拜托你一件事:如果我死了,我希望能在凤凰山上挖一个坑，将我的骨灰撒在坑内，在坑上面栽上一棵玉兰树。我这一生活得很卑微，我下一辈子一定要做一个像玉兰树一样纯洁的女人……

夏青写到这儿，感觉呼吸变得越来越困难。她想用手按床头边的呼叫器，可她的手怎么也抬不起来。她的意识一点一点地消散着，她好像进入了一个时光隧道。隧道里面一片黑暗，只有出口处闪着光亮。她感到自己被一种无形的力量吸引着，旋转着，急速地向出口的方向飞驰而去……

在黑暗中，在平静和安详中，夏青睡着了，带着微笑永远地睡着了。

八十四

夏日的傍晚，天空中布满了乌云，像撑起的黑色幕布。犀利的风像一条飞舞的龙，将地面上的尘土和垃圾卷起来，不断地在空中跳跃着、旋转着。

赵振波怀着绝望的心情走在街上。他刚从医院出来，他被确定感染了艾滋病。夜幕降临时，他走进一家饭馆，要了一瓶白酒，大口大口地喝着。

在酒精的作用下，他渐渐进入了虚幻的状态，他似乎看见自己全身都出现了溃疡和脓疮。在医生办公室看到这些图片时，他疑惑地问医生这些东西是什么？医生告诉他，这些都是艾滋病发展到一定程度出现的症状，他当时便陷入了极度的恐惧之中。如今在酒精的作用下，这些东西又清晰地展现在他面前。他似乎闻到了从这些东西中散发出来的恶臭，他感到浑身都被这些东西无情地噬咬着。他的身体一阵哆嗦，酒杯便从手中滑落了。

服务员听见酒杯碎裂的声音，询问赵振波怎么回事。赵振波摇了摇头，站起来离开了饭馆。他走在街上，看着闪烁的霓虹灯，不断地对自己说：老子就是要吃喝，老子就是要享受，不就是让老子得了个艾滋病吗？想要老子的命就拿去！他抬头向周围看了看，发现一家正在营业的歌厅。他转身走进歌厅，要了一个包间，叫了五位小姐。他乘兴唱了几首歌，将话筒递给一位小姐，然后和其他几位小姐玩起了游戏。只有沉醉于这种灯红酒绿之中，他才能不去想那些痛苦的事。

他正和小姐们玩得高兴，一首《空空歌》引起了他的注意。他一边听着凄厉而悲凉的音乐，一边看着闪烁和移动的歌词：

> 吃也空，喝也空，醉生梦死一场空。
>
> 玩也空，乐也空，花花世界似梦中。
>
> 色也空，欲也空，风花雪月渺无踪。
>
> 情也空，爱也空，鸳鸯蝴蝶各西东。
>
> 悲也空，欢也空，人生变幻时光匆。
>
> 离也空，合也空，瞬间化成一阵风。
>
> 功也空，名也空，时空悠悠黄泉通。
>
> 富也空，贵也空，一曲未了人已终。
>
> ……

赵振波顿时泪流满面。这首歌勾起了他无限的悲凄，他感到这首歌简直就是对他人生的总结。

小姐看着赵振波说："你为什么哭了？"

赵振波沉默了一会儿问小姐："你说人一生最重要的是什么？"

小姐不假思索地说："钱。"

赵振波又问："钱能改变人的命运吗？"

小姐回答："当然能。"

赵振波大声地向小姐吼道："那我给你很多很多钱，你能让我活下去吗？"

小姐怔怔地看着赵振波。

赵振波拿起酒喝了一口，摇摇晃晃地从沙发上站起来。

小姐扶着赵振波说："先生，你要干吗？"

赵振波推开小姐说："我要回家。"

小姐又说："你还没结账。"

　　赵振波瞪着小姐说："不就是钱吗？老子有的是钱！"他扭头向旁边看了看，然后问小姐："我的包呢？"

　　小姐从沙发上拿起包，递给赵振波。

　　赵振波从包中取出一沓百元钞票，问小姐："这些钱够吗？"

　　小姐摇着头说："用不了这么多。"

　　赵振波又说："那剩下的就归你们了。"

　　小姐感激地说："谢谢赵先生！"

　　赵振波将手中的钞票抛向头顶，钞票在空中散开来，纷纷飘向地面。小姐们疯狂抢着钞票时，赵振波踉踉跄跄地走出了歌厅……

　　早晨一觉醒来，赵振波发现自己躺在沙发上。他感到头晕晕乎乎的，想不起昨晚是怎么回到家的。他长长地叹了一口气，便开始望着天花板发呆。当一个人即将失去生命时，他才能感觉到生命的宝贵。赵振波没有能力阻止死亡，他只能在悔恨中不断地叹息。他忽然想到了去世的父母，他对不住父母的一片苦心。如果当初听从父母的话，找个女人成个家，他的命运就不会是现在这个样子。

　　面对死亡，他不得不考虑该怎样度过剩下的时间。他不想继续过那种醉生梦死的生活，他想让自己生命的最后一段时光变得更有意义。他忽然想起在报纸上看到的一篇新闻：有一所山区小学的教室倒塌了，作者呼吁人们通过捐助的形式，帮助山区的孩子重建倒塌的校舍。他当时就想献一份爱心，可因为其他事情的干扰，他将这件事抛到了脑后。他从沙发上坐起来，找到那张报纸，拨通了捐助热线。对方得知他想捐款，很客气地问他："你想给哪所学校捐款？"

　　"就是你们报纸上刊登的那所倒塌的小学。"

　　"我们刊登的是一个系列的报道。每天都会刊登一所倒塌或者面临倒塌的小学，不知你看的是哪天的报纸？"

　　"你们有多少这样的学校？"

　　"二十多所。你可以选择其中的一所或者几所学校。"

　　"我不了解这些学校的基本情况。我明天去你们报社，搞清这些学校的情况之后再做决定。"

"好的，我们恭候你的光临。"

第二天，赵振波去报社详细了解了这些学校的情况。这些学校都位于秦岭山中，很多校舍都因为年久失修而倒塌。赵振波听完介绍后，便决定援建一部分已经倒塌或者濒临倒塌的学校。可这些学校的损毁程度到底怎么样，报社方面也不是很清楚。为了搞清这些学校的实际情况，他想将这些学校考察一遍再做决定。考虑到他一个人的精力有限，他想让曹越陪他一起去。从报社出来后，他便打电话问曹越："你是不是在山里面？"

"是。"

"那你等着我。我找你有点事。"

赵振波开车来到曹越在山里的住处，曹越倒了一杯茶递给赵振波，问他："找我有什么事？"

"我想让你陪我考察几所小学。"

"你想做什么？"

"这些小学的校舍都倒塌了，我想帮他们重建。"

"需要多长时间？"对于赵振波的这种行为，曹越一点也不感到奇怪，赵振波经常会做一些仗义疏财的事情。

赵振波想了一会儿说："少则七八天，多则半个月。"

"这么长时间？你想援建几所学校？"

"现在还不知道。先看看实际情况再说。"

"你打算投入多少钱？"

"我全部的钱。"

"你发什么神经？"

"我说的都是真的。这些东西对于我来说已经没什么用了，我想用这些钱做一些有意义的事情。"

"到底怎么回事？"

"我得了艾滋病，活不了多长时间了。"

曹越惊异地看着赵振波。

赵振波又说："医生说我只有半年时间了。我想在最后这段时间多做点善事，积点德，我希望你能帮我完成这些心愿。"

在陪赵振波返回西京的路上，曹越心中不住地感叹着：赵振波还很年轻，他不应该这么早就离开这个世界。赵振波是有很多缺点，他最大的缺点就是贪恋女色。可他也有很多优点：仗义疏财，乐于助人；富有爱心，乐善好施。可这些优点为什么就不能抵消他的缺点，换回他一条命……

第二天，曹越便开车拉着赵振波，开始对计划援建的学校进行考察。车开到半山腰，公路变成了崎岖的小路。他们只好走下车，沿着山路向前行走。

时间不长，天空中下起了大雨，曹越挽着赵振波向山下走去。他们到达汽车旁边时，赵振波开始剧烈地咳嗽。曹越开车回到西京，直接将赵振波送进了医院。

经过医生检查，赵振波因感冒引起了一系列的病理反应。对一般人来说，感冒是一种最常见的疾病，可对于艾滋病患者来说，它却是致命的。由于免疫系统遭到了严重破坏，艾滋病患者丧失了对所有疾病的抵抗能力，任何一个小小的诱因，都可能危及患者的生命。

医生要求赵振波住院治疗，赵振波犹豫地对曹越说："我的时间不多了，我不能将时间都浪费在医院里。"

曹越考虑了一会儿说："你在医院好好养病，我找几个大学同学替你考察那些学校。"

赵振波点了点头同意了。

八十五

曹越联络了几位同学，分别对二十多所学校进行了考察。在考察的基础上，他们确定了十五所学校作为援建的对象。经过与当地政府的协商，最终达成了一项协议：这些学校的校舍全部重建，重建的费用由赵振波承担，工程的实施由当地政府负责。

　　赵振波卖掉了自己的公司，得到的资金却和预期相差很多。在这种情况下，赵振波只能面临两种选择：一种是根据当前的资金情况，将计划援建的十五所学校改成十三所；还有一种情况是援建学校的数量不变，但是必须去掉一部分援建的项目。赵振波沉思良久，然后对曹越说："还是按原计划援建十五所学校。"

　　曹越看着赵振波说："那就去掉阅览室和学生食堂的项目。"

　　赵振波摇了摇头说："这些都是他们需要的，我不想让自己留下遗憾。"

　　"可是我们没那么多钱。"

　　"将我的三套住房卖掉，估计就差不多了。"

　　"房子卖掉了，你住什么地方？"

　　"我租一间小屋，估计也住不了多长时间了。"他看了曹越一眼又说，"我现在最大的愿望就是多建一所小学。这是我留给这个世界唯一的东西，也是我唯一感到慰藉的事情。"

　　随着时间的推移，赵振波的身体变得越来越差。一个在美国定居的同学回西京探亲，得知赵振波患了艾滋病，这位同学特意打电话询问美国治疗艾滋病的专家。美国专家告诉他：像赵振波这样的状况，如果能去美国治疗，即使不能治愈，也能有效延长生命。这位同学将这一情况告知赵振波，希望他能去美国治疗。赵振波考虑了很长时间，最终还是放弃了。一方面，他考虑到自己多活几年并没有什么意义，延续被病魔缠身的生命只不过是延长痛苦而已；另一方面，他考虑的更多的是那些援建的学校，他不能在这些学校已经开建时釜底抽薪。

　　一个月后，援建工程到了收尾阶段。曹越利用一个星期的时间，和几位同学将这些学校查看了一遍。为了让赵振波看到这些刚建成的校舍，曹越拍了很多照片，又将这些照片打印出来。

　　早晨起床后，曹越便带着照片来到了赵振波居住的房子。赵振波的病情越来越严重，大部分时间都躺在床上。曹越在西京时，每天都会陪着赵振波。这几天，曹越去工地查看工程进度。除了饭馆的服务员给赵振波送几顿饭，房间里面只有他一个人待着。吃过服务员送来的早点，赵振波躺在床上看着天花板时，忽然看见曹越走进了房间，他坐起来兴奋地问曹越："工程进度怎么样了？"

曹越对赵振波说："基本上完工了，就剩下最后的装修了。"

"那些配套设施呢？"

"所有该配置的东西都预订好了。只等装修完毕，那些东西就可以搬进去。"

"钱够用吗？"

曹越说了一声"够了"。其实随着工程的进展，很多环节都在不断地变化和调整着，工程支出已经明显超出了原来的预算。曹越不想让赵振波再为这件事作难，便用自己的钱将这些缺口补上了。

赵振波点了点头说："那就好，我最担心的就是这件事情了。"

曹越一边收拾房间的卫生，一边对赵振波说："有几件事要和你商量一下。"

"你说吧。"

"第一件事是一些地方的群众想用你的名字给学校命名；第二件事是有一位省报的记者想采访你；第三件事是当地政府和百姓希望你能给新建的学校剪彩。"

赵振波看着曹越问："你说完了吗？"

"完了。"

赵振波思索了一会儿说："这三件事归结起来都脱不了名利，可是名利对我来说已经是身外之物了。我现在告诉你：第一，学校不能用我的名字命名；第二，我不会接受媒体的采访；第三，我也不会参加学校的剪彩活动。我倒是希望当地政府能将更多的精力投入到学校后续的管理中。"

曹越向赵振波点了点头，然后将那些照片拿出来，对赵振波说："这是张家沟小学的教室……这是松林村小学的阅览室……这是山庙村小学的学生食堂……"

赵振波看着照片，脸上露出了灿烂的笑容。他笑得很开心，发自内心的开心。他一边看着照片，一边问曹越，这些教室有多大？桌椅板凳都配齐了吗？阅览室订购了什么书？学生食堂的设施怎么样？

曹越一一回答着赵振波的问题。

赵振波反反复复地看了好几遍，这才将照片放在了一边。他疲惫地躺在床上，开始不住地咳嗽。他抽出一张餐巾纸，捂住嘴巴吐出一口痰，将餐巾纸扔进了垃圾筐。

看见餐巾纸上浸润着血迹，曹越惊异地问赵振波："你痰里面怎么有血？"

赵振波喘了一口气说："这种病发展到后期，痰中带血是很正常的事。"

曹越才离开几天时间，赵振波的病情便发展到了这种程度。曹越担忧地对赵振波说："你不能太大意。我们现在就去医院，让医生检查检查。"

"算了。这种病去也是白去。"

"你不能这么想。医院毕竟是治病的地方，可以根据你的病情实施必要的治疗。"

赵振波考虑了一会儿说："明天再去吧。今天的天气挺好，我想出去晒晒太阳，呼吸呼吸新鲜的空气。"

曹越不忍心拒绝赵振波这小小的要求，只好帮赵振波穿好外套，扶着赵振波坐在车上，然后开着车离开了。

赵振波看着大街上的行人，感觉这些人好像在空中飘着。他呆呆地看了一会儿，然后自言自语地说："怎么变得不一样了？"

曹越问赵振波："什么不一样了？"

赵振波说："人，大街上行走的人。"

曹越说："没什么不一样啊。"

曹越开车经过城楼时，城楼便在赵振波眼中化成了一座寺庙，寺庙里坐着一尊金光闪闪的佛。

曹越不经意地问了赵振波一句："你想去什么地方？"

赵振波自言自语地说："去有佛的地方。"

曹越打了一把方向盘，便去了慈恩寺，慈恩寺中供奉着很多佛像。

曹越将车停到广场旁边，扶着赵振波在一排椅子上坐下。

看着头顶上的蓝天白云和广场中的碧树绿草，赵振波感慨地说："这个世界多美好。"

曹越安慰赵振波说："别想得太多，你现在的任务就是活好每一天。"

赵振波叹了一口气说："到了这种地步，除了活好每一天，剩下的也只有回忆了。这些天我想起了很多事，最让我感到后悔的便是那种灯红酒绿的生活，我现在才感到那是一种对生命的浪费和不负责任。"

曹越没有回应赵振波的话。

赵振波沉默了一会儿又说："你还记得在公共汽车上发生的那件事吗？"

曹越点了点头。

"你不会因为这件事而怨恨我吧？"

"怎么会呢？都过去那么多年了，你还提这件事干吗。"

"可这件事一直是我心中的一个结。我不是故意将锅甩到你身上的，我当时是害怕挨打才那样做的。"

"我知道你是被逼的，我早已经原谅你了。"

赵振波点了点头又说："你说我们是不是最好的朋友？"

"那还用说吗？"

"有你这句话，我可以无憾地离开了。你知道我现在在想什么吗？我在想：现在是我离开这个世界的最好时候。你还不知道，我的身体已经开始长疮了。再过一段时间，我的脸上也会长满可怕的脓疱。随着这些疮和脓疱的溃烂，我浑身的肌肤都会流脓，散发着恶臭。到了那时候，我什么地方也去不了，只能待在家中等死。哪能像现在这样坐在广场上，呼吸着新鲜的空气，心情舒畅地与你聊天。"

曹越摇了摇头说："你想得太多了。"

赵振波看了一会儿远处的天空，又将目光收回到广场上。广场中央矗立着一座玄奘法师的铜像。

赵振波看着玄奘法师的塑像，自言自语地说："唐僧经过九九八十一难，最终还是成佛了。"

曹越也感叹说："精诚所至，金石为开；大爱无疆，佛心无界。"

赵振波问曹越："你说这世间有没有佛？"

曹越若有所思地说："有。佛就是慈悲之心，是宽容和普度众生之心。"

赵振波点了点头说："看样子我这一生是成不了佛了。"

曹越笑着对赵振波说："想成佛的人是成不了佛的。佛心讲究无欲无念，你想成佛，说明你还有欲望。等到你能够做到四大皆空的时候，你就成佛了。"

赵振波点了点头，也笑了。

赵振波又和曹越聊了许多事情，他对曹越说，每个人都会死，没有人能永远活下去。让他感到欣慰的是，他援建了十五所希望小学，使那么多贫困儿童有了上学的机会。他这一生最大的遗憾是将很多钱挥霍掉了。如果将这些钱节省下来，还可以做很多对社会有益的事情……

赵振波一口气说了很多话，忽然感到口渴得厉害，他问曹越："有水吗？"

曹越说："你等一会儿，我马上回来。"

曹越从车上拿着水回来时，赵振波已经靠在椅子上睡着了，他带着最后的满足和平静离开了这个世界。

八十六

清明时节，细雨婆娑。

曹越怀着悲痛的心情火化了叶静雅，并选择在清明节安葬叶静雅的骨灰。凤凰山下的公墓之中，叶静雅的骨灰安放仪式正在隆重地进行。

在叶静雅的墓碑前，主持人沉重地宣读着悼词。阴沉沉的天空下，凤凰山庄严地肃立着，为叶静雅的离去而默哀；山上的松柏迎风摇曳，向叶静雅做着最后的告别……

悼念的人们离开后，曹越便拿着一叠信件，蹲在叶静雅墓碑前，默默地将信点燃了。这些年来，每当他思念叶静雅的时候，便用写信的方式向叶静雅诉说思念。可这些信写好之后，却没有可以邮寄的地方。如今叶静雅已经长眠于凤凰山下，墓碑便成了曹越寄托哀思的地方。

看着信件在火中变成了灰烬，曹越默默地对叶静雅说："亲爱的，你等着我。在不远的将来，我便会与你相聚。你看到了吗？在你的旁边，有一块地方是留给我的。等我完成了自己的使命，我就会陪伴在你的身边。就像你说过的那样，我们要像天上相邻的两颗星星一样，永远永远不分离……"

曹越在叶静雅墓碑前站了很长时间，然后站起来看了看身后的大燕小燕，便默默地走到一边。

大燕小燕也从外地赶回来，她们亲手为叶静雅折叠了一千只纸鹤。仙鹤代表着永恒，也代表着吉祥。她们希望叶静雅能驾着仙鹤在天堂遨游，她们希望她们的叶妈妈永远开心、永远快乐。她们跪在叶静雅墓碑前，将这些纸鹤一只一只地点燃了。

曹越站在旁边看了一会儿，向大燕小燕叮嘱了一下，便转身向凤凰山上走去。他沿着一条小路走了一会儿，在一棵玉兰树下停下来。夏青去世后，曹越按照夏青的遗愿，将夏青的骨灰埋在凤凰山上，又在夏青的骨灰上面栽了这棵玉兰树。曹越拿出夏青写给他的信，用一块碎石将信压在玉兰树下，默默地对夏青说："你为抗疫而死，你死得光荣，也死得伟大。你这一生有过迷茫，也经历了磨难，可这些都已经成为过去。如果有来生，你一定会成为一个像玉兰花一样圣洁的女人。"

曹越离开的时候，又回头看了看那棵玉兰树。满树的玉兰花静静地绽放着，洁白的花朵看起来清纯又高雅。他忽然想起一句话：菩提本无树，明镜亦非台；本来无一物，何处染尘埃。在经历了生活的种种以及岁月的洗礼之后，夏青的灵魂已经变得一尘不染了。

曹越走下山时，云层已经散了。在阳光下，浮动的云朵汇聚成一群凤凰的模样。看着这些闪着光芒的凤凰，曹越便想起了凤凰涅槃的传说。

开天辟地之初，天空没有太阳，所有的人都生存于黑暗之中。人们挣扎在死亡的边缘时，一群凤凰从天边飞来。它们燃烧着自己的身体，照亮了世界，照亮了人间。它们飞过河流，飞过高山，飞临大海……它们燃烧完最后一个细胞后，像礼花一样在空中绽放开来。这时，它们便化成了一个个不灭的灵魂。之后，不断有凤凰点燃自己，燃烧自己。它们的灵魂积聚着碰撞着，到最后就形成了太阳。太阳开始照亮人间，照亮整个世界……

凤凰涅槃的传说在曹越脑中闪过时，曹越忽然想到了那些已经去世的人。他想到了叶静雅，想到了夏青和赵振波，想到了曹功和曹勇，想到了自己的父母……这些人就像燃烧的凤凰一样，用他们的生命给这个世界带来了温暖，带来了光明。他又想到了还在顽强生存的曹梅，奉献爱心的小惠，陪伴照顾丈夫的桑翠萍……她们用她们的坚强和善良，给这个社会树立了榜样，也给这个世界带来了希望……

这些人不断地在曹越头脑中闪现着，到最后便形成了一幅五彩斑斓的动人画面，那是一幅凤凰涅槃的绚丽画面：金色的凤凰从大火中冲天而上，直飞云霄。它们在天空中翩翩起舞，异常炫丽……

曹越在心中想：凤凰涅槃既是死亡，也是新生，是思想和理念的飞升，是精神和灵魂的重生。他又想起那些刻在他头脑中的人，他们都是这个时代的缩影。不管他们曾经经历了什么，可他们都有一个共同的归宿，那便是灵魂的升华与飞跃。他们用他们的实际行动为这个世界增添了美好，也向人们证明了这个世界中美好的一面。从某种意义上说，他们的精神就像重生的凤凰一样永存人间。

这时，曹越心中有一股想要把这些人的故事写出来的冲动，他要用他们的故事教育人、感化人、激励人。他忽然意识到，这就是他自己想要完成却一直未能完成的事情。

从凤凰山回来后，曹越又回到山中开始构思第二本书。他一直觉得缺少些什么，因此无法下笔。他想起了王居士，王居士已经在山里修行居住了二十多年。有一次，曹越登山经过王居士门前，王居士邀请曹越喝了一次茶，他们便成了很好的朋友。此后，曹越每次买到好的茶叶，便分一部分给王居士。王居士的生活很清苦，也很简单，每天大部分时间都在沉思和悟道。曹越与王居士聊过很多次，感觉王居士对很多问题都有着深刻独到的看法。曹越想向王居士请教这个问题，便向王居士的住处走去。

王居士将曹越让进屋内，给曹越泡了一杯茶，然后对曹越说："你今天想聊点什么？"

　　曹越笑着对王居士说："我想写一部小说，可构思得不太顺利，想听听你的建议。"

　　王居士问："不顺利的原因是什么？"

　　曹越回答："我感到缺少一个贯穿和统领全书的灵魂。"

　　王居士沉思了一会儿说："小说的内容主要是写人，写人就必须考虑人性。人有很多劣根性，这些都源于进化的过程。在生存竞争优胜劣汰的法则下，生物为了生存下去，便进化出很多保护自身和排斥异己的本能。从某种意义上说，这是生物得以生存的优势，也是刻在生物基因中的本性。可是从精神的层面来说，这种本性却是自私的、狭隘的。人世间的正义与邪恶、光明与黑暗、真理与谎言、美好与丑陋都来自人的精神与这些劣根性的斗争。"

　　曹越看了王居士一眼说："这些劣根性已经刻在人的骨子里面，要战胜和消除这些劣根性是一件非常难的事情。"

　　王居士点了点头说："我给你讲一个故事。有一位圣人给弟子上完了最后一课，便对弟子说，我已经把我所有的东西都教给你们了，我现在要考考你们。我给你们每人一块长满杂草的田地，我要求你们把田里的杂草清除干净。弟子们都认为这个考题太简单了，有的弟子说，把草拔掉不就得了吗？还有的弟子说，拔草太费劲，一把火烧了更简单。看着弟子们满怀信心，圣人对他们说，大家就按自己的想法去做，一年后我们再见。过了一年，弟子们的田里仍然是杂草丛生，可他们发现老师的地中没有杂草了，因为老师在田里种上了庄稼。"王居士说到这儿，便看着曹越，接着说："要清除杂草就要播种庄稼，要驱除人的劣根性就要播种爱心。只有在他们心中播下爱的种子，让爱在他们心中发芽成长，才会占据他心灵的空间。"

　　曹越用钦佩的目光看着王居士说："播种爱心？你这种想法很新奇。我想知道你所理解的爱心是什么？"

　　王居士思索了一会儿说："爱是一种感觉，被爱的感觉是美好的、温馨的、幸福的。爱又是一种行为，是奉献，是付出，是给予；爱更是一种发自内心的、心甘情愿的、不求回报的自觉。爱有亲情和爱情、友情，这些都是小爱。还有一种爱是大爱，是博爱，是对全人类的爱，是对这个世界无私的爱……"

听着王居士对"爱"的阐释，曹越忽然感到，人活着最深刻最终极的意义便在于爱和被爱，在于大爱和博爱。如果一个人一生帮助了许多人，那他的内心就是清亮的、敞开的，他的灵魂就是向上的、向善的，他的人生就是积极的、有意义的。即使他曾经帮助过的人都死去了，也不会有人记得他做过的这些事，可因为他的付出，这个世界多了一份爱，他的心便是坦然的、无憾的。在这个过程中，他会产生一种欣慰感和满足感，他会感受到自己活着的价值和意义。

曹越从来没有像现在这样体会到过爱的神圣与伟大。他已经找到了自己生存的目标：他要用爱充实自己的人生，他要用爱心去感化和感动身边的每一个人。他已经找到了第二本书的灵魂：他想将爱注入自己的书中，用自己的笔传播爱的种子，他想让爱在每个人心中开花结果。

八十七

初春的夜晚，整个秦岭都被一片暮色笼罩着。

一轮月亮挂在空中，将空旷的山野照得像白昼一样。远处的山峰像一头巨大的卧牛横在天边。在山坡旁边的一座土屋之中，曹越正趴在桌上奋笔疾书。

凌晨一点多，一种隐隐的痛从腹部传来。他没在意这种感觉，趴在桌上继续写作。当这种疼痛变得越来越剧烈时，他才趴到床上，用枕头垫在腹下，压着疼痛的地方……

第二天，他便回西京做了一次检查，检查的结果是：肝部的肿瘤突然扩大，已经增大到了危及生命的程度。

面对这样的结果，曹越感到非常意外。肿瘤已经在他身体中生存了好几年，可它一直都在缓慢地缩小着。写第二本书之前，他做过一次检查，肿瘤已经萎缩到两厘米以下了。可现在这种状况突然发生了逆转：缩小的肿瘤开始疯狂地生长起来。他疑惑地问医生："为什么会出现这种变化？"

医生解释说："以前，你身体的免疫力很强，对癌细胞具有压倒性的抑制作用。"

"现在为什么不起作用了？"

"那是因为你的免疫力下降了。免疫力下降到一定的程度，濒临死亡的癌细胞就会反守为攻，趁机在体内扩张。"

"为什么免疫力会突然下降？"

"这与你过度劳累和休息不好有很大的关系。"

"如果我现在恢复以前的生活，我的身体是否也能回到从前的状态？"

医生摇了摇头说："很难。身体的免疫力被破坏后，就没有东西可以阻止癌细胞的扩张了。"

曹越沉默了一会儿说："我还能活多长时间？"

医生对曹越说："如果住院治疗，大概还有半年到一年的生存期。"

曹越又问："如果不住院呢？"

医生摇了摇头说："可能只有几个月的时间。"

在回家的路上，曹越思索着医生的话。如果选择住院治疗，也许能多活一段时间。可在治疗的过程中，他根本没有时间和精力写作。如果他继续坚持写作，他存活的时间可能会更短。

对于这两种选择，一般人都会选择前者，可曹越不这么想。他认为只有将自己的第二本书写完，奉献给读者，自己的人生才更有价值。他想在离开这个世界前发出最后一份光和热；他想让自己像涅槃的凤凰一样死得灿烂、死得绚丽、死得辉煌。为了不给自己留下遗憾，他决定先完成自己的作品，再去医院做临终前的治疗。为了方便医生进行简单的治疗，他回到西京的家中继续坚持写作。

随着时间的推移，曹越的病情越来越严重。为了缓解剧烈的疼痛，他请求医生开了一些吗啡针剂放在家中。当他感到不能忍受疼痛的折磨时，他便通过注射吗啡来缓解痛苦。

时间在一天一天地推移着，曹越的书已经进入最后的修改阶段。为了将最后一个章节修改完毕，他趴在桌上仔细斟酌着每一个词句。熬到了后半夜，那种疼痛的感觉又开始折磨他了。刚开始还只是一种隐隐的钝痛。时间不长，这种感觉便像潮水一般扩散着、叫嚣着。他感到全身的细胞都被疼痛灼烧着、撕咬着，每一根神经都在剧烈地颤抖着、抽搐着……

他哆嗦着站起来，跟跟跄跄地走到冰箱旁边，用颤抖的手取出一支吗啡。这是一种便捷的注射针剂。为了方便使用，生产厂家将一定量的吗啡装在一次性的注射器中。

曹越打开包装，将吗啡注射到胳膊上，便闭着眼睛躺在床上。这时，他感到头晕目眩，他感觉自己的灵魂从肉体中游离出来。他看见自己在空中不断地飘飞着，他看见自己全身的细胞在病魔的摧残下已经奄奄一息……

天亮的时候，曹越修改完书稿的最后一个字，给编辑打了一个电话后，他长长地出了一口气。他不必再为这件事情操心了。他现在需要考虑的事情是：如何度过自己生命的最后阶段。为了减轻疼痛的折磨，他必须去医院接受临终前的治疗。他不想被疼痛折磨得失去理智，他想有尊严地离开这个世界。在去医院之前，他需要将租住的土屋归还给房屋的主人。

曹越离开茶馆，坐了一辆出租车，在穿越秦岭的国道上下了车。他又走了一段山路，来到土屋之中。他将土屋打扫了一遍，然后锁好屋门，将钥匙放在屋前的一块石头后面。他掏出手机拨通了房东的电话，将放钥匙的地方告诉了房东。

曹越挂掉电话，转身看了看土屋。他在这座土屋居住了四年时间。这期间，除了寒冷的冬季，他大部分时间都是在这座土屋中度过的。在这座土屋之中，他的病情得到了有效的控制；也是在这座土屋之中，他完成了第二本书的大部分内容。他在土屋前伫立了很长时间，才依依不舍地向山下走去。

曹越走了一段山路，感觉两条腿越来越沉重，便停在路边的一棵大树下，坐在一块石头上歇息。

深秋的季节，满山遍野的红叶将绵延的山峰染成一片绚丽的赤色。

曹越看着脚下的落叶，在心中感叹，叶子的使命是将阳光转化成养分，供大树成长。当叶子完成自己的使命后，就要离开赖以生存的大树。曹越又想到了自己，他感到自己也该像这些落叶一样，离开这个生他养他的世界了。

他能感到死亡正在向他逼近，那是一种来自灵魂深处的感觉。在离开这个世界前，他回顾自己的一生，感觉经历了很多刻骨铭心的蜕变：从困守农村的彷徨和苦闷，到走向城市的兴奋与希望；从对爱情的渴望，到对爱情的升华；从对权力的向往，到远离官场的醒悟；从努力实现自身的价值，到对功利思想的抛弃；从对疾病的恐惧，到对死亡的超脱；从心中的冷漠麻木，到博爱理念的确立；从灵魂上的行尸走肉，到对人类精神的追寻。在这些蜕变和升华的过程中，每一次都是一种旧观念的死亡和新理念的诞生，每一次都是一种自我的否定和思想的更新，每一次都是一种心灵的巨变和灵魂的涅槃。

在经历了这些升华和超越之后，他已经完成了自己的使命，他在自己的书中播下了善良与博爱的种子。只要有足够的时间，这些种子便会在人间开花结果……虽然他看不到那一天了，可他坚信那一天迟早会到来，一定会到来。

他脸上漾起了满足的微笑，这是对自己人生的总结和奖赏。他虽然没有做出什么轰轰烈烈的事情，可他在自己平凡而短暂的人生中，为人类社会献出了属于自己的一份光和热。他无愧于自己的人生，也无愧于生他养他的这个世界。

他感到自己走不出这座大山了，他就要永远与这座大山相伴了。他不留恋生，也不惧怕死亡。面对死亡，他的心中是超然的、平静的。他不用为自己的灵魂寻找一个归宿，因为他的生命已经融入了这个世界之中，融入了这座大山之中。大山就是他的归宿，大山就是他永远的家。他唯一的遗憾是，在他离开这个世界时，他心爱的人却不能陪伴他。他长长地叹了一口气，又想起了与叶静雅共同度过的美好时光。尽管他们在一起的日子不算很长，可叶静雅已经融入了他的身体和灵魂之中。

他沉浸在对叶静雅的思念中时，那种疼痛的感觉又开始袭扰他了。早晨出门前，他给自己注射了一支吗啡。几个小时过去了，吗啡的作用渐渐消散了。当这种疼痛的感觉变得越来越明晰时，他取出准备好的吗啡针剂，将吗啡注射到手臂中，将身体靠在了大树上。

在吗啡的作用下，他很便快进入了一种晕晕的状态。当疼痛的感觉从他身上消散时，他感觉身体变得越来越舒服，越来越轻松。冥冥之中，他似乎来到了一个非常美好的世界。这里的天空是透明的，透明得像水晶一样，金色的阳光洒满世界。一首《让世界充满爱》的乐曲在空中悠扬地飘荡着。这声音像潺潺的溪流和清澈的泉水一样洗涤着他的心灵，使他沉浸，使他陶醉。

在乐曲声中，一群金色的凤凰在天空中翩翩飞舞，它们在向人间播撒着善良、博爱的种子。曹越沉醉于这美好的世界中时，一只凤凰飞到曹越的上方，向曹越长鸣了一声，便化成叶静雅的形象。叶静雅站在空中对曹越说："我们又见面了。"

曹越看着叶静雅说："你知道我有多么想你吗？"

"我知道。我也一样想你。"

"我想和你在一起，我想和你永不分离。"

"你的愿望马上就会实现的。"

"你说的是真的？"

"当然是真的。"

曹越看见叶静雅在空中向他招着手，他脸上露出了一种满足的喜悦，慢慢地闭上了眼睛。他感觉自己的灵魂离开了身体，飘到了叶静雅身边。他紧紧地拥抱着叶静雅，他们在拥抱中不断地缠绕着、融合着，最后化成两只金色的凤凰……

两只凤凰围绕着曹越的躯体盘旋了很长时间，然后嘶鸣几声，展开翅膀，飞向了天空，飞向了天堂，飞向了茫茫的宇宙……

后记

　　这部小说经过断断续续十余年的写作和修改终于完成了，不管这本书是好是坏，只要能与读者见面，也算了结了自己的一个心愿。

　　人生存于社会之中，都会形成一些对人生、对社会的看法。当这些想法充斥在我的头脑中时，我便产生了要将这些想法表达出来的愿望，但这只是一个朦胧的愿望而已。一个偶然的机会，一位同事无意中向我谈到，他想写一本书，将自己的感受记录下来。这件事触动了我内心深处那根敏感的神经。当时的我也是惶惶不可终日，内心不甘于平庸，但在现实世界中又不得不平庸，除了工作和生活，没有更高的追求。同事的这句话提醒了我，为什么自己不能写点东西？即便写不出好作品，但只要为一个目标努力了，人就会有一种充实感，老了的时候，也不会有那种老大徒伤悲的感慨了。

　　在这本书的写作过程中，我一直坚持将一种理性的东西贯穿于作品之中。这本书既有对人生意义和价值的终极之问，也包含着精神层面的人文关怀。我始终认为，文学的任务不光是记载历史，文学还应该承担更重要的使命，那就是关注人的灵魂，关注人的精神状态。文学应该肩负教育人、启迪人、感化人、引导人的庄严使命。正是基于这种理念，我在作品中增加了这方面的内容。我希望我的作品能给这个世界带来一些正能量，也希望我的作品能唤起更多人的爱心，更希望我们生活的世界变得更美好。

这本书的写作过程也是一波三折，开始写的时候，书名叫《超越生命》。写完之后，自己很不满意，但也无可奈何，于是将其束之高阁。当时的心态是，既想写第二部作品，又因为第一本书的不成功而信心不足，加之工作繁忙，很难抽出时间和精力写作。后来，我辞去了行政职务，才将那些封存已久的笔墨纸砚拿出来，开始构思第二部作品。这时，一位同事建议我将《超越生命》稍作修改，放到网上去，再考虑下一步的写作。我觉得同事说的也对，既然我对这部作品付出了心血，就不能让它胎死腹中。修改后放到网上，也等于剖腹产将它生出来了。至于它是否能存活下来，或者能成龙成凤，那只有靠实践去检验了。在修改的过程中，本打算只做简单的改动，没想到越改越多，最后连书名也改成了现在的《凤凰涅槃》。

在这部作品完成之时，我已到了知天命的年龄。人生大部分时间已经过去，有很多想法都未能实现。如果能留下一本好书于后世，我心无憾，我心安矣。

最后，我要感谢在这本书写作过程中支持和帮助过我的人们，特别是我的父母。这本书完成之时，他们都已不在人世了。父亲是陕师大中文系毕业的，一生的愿望就是写几本好书。可由于公务繁忙，尘世一去三十年。退休以后，父亲拿起笔去实现他一生的愿望，也写了很多值得回味的文章。可由于精力和体力方面的原因，父亲没能实现他留书于人间的愿望。我这本书的完成，多多少少也能弥补父亲在这方面的遗憾。

二〇二〇年十二月